HEYNE <

Das Buch

Merkwürdige Dinge geschehen in Moskau: Als Kirill Maximow eines Abends nach Hause kommt, trifft er in seiner Wohnung eine ihm völlig unbekannte Frau, die behauptet, sie lebe hier schon seit Jahren. Damit nicht genug: Auch seine Freunde und Verwandten haben offenbar vergessen, dass Kirill je existiert hat. Was geht hier vor? In einem geheimnisvollen Wasserturm erfährt Kirill schließlich, dass er jetzt ein »Funktional« ist: ein Zöllner, ein in seinem Turm unbesiegbarer Wächter an der Schwelle zu zahllosen Parallelwelten. Doch Kirill gibt sich nicht damit ab, lediglich eine »Funktion« zu erfüllen – er will wissen, wer dahinter steckt. Wer hat ihn zu einem Funktional gemacht? Und warum? Er macht sich auf eine gefährliche Reise durch fremde und bekannte Welten, um genau das herauszufinden. Dabei liegt die Antwort näher, als er denkt ...

Nach seinen faszinierenden »Wächter«-Romanen legt Bestseller-Autor Sergej Lukianenko mit »Weltengänger« und »Weltenträumer« erneut ein grandioses phantastisches Abenteuer vor.

»Sergej Lukianenko ist der meistgelesene russische Autor der Gegenwart.«
Stern

»Düster und kraftvoll – der Russe Sergej Lukianenko ist der neue Star der phantastischen Literatur!«
Frankfurter Rundschau

Der Autor

Sergej Lukianenko, 1968 in Kasachstan geboren, studierte in Alma-Ata Medizin, war als Psychiater tätig und lebt nun als freier Schriftsteller in Moskau. Mit seiner »Wächter«-Serie – »Wächter der Nacht«, »Wächter des Tages«, »Wächter des Zwielichts« und »Wächter der Ewigkeit« – wurde er zum erfolgreichsten Fantasy- und Science-Fiction-Autor Russlands. Als Drehbuchautor war er außerdem an den Verfilmungen von »Wächter der Nacht« und »Wächter des Tages« beteiligt. Zuletzt sind von Sergej Lukianenko im Wilhelm Heyne Verlag die Romane »Spektrum« und »Weltengänger« erschienen.

Mehr zu Sergej Lukianenko unter: www.lukianenko.ru

Sergej Lukianenko

WELTEN TRÄUMER

Roman

Aus dem Russischen
von Christiane Pöhlmann

Deutsche Erstausgabe

WILHELM HEYNE VERLAG
MÜNCHEN

Titel der russischen Originalausgabe:
ЧИСТОВИК
Deutsche Übersetzung von Christiane Pöhlmann

Die Verse in den Kapiteln 20 und 22 dichtete Erik Simon nach.
Das Zitat von Montaigne auf Seite 213 ist übersetzt von Hans Stilett, zitiert nach Michel de Montaigne: *Essais*. Frankfurt am Main: Eichborn 1998.

Verlagsgruppe Random House
FSC-DEU-0100
Das für dieses Buch verwendete
FSC-zertifizierte Papier *München Super*
liefert Mochenwangen.

Redaktion: Erik Simon
Lektorat: Sascha Mamczak

Deutsche Erstausgabe 08/08
Copyright © 2008 by S. W. Lukianenko
Copyright © 2008 der deutschen Ausgabe und der Übersetzung
by Wilhelm Heyne Verlag, München
in der Verlagsgruppe Random House GmbH
http://www.heyne.de
Printed in Germany 2008
Umschlagillustration: Dirk Schulz
Umschlaggestaltung: Animagic, Bielefeld
Satz: C. Schaber Datentechnik, Wels
Druck und Bindung: GGP Media GmbH, Pößneck

ISBN 978-3-453-52460-6

Eins

Bahnhöfe sind Orte der Transformation. Sobald du einen Zug besteigst, hörst du auf, du selbst zu sein. Von dem Moment an verfügst du über eine andere Vergangenheit und hoffst auf eine andere Zukunft. Der zufälligen Reisebekanntschaft erzählst du alles, was du erlebt hast, desgleichen das, was dir nie passiert ist. Glaubt man den Unterhaltungen in einem Zug, gibt es auf der Welt weder langweilige Menschen noch uninteressante Biografien.

Genau deshalb liebe ich Züge.

Sogar die in Richtung Süden.

Mein Abteil stellte sich übrigens als überraschend sauber heraus, für einen ukrainischen Zug nicht gerade die Regel. Auf dem Boden lag ein Läufer, den Tisch zierten eine weiße Decke und Plastikblumen in einer Vase, in die aus unerfindlichen Gründen jemand Wasser gegeben hatte. Das etwas graue, aber dennoch saubere Bettzeug war bereits aufgezogen. Über dem Fenster hielt ein Metallhaken einen Fernseher, keinen Flachbildschirm, wie es praktisch gewesen wäre, sondern einen mit bauchiger Bildröhre, aber immerhin.

Ach ja, so ein Schlafwagen Erster Klasse hatte schon seine Vorteile. Nicht, weil es nur einen weiteren Platz im Abteil gab, sondern ganz grundsätzlich vom Komfort her.

Ich verstaute meine Tasche in der Gepäckablage, schloss die Abteiltür und trat auf den Bahnsteig hinaus. Unter meinen Schuhen schmatzte ein Brei aus Schnee und Dreck. Feuchter Wind ging, ein für Moskau absolut untypisches Wetter, das eher zum Meer im Winter passte, beispielsweise zu Jalta oder Sotschi. Irgendwie schien der Zug aus dem Süden diese feuchte, salzige Wärme mitgebracht zu haben. Ich zündete mir eine Zigarette an. Die Zugbegleiterinnen traten von einem Fuß auf den anderen und unterhielten sich lauthals in einem Dialektgemisch. Sie zogen über irgendeine Vera her, deren ungebührliches Verhalten sie in allen Einzelheiten erörterten.

Das Ticket für den Schlafwagen Erster Klasse hatte ich mir nicht aus Sucht nach Bequemlichkeit gekauft. Ich hatte einfach weder für die Schlafwagen Zweiter Klasse noch für die gewöhnlichen Waggons einen Platz gekriegt. Und die Reise aufschieben wollte ich nicht. Ich hatte das Gefühl, ich würde niemals fahren, wenn ich die Reise auch nur um einen Tag verschieben würde. Denn allmählich reichten mir meine Abenteuer.

Oder eben doch noch nicht?

Während ich rauchte, stiegen weitere Fahrgäste ein. Ob wohl einer von ihnen mein Reisegefährte war? Vielleicht diese schlanke Frau mit den großen Augen und der schmal gerahmten Brille? So hold würde mir das Glück bestimmt nicht sein. Oder der Mann in meinem Alter, mit dem streng geschnittenen Mantel und dem teuren Aluminiumkoffer? Wohl ebenfalls kaum. Mit Sicherheit würden die infamen Eisenbahngötter mir den halbblinden Tattergreis zuweisen, der die ganze Fahrt über hustete. Oder – der Horror einer jeden Reise – diese junge Frau mit ihrem liebreizenden Kleinkind auf dem Arm. Wer schon einmal einem Windelwechsel in seinem Abteil beigewohnt hat, weiß, was ich meine. Insbesondere wenn der Kleine von dem Geschüttel und dem Wechsel der Ernährung ein krankes Bäuchlein hat. Und natürlich musste die Ventilation auf Befehl dieser wunderbaren Frau schon vorher ausgeschaltet werden, damit das Kindchen sich nicht erkältet ...

Voll finsterster Vorahnungen kehrte ich in mein Abteil zurück. Diesmal hatte das Schicksal es jedoch gut mit mir gemeint. Da saß zwar nicht die Frau mit Brille, aber immerhin mein Altersgenosse – der aus seinem Angeberkoffer bereits eine Flasche Bier herausgeholt hatte.

»Guten Abend. Ich bin Sascha.« Der Mann erhob sich und streckte mir ohne viel Federlesens die Hand entgegen.

»Guten Abend. Kirill.«

»Sie haben doch nichts dagegen?« Sascha deutete mit einem Blick auf die Flasche.

»Nur zu, zieren Sie sich nicht.« Sein Auftreten irritierte mich. Was war denn das für ein Yuppie? Oder nein. Kein Yuppie, sondern eher einer dieser Nichtsnutze, die sich Jungpolitiker nennen und ständig irgendwelche Meetings organisieren oder die Versammlungen der Gegenseite sprengen, vor allem aber Skandale im Internet lostreten, genau wie zänkische Weiber in der Straßenbahn.

Wenn ich recht hatte, stand mir wahrlich ein netter Abend bevor! Diese jungen Politiker können nicht eine Minute Ruhe geben, die ganze Zeit über legen sie eine erhöhte politische Aktivität an den Tag.

»Ich würde Sie gern einladen.« Sascha hielt mir eine Flasche hin. Alle Achtung. Das war gutes englisches Ale, kein Importbier aus russischer Abfüllung und auch nicht das ruhmreiche Gebräu unserer ukrainischen Brüder.

»Vielen Dank.« So ein Angebot lehnte ich doch nicht ab. Ich nahm auf meinem Bett Platz. Inzwischen packte mein Begleiter geschäftig seinen Koffer aus und beförderte fünf weitere Flaschen Bier, Basturma, Käse und Pistazien zutage. Und er verzichtete auf schlabbrige Trainingshosen und Gummilatschen, die wir Russen auf solchen Fahrten so gern tragen! Allerdings genügte ein Blick auf Sascha, um zu wissen, dass er sich in der Öffentlichkeit niemals in Pantoffeln zeigen würde. Er war perfekt rasiert. Seine Frisur wirkte, als komme er gerade vom Podium. Der dunkelblaue Anzug aus feiner Wolle sah teuer aus – und hatte vermutlich noch mehr gekostet.

Außerdem bewegte Sascha nicht auf diese fischmäßige Art den Kopf, um ja behutsam und ohne den Knoten zu zerstören die als Schlaufe gerettete Krawatte abzunehmen, wie das eben jene Männer tun, die nicht an einen Anzug gewöhnt sind. Nein, er knotete die tadellos auf die Farbe seines Hemdes abgestimmte Krawatte gekonnt auf und entnahm seinem Koffer einen speziellen Beutel, in dem er das gute Stück versenkte und den er dann an einen Haken hängte. Für sein Jackett fand sich selbstverständlich ebenfalls eine Schutzhaube, gleich mit eingearbeitetem Bügel. Vermutlich hatte er sogar für die Socken so ein Ding.

Ich rückte genau in dem Moment rüber zum Fenster, als der Bahnsteig erzitterte und langsam dahinfloss. Jetzt fuhr ich also nach Charkow. Wozu? Hatte ich in der letzten Woche etwa noch nicht genug Abenteuer erlebt? Aber was heißt in der letzten Woche? Allein in den letzten vierundzwanzig Stunden wäre ich beinah dreimal umgebracht worden!

»Moskauer?«, erkundigte sich Sascha.

»Was?« In meine Gedanken versunken, hatte ich seine Frage nicht auf Anhieb verstanden. »Äh, ja, Moskauer.«

»Ich auch«, teilte mir mein Reisegefährte in einem Ton mit, als gebe er mir ein Losungswort.

»Geschäftlich unterwegs?«, fragte ich. Im Grunde interessierten mich seine Belange überhaupt nicht. Aber irgendwie musste das Gespräch ja am Laufen gehalten werden, vor allem wenn dein Gegenüber dich auf ein Bier einlud.

»Eigentlich ... nicht ganz.« Sascha schien sich die Sache erst mal durch den Kopf gehen lassen zu müssen. »Obwohl man es auch so ausdrücken könnte.«

»Also geht's um Politik?«, vermutete ich mit düstersten Vorahnungen.

»In gewisser Weise.« Sascha lachte. »Letztendlich haben Sie den Nagel auf den Kopf getroffen, Kirill. Ein Mittelding zwischen Politik und Geschäften. Ich arbeite bei einer staatlichen Institution. Mache sozusagen ein bisschen Bürokratie. Mit dem politischen Unsinn beschäftige ich mich natürlich nicht. Das sollen die Politiker schön selbst erledigen. Wir sorgen dafür, dass die Staatsmaschinerie am Rollen bleibt, die Züge fahren, das Korn gedeiht, die Grenzen unter Verschluss sind! Zu Sowjetzeiten nannte man Leute wie uns Funktionäre.«

Ich trank einen Schluck Bier und stellte die Flasche ab. Ein Funktionär also ...

»Und Sie, Kirill? Arbeiten Sie? Studieren Sie?«, fragte Sascha. Allmählich platzte mir der Kragen. Musste ich mir wirklich von einem Mann, der höchstens ein Jahr älter war als ich, derart gönnerhafte Fragen gefallen lassen? Arbeiten Sie? Studieren Sie?

»Ich bin vorübergehend arbeitslos«, antwortete ich.

»Sie sollten sagen: Im Moment suche ich Arbeit«, korrigierte mich Sascha. »Das klingt besser, glauben Sie mir. Und was machen Sie beruflich?«

»Ich? Ich bin ein Funktional«, blaffte ich ihn an. Was bildete der sich eigentlich ein, einen Unbekannten in diesem Ton zu belehren?! Diese Unverfrorenheit bildete sich anscheinend bei allen Beamten heraus. ›Mache ein bisschen Bürokratie.‹ Damit das Korn unter Verschluss ist, die Züge gedeihen und die Grenzen fahren ...

»Und was für ein Funktional – falls die Frage gestattet ist?«, erkundigte sich Sascha, wobei ich nun in seiner Stimme echte Neugier heraushörte. »Ich habe noch nie ein Funktional getroffen, das reisen konnte!«

Wir starrten einander an. In meinen Schläfen pochte es.

»Sie wissen etwas über Funktionale?«, hauchte ich.

»Selbstverständlich«, antwortete Sascha gelassen. »In ihrem Metier sind sie unübertroffene Meister, dafür aber an ihre Funktion gekettet. Sie können sich nicht weiter als zehn, fünfzehn Kilometer von ihr entfernen. Mein Friseur ist ein Funktional, sein Salon befindet sich in der Nähe der Metrostation Tschistyje Prudy.«

»Sie wissen also über Funktionale Bescheid?«, wiederholte ich wie vor den Kopf geschlagen.

Warum wunderte ich mich bloß so darüber? Immerhin hatte ich doch einige Tage als Zöllnerfunktional gearbeitet, und durch meinen Turm waren Politiker, Geschäftsleute und junge Popstars mit ihrem Gefolge von einer Welt in eine andere spaziert. Meinem Inspektionskomitee hatten ein Politiker und ein Komiker angehört. Dieses Spektrum hätte mir doch zeigen müssen, dass in Moskau einige hundert, vielleicht sogar einige tausend ganz normale Menschen über Funktionale Bescheid wussten. Wer es an die Spitze der Regierung, der Geschäftswelt oder der Populärkultur geschafft hatte, war eingeweiht. Und dieser junge Kerl gehörte nicht zum Fußvolk, das war auf den ersten Blick klar.

»Natürlich weiß ich Bescheid!« Sascha lachte. »Aber wie kann ich Ihnen das beweisen? Soll ich Ihnen die Zollstellen aufzählen, die es in Moskau gibt?«

»Nennen Sie mir lieber ein paar andere Welten, die Sie schon besucht haben.«

»Veros!«, antwortete Sascha wie aus der Pistole geschossen.

»So eine Welt gibt es nicht!«, kanzelte ich ihn voller Genugtuung ab.

»Was heißt das – die gibt es nicht? Das ist die Welt mit den Stadtstaaten. Die mit diesem komischen Feudalismus und den Dampfmaschinen ...« Er schnippte mit den Fingern. »Dort, wo Nut, Kimgim und Ganzser liegen.«

Ich nickte. Ach ja, natürlich. Meine Zollstelle hatte auch über einen Zugang in den Stadtstaat Kimgim verfügt. Eine sehr beschauliche Stadt. Und daneben gab es noch Tausende von anderen Stadtstaaten ...

»Ich glaube Ihnen«, versicherte ich.

»Dann gibt es noch das Reservat«, zählte Sascha weiter auf. »Ferner ...«

»Wie gesagt, ich glaube Ihnen!« Ich nahm einen weiteren Schluck von meinem Bier. »Wirklich. Das kommt nur alles etwas überraschend.«

»Was sind Sie denn nun für ein Funktional?«, fragte Sascha mit ungebrochener Neugier noch einmal. »Verzeihen Sie mir, wenn ich so bohre, denn wenn Sie nicht darüber sprechen wollen ...«

»Ich bin Zöllner«, erklärte ich. Wobei ich mir den Vorsatz »ehemaliger« sparte.

»Und Sie können reisen?«

»Ja.«

»Nicht zu fassen!« Über die Existenz der Funktionale an sich wunderte sich Sascha jedoch kein bisschen. »Das sollte uns doch ein Gläschen wert sein, oder?«

Seine Hand tauchte im Koffer ab, und er zog mit der Geste eines Zauberkünstlers eine Flasche Martell hervor.

Ich schüttelte den Kopf. »Vielen Dank, besser nicht. Morgen früh steht uns der Zoll bevor.«

»Sie sind mir ein Spaßvogel!« Sascha brach in Gelächter aus. »Ein Funktional, das sich vorm Zoll fürchtet ...« Dann wurde er wieder ernst. »Grenzen und Zoll ... ständig ziehen wir Mauern hoch. Das schadet doch nur den einfachen Menschen, hält Verbrecher aber bestimmt nicht auf ... Wer also braucht all diese Schranken?«

Es war schon komisch. Das schien seine ehrliche Meinung zu sein, und ich konnte seinen Worten nur zustimmen. Trotzdem klang es irgendwie kalkuliert, als halte er vom Podium aus eine Rede. Unwillkürlich fiel mir der Politiker Dima ein.

Ob das bei allen von ihnen so war? Dieses professionelle Getue?

»Stimmt, die braucht niemand«, pflichtete ich ihm bei.

»Nehmen wir zum Beispiel einmal Veros. Obwohl es eine Art Flickenteppich ist, verzichtet es im Grunde auf richtige Grenzen zwischen den einzelnen Ländern«, fuhr Sascha fort, während er geschickt das marinierte Fleisch zerteilte. »Eine zauberhafte, anheimelnde kleine Welt. Manchmal spiele ich mit dem Gedanken, ganz dorthin überzusiedeln.«

»Wie haben Sie eigentlich etwas über die Funktionale erfahren?«, wollte ich wissen. »Oder über die anderen Welten?«

»Das bringt meine Position mit sich.« Sascha grinste breit. »Als ich zum Referenten von Pjotr Petrowitsch geworden bin, hat er mich davon in Kenntnis gesetzt. Was blieb ihm auch anderes übrig? Schließlich verlangt der Beruf, dass ich ihn überallhin begleite.«

Wenn ich mich nicht irrte, kam es in seinen Ausführungen vor allem auf den »Referenten von Pjotr Petrowitsch« an. Genau das war das Stichwort, anhand dessen die Einteilung in »unsere Leute« und »alle anderen« vorgenommen wurde. Als Funktional musste mir der Name etwas sagen und ich entsprechend reagieren.

»Wie geht es ihm denn?«, fragte ich, ohne zu präzisieren, wen ich meinte. »Besser?«

Vermutlich handelte es sich bei dem mysteriösen Pjotr Petrowitsch, dem etatmäßig ein paar vertrauenswürdige Referenten zustanden, um einen mindestens fünfzigjährigen Mann. Und in dem Alter gibt es keine kerngesunden Männer, schon gar nicht unter den Beamten im Grenzbereich von Politik und Wirtschaft.

Sascha zwinkerte mir zu. »Bestens«, antwortete er. »Aber er hat ja auch ausschließlich Heilwasser getrunken, Diät gehalten ...«

»In Karlsbad?«, gab ich einen weiteren Schuss ins Blaue ab.

Und traf erneut ins Schwarze.

»Wie immer.« Damit akzeptierte Sascha mich endgültig als einen von »unseren Leuten«. Meine Fähigkeit zu reisen stimmte ihn nicht länger misstrauisch, ebenso wenig die Tatsache, dass er mich nicht kannte. Als er sich ein weiteres Bier aufmachte, fragte Sascha mich: »Kennen Sie den Witz von dem Gynäkologenfunktional?«

»Welchen denn?«, fragte ich zurück.

»Den, wo das Gynäkologenfunktional ins Sprechzimmer seines Kollegen stürmt und sagt: ›Komm mal rüber zu mir! Meine Patientin, die musst du dir angucken!‹«

Das Manko all der Witze über eine bestimmte Gruppe besteht ja darin, dass sie lediglich Abwandlungen von bestimmten Grundwitzen darstellen. Selbst wenn du kein verrückter Fan der Harry-Potter-Bücher bist, von Rollenspielen oder, da sei Gott vor, von Rapmusik, verstehst du alle einschlägigen Witze. Du brauchst nämlich bloß den Bürgerkriegshelden Tschapajew gegen Potter einzutauschen oder seinen Gefährten Petka gegen Ron. Statt »Karo Trumpf« heißt es eben »Spezialfähigkeiten«. Oder du tauschst Alla Pugatschowa gegen Timati oder Dezl aus. Es funktioniert, denn im Prinzip sind alle Witze gleich aufgebaut.

Aus Höflichkeit lächelte ich trotzdem. Obendrein gab ich meinerseits einen gemäßigt schweinischen Witz zum Besten, in dem ein allzu liebestoller Georgier vor Gericht stand.

Sascha wieherte vor Lachen und fuhrwerkte begeistert mit der Bierflasche herum. Seine Reisegesellschaft stellte ihn fraglos hochzufrieden.

Mich, wenn ich ehrlich sein sollte, auch.

Wir tranken Bier, gingen ein paar Mal zum Rauchen auf den Gang, wobei ich Sascha zu den Treasures einlud, die ich in Kotjas Wagen requiriert hatte, was mir abermals einen anerkennenden Blick einbrachte. Irgendwann ging das Bier aus, und Sascha besorgte im Speisewagen neues. Natürlich gab es da kein englisches Ale, aber nach der dritten Flasche verliert sich der Unterschied zwischen den Sorten sowieso und jedes Bier schmeckt gleich.

Kurz nach eins legten wir uns schlafen, beide in bester Stimmung. Alexander schnarchte sofort los, was mich jedoch bei dem Rattern der Räder nicht sonderlich störte. Die Ventilation im Waggon lief tadellos, ein seltener Glücksfall in einem ukrainischen Zug. Ich schob eine Hand unter den Kopf, lag ausgestreckt auf dem Rücken und starrte auf die über die Decke flitzenden Lichtreflexe von Laternen. Wir mussten uns irgendeiner Kleinstadt nähern.

Schon merkwürdig: Von allen Passagieren hatte ich ausgerechnet denjenigen abgekriegt, der über Funktionale Bescheid wusste. Der mich sogar dazu gebracht hatte, über sie zu reden. War das ein Zufall? Oder eine Falle? Schließlich war ich aus den Reihen der Funktionale ausgeschert, hatte ihre Gesetze verletzt. Um es auf den Punkt zu bringen: Ich hatte den Aufstand geprobt. Ich hatte den Polizisten Andrej überwältigt, die Hebamme Natalja umgebracht und war anschließend meinem Kurator entkommen, meinem ehemaligen Freund Kotja.

Wenn man vom gesunden Menschenverstand ausging, schien ein Zufall kaum wahrscheinlich, was hieß, Sascha musste auf mich angesetzt worden sein. Wenn man allerdings schon mit dem gesunden Menschenverstand argumentierte, dann musste ich sowieso seit langem im Krankenhaus liegen und mir etwas im Fieberwahn zusammenspinnen, denn wer würde an andere Welten glauben, in die geheime Türen führten, an Funktionale, die durch die Stadt flanierten, und an geheimnisvolle Experimentatoren, die das alles lenkten?

Ich hob eine Hand und starrte müde auf den Stahlring an meinem Finger. Er war alles, was mir von meiner Funktion geblieben war.

Zeit, zu schlafen. Mein Reisegefährte, mochte er nun eine Zufallsbekanntschaft oder auf mich angesetzt sein, würde wohl kaum mitten in der Nacht über mich herfallen. Ich spürte keine Gefahr, und auf meine Instinkte verließ ich mich nach wie vor. Morgen früh würde ich

Charkow erreichen und Wassilissa suchen, jene seltsame Frau, der ich trotz allem über den Weg traute.

Der Zug wurde immer langsamer. In der Ferne vernahm ich bereits das rasselnde, metallene Scheppern der Bahnhofslautsprecher: »Auf Gleis zwei ... hat Einfahrt der Schnellzug Nr. 19 ... Moskau – Charkow ...« Über die Wand glitt ein greller, rechteckiger Lichtfleck, der meine unter einem Gummizug steckende Hosen und die zusammen mit dem ausgeleierten Pullover auf das Ablagegitter geworfenen Socken erfasste. (Ja, ich geb's zu, ich bin ein Schwein!)

Ich stemmte mich auf einen Ellbogen hoch und griff nach der locker vorgezogene Gardine. Automatisch wanderte mein Blick über den näher kommenden Bahnsteig.

Ganz am Anfang, da, wo der letzte Waggon halten würde, stand eine Gruppe junger Männer, vielleicht zehn oder zwölf Typen. Sie alle hatten kurz geschnittene Haare, trugen keine Mütze, dafür aber Trenchcoats oder hyperkurze Lederjacken. Aufmerksam musterten sie die Waggons.

Ihre Gesichter kamen mir vage bekannt vor, nicht aufgrund einzelner Merkmale, eher der Typus als solcher. Im Grunde schienen es die reinsten Durchschnittsgesichter zu sein – aber etwas Ungewöhnliches machte ich eben doch aus.

Dann war der Bahnsteig erst mal eine ganze Weile leer. Es gab halt nicht viele Menschen, die mitten in der Nacht jemanden in einer kleinen Provinzstadt vom Zug abholen wollten.

Aber dann: Dreißig Meter weiter stand ein junger Kerl, der so aussah, als hätte er sich rein zufällig von der ersten

Gruppe gelöst. Nach zwanzig oder dreißig Metern langweilten sich erneut ein paar junge und durchtrainierte Gestalten. Schließlich kam noch ein Mann. In einiger Entfernung machte ich über der Bahnhofshalle das matt schimmernde Schild »Orjol« aus.

Während ich anfing, mich anzuziehen, ließ ich den Bahnhof keine Sekunde aus den Augen. In Jeans, Socken und Schuhe geschlüpft, den Pullover übergezogen. Ein Blick auf meine Tasche – nein, die würde ich nicht mitnehmen. Die enthielt eh nur ein paar Klamotten. Aber die Jacke. Ich klopfte gegen die Tasche und spürte das dicke Portemonnaie. Fertig, es wurde höchste Zeit ...

»Musst du pinkeln oder willst du eine rauchen?«, fragte Sascha von seinem Bett aus, indem er sein Schnarchen kurz unterbrach.

»Rauchen«, murmelte ich. »Schlaf weiter!«

Daraufhin huschte ich in den Gang hinaus. Der Zug hatte noch nicht angehalten, sondern zuckelte bloß langsam am Bahnsteig lang. Gleich würden diese aufmerksamen jungen Männer in den ersten und den letzten Wagen springen und sich zu zweit oder zu dritt vor jeder Waggontür aufbauen.

Ob ich mit ihnen zu meiner Zeit als Funktional hätte fertig werden können, wüsste ich nicht zu sagen. Jetzt würde ich das mit Sicherheit nicht schaffen. Dafür brauchte ich nicht mal eine Wahrsagerin zu konsultieren.

Ich lief den schmalen Gang hinunter und rüttelte an den kalten Aluminiumgriffen der Fenster. Zu! Zu! Zu! Das vierte Fenster gab endlich nach und bewegte sich nach unten. Die feuchten Schienen krochen unter mir dahin, auf einem Nebengleis stand ein Güterzug, feiner Schneeregen funkelte im schwankenden Lichtkegel einer der auf einem Pfeiler sitzenden Blechlampen auf ...

Irgendwann erhaschte ich den Blick eines dieser kurzrasierten Typen, der einsam am Nachbargleis stand. So langsam, als schlafe er halb, verzog er die Lippen zu einem Grinsen und winkte mir zu. Anschließend kramte er ohne zu zögern sein Funkgerät aus der Gürteltasche.

Diejenigen, die den Zug eingekesselt hatten, machten keine Fehler. Die Kette stand auf beiden Seiten.

Ich saß in der Falle.

»Wo willst du denn hin, Kirill?« Sascha tauchte gähnend aus dem Abteil auf. Er fixierte mich. Dann lugte er zum Fenster raus. Mit zusammengekniffenen Augen behielt er jemanden im Blick. Wie ein wildes Tier witterte er die Gefahr. Wobei es im tiefsten Dschungel längst nicht so gefährlich sein dürfte wie in den hellen, klimatisierten Gängen von Regierung und Wirtschaftswelt. »Sind die hinter dir her?«

Ich nickte. »Gehörst du zu ihnen?«, fragte ich.

»Weshalb solle ich mich auf ein derart schmutziges Spiel einlassen?«, japste Sascha empört. Und als könnte ich nach wie vor gleich einem Funktional eine Lüge erkennen, wusste ich: Er sagte die reine Wahrheit. Er hatte es in seinen Kreisen von Politik und Wirtschaft und als Bürokrat in einer staatlichen Institutionen genau deshalb so weit gebracht, weil er sich niemals mit irgendjemandem anlegte. An keiner einzigen Auseinandersetzung hatte er teilgenommen, sondern sich allen gegenüber freundlich gezeigt und strikt Neutralität gewahrt. Solche Leute kommen in der Regel nie bis ganz an die Spitze – fallen aber auch nie auf die Schnauze.

»Ich muss weg«, sagte ich. »Die haben's auf mich abgesehen.«

Zitternd brachte der Zug die letzten Meter hinter sich.

»Dann geh«, erwiderte Sascha erleichtert. »Viel Glück! Ich hätte dir gern geholfen, aber ...«

»Schön, wenn du das gern tun würdest«, hakte ich sofort ein. »Du wirst mir helfen.«

Ich verschwand wieder in unserem Abteil, schnappte mir meine Tasche und rannte zurück zu dem offenen Fenster. Genau in dem Moment kroch der Zug in den Schatten der kleinen Gitterbrücke, die sich über das Gleis spannte. Ich schleuderte die Tasche zum Fenster raus.

Sascha dachte anscheinend, ich würde meinen Sachen hinterherhechten. Er kam sogar auf mich zu, um mir eiligst behilflich zu sein. Ich zog jedoch die Notbremse, was den ohnehin schon langsamer werdenden Zug dazu brachte, mit zischenden Druckluftbremsen abrupt anzuhalten. Vermutlich würden sämtliche Reisenden, die ich damit aus dem Schlaf gerissen hatte, den absolut unschuldigen Lokführer verfluchen.

»Ich bin aus dem Fenster gesprungen«, erklärte ich. »Das hast du doch gesehen?«

Einen ausgedehnten Moment lang schwieg Sascha, drückte sich gegen die Wand und kratzte sich den bei seinem Beruf allzu flachen Bauch. Wer mir auf den Fersen war, wusste er nicht, was ihn ganz wesentlich daran hinderte, zu einer Entscheidung zu gelangen. Ich schien irgendwie einer von ihnen zu sein – aber auch von den eigenen Leuten muss man sich rechtzeitig distanzieren!

Es war nicht schwer dahinterzukommen, welche Gedanken ihm durch den Kopf schossen. Was sprach dafür, mir zu helfen, was dafür, mich ans Messer zu liefern? Die Argumente hielten sich in etwa die Waage …

Sascha drehte sich von mir weg und steckte den Kopf zum offenen Fenster hinaus. »Bleib stehen, du Schwein!«, schrie er in die Nacht. »Halt!«

Jetzt durfte ich auf keinen Fall länger zögern.

Ich raste zurück in unser Abteil und linste durch den schmalen Spalt zwischen den Gardinen auf den Bahnsteig. Anscheinend beobachtete mich niemand. Daraufhin stieg ich aufs Bett.

Der Schlafwagen Erster Klasse in seiner modernen ukrainischen Variante unterscheidet sich kaum von einem einfachen. Nur die oberen Betten sind abmontiert und ein paar Schönheitsreparaturen vorgenommen worden. Das Gepäckfach über der Tür hatte man jedoch nicht angetastet.

Dahin kletterte ich nun, wobei ich mich mit der Gewandtheit eines Menschen hochzog, dessen Fersen bereits der gierige Atem eines Raubtiers umwehte.

Meine Chancen standen eher bescheiden. Nur jemand, dem keine andere Wahl bleibt, versteckt sich. Die Rettung eines Flüchtlings liegt einzig und allein in der Flucht. Sich zu verstecken – das ist pure Kinderei.

Aber selbst auf der Flucht konnte man noch taktieren …

»Dich erwisch ich!«, schrie Sascha höchst überzeugend im Gang. »Du dreckiger Dieb!«

Endlich klapperte eine Tür des Waggons und schwere Schritte trampelten durch den Gang. Etwas Gleichförmiges, Einheitliches lag in diesem Getrampel, genau wie bei marschierenden Soldaten oder bei den Schulkindern, die sich in Pink Floyds *The Wall* übers Fließband schleppen. Eine Uniform verbindet halt – selbst wenn von ihr nur die Schuhe geblieben sind!

Mir fiel eine Geschichte ein, die mir mal jemand erzählt hatte: Während der Olympiade in Moskau waren Milizionäre massenhaft in Zivilkleidung gesteckt und auf Streife geschickt worden. Dafür hatte man im befreundeten Ostdeutschland, das damals DDR hieß, eine entsprechende Menge anständiger Anzüge, Hemden und Krawatten gekauft. Die alle gleich aussahen. Vermutlich, damit sich niemand zurückgesetzt fühlte. Oder sollte den Beschaffungsintendanten tatsächlich nicht klar gewesen sein, dass Zivilkleidung individuelle Nuancen aufweist? Jedenfalls patrouillierten durch die Moskauer Straßen Pärchen von jungen Männern, die allesamt kurz geschnittene Haare und absolut identische Anzüge trugen. Da man außerdem versucht hatte, sämtliche Kinder in Ferienlagern außerhalb der Stadt unterzubringen – damit sie die Ausländer ja nicht um Souvenirs anbettelten –, nahmen die Besucher einen ausgesprochen befremdlichen Eindruck mit nach Hause: Moskau ist eine von verkleideten Spionen wimmelnde Stadt, düster und für ein normales Leben ungeeignet.

»Was ist passiert, Bürger?«, klang es aus dem Gang zu mir herüber.

Ein eiskalter Klumpen ballte sich in meiner Brust zusammen.

Der Typ hatte Russisch gesprochen. Absolut korrektes und ordentliches Russisch. Lediglich eine kaum wahrnehmbare Nuance, ein ganz zarter Akzent enttarnte ihn als Nicht-Russen.

Mich jagten nicht unsere eigenen Funktionale und auch nicht unser Geheimdienst. Den Zug durchkämmten die Dreckschweine aus Arkan.

Ich konnte nur hoffen, dass Sascha das nicht mitkriegte.

»Mein Abteilnachbar! Dieser Mistkerl!«, jammerte Sascha mit leicht übertriebener Dramatik. »Da sitzen wir friedlich beieinander und dann ...«

Die Geräusche signalisierten mir, dass Sascha seinen Gesprächspartner förmlich in unser Abteil boxte, um ihm zu demonstrieren, dass dieses leer war. Daraufhin zog er ihn genauso rasant wieder heraus, hin zum Fenster.

»Der Hund! Wir haben noch Bier zusammen getrunken, wie zwei anständige Menschen! Und dann springt er wie von der Tarantel gestochen aus dem Fenster! Der hat doch garantiert mein Portemonnaie geklaut!« Wieder rasselte etwas, und Sascha tauchte im Abteil auf, um nach seinem Jackett zu langen. »Ach nee!«, rief er erstaunt aus. »Mein Portemonnaie ist noch da! Wohin wollen Sie denn? Ich habe mich ja geirrt, der ist gar kein Dieb!«

»Ihr Reisegefährte ist ein extrem gefährlicher Terrorist und Mörder«, antwortete ihm jemand, der schon ziemlich weit weg war. »Sie können von Glück sagen, dass Sie noch am Leben sind, Bürger.«

Ich lag ruhig wie eine Maus da und konnte immer noch nicht glauben, dass das Abteil nicht durchsucht worden war. Im Gepäckfach roch es nach Staub, Desinfektionsmittel und aus irgendeinem Grund nach Hanf. Wundern tat mich das allerdings nicht – es war ja eine Verbindung nach Süden.

Mich hatte gerettet, dass meine Häscher von Arkan, von Erde-1, stammten. Also aus einer Welt, in der alles korrekter zuging als bei uns. Wo die Bürger mehrheitlich loyal waren und ihren Polizisten die reine Wahrheit auftischten.

»He ... du Mörder und Terrorist ...«, rief Sascha mit leicht zweifelnder Stimme. »Sie sind weg.«

Ich schaute nach unten und sprang hinunter.

Im Waggon war es still. Die Fahrgäste schienen zu spüren, dass etwas nicht stimmte. Wer aufgewacht war, blieb in seinem Abteil hocken und steckte die Nase nicht in den Gang heraus.

Sascha sah mich mit einem zweifelnden Blick an, in dem ich die Frage las: Habe ich die richtige Entscheidung getroffen?

»Tschüs«, sagte ich, während ich in geduckter Haltung zur Waggontür rannte.

Die Tür vom Personaltabteil stand offen. Die beiden Zugbegleiterinnen tuschelten auf dem Bahnsteig miteinander, den Blick fest auf etwas gerichtet. Ich linste von der Treppe aus über ihre Schultern. Sie studierten ein Plakat mit meinem Bild. Den Text unter dem Foto las ich erst gar nicht. Ich pirschte mich an die beiden Frauen an. »Ist euch euer Leben lieb?«, flüsterte ich.

Die ältere der beiden nickte und presste beide Hände vors Gesicht. Die jüngere wollte den Mund öffnen und loskreischen.

Ich presste ihr die Hand auf den Mund.

»Willst du, dass deine Kinder friedlich im Hof spielen können?«, fragte ich.

Die Zugbegleiterin riss panisch die Augen auf und erstarrte.

»Dann habt ihr beide niemanden gesehen und niemanden gehört.« Mit diesen Worten zog ich meine Hand weg.

Keine der beiden Frauen brachte einen Ton heraus.

Ich spähte nach links und nach rechts. Niemand zu sehen. Entweder durchkämmten die jungen Herren den Zug oder suchten mich zwischen den Abstellgleisen und Güterzügen.

So schnell ich konnte, sprintete ich rüber zu der halbdunklen Bahnhofshalle.

Zwei

Es gibt unter den Menschen eine ganz erstaunliche Spezies: verwurzelte Moskauer. Man darf sie nicht mit gebürtigen Moskauern verwechseln, die sich, vom leichten Snobismus der Hauptstädter abgesehen, durch nichts von anderen Russen unterscheiden. Ein verwurzelter Moskauer ist dagegen ein Wesen, das Moskau noch nie verlassen hat und auch gar nicht daran denkt. Innerhalb der Spezies treten verschiedene Varianten auf. In der hartnäckigsten Form kommt ein Mensch in der Grauermann-Frauenklinik zur Welt, wird auf dem Wagankow-Friedhof begraben und verbringt sein (mitunter sehr langes) Leben irgendwo zwischen diesen beiden Punkten.

Von einem solchen hartnäckigen Fall hatte mir mein Vater einmal berichtet. Eine Kollegin von ihm verließ mit Anfang fünfzig zum ersten Mal Moskau, um an einer wissenschaftlichen Konferenz in Petersburg teilzunehmen. Vor der Reise war sie extrem nervös gewesen, aber erst im Zug erfuhren die anderen, dass die Frau nie zuvor aus Moskau rausgekommen war. Als Kind nicht ins Pionierlager, im Sommer nicht auf die Datscha! Das hatte keinen besonderen Grund, sie war einfach nirgendwo hingefahren, mehr nicht. Während der Fahrt schlief sie keine Sekunde, sondern starrte die ganze Zeit in die triste Landschaft entlang der Strecke. In Piter zeigte sie sich entzückt von Newa und Newski-Prospekt, begeisterte sich für die Isaak-Kathedrale und die Admiralität, für prachtvolle Hauseingänge und Ziermauerwerk. Unversehens eröffnete sich dieser Frau eine ganz neue Welt!

Obwohl auch ich in Moskau aufgewachsen bin, stellte sich die Frage, ob es jenseits der Moskauer Ringautobahn Leben gebe, für mich nicht, denn ich war bereits fünf Mal in Piter gewesen, ferner in Rjasan und Jekaterinburg, ja sogar in Krasnojarsk. Außerdem natürlich in der Türkei und in Spanien, den heutigen Alternativen zur Krim.

Dennoch war die Stadt Orjol für mich absolute Terra incognita. Nun ja, es war die »Stadt des ersten Salutschusses«, genau wie das benachbarte Belgorod. In der Vergangenheit hatte es da irgendeine Festung gegeben. Oder war es eine Schlacht?

Damit erschöpfte sich mein Wissen allerdings auch schon.

Mir war nicht mal klar, wie die Einwohner hießen. Orjoler oder Orjolier? Orlower? Orjolten? Orjoler, Orjolerinnen und Orjolchen?

Die Antwort auf diese Frage bekam ich von einem Taxifahrer, der vorm Bahnhof gewartet hatte und dem ich erklärte, ich hätte meinen Zug verpasst und müsse so schnell wie möglich nach Charkow.

»Mir soll's recht sein«, erklärte der Taxifahrer unerschütterlich, der den Kopf zum Fenster seines alten Wolgas herausstreckte. »Wenn du zahlst, bring ich dich überall hin. Sogar nach Moskau.«

Nach Moskau?

Mit einem Mal wollte ich schrecklich gern zurück. Nach Hause, nach Moskau. Zurück in die lärmende Metropole, wo du problemloser untertauchen kannst als in jeder Wüste. Würden die da nach mir fahnden? Vielleicht hatten sie mich überhaupt nur verfolgt, weil ich – statt Ruhe zu geben und mein altes Leben wieder aufzunehmen – nach irgendwas suchte? Warum auch immer, der Gedanke leuchtete mir sofort ein. Ich bräuchte jetzt also nur nach Hause zu fahren, zurück nach Moskau – und der ganze Albtraum würde sich in Luft auflösen. Ich würde wieder bei Bit und Byte arbeiten, selbst wenn ich einen Rüffel wegen der blaugemachten Tage kriegte, mich mit Anka aussöhnen ...

Ich würde Nastja vergessen.

»Nein«, sagte ich. »Ich muss nach Charkow.«

»Wie viel?«

Obwohl ich wusste, was er meinte, hörte ich mich zu meiner Überraschung antworten: »Wie fahren wir denn? Über Kursk oder über Snamenka?«

Was für ein Snamenka nun schon wieder? Mir war nicht mal klar, dass die Strecke über Kursk führte!

Der Fahrer musterte mich noch einmal. Diesmal wesentlich aufmerksamer. Anscheinend passte das, was er sah, nicht zu dem, was ich sagte. Als ob im Fernsehen im Sender »Unser Kino« irgendein Mädchenfilm läuft, der mit der Tonspur von irgendeinem Mädchenreport vom Pornokanal unterlegt ist.

»Warum willst du denn über Snamenka?«, wollte der Fahrer wissen.

»Das ist kürzer«, vermutete ich.

Nein, ich vermutete es nicht. Ich wusste es!

»Stimmt, dauert aber trotzdem länger. In Kromy bleiben wir stecken ... Bist du Orlowtschane?«

»Sozusagen.« Ich lächelte ihn an. »Also, wie viel willst du?«

Der Fahrer seufzte. Dann spuckte er durch das offene Fenster. »Also ...«, setzte er zögernd an. »Zurück bekomme ich niemanden ... Sagen wir sieben?«

Nach alter Moskauer Gewohnheit nahm ich sofort an, es ginge um siebenhundert Dollar.

»Nun übertreib's mal nicht, Chef, so kommen wir nicht ins Geschäft!«

»Dann halt sechstausend Rubel, weil du von hier bist.« Der Fahrer schüttelte den Kopf. »Drunter mach ich's aber nicht!«

»Geht klar!« Ich guckte noch einmal zum Bahnhof rüber, stapfte ums Auto rum und nahm auf dem Beifahrersitz Platz. Endlich war bei mir der Groschen gefallen: In der Provinz werden große Summen nicht à Hundert Dollar, sondern à Tausend Rubel angegeben.

»Erst das Geld«, verlangte der Fahrer, der keine Anstalten machte, den Motor anzulassen. »Ich fahr noch zu Hause vorbei und geb's meiner Frau.«

»Ein kluger Gedanke«, lobte ich ihn und holte das Portemonnaie heraus, das früher einmal Kotja gehört hatte. Ich zählte sechs Tausender ab. Der Fahrer faltete sie sorgfältig zusammen und steckte sie in seine Tasche. Anschließend drehte er den Zündschlüssel. »Warum nimmst du nicht den Zug?«, fragte er.

»Den hab ich doch verpasst.«

»Klar.« Der Fahrer grinste. »Verpasst ... Der Schwanz verschwindet gerade hinter den Bäumen ... Ich könnte dich nach Kursk bringen, bevor der Zug da ist. Willst du das? Da haust du dich in deinem Abteil aufs Ohr ...«

»Nach Charkow«, wiederholte ich stur.

»Mir soll's egal sein, ich bring dich überhall hin.« Der Fahrer zuckte mit den Achseln. »Du solltest aber eins wissen: Wenn deine Papiere nicht in Ordnung sind oder sie an der Grenze bei dir Waffen oder Drogen finden ... dann ist das dein Problem.«

»Ich trage keine Waffen«, versicherte ich. »Und auf Drogen habe ich mich noch nie eingelassen. Wieso nimmst du mich überhaupt mit, wenn du mir so was unterstellst?«

»Ich mach's halt«, erklärte der Fahrer. »Von irgendwas muss ich ja leben ... Und lass dein Fenster runter, der ganze Wagen stinkt schon nach Bier ... Wenn uns die Polizei anhält, darf ich denen noch beweisen, dass ich keinen Tropfen angerührt hab.«

An die Fahrt nach Kursk erinnere ich mich nicht mehr, denn ich schlief die ganze Zeit über. Kaum hatte der Fahrer bei sich zu Hause vorbeigeschaut und seiner verschlafenen Frau das Geld ausgehändigt, war ich weg gewesen. Ich träumte allerlei Unsinn, an den ich mich zwar nicht mehr erinnerte, der sich beim Wachwerden jedoch mit einem bedrückenden, ekelhaften Gefühl bemerkbar machte.

Als ich aufwachte, ließen wir Kursk gerade hinter uns. Der Fahrer fuhr auf eine Tankstelle, parkte, ging in den Laden und kaufte ein paar Dosen kalten Kaffee. Der kurze Halt weckte mich zuverlässiger als das ganze Gerumpel während der Strecke Orjol – Kursk. Ich drehte mich um und betrachtete blinzelnd den Fahrer, der gerade zurückkam. Benzin blubberte, als der Wagen aufgetankt wurde. Und es blubberte die in Blech gepackte koffeeinhaltige Flüssigkeit – meine Zunge weigerte sich, dem Getränk die Bezeichnung Kaffee zuzugestehen –, die die Speiseröhre des Fahrers hinunterplätscherte und seinen Magen füllte. Der Geschmack ließ mich von diesem Gebräu ausschließlich in kargen medizinischen Begriffen denken.

»Willst du auch?«, fragte der Fahrer. Da er anscheinend zu dem Schluss gelangt war, dass ich nicht die Absicht hatte, ihn zu überfallen und mir sein Auto anzueignen, taute er etwas auf.

»Gibt es hier ein Klo?«

»Im Laden.«

»Ich vertret mir mal die Beine.«

Nachdem ich wieder zurück war, nahm ich den angebotenen Kaffee, öffnete die Dose und trank einen Schluck. Wir verließen die Tankstelle und fuhren weiter. Langsam tagte es. Ich rauchte eine, wobei ich das Fenster ganz heruntergelassen hatte. Die Luft war kalt und frisch, der Winter hatte hier noch keinen Einzug gehalten, sodass mich meine Reise zurück in den Spätherbst brachte.

»Du bist ein komischer Vogel«, brummte der Fahrer plötzlich. »Irgendwie einer von uns … und gleichzeitig doch nicht. Kein Verbrecher, aber mit Geld wirfst du nur so um dich. Dann schläfst du ein ... Was, wenn ich dir eins übergezogen hätte und du im nächsten Graben gelandet wärst?«

»War mir doch klar, dass du mir keins überziehst«, widersprach ich.

»Ach, das war ihm klar!« Der Fahrer schnaubte bloß. Das Auto polterte über die nächtliche Straße. Wir wurden ordentlich durchgeschüttelt, denn die Straße, die erst im Frühjahr ausgebessert worden war, war zum Winter schon wieder aufgerissen.

Woher wusste ich, wann die Straßenarbeiten vorgenommen worden waren? Woher kannte ich die Entfernung zwischen den Städten?

Und woher in drei Teufels Namen wusste ich, dass die Frau des Fahrers Oxana hieß, zehn Jahre jünger war als er und den Rest der heutigen Nacht im Bett ihres Nachbarn verbringen würde – mit stillschweigender Duldung ihrer bei ihnen lebenden Mutter.

Den Namen des Fahrers wiederum kannte ich nicht.

Waren das Reste meiner Funktionalfähigkeiten? Die sich ganz willkürlich zeigten?

»Du bist wirklich seltsam«, meinte der Fahrer noch einmal.

»Ich weiß.«

»Was ist dir wichtiger, Kumpel, möglichst schnell in Charkow zu sein oder dir nicht wie der letzte Idiot vorzukommen?«

»Du stellst Fragen!«, stöhnte ich. »Wär' nett, wenn sich beides machen ließe. Am Ende wäre es mir aber wichtiger, schnell anzukommen.«

»Dann lass ich dich in Belgorod am Busbahnhof raus. Ich bring dich sogar zu einem von den Taxifahrern, die da stehen. Die haben ihre Abkommen mit den Grenzern und werden schnell durchgelassen. Uns beide würden die Typen ein paar Stunden aufhalten. Das würde dich nur fünfhundert Rubel kosten.«

»In Ordnung.« Ich nickte. »Akzeptiert. Und für wie viel hättest du mich nach Belgorod gebracht? Wenn ich mich von Anfang an mit dir darauf geeinigt hätte?«

»Bei dreitausend hättest du einsteigen können!«, erklärte der Fahrer mit unverhohlener Genugtuung.

»Verstanden. Soll mir 'ne Lehre sein.«

Eine Weile fuhren wir schweigend weiter. »Hör mal«, brachte der Fahrer schließlich hervor, »die fünfhundert in Belgorod übernehm ich.«

»Warum das?«, wollte ich wissen. »Das würde ich nie vor dir verlangen ...«

»Ich bin Taxifahrer, kein Abzocker.« Der Mann holte eine Zigarette aus seiner Camel-Schachtel. »Das ist meine Arbeit, und da will ich ein reines Gewissen haben. Außerdem ...« Er schielte mich aus den Augenwinkeln an. »... zu feilschen, um mehr Geld rauszuschlagen, das geht in Ordnung. Und bei einem Ukrainer hätte ich vermutlich auch jetzt keine Probleme ... Aber wo du kein Fass aufmachst, dein Geld nicht zurückverlangst, da will ich mich auch anständig verhalten. Ich bin nämlich der Ansicht, wenn die Leute ihre Arbeit endlich mit Begeisterung machen würden und Respekt vor ihrem Beruf hätten, dann würde schon alles ins Lot kommen.«

Beinahe hätte ich laut losgelacht. Stattdessen sagte ich jedoch kein Wort, sondern nickte nur, um mein Einverständnis mit diesem Motto zu bekunden, das eines echten Funktionals würdig war.

Sie sind schon seltsam, diese kurzen Bekanntschaften. Normalerweise macht man sie auf Reisen, manchmal aber auch zu Hause. Wir treffen jemanden, unterhalten uns, essen und trinken gemeinsam. Manchmal kommt es zu Streit, manchmal zu Sex – aber danach geht man für immer auseinander. Doch der zufällige Trinkgenosse, mit dem du ein Herz und eine Seele bist, bis ihr euch Gemeinheiten an den Kopf werft, oder die sich langweilende junge Zugbegleiterin, mit der du beim Rattern der Räder das Bett geteilt hast, und, in der prosaischsten aller Varianten, der Taxifahrer, der dich ein paar Stunden lang durch die Gegend chauffiert – sie alle stehen für ein nicht in Erfüllung gegangenes Schicksal.

Mit dem Trinkgenossen zerstreitest du dich derart, dass er dich absticht. Oder du ihn.

Bei der Zugbegleiterin fängst du dir Aids ein. Oder sie wird deine treue und dich liebende Ehefrau.

Der Taxifahrer ist derart auf euer Gespräch konzentriert, dass er gegen einen Betonpfosten knallt. Oder ihr steckt in einem Stau fest, du kommst irgendwo nicht rechtzeitig an, erhältst eine Abmahnung, musst dir eine neue Arbeit suchen, fährst in ein anderes Land, triffst dort eine andere Frau, zerrüttest eine fremde Familie und verlässt deine eigene ...

Jede Begegnung ist ein winziger Einblick in eine Welt, in der du leben könntest. Und der aalglatte Beamte Sascha ist genau wie der Taxifahrer aus der Provinz, den seine Frau nachts betrügt, dein nicht in Erfüllung gegangenes Schicksal. Und diese Schicksale interessieren mich.

Vor allem, nachdem ich am eigenen Leib erfahren hatte, wie leicht unsere Schicksale aus dem Leben zu löschen sind.

Fröstelnd bohrte ich die Hände tief in die Taschen (letzten Endes war es selbst hier im Süden kalt) und wanderte durch die morgendliche, gerade erst erwachende Stadt. Zu dumm, dass ich Wassilissa nicht nach ihrer Adresse gefragt hatte. Aber wie hätte ich ahnen können, dass ich sie je brauchen würde?

In einem Imbiss mit leicht ukrainischem Anstrich bestellte ich eine Portion Wareniki, einen Teller Borschtsch, Kaffee und – nach kurzem Zögern – einen Kognak, um wieder warm zu werden. Zu meiner Überraschung stellten sich die Teigtaschen als handgemacht und lecker heraus, zur Suppe reichte man ein köstlich nach Knoblauch duftendes Hefebrötchen, beim Kaffee handelte es sich um einen vorzüglichen Espresso, und der Kognak – oder, ehrlich gesagt, der ukrainische Brandy – zog mir keineswegs den Kiefer zusammen. Obendrein verkehrten in diesem Imbiss junge Frauen, die im Vergleich zu den Moskauerinnen sehr viel sympathischer wirkten. Ich hatte immer geglaubt, in Moskau würden sehr sympathische Frauen leben, aber Charkow lief eindeutig außer Konkurrenz. Bei der fünften oder sechsten Frau, die ich auf der Stelle kennenlernen wollte, hielt ich es schließlich für geboten, meinen Kaffee auszutrinken und hinaus in den ekelhaften Sprühregen zu fliehen.

Die Straße brachte mir allerdings auch keine Erleichterung. In der Nähe musste es ein großes Institut oder eine Universität geben, wohin die Studenten – und Studentinnen! – zu ihren ersten Veranstaltungen eilten. (Gab es in Charkow überhaupt eine Uni? Ich wusste es nicht, und meine Intuition ließ mich im Stich.) Schon nach einer Minute ertappte ich mich dabei, wie ich eine Frau neben mir offen angaffte, die mir daraufhin ein freudestrahlendes Lächeln schenkte. Sofort bog ich scharf ab und murmelte: »Wird Zeit, dass Sie heiraten, gnädiger Herr ...«

Leider war ich nicht hierhergekommen, um eine Freundin zu finden. Und auch nicht wegen der Wareniki.

Ich setzte mich auf eine Bank im Hof eines alten zweistöckigen Hauses, bei dem der Putz abbröckelte, die kleinen Balkons mit den bauchigen, rissigen Balustraden auf Stücken von Eisenbahnschienen ruhten und wenige weiße Thermofenster von den ansonsten alten grauen Rahmen abstachen. Etwas an diesem Haus erinnerte seltsam an Moskau, und zwar an das alte Nachkriegsmoskau. Ob es womöglich tatsächlich von Moskauer Maurern gebaut worden war? Während des Kriegs war Charkow heftig umkämpft gewesen und fast dem Erdboden gleich gemacht worden. Danach hatte sich das ganze Land am Wiederaufbau beteiligt, weshalb die Stadt stellenweise an Moskau erinnerte, stellenweise an andere Städte.

Wie sollte ich hier eine Frau namens Wassilissa finden? Als ich noch ein Zöllner gewesen war, hatte ich einen Richtungsinstinkt besessen, der es mir erlaubte, zu dem als alten Wasserspeicher getarnten Turm an der Kreuzung der Welten zurückzufinden. Fremde Portale hatte ich jedoch selbst damals nicht gespürt. Und auch Funktionale hatte ich erst erkannt, wenn sie mir direkt gegenüberstanden.

Meine Idee, nach Charkow zu fahren, Wassilissa zu finden und sie um Hilfe zu bitten, hatte von Anfang an nicht viel Aussicht auf Erfolg. Gut, wir hatten uns damals auf Anhieb gemocht. Und den unsichtbaren Puppenspielern, die uns zu Funktionalen gemacht hatten, brachten wir beide nicht allzu viel Sympathie entgegen. Soweit ich es verstanden hatte, war Wassilissa mehr oder weniger freiwillig in die Verbannung gegangen und kontaktierte ihre Kollegen nicht allzu oft.

Aber wie kam ich darauf, dass sie mir helfen würde – und damit riskierte, alles zu verlieren?

Nur weil ich sie besser kannte als die anderen Zöllner? Hmm, genau genommen stimmte auch das nicht. Die Begegnung mit dem deutschen Zöllner war nicht weniger herzlich verlaufen, beinahe hätten wir sogar Brüderschaft getrunken ...

Während ich rauchend diesen eher unerfreulichen Gedanken nachhing und im Regen durchweichte, driftete ich nach und nach in eine Depression ab. Was machte ich hier? Wäre es nicht wesentlich gescheiter, die Funktionale wissen zu lassen, dass ich nicht die geringste Absicht hatte, gegen sie zu kämpfen? Weshalb sie mich getrost in Ruhe lassen konnten? Vielleicht würden sie mir ja glauben ... Ich würde einfach nach Hause fahren. Bei Bit und Byte würde man mir zwar den Kopf für die unentschuldigt gefehlten Tage waschen, aber vermutlich würde man mich trotzdem wieder einstellen. Und selbst wenn nicht! Schließlich hatte ich weiß Gott nicht die Absicht, bis ins hohe Alter pickligen Teenies die neuesten Videokarten anzudrehen oder Buchhaltern fortgeschrittenen Alters vorzuführen, dass der und der Rechner extrem leistungsstark ist und mit Maus, Monitor und Internetanschluss verkauft wird! Ich würde an die Uni gehen, an die Fakultät für Physik und Mathematik. Um ... um eine Maschine zu erfinden, mit der man von einer Welt in eine andere gelangte. Um auf Erde-1 zu landen ... Nein, besser gleich auf Erde-0, die meiner Ansicht nach hinter alldem stecken musste. Denen würde ich Feuer unterm Arsch machen! Mit zwei Schwertern auf dem Rücken und einer MPi im Anschlag! Nachdem ich mich mit heiligem Wasser besprengt und tibetanische Kampfmagie studiert hatte! Ein Szenario, ganz im Geiste des SF- und Fantasy-Schriftstellers Melnikow ...

Sobald mir Melnikow einfiel, musste ich unwillkürlich an Kotja denken.

Das gab mir den Rest. Ich stand auf und trat die zweite Zigarette aus, die ich mir gleich nach der ersten angesteckt hatte. Missmutig durchquerte ich den Hof.

Charkow ist eine große Stadt. Mit einer Metro und allem, was statusbedingt sonst noch dazu gehört. In erster Linie halt eine Unmenge von Häusern. Platz hatten sie hier nicht gespart, weshalb es nur stellenweise Hochhäuser gibt.

Komisch, dass Wassilissa ausgerechnet aus dieser Stadt stammte. Zu ihr hätte viel besser ein gemütlicher kleiner Ort wie Bobruisk gepasst ...

Die nächsten Höfe – feuchte, graue, traurige Plätze – durchquerte ich völlig in Gedanken versunken und ohne irgendetwas wahrzunehmen. Die Häuser zogen sich einen Hügel hinauf, zwischen ihnen schlängelte sich eine asphaltierte Straße entlang, die an bezäunten Vorgärten vorbeiführte, fast schon kleinen Gemüsegärten, eine für eine Millionenstadt befremdliche und vermutlich nicht erlaubte Erscheinung. Aber im Süden war eben alles unkomplizierter. Weiter weg von diesem idiotischen Schema von »Das gehört sich und das nicht«, dichter dran an der Realität. Es konnte durchaus sein, dass die Bewohner hier unbehelligt Zwiebeln und Dill vor der eigenen Haustür anpflanzten.

Plötzlich zwang mich etwas stehenzubleiben. Und zwar in einer schmalen Gasse, direkt am Ausgang eines dieser Höfe.

Dieses Etwas ließ sich nur schwer mit Worten beschreiben. Es lag an der Grenze zwischen Realem und Märchenhaftem, Gesehenem und Eingebildetem, eine Art huschender Schatten, aus den Augenwinkeln erfasst und ins Nichts verschwunden.

Ich schaute mich um. Lauschte.

Und wenn ich auf meine durch die Zigaretten verdorbene Nase vertraut hätte, hätte ich auch noch geschnuppert!

Dieser Hof war *anders*.

Hier hatten die Bäume noch nicht alle Blätter verloren. Die Gardinen in den Fenstern waren knalliger. Auf den Fensterbrettern leuchteten die Blumen triumphaler und fröhlicher, fast als seien sie Nachkommen des Rosenstocks von Gerda und Kay. Ein dicker schwarzer Kater, der sich auf dem Kofferraum – pardon, auf der Motorhaube – eines Saporoschez putzte, bis sein Fell glänzte. Er hatte Maße, die dich stutzen ließen: Thronte da eine Rohrkatze oder ein kleiner Luchs?

Auch der alte Saporoschez sah erstaunlich gut in Schuss aus, nicht wie ein restaurierter Oldtimer, nicht wie ein Haufen Schrott, sondern genau wie das, was er war: ein kleines, wendiges Auto.

Bei dem Zaun vor einem der Häuser handelte es sich um ein schmiedeeisernes Gitter. Es war mit einer widerlichen Farbe gestrichen, außerdem schmutzig, aber dennoch eine echte Schmiedearbeit. Kunstvoll rankten sich Weinreben um Blätter von Erdbeerpflanzen. Als Tüpfchen auf dem i bekrönte das Dach eine schmiedeeiserne Wetterfahne, kein banaler Hahn, sondern ein Drache, der die Flügel spreizte, die Zähne fletschte und gezackte Flammen spie. Ein Lattenzaun aus Fernsehantennen ragte um ihn herum in den Himmel auf wie die Piken einer Armee in der Verteidigung, die einen ungebetenen Gast entdeckt hatte.

Ich lachte los. Wenn das keine Visitenkarte von Wassilissa war, dem Zöllnerfunktional, das so großzügig Schmiedearbeiten verschenkte!

Wie hatte ich mir ihre Zollstelle in einer anderen Welt denn vorgestellt? Damals hatte sie eine ironische Bemerkung gemacht über die Türme, die Männer immer bewohnen würden ... Genau, etwas über Freud oder in der Art. Und jetzt handelte es sich bei ihrer Zollstelle tatsächlich nur um ein einfaches kleines Häuschen. Ganz ohne jede Exotik.

Die Gebäude, an die unsere Funktion gekoppelt ist, fallen an sich nicht weiter auf. Jeder normale Mensch kann sie sehen, tut das ja auch. Aber sehen und wahrnehmen, das ist nicht dasselbe. Das ehemalige Zimmermädchen und heutige Hotelierfunktional Rosa Weiß entdeckte in den Hungerjahren des Bürgerkriegs ein Lebensmittelgeschäft nur deshalb, weil man sie zu dieser Adresse bestellt hatte. Alle anderen – all die hungernden Rotarmisten, die vor nichts zurückschreckenden Banditen und die ihre Schätze hortende Bourgeoisie – gingen daran vorbei, träumten von einem Stück Brot und sahen nichts von dem eingelegten Gemüse, den Anchovis, dem roten und schwarzen Kaviar oder den Kalbfleischfilets.

Auch meinen Turm in der Nähe der Metrostation Alexejewskaja hatten nur diejenigen bemerkt, denen gesagt worden war, es sei eine neue Zollstation entstanden, ein höchst bequemer Übergang in andere Welten.

Nun hatte ich buchstäblich zwei Schritte von Wassilissas Zollstation gestanden, ohne sie überhaupt wahrzunehmen!

Das einstöckige Ziegelhaus zwängte sich zwischen größere und höhere Gebäude, schien sie förmlich auseinanderzusprengen, um sich einen Zugang zur Straße zu erkämpfen. Das Haus, das eindeutig Wassilissas Stempel trug und von ihr mit einem Zaun und einer Wetterfahne ausgestattet worden war, verschmolz mehr oder weniger mit den beiden höheren Nachbarbauten und wurde von ihnen nur durch einen schmalen, zugemüllten Spalt getrennt.

Die Zollstation verfügte zum Hof hin weder über Türen noch über Fenster. Hier standen ein paar alte, krumme Bäume, die Erde war mit vermoderten Blättern und abgebrochenen Ästen bedeckt. Die Grenze, hinter der die Menschen blieben und die sie unwillkürlich um das seltsame Haus herumführte, ließ sich klar erkennen, da gab es nämlich einen richtigen Trampelpfad.

Zur Gasse hin machte ich im ersten Stock ein Fenster aus, das jedoch dunkel war, als ob eine Gardine vorgezogen war. Und ich entdeckte die Tür – an die ich voller Vergnügen klopfte.

Stille.

»He, Nachbar!«, rief ich in Erinnerung an meinen ersten Besuch. Was hatte ich damals doch gleich von mir gegeben? Hatte ich das Gebäude nicht für eine Mühle gehalten und mich nach dem Klappern erkundigt? Na ja, wir wollen uns nicht wiederholen. »He! Ich bin ohne Mehlsack gekommen!«

Nach einer Weile hörte ich Schritte, feste, sichere Schritte. Ich grinste, als ich mir Wassilissa vorstellte, diese kräftige muskulöse Frau mit der Lederschürze über dem nackten Körper ...

Gegen diese Fantasien sollte ich mal was unternehmen. Zum Beispiel Brom trinken.

»Wer zum Teufel ...«, drang eine bekannte Stimme gedämpft an mein Ohr. »Ich werd' verrückt, das kann ja wohl nicht ...«

Die Tür wurde aufgerissen, und ich erblickte Wassilissa.

Die einen rosafarbenen, mit Rüschen und Spitzen besetzten Bademantel trug. Ihre Pantoffeln imitierten kleine weiße Hündchen mit Knopfaugen.

»Kirill«, brachte Wassilissa heraus, die Arme in die Hüften gestemmt. »Ich fass es nicht! Du?«

»Höchstselbst«, antwortete ich, da ich ihre konsternierte Reaktion nicht ganz verstand. Ich versuchte, woanders hinzugucken und Wassilissa nicht allzu offen anzuglotzen.

Gelingen wollte mir das kaum – sie war einfach allgegenwärtig.

»Steh hier nicht wie angewurzelt rum!« Mit einem Ruck zog mich Wassilissa ins Haus. Anschließend steckte sie den Kopf zur Tür hinaus und inspizierte aufmerksam die Umgebung, bevor sie die Tür schloss.

Selbst bei einer Giraffe kommt es irgendwo im Oberstübchen an.

»Du hast es also schon gehört?«, fragte ich. Bei der »Diele« des Hauses handelte es sich um einen Riesensaal, von dem drei Türen abgingen und wo eine Treppe in den ersten Stock führte. Er war absolut leer, es gab nur ein paar Säulen, die die Decke trugen und die mit schmiedeeisernen Haken verziert waren. Vielleicht war das aber auch nur Abfall von Wassilissas Produktion.

»Selbstverständlich.« Wassilissa schnappte sich eine zweifach zusammengefaltete Zeitung, die auf einem an der Tür stehenden Tisch lag – auch er mit schmiedeeisernen Beinen und mit einem geschmiedeten Rahmen, der Scherben dicken Glases einfasste. Das schmale, nur aus einer Doppelseite bestehende Presseerzeugnis erinnerte an die kostenlos verteilten Blätter, die die Bezirks- und Gebietsregierungen von Moskau herausgeben.

»Ja und?«, sagte ich nur, während ich den Namen las: *Wöchentliche Funktion*. Die Nummer von heute. Durfte man den Kopfangaben trauen, erschien die Zeitung bereits seit 1892.

»Tu nicht so scheinheilig!«, fuhr Wassilissa mich an. »Sind sie dir auf den Fersen? Wie bist du hergekommen? Mit dem Flugzeug?«

»Nein, mit dem Zug. In Orjol hatten sie einen Hinterhalt geplant, aber ich bin ihnen entwischt ...« Ich faltete die Zeitung auf – und starrte auf mein Bild.

»Er ist ihnen entwischt!« Wassilissa fuchtelte mit den Händen. »Ha! Schaut ihn euch nur mal an ... diesen Entwischer!«

Warum auch immer, aber mir wollte einfach nicht in den Kopf, dass Funktionale eine eigene Zeitung hatten. Ärztefunktionale, Friseurfunktionale, Kellnerfunktionale, all die hatte ich geschluckt. Aber Schreiberlinge konnte ich mir unter meinen Kollegen einfach nicht vorstellen. Obwohl mich mein allererster Besucher, das Briefträgerfunktional, auf diesen Gedanken hätte bringen können ...

Erschaudernd betrachtete ich mein Foto auf der ersten Seite. Es war nicht alt, aber ich hatte keine Ahnung, wer es wann gemacht hatte. Dann las ich den Artikel mit der Überschrift »Der letzte Regenbogen«.

Am schlimmsten war, dass der Artikel im Grunde die Wahrheit enthielt.

Das eine oder andere Detail war nicht ganz ausgeführt. Aber über diese Dinge wusste der Journalist einfach nicht Bescheid, das leuchtete mir sofort ein, zum Beispiel die Rolle, die Kotja gespielt hatte, oder Arkan ... Im Bericht schwang sogar ein gewisses Mitleid mit. Mit dem jungen Mann, der die Trennung von den Eltern und die Verwandlung in ein Funktional innerlich nicht verkraften konnte. Dabei hätte ich zu großen Hoffnung Anlass gegeben, denn ich hätte an einem bislang unerschlossenen Punkt Moskaus einige exzellente Portale geöffnet. Der verhängnisvolle Einfluss versprengter Dissidenten – das denke ich mir nicht aus, das stand da wirklich: Dissidenten! – hätte mich jedoch vom rechten Weg abgebracht.

Knapp zusammengefasst hieß das: Ich hatte eine Frau, die mir gefiel, ihrem Freund ausgespannt; es wurde zwar nicht offen gesagt, aber trotzdem entstand der Eindruck, ich hätte sie ihm mit Gewalt entführt. Ein Polizistenfunktional, das am Tatort war – auch hier entstand der Eindruck, er sei einzig zu Nastjas Rettung gekommen –, hätte ich zusammengeschlagen. Am nächsten Morgen – unwillkürlich sah man glasklar vor sich, wie ich die ganze Nacht über die arme Frau herzog – hätte mich die Hebamme Natalja Iwanowa aufgesucht, die »bereits vielen von uns geholfen hat, das zu werden, was wir jetzt sind«. Ich jedoch hätte erst meine Freundin umgebracht und anschließend Natalja mit einem Stromkabel erwürgt. Daraufhin hätte ich den Turm verlassen; dieser sei in sich zusammengestürzt. Auch hier war kein Wort gelogen, aber jedes Funktional musste danach der felsenfesten Überzeugung sein, dass ich einfach die »Leine« durchgerissen und mich zu weit von meiner Funktion entfernt hätte. Nach alldem sei ich über meinen Freund Konstantin Tschagin hergefallen, den »seitdem niemand mehr gesehen hat«.

Mit dieser Szene beendete der Journalist die Beschreibung meiner Abenteuer und erklärte, das »traurige Ende dieser Geschichte bleibt abzuwarten«.

Was der Regenbogen damit zu tun hatte, war mir schleierhaft.

»Was davon ist gelogen?«, fragte Wassilissa, sobald ihr klar wurde, dass ich den Artikel durchgelesen hatte.

»Im Grunde bloß Kleinigkeiten.« Ich blätterte weiter. Die Rückseite füllten ein Kreuzworträtsel und eine Spalte mit Witzen.

Es gab auch einen Nachruf auf Natalja Iwanowa, an die sich ihre einstigen Schützlinge erinnerten, sowie etwas wie Anzeigen, in denen neue Funktionale aufgezählt und empfohlen wurden.

»Du hast die Iwanowa also nicht umgebracht?«, wollte Wassilissa wissen.

Ich schwieg kurz. »Doch, das habe ich«, antwortete ich schließlich, wobei ich Wassilissa fest in die Augen sah. »Sogar zwei Mal. Und beim zweiten Mal hat's geklappt.«

»Tüchtig!«, kommentierte Wassilissa und schlug mir freundschaftlich auf die Schulter. Ich geriet kurz ins Wanken. »Dieses Luder! Wenn du wüsstest … Nein, Männer können nicht verstehen, was für ein Luder sie war! Hast du schon gefrühstückt?«

»Ja.«

»Trotzdem trinken wir jetzt einen Tee.«

Drei

Jedes Volk hat Traditionen, die im Land selbst schon nicht mehr gepflegt werden, dafür aber echte Exportschlager sind. Und je schöner und exotischer eine Tradition ist, desto geringer sind ihre Chancen, in der Heimat zu überdauern. Ähnliches gilt übrigens auch für Menschen.

Die meisten männlichen Einwohner Schottlands bevorzugen Hosen – aber es verlässt nur selten ein Tourist das von Burns besungene Land des Heidekrauts und der Gerste wieder ohne einen karierten Kilt im Gepäck. Die meisten Franzosen schüttelt es beim Anblick von Austern und Froschschenkeln, mit denen sich die nach Exotik dürstenden Touristen vollstopfen. Selbst die Japaner ergötzen sich weniger an den blühenden Kirschen an den Hängen des Fujiyama oder am Studium von Karatetechniken, bevor sie Sushi und Sake zu sich nehmen, als vielmehr an einem schnellen Bier plus Hamburger mit einem amerikanischem Videoclip im Hintergrund.

Russland nimmt in diesem Prozess der Alltagsglobalisierung eine ungefährdete Spitzenposition ein. Natürlich ist die Rückkehr des Kwass zu begrüßen, der alle möglichen Arten von Cola zurückgedrängt hat. Inzwischen nehmen auch die Witze über die Filzstiefel ab, dieses für den russischen Winter unverzichtbare Accessoire. Selbst Sarafane, Schirmmützen und Russenhemden kehren dank den Bemühungen der Couturiers in neuem Gewand zurück.

Wenn aber etwas eindeutig zum Souvenir für Touristen mutiert ist, dann der Samowar. Er ist zusammen mit den Großfamilien gestorben, die an einem Tisch zusammenkamen, um gemeinsam zu essen – und zwar in aller Ruhe, ohne Fernseher und ohne in der Mikrowelle zubereitete Halbfertiggerichte. Eine Zeit lang überdauerten die bauchigen Samoware noch als Dekoration auf einer Festtafel, vernickelt oder traditionell bemalt. Zwar wurden sie nur noch an Geburtstagen, zu Neujahr und am Ersten Mai herausgeholt, aber immerhin. Und der beste Tee in Kindertagen war der aus dem Samowar.

Irgendwann machten die bunten Plastik-Teekessel dem Samowar jedoch den Garaus. Es war so viel bequemer, den Kessel aus der Küche zu holen und den Gästen eine Schachtel mit Teebeuteln hinzustellen, als diesen Riesensamowar anzuschleppen und den Tee nach allen Regeln der Kunst aufzubrühen: Warten, bis im heißen Wasser Perlen, zu einem Faden gereiht, aufsteigen, die kleine Porzellankanne auszuspülen und den Sud aufgießen. Ich konnte mich nicht einmal mehr daran erinnern, wann ich das letzte Mal an einem Tisch gesessen hatte, auf dem ein Samowar stand. Selbst Wassilissa hatte bei meinem letzten Besuch einen Kessel benutzt.

Heute jedoch stand auf dem Tisch ein Samowar. Ein großer Samowar, mit einem Fassungsvermögen von acht bis zehn Litern. Und so wie er aussah, wurde er häufig gebraucht.

»Och, was für eine Pracht ...«, murmelte ich.

Wassilissas Leidenschaft fürs Teetrinken ließ sich nicht leugnen. In einer Schale lagen Zitronenscheiben, es gab Sahne, Zucker (Streu- und Würfelzucker, weißen und braunen, Rüben- und Rohrzucker), allerlei Gebäck und Waffeln, mit und ohne Schokoüberzug.

»Ich erwarte Gäste«, erklärte Wassilissa leicht verlegen.

»Aus Nirwana?«

»Ja.« Wassilissa nickte in Richtung Fenster, hinter dem die Sonne strahlte und Bäume im sommerlichen Blättergewand grünten. »Ich habe mit den Leuten dort vereinbart, dass sie mir einmal pro Woche ein paar Kinder schicken. Wir trinken zusammen Tee, dann beschäftige ich mich mit ihnen ... Die Schule ersetzt das natürlich nicht, aber trotzdem ...«

Nirwana war die Welt, in der wir uns kennengelernt hatten. Mein Turm und Wassilissas Schmiede standen in ihr dicht beieinander. Es war ein bestechend schöner und erstaunlicher Planet mit mildem Klima und ohne eigene Tierwelt. Die dortige Flora gab eine spezielle Form von Psychedelikum in die Luft ab. Es ließ alle Eindrücke scharf hervortreten und betäubte den eigenen Willen fast ganz. Ein Mensch konnte in dieser Welt zwei Schritt von einem Bach entfernt verdursten, denn er spürte zwar seinen Durst, hatte aber nicht den Wunsch, die kurze Strecke zurückzulegen, und empfand keinerlei Qual. Beinahe wie der faule Kater aus dem Witz, der eine halbe Stunde lang miaute, weil er sich auf – na, sagen wir mal – den Schwanz getreten war.

Funktionalen konnte diese vergiftete Luft Nirwanas natürlich nichts anhaben. Da sie allerdings auch keine weitere Erholungswelt brauchten, nutzten sie Nirwana kurzerhand als Verbannungsort für all jene Menschen, die auf die eine oder andere Art zu einer Gefahr für die Funktionale geworden waren. Das war human – und zuverlässig. Nach einer Adaptionsphase entwickelten die Menschen Fähigkeiten zur Selbstversorgung, manche zeigten sich sogar in der Lage, Fische zu fangen oder Hühner zu halten. Selbst Kinder setzten sie gelegentlich in die Welt. Der alte Freud wäre hochzufrieden gewesen ...

Von außen betrachtet, konnte man die Dörfer der Verbannten für eine riesige Klapsmühle halten, so schlaff, ungeschickt und benebelt wie die Einwohner waren. Aber der Horror der Situation bestand eben darin, dass mit ihrem Verstand alles in Ordnung war. Es fehlte ihnen nur an Willenskraft.

»Und was bringst du ihnen bei?«, fragte ich. »Lesen und schreiben?«

»Das wäre Zeitverschwendung«, antwortete Wassilissa kopfschüttelnd. »Sicher, sie lernen es, aber sie lesen trotzdem nie ein Buch, dazu reicht ihre Motivation nicht aus.«

»Und du bist sicher, dass diese Ausdünstungen nicht in unsere Welt gelangen?«, erkundigte ich mich, während ich mir Tee einschenkte.

»Nun komm schon!« Wassilissa lachte. »Ich bringe ihnen bei, sich die Zähne zu putzen und die Hände zu waschen. Die Hosen auszuziehen, bevor sie ihr Geschäft erledigen. Kratzer zu verbinden. Geschirr abzuwaschen.«

»Aber ob das der richtige Weg ist?«, zweifelte ich. »Schließlich sind sie nicht debil. Das Problem liegt einzig und allein im Mangel an Motivation. An Willen. Du solltest dich mal an einen Psychologen wenden, vielleicht weiß der Rat. Man muss diesen Kindern nicht beibringen, sich die Hände zu waschen, sondern ihre Ziele zu erreichen. Sich überhaupt erst mal Ziele zu stecken. Ohne das wirst du nichts ändern.«

»Ich denk drüber nach.« Wassilissa musterte mich neugierig. »Vermutlich hast du recht, Kirill. Von außen lässt sich das immer besser beurteilen ... Aber jetzt erzähl mal, was passiert ist. Wieso bist du mit Natalja aneinander geraten?«

Ich zögerte nur kurz. Wenn du dem einzigen Menschen gegenübersitzt, der dir helfen kann, ist es nicht nur unfair, etwas zu verbergen, sondern einfach idiotisch.

Ich erzählte alles.

Unterdessen tranken wir Tee, und Wassilissa fand trotz unseres ernsten Gesprächs immer wieder Gelegenheit, den Samowar anzustellen und darauf zu achten, dass die Tassen nie leer wurden. Vermutlich war das Teetrinken für sie genauso wichtig wie für die Engländer in viktorianischer Zeit.

Ich berichtete von dem Gespräch mit Illan, der Untergrundkämpferin, die früher ein Arztfunktional gewesen war. Von ihrer Freundin Nastja und wie sie Widerstand spielte ... Von Natalja Iwanowa, die diese Spiele gar nicht mochte. Von Kotja, der sich als Kurator unserer Erde herausgestellt hatte. Von Erde-1, also Arkan. Davon, wie ich beinahe umgebracht worden wäre. Und davon, wie ich selbst zum Mörder geworden war.

»Wir sind das Experimentierfeld der Arkaner«, schloss ich. »Sie können aus einfachen Menschen Funktionale machen.«

»Aber weshalb?«, wollte Wassilissa voller Neugier wissen.

»Auf diese Weise regieren sie die einzelnen Welten. Irgendwie kalkulieren sie, auf welchem Weg sie die gewünschten Ergebnisse erzielen. Genau wie in der Science Fiction: Hätte man den Zweiten Weltkrieg vermeiden können, wenn man Hitler schon als kleinen Jungen umgebracht hätte? Wäre das menschlicher gewesen? Sie brauchen dabei nicht mal jemanden zu töten. Sie stoßen den fraglichen Menschen einfach aus dem Leben und verwandeln ihn in ein Funktional, und schon sieht die Welt anders aus. Ein Mensch reicht, um eine ganze Welt auf ein anderes Gleis zu setzen.«

»Im Philosophieunterricht haben wir beigebracht bekommen, dass von einem einzigen Menschen gar nichts abhängt.« Wassilissa lächelte. »Das behauptet jedenfalls der Marxismus-Leninismus ... Aber dieses Fach kennst du ja gar nicht mehr, Kirill.«

»Ich würde dem Marxismus-Leninismus keinen allzu großen Glauben schenken«, meinte ich schnippisch. »Schon gar nicht nach dem Zusammenbruch der UdSSR.«

Wassilissa brach in schallendes Gelächter aus. Genussvoll biss sie die Hälfte eines gefüllten Tuler Honigkuchens ab. »Das tu ich auch nicht, Kirill! Warum sollte ich? Ein

Mensch verändert die ganze Welt. Ganz einfach! Aber alles andere ist blanker Unsinn, du musst schon entschuldigen ...«

»Warum?«, murrte ich.

»Wenn deine Arkaner ...«

»Das sind nicht meine Arkaner!«

»Wenn die Arkaner das Schicksal der Welten so leicht kalkulieren könnten, wenn sie bloß jemanden aus einer Welt herauslösen müssten, damit es eine andere wird, dann bräuchten sie überhaupt keine Versuchswelten. Ein Labor und Experimente sind nur in den Fällen nötig, wenn du diese Ergebnisse nicht berechnen kannst! Du aber behauptest, die Arkaner wüssten alles auf Jahrzehnte im Voraus. Wie sie eine Welt ohne Technologie schaffen können und wie eine mit. Hier basteln wir uns eine Welt der Religion, dort eine der Wissenschaft und da eine der Wahrsagerei und hier ... ach, was weiß denn ich für eine ... Gut, ich glaube dir! Aber dann sind keine Experimente nötig!«

»Wassilissa ...« Hilflos breitete ich die Arme aus. »Ich erzähle dir doch bloß, was ich weiß!«

»Das alles ist viel komplizierter.« Sie schüttelte überzeugt den Kopf. »Viel komplizierter, Kirill.«

»Gut«, stimmte ich ihr zu. »Es gibt da wirklich noch was. Ich glaube nämlich nicht, dass Arkan die Hauptwelt ist. Wenn du ein paar Welten durchnummerieren müsstest, deine eigene eingeschlossen, die natürlich die wichtigste ist – welche Nummer würdest du ihr geben? Vor allem, wenn die anderen nichts von ihr wüssten dürften? Würdest du sie Erde-1 nennen?«

»Ich würde ihr überhaupt keine Nummer geben. Meine Welt ist einfach meine Welt. Per definitionem. Vor allem, wenn sie geheim ist.«

»Siehst du! Aber sie nennen ihre Welt Erde-1! Also muss es noch eine Welt geben! Erde-0! Und da müssen die Puppenspieler sein, die die Fäden ziehen! Die Arkaner sind auch nur Handlanger!«

Zu meiner herben Enttäuschung reagierte Wassilissa auf meine geniale Schlussfolgerung mehr als kühl.

»Ja und? Selbst wenn es noch eine Welt minus 1 gäbe! Das würde an der Situation nichts ändern. Entscheidend bleibt die Frage: wozu? Wer hat etwas davon? Von diesem Dutzend Planeten mit absolut unterschiedlichen Gesellschaftsformen? Von diesen Experimenten, in denen unterschiedliche Gemeinwesen geschaffen werden? Entschuldige, aber auf so eine Idee kann ja wohl nur ein Soziologe kommen.« Wassilissa milderte ihre Aussage mit einem Lächeln ab, aber ich hätte ihr sowieso nichts entgegenhalten können.

»Ich bin kein Soziologe«, brummelte ich bloß mürrisch.

»Was bist du dann?«

»Ich bin ein Niemand ... ein Hanswurst ... ein Angestellter in einem Computerschuppen ...« Ich stand auf und tigerte durchs Zimmer. »So kommen wir nicht weiter, Wassilissa. Arkan spielt so oder so die Rolle desjenigen, der alle Welten lenkt. Aber wem das nützt und wozu ... das ist eine Frage ...«

»Mich beschäftigt noch etwas anderes«, unterbrach mich Wassilissa. »Wer ist eigentlich auf die Idee gekommen, ein Funktional aus mir zu machen? Und warum ausgerechnet einen Zöllner? Die Türen, die ich geöffnet habe, braucht niemand ... Du hast gesagt, man schubst uns aus der Welt, damit diese sich verändert ... Genau das glaube ich nicht! Wenn du Putin herausnimmst, dann verändert sich die Welt! Oder den Papst! Jemanden wie Pelewin ... Johnny Depp ... Elton John ... von mir aus sogar Dima Bilan! Es gibt Menschen, von denen tatsächlich etwas abhängt. Aber von mir? Oder ... nimm's mir nicht krumm ... von dir?«

»Ich bin ein guter Zöllner gewesen«, erklärte ich mit völlig unangemessenem Stolz. »Meine Türen waren vorzüglich. Allerdings glaube ich, dass niemand damit gerechnet hatte.«

»Also werden wir eben nicht aus der Welt genommen, damit diese sich ändert«, trumpfte Wassilissa auf. »Da muss etwas anderes hinterstecken, Kirill. Und das musst du rauskriegen.«

»Ich?« Ich setzte mich aufs Fensterbrett. Hinter mir prasselten Regentropfen auf den Sims.

»Wer sonst?«, entgegnete Wassilissa, ohne sich aus der Ruhe bringen zu lassen. Sie drehte sich mir zu. »Wie du dich vielleicht erinnern wirst, bin ich an dieses Gebäude gekettet. Acht Kilometer und siebenhundertundvierzehn Meter reicht meine Leine. Das habe ich in meiner Freizeit nachgemessen. Wenn ich diesen Bewegungsradius verlasse, geht meine Funktion flöten. Dann werde ich zu einem absolut normalen Menschen. Nur dass sich niemand mehr an mich erinnert, Kirill. Ich würde obdachlos sein, würde unter Heizungsrohren schlafen, lernen, Kölnischwasser zu saufen ...«

»Mich hat man nicht vergessen«, sagte ich. »Meine Eltern haben sich an mich erinnert, meine Freunde auch.«

»Aus deiner Geschichte werde ich sowieso nicht schlau«, gestand Wassilissa. »Wie hast du es geschafft, eine Hebamme zu besiegen? Und dann noch diesen Kurator?«

»Ich weiß es nicht.« Unwillkürlich schielte ich auf meine Hand. Das trug mir eine weitere ironische Bemerkung ein.

»An den Ring der Macht glaube ich nicht. Ich habe selbst welche geschmiedet, als der Film gerade in war. An dem Ring kann es nicht liegen, es muss etwas mit dir zu tun haben ...«

»Womit soll ich anfangen, Wassilissa?«, fragte ich. »Du musst mir helfen.«

»Warum gerade ich?«

»Ich habe sonst keine Freunde unter den Funktionalen.«

»Freunde ...« Wassilissa schnaubte vielsagend.

Ich hielt es für klüger, nicht darauf einzugehen.

»Wenn du mich fragst, läuft alles darauf hinaus, dass du nach Arkan musst. Dort musst du die Lösung für dieses Rätsel suchen. Aber da führen keine Türen hin!«

»Es muss welche geben. Nur hält man geheim, wo. Aber irgendwie müssen die Polizisten aus Arkan schließlich nach Orjol gelangt sein!« Ich sprang vom Fensterbrett und schaute hinaus. Es war das Fenster, an das ich mich noch von meinem ersten Besuch erinnerte.

»Dass sie nicht mit dem Zug gekommen sind, ist mir auch klar«, höhnte Wassilissa.

»Ich glaube aber, sie sind mit dem Zug von Orjol hierher nach Charkow gefahren«, bemerkte ich, während ich auf die stille herbstliche Gasse hinausstarrte.

Der Regen hatte zugenommen, und ein paar kräftige junge Männer, allesamt identisch gekleidet, spannten ihre schwarzen Schirme auf, die sich ebenfalls glichen wie ein Ei dem anderen. Die Typen hatten einen Halbkreis um den Turm herum gebildet und starrten schweigend hoch zum Fenster.

Mir direkt ins Gesicht.

Ich trat vom Fenster weg. Langsam wich ich zur Seite.

Sie glotzten immer noch unverwandt in dieselbe Richtung. Niemand rührte sich, niemand zwinkerte auch nur.

»Sehen die mich?«, fragte ich.

»Nein«, beruhigte mich Wassilissa, nachdem sie an mich herangetreten war. »Durch das Glas kann man nur von innen etwas sehen.«

»Trotzdem ... die wissen doch, dass ich hier bin.«

»Oder sie nehmen es an. Wenn sie dich im Zug gesucht haben, dann wissen sie, wohin du wolltest. Kennst du viele Leute in Charkow?«

»Nur dich.«

Wassilissa guckte noch einmal zum Fenster hinaus. »Die warten auf jemanden«, stellte sie stirnrunzelnd fest.

»Auf einen Polizisten?«, schlug ich vor.

Wassilissa sparte sich die Antwort auf diese eher rhetorische Frage. Sie ließ den Blick durchs Zimmer schweifen. »Nirwana oder Janus?«, wollte sie wissen.

»Janus?«, fragte ich zurück.

»Erde-14. Im Winter bitterer Frost, im Sommer glühende Hitze. Menschen leben dort keine.«

Mir war alles klar. Ich durfte nicht darauf hoffen, dass Wassilissa den Polizisten nicht hereinlassen würde. Und früher oder später würde der auftauchen. Ich hätte sie auch nie darum gebeten, ihm den Zutritt zu verweigern: Dann würde bloß eine Hebamme auf der Bildfläche erscheinen und kurzerhand Wassilissas Funktion zerstören, diese kleine Zollstelle zwischen Erde, Nirwana und Janus, die niemand brauchte.

»Mich zieht rein gar nichts nach Janus«, erklärte ich. »Der Name reimt sich nicht angenehm. Wassilissa, kannst du mich nicht auf Nirwana verstecken?«

Wassilissa schaute zu dem Fenster raus, hinter dem Sommer herrschte. »Du würdest dich auf der Stelle ausklinken«, gab sie zu bedenken. »Schließlich bist du kein Funktional mehr. Sicher, ich könnte die Leute bitten, dich in ihrem Dorf zu verstecken. Sie können sich inzwischen ganz gut um Neulinge kümmern. Aber wenn ein Polizist auf die Idee kommt, ihr Dorf zu überprüfen ...«

»Und auf diese Idee wird er kommen«, entschied ich in Erinnerung an Zei, den Polizisten aus Kimgim, der Illan bis nach Reservat verfolgt hatte. Sie hatte es damals allerdings geschafft, ihm zu entkommen.

Nirwana war jedoch was ganz anderes. Hier brauchte mich niemand zu verfolgen, da konnte man mich, einen Idioten, dem der Sabber aus dem Mund lief und der ständig glückselig lächelte, einfach einsammeln.

»Wo könnte ich mich auf Janus verstecken?«

»Wart mal.« Wassilissa ging zu dem klobigen Büfett hinüber und zog eine Schublade heraus. Ich beobachtete, wie sie sich durch Gebrauchsanleitungen für Mikrowelle und Kühlschrank wühlte, ihr aber auch ein Haushaltsbuch mit Stromrechnungen unterkam. (Mussten Funktionale etwa den Strom bezahlen?) Irgendwann hielt sie ein kleines, ledergebundenes Buch in Händen, das ich nur zu gut kannte: die Zollbestimmungen. Auf dem Einband war in silbernen Buchstaben: JANUS aufgeprägt. Es war ein sehr edles Buch. Das Einzige, was mich stutzen ließ, war sein Umfang. Fast hätte man meinen können, es bestünde lediglich aus dem Einband.

Im Grunde war es tatsächlich so. Von der Erde durfte man jedes x-beliebige Produkt nach Janus ausführen. Umgekehrt ebenfalls. Insofern waren die Zollbestimmungen für Erde-14 denkbar einfach und knapp.

Wassilissa interessierte sich jedoch gar nicht für diese Gesetze. Sie nahm ein zerknittertes Blatt Papier aus dem Buch und reichte es mir. »Hier. Leider versagt da jeder Kompass ...«

Ich erhielt eine Art handgezeichneter Karte, die zwar ziemlich primitiv war, aber klar. In einer Ecke war neben einem geschlängelten Band ein Quadrat eingezeichnet, das war Wassilissas Haus am Fluss. Die Ansammlung von Höckern in der Mitte symbolisierte eine Bergkette, auch wenn sie eher an den von seiner Libido gequälten Versuch eines Studenten erinnerte, möglichst viele große Brüste zu zeichnen. In der gegenüberliegenden Ecke der Karte war ein Turm eingezeichnet, den man als einen weiteren Malversuch des besagten Studenten auffassen konnte, bei dem er seine männliche Pracht vor möglichst vielen Brüsten darstellen wollte.

»Ist es weit?« Ich tippte mit dem Finger auf den Turm.

»Zweiundzwanzig Kilometer.« Wassilissa sah mich ernst an. »Ich selbst komme da logischerweise nicht hin.«

»Wem gehört der Turm?«

»Keine Ahnung.«

»Und woher hast du diese Karte?«

Wassilissa druckste kurz, antwortete dann aber doch. »Ich ... habe da mal ... Also, ich hab mal jemandem geholfen, von Nirwana wegzukommen. Das war sein sehnlichster Wunsch. Auf unsere Erde konnte ich ihn natürlich nicht schicken, da hätten sie ihn gleich geschnappt. Aber damals war auf Janus gerade Frühling. Das ist die einzige Jahreszeit, die da erträglich ist ... Im Sommer bringt dich die Hitze um, im Herbst gießt es, im Winter Schnee. Er ist nach Janus gegangen. Später hat er mir diese Karte zugeschickt. Da hatte er sich bereits zu unserer Erde durchgeschlagen. Er hat es geschafft, diesen Turm zu erreichen und von dort zur Erde zurückzukehren.«

»Kann ich mich auf die Karte verlassen?«, fragte ich.

»Ja.« Ihre Stimme zitterte nicht. Trotzdem klang es nicht sehr ermutigend. Ich sah noch mal zum Fenster raus. Zum dritten Fenster, hinter dem jene Welt lag, die nach dem nicht sonderlich sympathischen Gott benannt worden war und einen unangenehmen Reim ergab.

Dort war alles grau und verhangen.

»Ist da gerade Nacht?«, fragte ich.

»Tag«, antwortete Wassilissa nach kurzem Zögern.

»Und du meinst, ich schaffe es bis zum Turm?«

Wassilissa trat ans Fenster und presste das Gesicht an die Scheibe. Ich verstand nicht sofort, dass vor dem Fenster in jener fremden Welt ein Thermometer hing, ein stinknormales Alkoholthermometer aus russischer Produktion, eine Glasröhre mit zwei Plastikhaltern an den Enden.

»Minus zehn Grad«, teilte Wassilissa mir mit. »Der Frost hat noch nicht voll zugeschlagen. Du hast eine Chance.«

»Zwanzig Kilometer?«

»Zweiundzwanzig. Aber wie es aussieht, hast du deine Funktionalsfähigkeiten ja nicht vollständig eingebüßt. Vielleicht nützt dir das was ...«

»Ich habe nur eine dünne Jacke«, gab ich zu bedenken.

»Und viel zu leichte Schuhe«, sagte Wassilissa ernsthaft. »Überleg's dir. Wenn du nach Janus gehst, gebe ich dir ordentliche Sachen.«

»Und wenn ich nicht da hingehe?«

Wassilissa breitete die Arme aus. »Ich werde mich nicht mit einem Polizisten anlegen«, stellte sie nach kurzem Schweigen klar. »Er würde mich umbringen ... und von mir hängt ein ganzes Dorf ab. Flieh, Kirill. Denn die werden mit Sicherheit hier auftauchen.«

Ich schaute noch mal zum Fenster hinaus, nach Charkow, dieser gastfreundlichen, noch schneefreien Stadt ... Von einem Werbeplakat auf der anderen Straßenseite lächelten mir drei Männer zu, die mich anscheinend dazu aufforderten, irgendein spezielles Produkt zu kaufen. Wind und Regen hatten dem Plakat ordentlich zugesetzt, das Gesicht von einem der Typen war völlig aufgeweicht, das von einem anderen wirkte jetzt unzufrieden;

nur der dritte hatte sich aller Unbill der Natur zum Trotz seinen Optimismus bewahrt.

Im Grunde hatte ich keine Wahl, was gar nicht schlecht zu den drei Figuren da auf dem Werbeplakat passte. Oder zu dem Stein am Wegesrand, der für den Helden im Märchen verschiedene Prophezeiungen bereit hält – auch das nur eine Entscheidung zwischen Regen und Traufe. Wenn ich nach Nirwana ging, würde ich verblöden, wenn ich in meiner Welt blieb, war ich vollends erledigt. Eine Chance hatte ich nur auf Janus.

Aber zweiundzwanzig Kilometer!

»Ich habe Skier«, bemerkte Wassilissa. »Gute, breite Jagdskier ... Nein, Mist! Einer ist zerbrochen, Kirill, und ich habe noch keine neuen gekauft. Weshalb sollte ich schließlich nach Janus gehen? Gut, so tief ist der Schnee nicht, der Wind trägt ja noch alles weg. Du schaffst es bestimmt ohne Skier, oder?«

Ich sagte ihr nicht, dass ich das letzte Mal in der fünften Klasse auf Skiern gestanden hatte. Danach hatte mich entweder die Erderwärmung abgehalten, oder unser neuer Sportlehrer hatte diese Form der Leibesertüchtigung einfach nicht gemocht.

»Such mir was Warmes zum Anziehen raus«, verlangte ich.

Winterkleidung – und zwar richtige, nicht die Schöpfungen der Modemacher, die nur für den Gang zum Rednerpult gedacht sind – taugt letztendlich gleichermaßen für Männer wie für Frauen. Wie nennen diese Couturiers mit ihrem blasierten Lächeln es so schön: Unisex. Aber wenn es dir egal ist, ob die Knöpfe auf der einen oder auf der anderen Seite liegen, hindert einen Mann nichts daran, einen Schafspelz für Frauen zu tragen. Vorausgesetzt, es handelt sich um eine richtige Frau, kein Magerquarkmodell, sondern eine mit Pferd und Hütte, wie sie schon Nekrassow besungen hat.

Ich bekam – da die Zeiten Nekrassows vorbei waren – zum Glück jedoch keinen Pelz, sondern eine moderne Steppjacke, hergestellt von einer bekannten amerikanischen Firma, hundert Prozent Synthetik, mit der du getrost nach Sibirien fahren könntest. Mehrschichtig nach dem Prinzip einer Thermoskanne saugte sie den Schweiß auf und ließ weder Kälte noch Wind durch. Mit einem albernen, unter durchsichtigem Plastik liegenden Thermometer am Futter und einem zweiten, noch alberneren an der Klappe der Brusttasche. Klar, man musste ja sehen, wie kalt es draußen und wie warm es drinnen war ...

Erfreulicherweise passten mir sogar die Stiefel. Zu enge Schuhe sind das schlimmste, was dir im Winter passieren kann. Obwohl die Moonboots etwas feminin wirkten, mussten sie mindestens Größe 43 haben. Ich bezweifelte zwar, dass das Plastik mich gegen die Kälte schützen würde, aber Wassilissa versicherte mir, sie habe die Schuhe selbst mehrfach getragen und sie hätten ihr bei jeder Kälte gute Dienste geleistet.

Die Pelzmütze war mir allerdings zu klein. Wassilissa machte sich deswegen jedoch keine großen Sorgen, sondern stülpte mir eine Strickmütze auf, die bei mir verschwommene Kindheitserinnerungen wachrief: Spiele an der frischen Luft, Schneeballschlachten und Schneemänner. Ich glaube, wir haben solche Mützen immer »Hahn« genannt.

Die Daunenjacke hatte eine ordentliche Kapuze, weshalb mir der alberne, dünne Hahn sowieso gestohlen bleiben konnte.

»Du hast nicht vielleicht auch Handschuhe?«, bat ich.

»Du kannst meine Fäustlinge haben.« Wassilissa streckte mir Handschuhe aus Leder und Fell hin, die ziemlich abgetragen und von außen ganz verrußt waren. »Du hast dann zwar extrem monströse Pranken, aber immerhin warme Hände.«

»Du bist wie das kleine Räubermädchen, das Gerda ausstattet, als sie Kay sucht«, murmelte ich.

Zu meiner Überraschung wurde Wassilissa daraufhin knallrot. Und sie gab mir einen reichlich unbeholfenen Kuss auf den Mund. »Danke, Kirill« flüsterte sie.

Was um alles in der Welt hatte sie denn da als Kompliment aufgefasst? Den Vergleich mit dem kleinen Räubermädchen? Oder reichte womöglich schon das Wort »klein«?

Auf einmal kam mir in den Sinn, dass sie vermutlich einen Liebhaber unter den Einwohnern Nirwanas hatte. Irgendeinen Mann, der noch relativ gut beieinander war und einigermaßen aussah. Aber Komplimente dürfte der ihr wohl kaum machen ...

»Dank dir«, sagte ich.

Wir standen an der Tür, die nach Janus führte. Ich war komplett ausgerüstet, angezogen und beschuht. Wassilissa hatte sogar noch einen Rucksack ausgegraben, wenn auch keinen zum Wandern, sondern eher einen für die Stadt, der aber trotzdem bequem auf dem Rücken zu tragen war. In ihn hatten wir meine dünne Jacke, Proviant und allerlei Kleinkram gepackt, den ich vielleicht brauchen könnte. Prompt fiel mir wieder Kotja ein, wie er sich auf die Suche nach Illan gemacht hatte.

»Hast du meinen Dolch noch?«, fiel es Wassilissa plötzlich ein.

»Nein.«

»Hier.«

Offenbar hatte sie überall Klingen herumliegen. Diese nahm sie von dem Tisch, der neben der Tür nach Nirwana stand, und überreichte sie mir feierlich. Ein anständiger Dolch. Nicht schlechter als der erste. Gebe Gott, dass er sich als ebenso überflüssig herausstellt wie sein Vorgänger.

»Und wenn sie nicht zum Angriff blasen?«, fragte ich. Ich musste selbst über den Unsinn schmunzeln, den ich da von mir gab.

»Warten wir's ab«, entgegnete Wassilissa. Ich hatte den Eindruck, sie wirkte erleichtert.

In dem Moment klopfte es auf der Charkower Seite an die Tür. Zurückhaltend, freundlich und respektvoll. Nur diejenigen, die Macht und Stärke hinter sich wissen, klopfen auf diese Weise an.

»Geh jetzt.« Wassilissa riss ohne weiteres Zögern die Tür nach Janus auf. Es roch nach Frost, in der Türfüllung tanzten Schneeflocken. »Geh Richtung Sonnenuntergang! Ich lasse sie nicht gleich rein, das verschafft dir ein oder zwei Stunden Vorsprung.«

»Dann kriegst du aber Probleme«, wandte ich ein.

»Gehen wir einfach davon aus, ich sei auf Nirwana.« Wassilissa grinste. »Das klingt ja fast nach Puschkin ... Ich bin auf Nirwana gewesen, habe die Armen besucht. Und dass ich dich nach Janus durchgelassen habe, das ist schließlich meine Funktion, Leute von der einen Welt in die andere zu schleusen! Leider hatte ich noch gar keine Zeit, die Zeitung zu lesen, sodass ich nichts weiß, gehört habe ich auch noch nichts ... Und jetzt ab mit dir!«

Sie berührte mit den Lippen kurz meine Stirn, diesmal ohne jeden erotischen Hintergedanken. Ein schwesterlicher oder mütterlicher Kuss. Dann stieß sie mich ins Schneegestöber hinaus.

Sanft, fast lautlos, schlug die Tür hinter mir zu.

Ich drehte mich noch einmal um.

In dieser Welt erinnerte Wassilissas Haus an eine Burgruine, in der auf wundersame Weise ein einziger gedrungener Turm erhalten geblieben war. Aus dem einzelnen Fenster im ersten Stock fiel ein mattes, zitterndes Licht, das von einer Fackel oder Kerze zu stammen schien. Das Haus stand an einem Abhang, an dessen Fuß ich ein eisverkrustetes und zugeschneites Flussbett erahnte.

Um mich herum tobte ein Schneesturm. Flocken wirbelten durch die Luft, unter meinen Füßen knirschte der Schnee, der zum Glück tatsächlich nicht sehr tief war. Die Sonne drang kaum durch die Schneewolken hindurch. Die Berge, die ich überqueren musste, ragten als dunkle, abweisende Wand vor mir auf.

»Das werd ich schon schaffen«, versprach ich mir selbst.

Dann stapfte ich in Richtung Hügel los.

Vier

Seit der Mensch zählen kann, sind Erklärungen wesentlich einfacher geworden. »Eine Handvoll Recken hielt den überragenden Kräften des Gegners stand« – bei so einer Aussage kannst du nur mit den Achseln zucken. Eine Handvoll, das ist reichlich vage. Aber »dreihundert Spartaner gegen Zehntausende von Persern« – da sind die Größenverhältnisse sofort deutlich.

Ein »Geldsack« ist eine Sache, ein Multimillionär eine andere. Genau wie fürchterliche Kälte und minus vierzig Grad. Oder die Marathonstrecke und zweiundvierzig Kilometer.

Kein Wort, kein expressives Epitheton kann es mit der Kraft einer Zahl aufnehmen.

Zweiundzwanzig Kilometer.

Minus zehn Grad Celsius.

Diese Arithmetik jagte mir ehrlich gesagt nicht den geringsten Schrecken ein.

Den Winter liebte ich. Sogar den Winterurlaub. Ausländer mögen der unerschütterlichen Ansicht anhängen, »russische Mann sitzen in Winter in Hütte und trinken heiße Wodka aus Samowar«. Denn eigentlich ... eigentlich ist es ein ungeheures Vergnügen, im Winter in eines der Hotels im Moskauer Umland zu fahren. Selbst wenn du kein fanatischer Wintersportler bist, hat so ein Ort einiges zu bieten: Von Fahrten im Schneemobil oder Schlitten bis hin zu ganz banalen Spaziergängen an der frischen Luft. Und wie dir der heiße Tee danach schmeckt! (Gut, seien wir ehrlich, ein, zwei Gläschen Wodka sind dann auch nicht zu verachten.) Oder du ziehst im Schwimmbad deine Bahnen, wobei du durch die Glaswände auf die verschneiten Bäume schaust, schwitzt in der Sauna oder im Dampfbad … Was ist? Eine Sauna oder ein Dampfbad gibt es nicht? Dann hast du das falsche Hotel ausgesucht …

Zweiundzwanzig Kilometer – das ist nicht mehr als ein ausgedehnter Spaziergang an der frischen Luft.

Ich marschierte von Wassilissas Haus los und brachte dreihundert Meter hinter mich, bevor ich mich ein zweites und letztes Mal umdrehte. In dem Schneegestöber ließ sich das Licht in dem kleinen Fenster kaum noch erkennen. Etwa eine Minute wartete ich noch, dabei auf meiner Lippe herumkauend. Die Entfernung war im Grunde halb so wild. Die würde ich bewältigen. Es kam alles darauf an, mich nicht zu verirren. Hier konnten mir jedoch die Berge helfen. Laut Karte erstreckten sie sich als gleichmäßiger breiter Streifen zwischen den beiden Portalen. Sobald ich diese Kette überwunden hatte, bräuchte ich bloß noch geradeaus auf den Turm der anderen Zollstelle zuzuhalten. Die Sonne, die kaum durch die Wolken brach, stand noch nicht sehr hoch, folglich drohte mir die Gefahr absoluter Finsternis nicht. Ich würde es bis zum Turm schaffen.

Im Nachhinein wunderte ich mich allerdings über die Naivität, die wir beide, Wassilissa und ich, an den Tag gelegt hatten. Bei Wassilissa, die im warmen Charkow lebte, war diese Naivität ja verständlich, bei mir aber kaum.

Schuld war im Grunde der Wind, der den Schnee von den Hängen Richtung Flussbett trieb. Doch solange ich den ersten Gipfel noch nicht überquert hatte, bereitete mir der Weg wirklich keine Schwierigkeiten. Der Wind wurde zwar immer stärker und böser, aber ich erklomm unverdrossen den hart überfrorenen Hang. In der Senke, die hinter dem Berg lag, versank ich dann jedoch sofort knietief im Schnee. Noch ein Schritt, und ich steckte bis zur Taille in der Wehe.

Ich holte tief Luft und schaute mich verzweifelt um. Die vor mir liegende, fast runde Talsohle hatte einen Durchmesser von zwanzig bis dreißig Metern. Lächerlich! Nur dass ich sie eben unter einer dicken Schneeschicht durchqueren musste ...

Ich zog die Fäustlinge aus, schob die Hände unter die Kapuze und rieb mir kraftvoll die Ohren. Okay! Dann würde ich diese Senke halt irgendwie umrunden. Ich machte kehrt und kletterte verdrossen wieder auf den Bergkamm rauf. Den Kopf tief gesenkt, um die Augen gegen den Wind zu schützen, stapfte ich vorwärts und schlug auf einer höheren Ebene einen Bogen um das Tal. Der Felshang war mit einer tückischen, unter Raureif verborgenen Eisschicht überzogen, doch die billigen Moonboots stellten sich als rutschfest heraus.

Nachdem das Tal hinter mir lag, hob ich den Kopf. Genau in dem Moment – welch Ironie! – klarte der Himmel über Janus auf, und die Sonne brach ein wenig heller durch die Wolken, sodass ich die Bergkette vor mir deutlich erkennen konnte.

Die Berge hatten alle etwa die gleiche Höhe, fast, als seien sie mit einem gigantischen Hobel abgeschliffen worden. Die Fläche zwischen ihnen, all diese kleinen Täler, Senken oder Mulden, füllte eine dicke, feste Schneeschicht. Man bräuchte bloß eine Waffel mit Puderzucker zu bestäuben, dann hätte man im Miniaturformat das vor sich, was ich gerade sah.

Ich konnte ewig darüber rätseln, wie dieses Relief entstanden sein mag. Vielleicht würden mir die immer mal wieder wie aus dem Nichts auftauchenden Fähigkeiten eines Zöllnerfunktionals sogar verraten, wie eine solche Landschaftsformation hieß.

Doch so oder so musste ich die Hügelkette irgendwie überwinden. Und wenn mir der Weg durch die Täler versperrt war, musste ich halt oben lang, sozusagen über die Gipfel. Die waren zwar glatt, aber dafür bräuchte ich nicht ständig die Hänge ganz rauf und ganz runter …

Insofern verzweifelte ich nicht. Achselzuckend senkte ich wieder den Kopf, um mein Gesicht gegen den Wind zu schützen, und kletterte vorsichtig über die rutschigen, vereisten Felsen. Plötzlich hallten in mir tatsächlich Termini wie »kryogenes Gefüge, Hydrolakkolith und Thermokarst« wider. Sprach da jenes enzyklopädische Wissen, das mir einst zur Verfügung gestanden hatte? In dem Fall wäre die Wissenseinspeisung allerdings unvollständig gewesen, ohne Dechiffrierung. Ich hatte die Fachbegriffe parat, hätte mir jedoch nicht mal im Traum anmaßen wollen, sie zu erklären.

Na, wenn schon. Schließlich nahm ich nicht an einer Quizshow teil. Um ans Ziel zu gelangen, musste ich die Füße bewegen, nicht die Zunge.

Und so bewegte ich meine Füße, stiefelte einen steinigen Pfad entlang, der immer wieder in schneeverfüllte Senken führte (dort war der Wind schwächer), aber auch rauf zu den Gipfeln (hier fiel der Schneesturm fröhlich mit neuer Kraft über mich her). Der warme und dreckige Moskauer Winter mit seinem feuchten, grauen Schnee kam mir jetzt nahezu idyllisch vor. Noch sehnsüchtiger erinnerte ich mich an die Gässchen in Kimgim und die Pferdeschlitten, die ungelenken Polizeipanzerwagen mit Alkoholantrieb und die Pärchen, die in altmodischen Anzügen spazierengingen, die weder für Hast noch Gedränge taugten.

Der Winter ist eine ausgesprochen angenehme Jahreszeit. Wenn er auf den Wind verzichtet ...

Nach etwa einer halben Stunde rutschte ich das erste Mal aus und fiel hin. Da ich mich nicht verletzt hatte, stapfte ich munter weiter. Als meine Füße das zweite Mal wegglitten, prallte ich mit dem Steißbein heftig auf den Fels und schlitterte in eine Mulde, wo ich fast bis zur Taille im Schnee versank.

Angst hatte ich keine. Ich fluchte bloß, während ich im Schnee lag, ein Gefühl, als ob sich unter mir Morast oder Treibsand befänden. Dann kroch ich zurück auf den Fels. Als ich mich hinhockte, ging kaum Wind. Ich zog die Handschuhe aus, nahm den Rucksack ab und öffnete ihn. Hatte Wassilissa mir nicht auch eine Thermoskanne eingepackt?

In der Tat, das hatte sie. Ich entdeckte eine kleine Metallflasche. Der Tee war nur lauwarm, denn Wassilissa hatte keine Zeit mehr gehabt, den Samowar aufzusetzen.

Dafür hatte sie in den Tee einen Schuss Kognak oder Whisky gegeben. Nach dem ersten Schluck erlitt ich prompt einen Hustenanfall. Ich schnupperte an der Flüssigkeit. Hmm, nein, das war kein Whisky, das war Rum. Bei der Kälte tat der natürlich gut – doch sollte ich ihn besser mit Vorsicht genießen.

Ich aß einen unter diesen Temperaturen steinhart gewordenen Kringel und nagte an einem Stück gefrorener Schokolade. Irgendwann blickte ich auf die Uhr. Oho! Ich war bereits seit zwei Stunden auf Janus!

Welche Strecke hatte ich in dieser Zeit zurückgelegt? Luftlinie vielleicht fünf Kilometer. Höchstens.

Das Ergebnis behagte mir nicht. Mit jeder Minute würde meine Müdigkeit wachsen. Die Kälte würde mir zusetzen, ich würde schneeblind werden. Ich würde immer langsamer vorankommen. Der Wunsch zu schlafen übermächtig werden. Wie lange musste ich noch durchhalten bis zum Ziel? Sechs Stunden? Acht? Zehn?

Wenn ich noch einmal ausrutschte, dann würde ich mir das Bein ... nein, nicht brechen, sondern bloß verrenken. Zu Hause würde ich mich in einem solchen Fall einfach einen Abend lang ausruhen – und fröhlich weiter durchs Leben hinken.

Hier würde ich einfach sterben.

In dem Moment packte mich zum ersten Mal Angst.

Wir Großstädter rechnen ständig mit Gefahren, allerdings nur mit ganz bestimmten, den üblichen gewissermaßen. Mit einem besoffenen Rowdy in einer Tordurchfahrt, einem Geisterfahrer, einem Terroristen im Flugzeug, mit von einer nahe gelegenen Fabrik verpesteter Luft. Unsere Gefahren gehen in der Regel auf die Zivilisation und den Menschen zurück. Erdbeben, Tsunamis und Überschwemmungen kümmern uns normalerweise nicht. Selbst in den Städten, in denen die Natur perfiderweise hin und wieder zuschlägt, wie zum Beispiel in Tokio oder Los Angeles, fürchtet der Durchschnittsbürger eher die Kündigung als die Tücke der Elemente.

Wir gehen davon aus, dass wir uns die Natur untertan gemacht haben, und holen ihre Meinung nicht ein. Wer jedoch fern der Stadt lebt, hat für die Gefahren der Metropole nur ein mitleidiges Lächeln übrig. Er weiß, wie leicht und schnell vierzig Grad Kälte jemanden umbringen, wie ein Bergrutsch Häuser in Schutt und Asche verwandelt, wie ein Erdbeben jeden Hinweis auf Menschen auslöscht.

Für die anderen ist es freilich besser, wenn sie nichts davon wissen.

Ich rappelte mich hoch, stülpte mir die Handschuhe wieder über und wunderte mich, wie schnell die Wärme aus ihnen herausgekrochen war. Im Unterschied zu meinen Händen waren die Fäustlinge bereits eiskalt. Das würde mir eine Lehre sein. In Zukunft würde ich die Handschuhe unter meine Jacke stecken, wenn ich sie auszog.

Als ich wieder auf den Kamm kraxelte, kam es mir so vor, als ob der Wind zugenommen hatte oder kälter geworden war. Das Thermometer bestätigte diesen Eindruck allerdings nicht. Minus zehn Grad. Anscheinend kam es mir nach der Pause nur kälter vor.

Ich marschierte weiter.

Die Berge schienen kein Ende zu nehmen. Was auf der Karte kinderleicht aussah, stellte sich in der Realität als vereiste Steinbuckel heraus, die sich mir in den Weg stellten. Ich setzte meinen Weg durch das eisige Gestöber fort, das mir mal Schneebrei ins Gesicht trieb, mal mit heftigen, fiesen Schlägen meinen Rücken traktierte. Zweimal fiel ich noch hin, wobei ich einmal fast bis zum Hals einsank. Ich brauchte lange, um mich wieder aus dem Schnee herauszuarbeiten.

Nach vier Stunden, als ich mehr oder weniger am Ende meiner Kräfte war und mich allmählich Verzweiflung beschlich, erwies sich Janus mir gegenüber plötzlich gnädig. Der Wind legte sich, von einer Sekunde zur nächsten, als hätte jemand einen Knopf gedrückt und damit einen gigantischen Ventilator ausgeschaltet. Die Schneewolken verzogen sich, die Sonne glomm als matte Glühbirne am Himmel (wir Metropolenkinder lieben es halt, Naturerscheinungen mit technischen Gegebenheiten zu vergleichen). Der Horizont, bis eben hinter Schneewänden zusammengequetscht, weitete sich mit aller Kraft aus.

Da sah ich auch, dass ich die Berge fast hinter mir gelassen hatte.

Vor mir erhob sich – schon gar nicht mehr so weit weg, vielleicht noch vier, fünf Kilometer – ein tadelloser Turm aus weißem Stein mit gezahnter Spitze. Am ehesten erinnerte er an die entsprechende Figur in einem schlichten Schachspiel.

Da ich hoffte, weit hinter mir als gelben Funken das kleine Fenster in Wassilissas Turm auszumachen, drehte ich mich um. Aber nein, natürlich konnte ich es nicht mehr sehen.

»Alles halb so wild ...«, murmelte ich. Nur in der Stadt wird ein Mensch, der mit sich selbst spricht, belächelt oder voller Abscheu angefeindet. Mitten in der Ödnis, sei diese nun aus Sand oder Schnee, ist jedem klar, wie wichtig eine lebendige Stimme ist, und so fängst du an, mit dem einzigen Menschen in deiner Nähe zu sprechen, mit dem treuesten aller Zuhörer, mit dir selbst.

Fünf Minuten später machte ich mich dank der Windstille bereits an den Abstieg des letzten Bergs. Alle Gefahren lagen hinter mir, jetzt war es wie in dem Kinderlied: »Nur der Himmel, nur der Wind, nur die Freude liegt vor uns.« Auf den Wind konnte ich allerdings verzichten, der Himmel und die Freude genügten mir vollauf. Gleich würde ich an die Tür klopfen ...

Und wenn der Zöllner mich nicht reinließ? Oder wenn er versuchte, mich festzunehmen? Schließlich erhielten alle Funktionale diese Dreckschleuder von Zeitung.

Achselzuckend beschloss ich, mich mit den Problemen erst zu befassen, wenn sie auftauchten. Immerhin hatte die Zeitung ja keinen Aufruf veröffentlicht, mich zu verhaften. Und nach allem, was ich über die Moral der Funktionale wusste, mischten sie sich nicht in die Angelegenheiten anderer ein. Ein Gastronomenfunktional kocht, ein Friseurfunktional schneidet Haare, ein Polizistenfunktional schnappt Leute und lässt sie nicht wieder frei.

Auf der ebenen Fläche gestaltete sich das Vorwärtskommen absurderweise viel schwieriger. Auf dieser Seite der Berge lag Schnee. Nicht sehr hoch, meist bis zu den

Knöcheln, höchstens bis zu den Knien. Trotzdem behinderte er mich. Ich ließ den Kopf aber nicht hängen und durchpflügte eine Zeit lang weiter ungebrochenen Muts den Schnee.

Bis ich bemerkte, wie die Dunkelheit hereinbrach.

Dem Stand der Sonne zufolge blieben mir bis zum Einbruch der Nacht noch drei, vier Stunden. Nach seiner kurzen Verschnaufpause legte der Wind erneut los, noch dazu mit frischer Kraft. Die Wolken zogen sich in einem absolut undurchdringlichen Streifen am Himmel zusammen. Bald würde an Stelle der Sonne nur noch ein matter Fleck am Firmament stehen. Der Schnee fiel in schweren Flocken, fast schon Klumpen. Außerdem wurde es kälter, entgegen allen »zuverlässigen« Regeln, wonach es wärmer wird, sobald es schneit. Offenbar galten diese Regeln nicht für Janus.

Stur setzte ich meinen Weg fort. Es wurde immer dunkler, seit einiger Zeit schon nahm mir der Schneevorhang jede Sicht auf den Turm des unbekannten Zöllners. Ich stapfte weiter. Meine Beine blieben immer wieder im Schnee stecken. Meine Hände erfroren in den Fäustlingen. Als ich kurz stehen blieb und durchatmete, bemerkte ich, dass die Strickmütze auf meinem Kopf schweißgetränkt war. Ich nahm sie ab, warf sie nach kurzem Zögern einfach weg und schnürte stattdessen die Kapuze enger. Ich holte die Reste der in der Eiseskälte zerbröckelten Schokolade aus meinem Rucksack und aß sie auf. Dann biss ich ein Stück von dem angefrorenen Speck ab und trank den Tee aus der Thermoskanne aus. Er war inzwischen kalt.

Nach meinen Berechnungen lag höchstens noch ein Kilometer vor mir. Selbst wenn ich knietief im Schnee einsank und selbst wenn der Sturm anhielt, dürfte das nicht länger als eine halbe Stunde dauern. So ausgelaugt war ich noch nicht, den Kilometer würde ich noch schaffen.

Hauptsache, ich verlief mich nicht. Hauptsache, ich verfehlte den Turm nicht, lief nicht zehn Schritte entfernt an ihm vorbei.

Aber müssten mir hier nicht meine früheren Fähigkeiten helfen? Wenigstens ein bisschen! Ich hatte doch mal instinktiv gespürt, wohin ich gehen musste, hatte den Abstand zu meinem Turm mal auf den Meter genau angeben können!

Während ich weiterging, schneite es immer heftiger, wurde die Sicht immer schlechter. Ich harkte mit den Händen durch den grauen Vorhang, tastete mich vor, als ob ich in Gelee schwimmen würde, blieb alle fünf Minuten stehen, spähte umher und versuchte, etwas zu erkennen, ein Licht, eine Mauer, eine schwarze Silhouette am Himmel ...

Nichts. Unter mir Schnee. Über mir Schnee. Um mich herum Schnee. Und die Dunkelheit, die immer mehr zunahm.

Beim nächsten Halt hockte ich mich hin und presste die Hände gegen die Brust. Um mich herum tobte graue Kälte. Der Schneesturm, der mir anfangs pikende Körner ins Gesicht getrieben hatte, ließ zwar nicht nach, aber seine Berührungen wirkten jetzt sanfter, fast zärtlich.

So fängt es an, wenn man erfriert ...

Ich zog die Handschuhe aus und ließ sie entgegen allen guten Vorsätzen fallen, rieb mir lange die Augen und massierte mir die Wangen. Auf meinen Lidern hatte sich eine Eiskruste gebildet. Die Haut an meinen Wangen war bereits ganz taub und fühlte sich grob wie Zeltleinen an.

Ich hasse Kälte ...

Als ich mir die Handschuhe wieder überstülpen wollte, fand ich sie nicht mehr. Der Wind musste sie weggeweht haben. Sie konnten hundert Meter entfernt liegen, aber auch nur einen. Egal, so oder so sah ich sie nicht.

Ich brach in schallendes Gelächter aus, denn für einen Schrei reichte meine Kraft nicht mehr.

Hatte ich es also doch nicht bis zum Turm geschafft. Hatten sie am Ende doch gesiegt. Die Labormaus, die aus einem der Käfige hatte ausbrechen können, war eben längst noch nicht in Sicherheit. Labormäuse überleben in freier Natur nicht. Und man braucht sie nicht mal zu jagen ...

Zusammengekrümmt, das Gesicht aus dem Wind gedreht, lieferte ich mich wieder den Naturgewalten aus. Ich rieb mir mit der bloßen Hand übers Gesicht, versuchte meine Hand mit meinem Atem warmzuhauchen. Alle Kräfte waren auf ein Ziel gerichtet: nicht hinfallen. Denn wenn ich fiel, würde ich einschlafen. Sofort. Für immer.

Andererseits: Warum focht ich diesen Kampf überhaupt noch weiter?

Am Ende würde es ja doch auf meinen Tod hinauslaufen.

Das war so dumm. Die gesamte Strecke hatte ich bereits hinter mich gebracht. Diese beschissenen Hügel mit ihren dämlichen Hydrolakkolithen und dem Thermokarst hatte ich überquert.

Und dann hatte ich mich verlaufen. Vielleicht loderte zehn Meter von mir entfernt hinter der Steinmauer ein Feuer im Kamin, trank der Zöllner heißen Glühwein und schaute genussvoll ins wilde Schneetreiben hinaus ...

Der Wind zerrte heftig an meinem Arm. Indem ich mich mit einer Hand im Schnee abfing, verhinderte ich einen Sturz. Doch schon schubste er mich erneut. Anschließend packte er mich allerdings unter den Achseln und stellte mich wieder auf die Beine.

Der ... Wind?

Röchelnd spähte ich in die Dunkelheit. Meine eisverkrusteten Wimpern und die Dunkelheit ringsum machten es jedoch unmöglich, irgendwas zu erkennen. Einen Fuß vor den anderen setzen – das war das Einzige, womit ich dem Menschen, der mich da durch die Finsternis zog, zu helfen vermochte.

Aber wie kam ich eigentlich darauf, dass es ein Mensch war? Vielleicht handelte es sich auch um eines der hiesigen Monster. In Kimgim gab es Kraken, auf Janus vielleicht Eisbären ... wie sie Santa Claus vor seinen Schlitten gespannt hatte ... ach, nein, das waren ja Rentiere ... aber unser Väterchen Frost, dieser Kraftprotz ... zu dem könnten statt der Pferde durchaus Eisbären passen.

Mein Kopf hatte sich bereits abgemeldet. Meine Beine konnte ich kaum noch bewegen, tiefer und tiefer glitt ich in die Bewusstlosigkeit ab.

Mein letzter und zugleich schrecklichster Gedanke war: Und was, wenn ich das alles bloß träume?

Der Alkohol verbrannte meine Kehle, ein flüssiges Feuer rann mir die Speiseröhre hinunter. Keuchend und hustend stemmte ich mich auf die Ellenbogen hoch. Tränen schossen mir in die Augen, die ich beim besten Willen nicht wegblinzelt kriegte. Das Einzige, was ich zweifelsfrei erkennen konnte, war, dass ich mich in einem Zimmer befand.

Ich lag auf einem groben, kratzigen Teppich, meine Sachen türmten sich neben mir. Der Mann, der mir den Alkohol eingeflößt hatte, zog mir gerade die Hose aus. Ich nahm nur seine Silhouette insgesamt wahr; etwas zu fokussieren, gelang mir immer noch nicht.

»Danke, Landsmann«, murmelte ich.

»Wieso Landsmann?«

»Wer sonst« – ich holte Luft – »würde einem erfrorenen Menschen ... reinen Alkohol geben.«

»Dann schon eher Landsmännin.« Eine Frau beugte sich über mich. Eine schlaksige Frau mit freundlichem Gesicht, noch jung, vielleicht Anfang zwanzig. Sie erinnerte mich an Nastja, nur dass sie irgendwie schlichter wirkte. Die unsichtbare Grenze, die zwischen einer atemberaubenden und einer hübschen Frau verläuft, hatte mich immer frappiert. Dasselbe Oval des Gesichts, dieselbe Form der Augen und der Nase, alles ist irgendwie ähnlich, doch ein paar Millimeter, die das Auge nicht mal wahrnimmt, verändern alles grundlegend.

Gerade diese Grenze zwischen schlichtem Liebreiz und Schönheit erlaubt es Frauen wiederum, mit ein paar Gramm Schminke wahre Wunder zu vollbringen.

Eine Zeit lang musterte die Frau mein Gesicht, dann nickte sie zufrieden. »Die Ohren werden dir vermutlich nicht abfallen. Kannst du gehen? Wenn es nicht weit ist?«

»Selbstverständlich!«, behauptete ich in übertrieben munterem Ton und versuchte aufzustehen. Die Frau bot mir ihre Schulter an. Selbst eine schlanke Figur hinderte ein Funktional weiblichen Geschlechts ja nicht, über Kräfte zu verfügen, die dem Ringer Iwan Poddubny zur Ehre gereicht hätten.

Weit hatten wir's wirklich nicht, nur bis zum Bad. Einen Stock rauf und durch einen kurzen Korridor. Auf dem Weg dahin versuchte ich, meinen Brechreiz zu unterdrücken. Der Alkohol rumorte widerlich in meinem Magen, als habe er sich dort in einen Klumpen ekligen und zähen Kleisters verwandelt. Zweimal hatte ich bisher in meinem Leben reinen Alkohol getrunken, das erste Mal als Jugendlicher, als ich mit meinem Vater auf Jagd ging (ja, genau, so eine typisch russische Jagd, deren Ziel keinesfalls in der Tötung unglücklicher Tierchen besteht). Damals hat er mir »einen Schluck zum Aufwärmen« gegeben, nachdem wir in einem herbstlich kalten Fluss gebadet hatten. Das andere Mal hatte ich reinen Alkohol getrunken, als ich bereits erwachsen war. Eines Abends hatten meine Freunde und ich eine Flasche Wodka geleert, worauf wir – sämtlichen Erwartungen entsprechend – das Gelage fortsetzen wollten, jedoch zu faul waren, zum nächsten auch nachts offenen Supermarkt zu pilgern. Deshalb suchten wir eine Apotheke auf, die rund um die Uhr geöffnet hatte und gleich nebenan war, um einige Fläschchen mit einer »antiseptischen Flüssigkeit« für zehn Rubel das Stück zu erwerben, ein widerliches Zeug, das wir für reinen Äthylalkohol hielten, diese Freude aller Moskauer Saufbrüder ... Das Komischste daran war, dass wir in derselben Apotheke eine Flasche Perrier sowie einige heilkräftige, besonders pure Gemüsesäfte aus Deutschland kauften, um den Alkohol herunterzuspülen. Mineralwasser und Gemüsesäfte kamen uns weitaus teurer zu stehen als normaler Wodka. Vielleicht war der Alkohol damals nicht ganz so rein, vielleicht bekam den gesunden Säften aus Deutschland eine derartige Beimengung auch nicht und sie verbanden sich mit dem Alkohol zu einem Giftgebräu – jedenfalls wachte ich am nächsten Morgen mit dem schlimmsten Kater meines Lebens auf, der mich ein für alle Mal vom reinen Alkohol abbrachte.

Das Badezimmer der Frau überraschte mich mit unvorstellbarem Luxus. Selbst jetzt, wo ich vor Schwäche halbtot war, brachte ich murmelnd meine Begeisterung zum Ausdruck, kaum dass wir den funkelnden runden Saal betraten. Marmorwände, Bronzelampen, eine riesige, in den Boden eingelassene runde Wanne mit heißem Wasser, aus der Dampf aufstieg ...

»Zieh dir die Unterhose aus und steig ins Wasser«, befahl die junge Frau. »Ich komme gleich wieder.«

Ich genierte mich nicht, auch wenn an mir die traurige Vorahnung nagte, diese offen zur Schau gestellte Nacktheit würde jede Möglichkeit einer zukünftigen romantischen Beziehung im Keim ersticken. Welche Frau würde sich schon in einen Mann verlieben, der sich seinen abgefrorenen Arsch in ihrer Wanne aufwärmte?

Auf der anderen Seite: Wieso rechnete ich mir bei der Frau überhaupt Chancen aus? Sie war ein Zöllnerfunktional, ich ein Verbrecher auf der Flucht ... Ich konnte von Glück sagen, wenn sie mich nicht ans Messer lieferte.

Als ich in das heiße Wasser eintauchte, stöhnte ich vor Vergnügen auf. Die Größe der Wanne erlaubte es, dass ich mich lang ausstreckte. Auf dem Wasser schwamm ein kleines hermetisches Pult. Nach ein paar Experimenten mit den Knöpfen knipste ich in der Wanne erst ein Licht ein, dann wieder aus (mir stand der Sinn nicht nach dieser intimen Beleuchtung), bevor ich eine Wassermassage in Gang setzte: Vom Wannenboden schossen fadenförmig Luftblasen auf. Nicht dass mich plötzlich die Sehnsucht nach dem schönen Leben gepackt hätte, ich fühlte mich in dem sprudelnden, trüben Wasser einfach unbefangener.

Nach ein paar Minuten kehrte die Frau mit einem großen Becher Tee zurück. Dankbar nickend, trank ich ein paar Schluck. Der Tee war heiß und mit Honig gesüßt. Angeblich vernichtet ja heißer Tee die Heilkräfte des Honigs, aber das war mir egal.

»Und wie heißt du, Landsmann?«, wollte die Frau wissen, die jetzt neben der Wanne hockte. Sie trug abgewetzte Jeans und ein übergroßes kariertes Hemd und lief barfuß herum. Im Kino warten Frauen wie sie auf ihrer Ranch auf einen mutigen Cowboy ...

»Kirill.« Ich verzichtete auf eine Lüge.

»Hast einen seltenen Namen ... Landsmann.« Aus ihrer Stimme hörte ich Ironie heraus.

»Wie heißt du denn?«, fragte ich argwöhnisch zurück.

»Marta.«

»Ein ganz normaler Name.« Ich zuckte die Achseln.

»Wieso, gibt es den in Russland?«, fragte Marta verwundert.

»Ja ... wenn auch nicht oft ... Du bist also keine Russin?«

»Ich bin Polin!« Mit meiner Vermutung hätte ich mir beinahe ihren Zorn zugezogen.

»Verstehe.« Ich nickte. »Darauf hätte ich auch selbst kommen können. Außer Russen und Ukrainern sind nur noch Polen imstande, einem lebenden Menschen reinen Alkohol einzuflößen.«

»Ich kann nicht gerade behaupten, dass mich die Ähnlichkeit freut«, teilte Marta mir gallig mit. »Was ist mit deinen Fingern? Und deinen Zehen? Kribbeln die?«

Ich bewegte erst die Zehen, dann die Finger. »Alles in Ordnung«, beruhigte ich sie. »Allem Anschein nach bin ich noch mal mit heiler Haut davongekommen. Danke, dass du mich in den Turm gebracht hast.«

»Ich habe dich nirgendwo hingebracht.« Marta holte aus ihrer Brusttasche eine eingedrückte Schachtel Zigaretten und ein Feuerzeug. »Du bist allein reingekommen.«

Kurzerhand zündete sie gleich zwei Zigaretten an. Schon wieder eine Szene wie aus einem Film. In alten Hollywoodfilmen hatte ich sie hundert Mal gesehen, in der Realität aber noch nie. Ohne mich vorher zu fragen, steckte sie mir eine Zigarette in den Mund. Genüsslich nahm ich den ersten Zug. Meine letzte Zigarette hatte ich noch in Charkow geraucht.

Der Tabak war stark. Ich schielte auf die Schachtel. Die Marke kannte ich nicht. Eine polnische, offensichtlich eine billige.

In dem Moment fiel bei mir der Groschen.

»Ich bin *selbst* hier reingekommen?«

»Ja. Es hat an der Tür geklopft, da habe ich aufgemacht. Du bist dann zusammengebrochen. Wieso fragst du?«

»Ich kann mich nur noch erinnern, wie ich deinen Turm gesucht habe und schon halb erfroren war«, log ich, ohne mit der Wimper zu zucken. Genauer gesagt: Ich log nicht, sondern gab nur einen Teil der Wahrheit preis. »Ich war überzeugt, dass ich erfrieren würde.«

»Nein, du hast es aus eigener Kraft geschafft.« Marta schaute mich nachdenklich an. Anscheinend spürte sie, dass noch etwas in der Luft hing …

»Reden wir eigentlich Polnisch oder Russisch miteinander?«, fragte ich.

»Russisch«, antwortete sie verärgert. »Als ob du nicht wüsstest, dass ein Zöllner mit jedem in seiner Muttersprache sprechen kann.«

»Ach ja.« Ich nickte. »Hast du die Zeitung schon gelesen?«

»Ja.«

»Und was gedenkst du jetzt zu unternehmen?«

»Wie heißt das doch noch gleich in euern Märchen?« Marta runzelte die Stirn. »Erst werde ich den jungen Helden im Dampfbad schwitzen lassen, dann mäste ich ihn, dann fress ich ihn …«

»Mit der Hexe Baba Jaga hast du nun wahrlich keine Ähnlichkeit«, versicherte ich ihr. »Bist du schon lange Zöllnerin?«

»Seit neun Jahren. Als ich anfing, war ich noch das reinste Kind.« Sie inhalierte den Rauch fast so tief wie ein Mann. Neugierig betrachtete sie mich. »Komm wieder zu

Kräften und geh, wohin du willst. Ich werde dich nicht aufhalten. Aber ich werde dich auch nicht verstecken, darüber solltest du dir klar sein!«

»Ich bin dir wirklich dankbar«, sagte ich ehrlich. »Wohin führen deine Türen?«

»Nach Elbląg.«

»Kenn ich nicht ...«, nuschelte ich. »Ist das da, wo auch Kimgim ist?«

»Elbląg ist eine Stadt in Polen!« Ich hatte den Eindruck, Marta verübelte mir meine Unbildung ein wenig. »Außerdem nach Janus. Nach Antik. Und nach Erde-16.«

»Was für eine Welt ist das?«, erkundigte ich mich.

»Bist du aufgetaut?«

»Hmm.«

»Dann komm raus. Zieh was über ...« Sie nickte in Richtung der Bademäntel, die an den Haken hingen, und verließ das Bad.

Der eine Bademantel war für Frauen, rosa mit aufgeprägtem Ornament, der andere für Männer, in Dunkelblau. Ich schielte zum Becher mit den Zahnbürsten rüber. Es waren zwei. Marta führte offensichtlich kein Eremitendasein.

Ohne Scham oder Ekelgefühl schlüpfte ich in den fremden Bademantel und folgte Marta. Das Bad und der Tee hatten mich durchgewärmt und mir die Lebensgeister zurückgegeben. Ein Rennen über hundert Meter würde ich noch nicht durchstehen, aber ich brauchte mich auch nicht mehr auf fremde Schultern zu stützen.

Neun Jahre sind neun Jahre. Wenn mein Turm mir kein richtiges Zuhause geworden war – dafür hatte ihm einfach die Zeit gefehlt –, dann war bei Marta alles komplett eingerichtet und gemütlich. Das Erdgeschoss musste ursprünglich ein ähnlich riesiger Saal wie bei mir gewesen sein, wurde jetzt aber von Regalen in zwei Zimmer unterteilt, die ihrerseits mit den unterschiedlichsten Sachen vollgestopft waren, angefangen von Töpfen mit bunten Blumen oder Kartons mit Limonade und Bier bis hin zu irgendwelchem Metallkram zweifelhaften Ursprungs und zusammengeknüllter, schmutziger Wäsche. Das allgemeine Chaos machte jedoch irgendwie den Eindruck von Gemütlichkeit und Bequemlichkeit. Über die Stufen der Treppe, die in den ersten Stock hinaufführte, schlängelte sich ein schmaler Webteppich. Weitere Läufer im Landhausstil bedeckten den Boden. Ich bemerkte noch eine Schale mit Milch, also musste hier auch eine Katze leben ...

»Komm her«, rief mich Marta.

Ich stellte mich zu Marta neben eine Tür. Sie riss sie weit auf. »Das ist Elbląg«, verkündete sie.

Unwillkürlich hüllte ich mich fester in den Bademantel und trat etwas von der Tür zurück. Vor mir lag eine abendliche Stadt mit alten Häusern, Kopfsteinpflaster, altmodischen Straßenlaternen und Menschen, die an herausgestellten Tischen vor den Cafés saßen. Die Tür führte auf einen kleinen Platz voller Menschen.

»Es ist sehr hübsch«, versicherte ich. »Ist das das Stadtzentrum?«

»Ja.« Marta schloss die Tür wieder und ging zur nächsten, die sie mit der Ankündigung: »Janus!« öffnete.

»Das hätte ich auch so erkannt«, sagte ich, während ich in das Schneegestöber hinausstarrte. Durch die Tür wogte kalter Wind. Allein bei dem Gedanken, ich könnte in diesem Augenblick in jener Eishölle liegen, leichenstarr und mit aufgerissenen, vereisten Augen in die Dunkelheit blickend, zuckte ich zusammen. »Mach die Tür wieder zu!«

Zum ersten Mal hatte Marta einen ansatzweise mitleidigen Blick für mich übrig. Sie schloss die Tür. »Eine ekelhafte Erde, stimmt schon«, murmelte sie vor sich hin. »Im Sommer ist es nicht viel besser. Weißt du, dass da Menschen leben?«

Ich schüttelte den Kopf. »Mir hat man gesagt, Janus sei unbewohnt.«

»Einmal habe ich im Sommer ein Segel auf dem Fluss gesehen«, erzählte mir Marta. »Ein Boot, ganz erbärmlich. Nicht wie unsere. Dann gibt es noch wilde ...« Sie dachte kurz nach, bevor sie unsicher fortfuhr. »... Ziegen. Zumindest sehen sie noch am ehesten wie Ziegen aus. Ich habe mal eine erlegt, die sowieso ständig hinter der Herde zurückblieb, stolperte und fiel. In ihrem Hinterteil ...« Marta klopfte sich auf den eigenen straffen Hintern. »... steckte ein Pfeil. Mit einer Spitze aus Knochen.«

Etwas in ihrer Stimme überzeugte mich. Ungeachtet der Meinung der anderen Funktionale glaubte ich ihr, dass es auf Janus intelligentes Leben gab. Vielleicht Säugetiere, die über den Planeten zogen, und Wilde, die ihnen folgten. Denkbar war dergleichen. Irgendwelche ewigen Wanderer des Frühlings – nein, wohl eher des Herbsts –, die sich an der Grenze zwischen dem mörderischen Winter und dem sengenden Sommer eingerichtet hatten und sich von den Früchten ernährten, die ihnen diese unwirtliche Erde bot. Brüder aus einer Nachbarwelt. Wie sie wohl waren? Ob wir uns mit ihnen verständigen könnten? Anfreunden? Ob wir ihnen irgendwie helfen und etwas von ihnen lernen könnten?

Die Funktionale interessierten derartige Fragen nicht.

»Mitunter frage ich mich, ob nicht jede Welt des Multiversums besiedelt ist«, sagte Marta, fast als hätte sie meine Gedanken gelesen. »Nur sehen wir diese Menschen nicht in jedem Fall. Vielleicht wollen sie gar nicht, dass wir sie entdecken. Schließlich erkunden wir eine Welt nicht, wenn sie uns nichts zu bieten hat ...«

Sie trat an die dritte Tür heran und blieb nachdenklich vor ihr stehen. »Bist du mal auf Antik gewesen?«, fragte sie mich.

»Nein. Aber ich habe schon einiges darüber gehört.«

»Eine komische Welt.« Sie schnaubte. »In der würdest du nicht weit kommen. Sobald du durch die Tür treten würdest, würden ihre Bewohner auf dich aufmerksam werden.«

Hinter der dritten Tür war Tag, ein sonniger warmer Tag. Die Tür führte in eine schmale Gasse mit Steinhäusern – und zwar richtigen, nicht aus Ziegeln erbauten, sondern eben aus Stein –, die grob, aber solide wirkten, mit schmalen Spalten, bei denen es sich ebenso gut um unverglaste Fenster wie Schießscharten oder Lüftungsöffnungen handeln konnte.

»Das sind Warenlager«, erklärte Marta.

Das hatte ich auch schon geschlussfolgert. Die Portale fanden sich meist an unbewohnten Orten, die Tür nach Elbląg, die in einen belebten Platz mündete, stellte eher eine Ausnahme von dieser Regel dar. Ach ja, und mein

Turm, der hatte auch nicht gerade am entlegensten Fleckchen Moskaus gestanden. Anscheinend konnte der Durchgang in der Heimatwelt des Zöllners also an jedem x-beliebigen Punkt liegen. Beim Vordringen in andere Welten sollte er jedoch vorsichtig sein und sich abseits halten ...

»Wer sollte mich denn bitte schön hier bemerken?«, wollte ich wissen.

»Zum Beispiel diejenigen, deren Schritte du schon hören kannst, wenn du mal die Ohren aufmachen würdest.«

In der Tat, jetzt vernahm auch ich Schritte. Am Haus gingen zwei Männer vorbei, anscheinend ohne die Tür zu bemerken, ein dunkelhäutiger, muskulöser Kerl in einem weiten, weißen Hemd und weißen Hosen sowie ein Greis in dunklem Umhang. Aus unerfindlichen Gründen waren beide barfuß. Der jüngere hatte ein längliches, graues Etwas von offenkundig einigem Gewicht geschultert und erinnerte mich deshalb an einen Panzerbüchsenschützen aus einem Entwicklungsland, der seine »Vampir« oder »Tawolga« zum Einsatzort bringt. Den Eindruck machte allerdings der goldene Ring zunichte, der sich um seinen Hals spannte, mit einem versponnenen Muster verziert und anscheinend mit Brillanten besetzt war.

»Was sind das denn für welche?«, fragte ich, vom Anblick völlig gebannt. Bis auf die unglückseligen Bewohner Nirwanas und die Einwohner Kimgims, die sich sehr gut mit uns vergleichen ließen, hatte ich noch keine Menschen in anderen Welten zu Gesicht bekommen.

»Ein Herr mit seinem Sklaven«, antwortete Marta. »In der Nähe ist das Lager der Sargmacher. Der Mann ist offensichtlich nicht sehr reich, deshalb hat er eine Knochenurne vorab gekauft, ein großes Ding, aber ohne Gravur ... und vermutlich auch im Preis herabgesetzt.«

Ich schielte zu Marta hin. Ihr Gesicht wirkte völlig ernst.

»Und der Sklave, das ist der mit dem goldenen, brillantbesetzten Halsband?«, hakte ich nach.

»Wer sonst? Stört dich da etwas? Es ist halt ein reicher Sklave.«

»Und ein armer Herr? Kann er denn seinem Sklaven das Geld nicht einfach abnehmen?«

»Nein, das kann er nicht. Die Sklavenhaltergesellschaft hier ist sehr hochentwickelt. Ein Sklave darf durchaus Trüffel essen, Foie gras und schwarzen Kaviar, in einem weichen Federbett schlafen, Diener haben und sich Mätressen halten.«

»Und eigene Sklaven ...«

»Nein«, widersprach Marta scharf. »Genau das darf er nicht. Das gehört zu den Privilegien eines Freien. Diese Gesellschaft ist wirklich seltsam.«

Ich schaute dem kräftigen Sklaven und dem Tattergreis nach. »Und die Knochen passen in dieses Gefäß?«

»Ja. Sie werden vorher zu Staub zermahlen. Zunächst überlässt man den Körper den Vögeln, Füchsen oder Fischen zum Fraß, das kann jeder nach Belieben entscheiden. Dann werden die Knochen eingesammelt, zerkleinert und in diesen Zylinder gegeben. Er wird auf dem Dach des Hauses aufgestellt oder auf dem Friedhof, falls das Haus nicht an Blutsverwandte vererbt wird.«

Ich erschauderte.

»Eine ungewöhnliche Welt«, bestätigte Marta. »Aber irgendwie kommen sie zurecht.«

Sie schloss die Tür und ging zum vierten und letzten Ausgang weiter. Da mir Erde-16, die einzige Welt, nach der ich mich erkundigt hatte, zum Dessert serviert wurde, machte ich mich auf einen erstaunlichen Anblick gefasst.

Dennoch hätte ich mir selbst im Traum nicht vorstellen können, *wie* erstaunlich er sein würde.

Es gab nur zwei Farben, rot und schwarz. Bis zum verblüffend nahen Horizont erstreckte sich eine zerklüftete Ebene. Vereinzelt erhoben sich glatte, vom Wind abgeschliffene Felsen aus rotem Gestein. Es roch nach Schwefel. Ein trockener heißer Wind trieb Staub über die Schwelle, roten und schwarzen.

Dunkelrot oder purpur war auch der Himmel, der tief und lastend über uns hing. Das sah nicht nach Wolken aus, eher nach einer straffen Membran, die sich hundert Meter über der Erde spannte. Ab und an leuchtete durch diesen purpurroten Baldachin hindurch ein helles Licht, als ob am Himmel ein lautloses Gewitter tobte.

»Herrgott!«, entfuhr es mir.

Aber was blieb mir anderes übrig, als mich an den nur hypothetisch existierenden Allmächtigen zu wenden? Sicher, ich hätte dreckig fluchen können. Aber in Gegenwart einer Frau ...?

»Mir kommt es auch manchmal so vor, als ob das die Hölle ist«, gestand Marta. Anscheinend interpretierte sie meinen Aufschrei allzu wörtlich.

Ich schielte zu ihr hinüber. Unverwandt starrte sie hinauf in den dunkelroten Himmel. Sie beleckte sich die

Lippen, denn aus der schwarz-roten Ebene wehte ein heißer, sengender Wind heran.

»Einmal habe ich gesehen ...«, setzte sie mit raunender Stimme an. »Also ich glaube, dass ich das gesehen habe. Dass etwas Weißes vom Himmel herabgefallen ist. Etwas ... wie ein großer weißer Vogel ...«

»Oder ein Mensch?«, fragte ich, denn ich ahnte, was sie dort gesehen hatte – oder glaubte, gesehen zu haben.

»Menschen haben keine Flügel«, antwortete Marta ausweichend.

»Bist du nicht rausgegangen, um es dir näher anzusehen?«

»Das Wesen war riesig. Doppelt so groß wie ein Mensch. Ich hatte Angst.« Lächelnd sah sie mich an. »Angeblich ist Erde-16 eine vulkanische Welt. Es wird empfohlen, von einem Besuch abzusehen. Jedem. Selbst den Funktionalen. Diejenigen, die sich weit ins Land vorgewagt haben, sind nie zurückgekommen.«

Die Ebene vor uns bebte merklich. Am Horizont schwoll langsam und träge eine Blase an, eine weiße Kuppel, die erzitterte und platzte. Über einen der roten Felsen mäanderte ein Riss.

Im Turm spürten wir nichts von dem Erdbeben – was das Ganze allerdings noch grauenhafter wirken ließ.

»Das kommt hier öfter vor ...« Plötzlich griff Marta nach meiner Hand. »Und jetzt auch noch das ...«

Über der Ebene erhob sich ein langes, gedehntes Heulen. Als ob tausend Stimmen zu einem gepeinigten und hoffnungslosen Klageschrei verschmölzen.

»Was ist das?«, fragte Marta. »Was um alles in der Welt ist das?«

Ich schluckte. In der Ferne verebbte der Schrei. Ich fühlte mich wie Doktor Watson, der Sir Henry eine Erklärung schmackhaft machen wollte, an die er selbst nicht glaubte, als ich sagte: »Vulkane erzeugen manchmal seltsame Geräusche ...«

Marta drehte sich mir zu. Einen Moment lang taxierte sie mich mit finsterem Gesichtsausdruck. »Ich habe die russische Verfilmung vom *Hund von Baskerville* auch gesehen«, kanzelte sie mich ab.

»Schon gut«, beschwichtigte ich sie. »Aber ich kann mir einfach nicht vorstellen, dass du eine Tür in die Hölle geöffnet hast, wo Engel vom Himmel fallen und unter der Erde die sündigen Seelen klagen.«

Die nächsten Sekunden brachte Marta keinen Ton heraus.

Und dann lächelte sie und schloss die Tür. »Du hast starke Nerven«, konstatierte sie. »Fast jeder klappt bei dem Anblick zusammen. Vor allem wenn der Geysir gerade ausbricht.«

»Und worum handelt es sich bei dieser Erde wirklich?«

»Verbranntes Land. Fumarolen. Geysire. Vulkane. Du kriegst da kaum Luft. Ein ...« Sie stockte. »... ein Wissenschaftler hat mir mal erklärt, früher hätte unsere Erde ebenfalls so ausgesehen. Dann hätten sich die Wolken jedoch verzogen und die Vulkane seien erloschen. Aus irgendeinem Grund ist das auf Erde-16 nicht passiert. Die Welt taugt überhaupt nichts. Außerdem strahlt sie.«

»Bitte was?«

»Sie strahlt. Ist radioaktiv verstrahlt. Wie in Tschernobyl.«

»Stark?« Sofort wurde ich nervös. Marta konnte das ja egal sein, schließlich war sie ein Funktional, aber ich ...

»Nein. Du brauchst keine Angst zu haben. Wenn du nicht dort lebst, nicht auf der Erde schläfst und die Luft nicht lange einatmest, passiert dir nichts.«

Anscheinend hatte ich bei Marta Pluspunkte gemacht, nachdem ich mich von der gespenstischen Szenerie auf Erde-16 nicht hatte einschüchtern lassen. Zumindest sah sie mich jetzt wesentlich freundlicher an. »Hast du Hunger?«, erkundigte sie sich sogar.

»Natürlich.«

»Gut. Dann treib ich jetzt ein paar Sachen für dich auf ...« Sie verstummte kurz, fuhr dann aber fort: »Und wenn du willst, lade ich dich nach Elbląg zum Abendessen ein.«

»Ich bin nicht daran gewöhnt, dass mich Frauen einladen.«

»Na und?« Ich meinte aus ihrer Stimme eine gewisse Enttäuschung herauszuhören.

»Nichts, ich werd mich halt dran gewöhnen«, sagte ich seufzend.

Fünf

Die Gemeinsamkeiten zwischen Elbląg und Kimgim beschränkten sich nicht darauf, dass beide Namen fremd für meine Ohren klangen. Die kleine polnische Stadt war ebenfalls mit Häusern im Stil »Mitteleuropa, Renaissance und später« bebaut. Solche Städte gibt es im Grunde zuhauf – und zwar überall da, wo die Dampfwalze des Zweiten Weltkriegs sie verschont hat, wo weder deutsche Kanonen noch russische Katjuschas oder amerikanische B-17 ihr Werk verrichtet haben. Restauratoren können sich da noch so ins Zeug legen – den Gebäuden ist ihr Alter anzusehen. Man braucht die touristischen Pfade bloß mal zu verlassen, und sofort stößt man auf abblätterndem Putz, bröckelndes Mauerwerk, verfaultes Holz und rissigen Stein.

Hier wirkte jedoch genau wie in Kimgim alles tipptopp. Frisch. Neu. Sowohl das Pflaster als auch die Fachwerkhäuser im deutschen Stil. Zwischen zwei solche Häuser zwängte sich der kleine Turm, in dem Marta lebte. Auf der Elbląger Seite handelte es sich bei ihm um ein schmales, zweistöckiges Haus mit zwei Fenstern. Wie üblich nahmen normale Menschen den Bau nicht wahr, ansonsten hätte das helle Sonnenlicht, das durch eines der Fenster im zweiten Stock fiel, vielleicht jemanden irritiert. Vermutlich hatte Marta das Fenster nach Antik aufgelassen.

Marta und ich saßen in einem kleinen Restaurant, in dem man sie anscheinend gut kannte. Lächelnd hatte man uns in den ersten Stock hinaufgeführt, in dem fünf oder sechs Tische standen. Wir bekamen den schönsten von ihnen, vor einem Fenster, das zum Platz hinausging, und von den übrigen durch ein grünumranktes Holzgitter getrennt.

Marta beobachtete amüsiert, wie ich die in Polnisch abgefasste Speisekarte studierte, und gab dann eine Bestellung für uns beide auf.

»Du verstehst wohl nur Bahnhof?«, fragte sie, sobald der Kellner wieder weg war.

»Es gibt zu viele ähnliche Wörter«, murmelte ich. »Deshalb verstehe ich nichts. Was hast du bestellt?«

»Borschtsch. Der ist hier sehr gut. Dann Schweinefleisch mit Äpfeln. Heringssalat. Dazu eine Żubrówka.«

»Ja, Wahnsinn! Die echte polnische Küche wollte ich schon lange mal ausprobieren«, höhnte ich. Doch offenbar hatte ich Marta mal wieder unterschätzt, denn meine Ironie entging ihr nicht.

»Du möchtest also eines der traditionellen Gerichte, ja? Etwas Typisches? Soll mir recht sein. Dann bestelle ich vorneweg Czernina, danach Flaki ...«

»Stopp!« Ich hob die Hände. »Ich bin ein Mann von Verstand, ich wittere einen Hinterhalt aus hundert Metern. Borschtsch ist absolut fabelhaft! Ich bin sogar bereit zuzugeben, dass die Polen ihn erfunden haben.«

»Haben sie«, sagte Marta nachdrücklich.

Der Kellner brachte eine Karaffe mit einer klaren Flüssigkeit, in der ein schmaler Grashalm schwamm.

»Das ist wohl was anderes als das, was ihr in Russland als ... Żubrówka verkauft«, meinte Marta herablassend. »Das ist richtige Żubrówka. Mit einem Grashalm!«

Gegen die Wahrheit kommt man nicht an – weshalb ich auf jeden Widerspruch verzichtete. Vor allem da ich mich nicht ausgerechnet mit meiner Retterin streiten wollte. Sie musste einen richtig widerlichen Russen kennen, sonst hätte sie wohl kaum diese Ironie und diese Angriffslust an den Tag gelegt. Oder?

Die Żubrówka war wirklich gut. Schweigend tranken wir ein Glas. Auch der Borschtsch stellte sich als exzellent heraus.

»Ich habe heute Morgen in Charkow schon Borschtsch zum Frühstück gegessen«, sagte ich in dem Versuch, ein unverfängliches Thema zu finden. »Und jetzt esse ich ihn in Polen zum Abendbrot. Es muss mein Borschtsch-Tag sein.«

»In der Ukraine verstehen sie überhaupt nichts vom *Barszcz*«, blaffte Marta. »Den haben sie von uns übernommen, nur dass unserer eben besser ist.«

Obwohl Russland und die Ukraine schon seit einiger Zeit nicht mehr zusammengehörten, nahm ich ihr die Bemerkung krumm. »Ich weiß nicht«, griff ich zu einer Lüge. »Mir schmeckt der ukrainische eigentlich besser!«

»Da machen sich doch nur deine russischen Kolonialkomplexe bemerkbar«, konterte Marta überzeugt. »Alle unvoreingenommenen Leute geben zu, dass der Borschtsch in Polen besser ist. Du musst mal den Heringssalat probieren! Na, wie ist er?«

»Gut«, urteilte ich, als ich von dem Heringssalat kostete, den ich seit meiner Kindheit kannte.

»Der Fisch wird hier gefangen.« Marta wies mit der Hand in die Dunkelheit, als ob vor dem Fenster ein Kutter vorbeischwamm.

»Liegt Elbląg denn am Meer?«

»An der Ostsee. Wusstest du das etwa nicht?«

»Weißt du denn, wo Urjupinsk liegt?«, fragte ich zurück.

»Ja. Das ist eine Stadt im Wolgograder Gebiet ...«

»Und ohne deine Funktionalsfähigkeiten?«

Endlich ging Marta der Nationalstolz aus, endlich brach sich ihre Neugier Bahn. »Du hast alles vergessen? Und all deine Fähigkeiten verloren?«

Ich nickte.

»Wie hast du dann die Hebamme umgebracht?«

»Ich hab's halt geschafft ...«, antwortete ich vage. »Ich möchte nicht darüber reden ...«

»Du bist schon komisch.« Marta zündete sich eine Zigarette an und hielt auch mir die Schachtel hin. »Jemandem wie dir bin ich noch nie begegnet ...«

»Kennst du viele Funktionale?«

Schweigend nahm sie einen weiteren Zug. »Also, hier bei uns ...«, setzte sie mürrisch an. »Hier leben drei. Dzieszuk, Kazimierz und ich. Dzieszuk ist Koch. Nicht hier, sein Restaurant liegt am Stadtrand. Kazimierz ist Schneider. Zwei weitere können aus den Vororten hierherkommen. Kwitarz, der Fleischer ist. Und Krzysztof, ein Polizist. Erde-16 ist unbewohnt, Janus im Grunde auch, zumindest gibt es da keine Funktionale. Auf Antik lebt Saul. Er ist ein Glasbläserfunktional. Ein Sklave. Er ist gut ...« Das sekundenkurze Stocken verriet mir, dass Marta und Saul mehr verband als reine Bekanntschaft. »Aber sehr beschäftigt.«

»Das sind nicht viele«, fasste ich zusammen.

Erst jetzt begriff ich, wie kurz die Leine war, die die Funktionale an ihre Funktion band. Ich hatte wirklich das große Los gezogen: Um mich herum das riesige Moskau, dann noch Kimgim und Reservat, also eine moderne Metropole plus eine anheimelnde Stadt, die den Werken von Jules Verne und Charles Dickens entsprungen zu sein schien, und als Zugabe das warme sanfte Meer. Aber die Funktionale, die in kleineren Städten oder Dörfern lebten, mussten verdammt unglücklich sein.

Zum Beispiel Wassilissa in ihrer Schmiede.

Oder Marta in ihrem Turm.

»Dazu kommt noch die Hebamme«, fuhr Marta plötzlich fort. »Die Person, die dich zum Funktional macht. Bei uns in Europa ist das ein Mann.«

»Lebt er hier in der Nähe?«

»Nein.« Marta sah mich erstaunt an. »Ich weiß es nicht. Aber was spielt das schon für eine Rolle, schließlich gehen Hebammen nicht an der Leine! Ich glaube, er lebt in Frankreich oder Deutschland, kommt aber hin und wieder hierher. Er hat mich damals zum Funktional gemacht.«

Wir tranken noch ein Gläschen.

»Wie alt bist du eigentlich?«, wollte ich wissen. »Entschuldige die Frage ...«

»Was schätzt du denn?«

»Zwanzig.«

»Stimmt.«

»Und du bist seit neun Jahren Funktional?«

»Ja.«

Das verschlug mir die Sprache. Aus unerfindlichen Gründen war ich mir sicher gewesen, man würde nur Erwachsene in Funktionale verwandeln. Wie musste sich dieses Mädchen gefühlt haben, als seine Eltern, Nachbarn und Lehrer es von heute auf morgen nicht mehr erkannten? Wie hatte Marta das weggesteckt, mitten in ihrer Heimatstadt, wo sie jedes Gässchen und jedes Lädchen kannte? Was hatte sie empfunden, als sie ihre Mutter oder ihren Vater sah?

»Genau deshalb liefere ich dich denen nicht aus«, erklärte Marta. »Selbst wenn du ein Mörder bist. Schließlich haben sie dich auch nicht gefragt, ob du überhaupt ein Funktional werden willst oder nicht!«

»Stimmt, sie haben mich nicht gefragt«, sagte ich. »Danke. Ich werde dir nicht lange zur Last fallen. Wenn es dich nicht stört, würde ich gern bei dir übernachten und morgen früh abhauen.«

»Einverstanden«, antwortete Marta, wobei sie mir fest in die Augen sah. »Du kannst bei mir schlafen.«

Doch schon im nächsten Moment veränderte sich ihr Blick. Sie packte mich beim Arm und drehte mich zum Fenster um. »Da! Der Typ auf dem Platz!«

Zwischen uns und Martas Haus stand ein Mann auf dem Platz. Er wirkte irgendwie gedankenverloren, als wüsste er nicht, wohin er jetzt gehen sollte, zur Zollstelle oder ins Restaurant.

»Das ist Krzysztof Przebyżyński«, informierte mich Marta.

»Der Policzyszt?«, hakte ich nach. Entsetzt bemerkte ich, dass ich bereits Zischlaute in Wörter einbaute, wo sie gar nicht hingehörten. Zum Glück fiel es Marta jedoch nicht auf – oder sie legte diesmal ein überraschendes Taktgefühl an den Tag.

»Ja. Er spürt, wo ich bin ...«

Der Polizist mit den vielen Zischlauten im Namen setzte sich in Richtung Zollstelle in Bewegung.

»Offenbar will Krzysztof mir Zeit geben«, vermutete Marta. Sie sah mich an und biss sich auf die Lippe. »Aus deinen Plänen auszuschlafen wird nichts«, konstatierte sie seufzend. »So leid's mir tut.«

»Wird er mich entkommen lassen?«, fragte ich mit einem Nicken hin zu dem Polizisten.

»Nein. Es ist seine Funktion, Verbrecher zu schnappen.« Marta erhob sich und griff nach meiner Hand. »Komm mit ...«

Umgehend schoss ein aufgelöster Keller auf uns zu. Ich verstand zwar nicht, was er sagte, entnahm dem Ton jedoch, dass er befürchtete, Marta und ich seien mit dem Essen nicht zufrieden. Marta setzte ihm in schnellen Worten etwas auseinander, woraufhin der Kellner uns eine dem Personal vorbehaltene Tür öffnete. Über eine schmale, ausgetretene Treppe erreichten wir das Erdgeschoss und hasteten einen Gang entlang, vorbei an der Küche, in der Geschirr klapperte und verführerische Düfte lockten. Der Kellner schaute uns nach. Die nächste Tür – in den Hinterhof – war nicht abgeschlossen. An einem Müllcontainer streunte ein herrenloser Hund herum und untersuchte mit der Pfote einen auf eine Zeitung gelegten Haufen Essensreste. Hier roch es schon anders. Säuerlich. Selbst der Nieselregen schaffte es nicht, diesen Gestank zu besiegen. In der Nähe lag ein relativ schmaler Fluss mit einer steinernen Promenade und einer übermäßig breiten Brücke, als solle der Fluss noch in sie hineinwachsen.

»Dahin!« Marta wies kurz entschlossen auf die Brücke. »Krzysztofs Leine ist fast bis zum Äußersten gespannt. Sieh zu, dass du noch einen Kilometer weiterkommst, dann kriegt er dich nicht mehr.«

»Und dann?«, fragte ich. »Ich habe kein Geld, keine Papiere ...«

Marta versenkte die Hand in der Tasche. Sie kramte eine Unmenge Münzen und ein schmales, von einer silbernen Büroklammer zusammengehaltenes Bündel Scheine heraus. Dazu packte sie noch das eingedrückte Päckchen Zigaretten und ihr Feuerzeug.

»Reich einem Russen den kleinen Finger, und er nimmt gleich die ganze Hand.«, grummelte sie. »Hier!«

»Behalt das Geld ... Du musst ja noch bezahlen.«

»Die kennen mich. Schlag hier keine Wurzeln! Mach, dass du wegkommst!«

»Sag mir doch wenigstens, wie weiter!« Etwas Nassforsches oder Stures regte sich mit einem Mal in mir. »Wohin soll ich denn gehen?«

»Über die Brücke!« Marta nickte in die Richtung. »Schlag dich zum Bahnhof durch, setzt dich in den Zug und fahr nach Gdańsk! Da gibt es drei Portale, durch die du in dein

Moskau gelangst, aber auch an jeden x-beliebigen anderen Ort! Lauf jetzt!«

»Was ist das bloß für ein Tag, dass mich schon die zweite Frau fortjagt!«, rief ich fast ernsthaft aus. »Danke ... Irgendwann komme ich zurück. Ganz bestimmt. Und dann bin ich dran, dich in ein Restaurant einzuladen.«

Sie zuckte bloß mit den Achseln. Verflixt noch mal, mir passte der Rhythmus des heutigen Tages wirklich nicht. Und ich hätte es weiß Gott vorgezogen, mich auf eine andere Art von Marta zu verabschieden!

Doch es wäre dumm gewesen, den Abschied noch weiter hinauszuzögern.

Deshalb drehte ich mich um und lief zur Brücke. Der Hund, der sich aus den Resten den appetitlichsten Happen ausgesucht hatte, kläffte mir mit vollem Maul nach.

O nein, das war heute mit Sicherheit nicht mein Tag. Nie zuvor hatte mich ein Hund angebellt, nicht mal ein herrenloser. Immer hatten sie gespürt, dass ich sie liebe!

Die Brücke wirkte für diesen kleinen Fluss und dieses kleine Städtchen wirklich zu breit und zu pompös. Genau wie die riesige katholische Kirche, die sich unversehens zu meiner Rechten erhob.

Ob darin das europäische Geheimnis bestand, das Russland ewig verschlossen blieb? Alles immer ein klein wenig besser zu machen als notwendig. Größer. Solider. Schöner.

Während ich über die Brücke eilte, gestattete ich mir einen Blick zurück. Marta war schon weg, bestimmt war sie ins Restaurant zurückgekehrt. Ob sie versuchen würde, den Polizisten aufzuhalten? Hmm. Wenn, dann nicht sehr nachdrücklich. Vielleicht würde sie zwei, drei Minuten mit ihm plaudern. Möglicherweise hatte der Polizist selbst ja gar kein Interesse daran, mich zu schnappen, und es war bloß seine Funktion, die ihn zur Jagd auf mich antrieb. Vielleicht gönnte er sich eine kleine Pause. Oder ließ es ganz bleiben. Andererseits: Ich war erstens ein Russe, den man in Polen ohnehin nicht allzu gern sah. Und zweitens ein flüchtiges Funktional, was meiner Popularität ebenfalls keinen Auftrieb gab.

Obwohl ausgerechnet der Mord an der Hebamme mir einen Vorteil verschaffte. Die mochte, wie sich erwies, niemand. Nirgends.

Die Stadt war in der Tat klein, unmittelbar hinter der Brücke begannen bereits Felder, die entweder tatsächlich aufgegeben worden waren, weil sich der Boden als unfruchtbar herausgestellt hatte, oder jetzt im Herbst einfach nur diesen Eindruck erweckten. Ganz wie in Russland rostete ein Haufen Schrott vor sich hin, etwas weiter weg lagen alte Reifen und verfaulte Bretter. Aber der Weg, der durch die Felder führte, war makellos asphaltiert, ideal für einen Sprint. Meine durchgeweichte Kleidung hatte Marta gegen Sachen eingetauscht, wie sie sie auch selbst trug: Jeans, Turnschuhe, ein dickes kariertes Hemd, die ländliche Uniform des 21. Jahrhunderts. Wer solche Sachen trug, wurde nolens volens zum Unsichtbaren. Und obwohl alle Stücke die Logos bekannter Firmen zierten, wirkten sie, als seien sie in Polen hergestellt.

Im leichten Trab bewegte ich mich über die mondbeschienene Straße vorwärts, immer weiter von der Stadt weg. In der Ferne leuchteten die Straßenlaternen wie eine Girlande zu Silvester. Hier musste eine Autobahn oder ein Gleis entlangführen. Die kalte Luft war sauber und süß, mit einem bitteren Hauch von alten Blättern und eines Feuers, irgendwo weitab. Eine solche Luft gibt es nur in einer Herbstnacht fern der Stadt.

Es lag etwas Unangenehmes, eine Art Déjà-vu, in diesem nächtlichen Lauf. Illan fiel mir ein, die vor Zei geflohen war. Und ich selbst, wie ich mich vor nur vierundzwanzig Stunden (kaum zu glauben!) vor den Spezialeinheiten Arkans in Sicherheit gebracht hatte.

Ich wechselte in Schritttempo über und zündete mir eine Zigarette an. Allem Anschein nach hatte Marta den hiesigen Polizisten überredet, keinen allzu großen Eifer an den Tag zu legen. Eine Zeit lang marschierte ich in Richtung der Straßenlaternen, rauchend und darüber nachdenkend, wohin ich jetzt eigentlich gehen sollte, nach Danzig oder besser gleich nach Warschau, wo es vermutlich mehr Zollstellen gab. Denn ohne Pass und Visum konnte ich es mir abschminken, über eine normale Grenze der Menschen zu gehen. Es sei denn, ich griff auf den Trick der Agenten aus den alten Filmen zurück und band mir Hufe von Kühen an Füße und Hände, um auf allen vieren den Kontrollstreifen hinter mich zu bringen ...

Oh, oh! Es heißt doch wahrlich nicht umsonst, Rauchen schade der Gesundheit! Dass ich mich jetzt umdrehte, war nämlich reiner Zufall.

Der Herr Polizist mit dem sehr polnischen Vor- und Zunamen machte diesem alle Ehre, sah er doch aus wie ein Pan aus alten Karikaturen oder Illustrationen. Untersetzt, mit einem kleinen Bäuchlein, einem buschigen Schnurrbart und kurzen Beinen.

Des ungeachtet stürzte er mir in der altbekannten mechanischen Manier eines Polizistenfunktionals hinterher.

Ich gab Fersengeld. Meine nicht zu Ende gerauchte Zigarette flog in den Sand, der Wind kam mir gar nicht mehr kalt vor, sondern heiß. Ich Idiot! Dämlack! Was musste ich auch gemütlich vor mich hinschlendern?!

»He! He, Mann!«

Die Stimme klang weit weg. Ich drehte mich im Lauf um – und blieb stehen.

Pan Krzysztof Przebyżyński hatte mitten auf der Straße haltgemacht, als sei er voller Wucht gegen eine unsichtbare Mauer gerannt.

Vortrefflich.

Grinsend stolzierte ich ein Stück zurück. Zwanzig Meter vor dem Polizisten blieb ich stehen. Pan Krzysztof tigerte mit finsterer Miene nach rechts und nach links, ganz wie ein hungriger Tiger am Gitter seines Zookäfigs.

Und es gab ja in der Tat ein Gitter, wenn auch ein unsichtbares. Genauer: kein Gitter, sondern eine Leine. Den Fluch jedes Funktionals.

»Ist es weit bis zu deiner Funktion?«, erkundigte ich mich mit ausgesuchter Höflichkeit.

»Elf Kilometer und sechshundertzwanzig Meter«, brummte Krzysztof mürrisch.

»Wie ärgerlich«, entgegnete ich. »Wollest du mich etwas fragen?«

»Komm näher«, bat der Polizist.

Ich brach bloß in höhnisches Gelächter aus. Dann holte ich eine Zigarette heraus und zündete sie an.

»Hör mal, Mann ... wie heißt du überhaupt ...«

»Kirill.«

»Die kriegen dich sowieso!« Pan Krzysztof klopfte seine Taschen ab. »He! Hast du noch Zigaretten?«

Ich entnahm der Schachtel die Hälfte der noch verbliebenen Zigaretten und steckte sie mir in die Tasche. Nachdem ich ein Steinchen aufgeklaubt und in die Packung gesteckt hatte, warf ich sie dem Polizisten zu.

»Was für ein beleidigendes Misstrauen!«, entrüstete sich Krzysztof. »Du solltest dich ...«

»Schämen?«, bot ich an.

Krzysztof seufzte und hockte sich hin. Er zündete sich eine Zigarette an. »Nein, das nicht«, antwortete er seufzend. »Am Ende kriegen sie dich doch ... Bei dem, was du auf dem Kerbholz hast ... lässt man dich doch nicht laufen. Greift seine eigenen Brüder an!«

»Was faselst du denn da?!«, explodierte ich. Ich hockte mich ebenfalls hin. »Ihr seid doch alle nur Bauern in einem Schachspiel! Ihr werdet von einer anderen Welt aus gesteuert!«

»Aus welcher?«

»Erde-1, Arkan. Sie führen in anderen Welten Experimente mit verschiedenen Gesellschaftsformen durch.«

»Also ... das habe ich nicht gewusst.« Krzysztofs Miene verfinsterte sich. »Wollen wir vielleicht zurück ins Restaurant? Wir setzen uns zusammen und du erzählst mir alles. Wenn uns wirklich irgendwelche Mistkerle zu ihrem eigenem Vorteil manipulieren ... wir Slawen müssen doch zusammenhalten, oder?!«

Entweder war ich von Natur aus naiv oder Polizisten verfügen über eine besondere Überzeugungsgabe, jedenfalls erwog ich einen Moment lang allen Ernstes diesen Vorschlag. Am Ende brach ich jedoch in Gelächter aus. »Das mit der Einheit der Slawen, das hättest du dir wirklich sparen sollen!«

»Stimmt«, räumte Krzysztof verärgert ein. »Aber ich wollte nichts unversucht lassen.«

Einander gegenüber sitzend, rauchten wir eine Weile. »Ich gehe jetzt«, verkündete ich schließlich. »Richte deinem Chef aus, dass ich es nicht auf einen Konflikt anlege, mich aber auch nicht ergeben werde.«

»Mach ich«, versprach Krzysztof. Irgendwie recht bereitwillig.

»Die Leine stört dich, oder?«, fragte ich.

»Ja.« Krzysztof stand auf. »Deshalb gebe ich stets vor, sie sei bereits bis zum Zerreißen gespannt. Während ich eigentlich noch hundert Meter in der Hinterhand habe.«

Ich sprang hoch. Alles in mir spannte sich an. Würde ich das schaffen? Ja ... wahrscheinlich.

»Dann fang mich doch ... wenn du das kannst.«

»Außerdem ist es noch höchst vorteilhaft«, fuhr Krzysztof mit leisem Kichern fort, »wenn sich die Zonen mehrerer Polizisten überschneiden. Und sei es nur geringfügig. Dann kann man jemanden gut zu dritt in die Zange nehmen und jeden selbstgefälligen Vollidioten schnappen.«

Sie hatten mich von drei Seiten eingekreist. Die Straße nach Elbląg versperrte Krzysztof, die, durch die ich gekommen war, eine Frau in mittleren Jahren mit einem so strengen Gesicht wie eine Busschaffnerin. Von der Feldseite her näherte sich im leichten, graziösen Lauf ein junger, schlanker Mann.

Natürlich hätten ihn weder seine Jugend noch sein grazilerer Körperbau gehindert, mich zu einem Teppich plattzuwalzen, über dem Knie auszuklopfen und vor die Tür zu legen.

Und hätte jene gute Frau namens Marta beschlossen, mir zu helfen, wie das alle netten Frauen in sämtlichen Hollywood-Filmen tun, nachdem der Held endgültig mit dem Rücken zur Wand steht, dann hätten die drei eben uns beiden eins übergezogen und uns anschließend in der Ecke abgestellt.

Drei Polizisten, das ist kein Spaß.

Ich sprintete quer übers Feld, in der Hoffnung, zwischen der Frau und dem anderen Mann durchschlüpfen zu können – denn Krzysztof würde seine Leine am Ende doch stören. Dabei hatte ich jedoch eins nicht bedacht: Nur weil ein Polizist keine Feuerwaffe trug, dies womöglich sogar prinzipiell ablehnte, hieß das nicht, dass er nur aus der Nähe gefährlich war.

Krzysztof holte aus, und der Stein – genau der, den ich in die Zigarettenschachtel gesteckt hatte – traf mich im Knie. Prompt knickte mein Bein weg, und ich fiel hin. Mein Fuß und der Unterschenkel ertaubten und kribbelten, als steckten sie in einem eisigen Brei.

»Ich habe dir ja gesagt, dass du uns nicht entkommst!«, rief Krzysztof in tadelndem Ton. »Weshalb hast du uns gezwungen, dich zum Krüppel zu machen? Hältst du uns für so mies? Glaubst du, uns gefällt das?«

Als sie sich nach und nach um mich herum aufbauten, krümmte ich mich – nicht vor Schmerz, denn mein Bein tat nicht weh, ich spürte es einfach nicht mehr –, sondern vor Hilflosigkeit und Wut. Drei neugierige Gesichter hingen als dunkle Flecken über mir. Warum hatte ich mir bloß eine anzünden müssen! Wenn ich das hier überlebte, würde ich aufhören zu rauchen! Versprochen!

Der Mann trat mich leicht in die Seite. Wofür er sich von Krzysztof einen Schlag auf den Hinterkopf einfing. »Was soll das? So ein Verhalten ziemt sich nicht für einen gebildeten Menschen!«

»Ich stelle nur sicher, dass er nicht simuliert«, maulte der Mann beleidigt.

»Wer es mit mir zu tun kriegt, der simuliert nicht mehr«, behauptete Krzysztof stolz. »Falls du es nicht weißt: Ich werfe eine Stahlkugel aus zwanzig Metern Entfernung durch eine Autotür! Glatt durch!« Daraufhin bot er mir seine Hand an. »Steh auf.«

Hast du dich schon mal vor drei wenig freundlichen Bürgern am Boden gewälzt? Selbst wenn die nicht die Absicht haben, dir kurzerhand die Rippen zu brechen?

Vielleicht ja schon, dergleichen kommt schließlich tagtäglich vor. Falls dem so ist, wirst du dich noch daran erinnern, wie wenig Vergnügen darin liegt. Wem es noch nie passiert ist, der möge auf mein Wort vertrauen. Und ruhig von einer Probe aufs Exempel absehen.

»Steh auf«, wiederholte Krzysztof. »Wir wollen dir doch nichts Böses, das dürfte dir doch klar sein …«

Natürlich wäre ich aufgestanden. Was blieb mir denn anderes übrig? Dieser junge Heini hätte mir sonst bloß noch ein paar Tritte verpasst – bevor ich mich am Ende doch hochgerappelt hätte.

Genau in dem Moment funkelte am dunklen Himmel eine lange, helle Latte auf und sauste auf Pan Krzysztofs Schädel nieder. Zum ersten Mal in meinem Leben durfte ich mich davon überzeugen, dass der Ausdruck, jemandem gehen die Augen über, keine rhetorische Figur ist. Pan Krzysztof traten die Augen förmlich aus den Höhlen, und er fiel um wie ein Sack Kartoffeln. Die Latte setzte zur zweiten Runde an, landete schwungvoll im Gesicht des jungen Kerls und barst knackend, um anschließend, als abgebrochener Knüppel, gegen die Schläfe der Polizistin zu donnern.

Mühevoll setzte ich mich hoch, umgeben von drei reglosen Körpern. Angesichts der Unverwüstlichkeit von Funktionalen allgemein und von Polizistenfunktionalen im Besonderen mussten die Schläge als meisterhaft verbucht werden.

»Du Arsch!«, stieß ich finster aus, während ich den Mann betrachtete, der die Überreste der Latte in Händen hielt. »Du mieses Arschloch!«

»Ich habe dich gerettet, und du bezeichnest mich als Arschloch?«, empörte sich Kotja, während er seine Brille zurechtrückte. »Da guck sich doch mal einer diese Missgeburt an!«

Es war allerdings niemand da, der mich hätte angucken können, denn die drei Polizisten lagen immer noch kreuz und quer am Boden.

»Warum musste es denn so primitiv sein?«, fragte ich gallig. »Mit einer Holzlatte über die Birne ... bei deinen Möglichkeiten ... als Kurator?«

»Was haben meine Möglichkeiten damit zu tun?« Kotja warf den Knüppel weg. »Es gibt nichts Zuverlässigeres als einen Holzknüppel! Wenn du mir nicht glaubst, warte, bis sie aufwachen, und frag sie selbst!«

»Das … spare ich mir …« Ich versuchte aufzustehen, doch ohne Kotjas Arm ging es nicht. »Mist! Mein Bein ist ganz steif.«

»Entschuldigst du dich bei mir, dass du mich so angepflaumt hast?«, fragte Kotja.

»Niemals! Schließlich wolltest du mich ersticken!«

»Hab ich's mir doch gleich gedacht …« Kotja machte eine Handbewegung, und vor ihm erschien in der Luft ein sonderbarer leuchtender Schriftzug. »Gehen wir!«

»Und wohin bitte schön?«, tat ich immer noch unerschrocken, obwohl die Polizistin bereits stöhnte und sich rührte.

»Zu mir nach Hause.«

Eine andere Wahl blieb mir nicht. Ich stützte mich fester auf Kotjas Schulter und tat einen Schritt hinein in die grün lodernden Feuerbuchstaben, diese futuristische Werbung.

Sechs

    Nirgends erfährt man so viel über einen Menschen wie in seiner Wohnung. Ich hatte mal einen Bekannten, den alle für einen ausgemachten Hallodri hielten. Er konnte sich eine Woche lang auf Partys herumtreiben, sich in Gesellschaft von völlig Unbekannten bestens amüsieren, auf dem Boden unter einer schmutzigen Zudecke schlafen, sich von Sprotten in Tomatensoße ernähren und von Zwieback, der vom Vorjahr und schon verschimmelt war. Dennoch bewahrte er sich ein gepflegtes Äußeres und gab sich nie dem Suff hin, sodass sein Verhalten von allen einer erstaunlich spartanischen Haltung in Alltagsdingen zugeschrieben wurde.
    Wer malt sich da meine Überraschung aus, als ich ihn das erste Mal zu Hause besuchte? Die kleine Zweizimmerwohnung, die mein Freund von seiner in hohen Jahren verstorbenen Großmutter geerbt hatte, war liebevoll renoviert worden, zugegeben, nicht nach europäischem Standard, was ihn teurer als die Wohnung selbst zu stehen gekommen wäre, aber doch ganz anständig und so, dass man nicht gleich auf den Einfall einer Brigade besoffener

Handwerker aus Moldawien schloss. Doppelfenster mit teuren Rahmen aus Holz, ein einfacher Boden, aber mit Parkett, nicht mit irgendeinem Laminat, zudem nicht lackiert, sondern gewachst. Alles war modern, penibel und geschmackvoll ausgeführt, man hätte meinen können, hier wohne ein junger begabter Designer, nicht aber ein Journalist, der in Computerzeitschriften über Hardware schrieb. In der Küche verblüffte ein riesiger Herd mit höchst ausgebufften Knöpfen und ausladender Abzugshaube, die ganz offenkundig nicht nur der Zierde diente. Dem Ganzen die Krone setzte das Porträt seiner Oma auf, eine durchaus talentvolle Tempera-Arbeit, die in einem schönen Rahmen an der Wand hing. Bei dem Porträt handelte es sich um ein Werk des »Hallodris«.

Danach nahm ich mir vor, nie wieder über einen Menschen zu urteilen, bevor ich ihn nicht zu Hause besucht hatte.

Bei Kotja war ich schon öfter gewesen, weshalb ich zutiefst überzeugt war, ihn in- und auswendig zu kennen. Andererseits: Durfte ich dergleichen überhaupt noch behaupten, nachdem sich mein langjähriger Freund als Funktional, ja mehr noch, als Kurator und damit als Oberfunktional der Erde herausgestellt hatte?

Warum auch immer, jedenfalls war ich mir sicher, dass wir nicht in Kotjas Moskauer Wohnung landen würden, sondern an einem völlig anderen Ort. Und diesmal täuschte mein Vorgefühl mich nicht.

Der Raumverschiebung selbst haftete nichts Besonderes an. Es war, als ob ich durch eine offene Tür ginge oder durch ein Zollportal in eine andere Welt gelangte. Keinerlei entsetzliche Qualen, aber auch keine paradiesischen Wonnen, wie sie nach Ansicht einschlägiger Schriftsteller die Teleportation, den Hypersprung oder andere fiktive Methoden des Ortswechsels begleiten.

Wir verschwanden schlicht von der Straße in der Nähe der polnischen Kleinstadt Elbląg und tauchten an einem anderen Ort wieder auf.

Zu fluchen ist nicht gerade meine Leidenschaft.

Aber jetzt fluche ich, und zwar sowohl wegen der Überraschung als auch wegen des ekelhaften Drucks in meinen Ohren. Ich musste ein paar Mal inbrünstig gähnen, um sie wieder freizukriegen. Der erfahrene Kotja war dagegen, wie ich festgestellt hatte, mit weit offenem Mund durch den Raum gereist.

Wir standen mitten in einem runden Marmorpavillon. Über uns wölbte sich eine Kuppel, die aus derart feinem weißem Marmor bestand, dass sie wie Milchglas schimmerte. Die Kuppel ruhte auf dunkelgrünen Säulen, um die sich spiralförmig Schnitzerei wand. Der Boden war ebenfalls aus Marmor, aus weiß-grünem.

Am meisten frappierte mich jedoch die Landschaft, die uns umgab.

Riesenhohe Berge, auf deren Gipfeln Schneemützen saßen. Die untergehende Sonne ließ die zarten Flocken der Wolken rosa, fliederfarben und violett schimmern. Die Luft war kalt und dünn.

»Wo sind wir denn hier, auf dem Mars?«, fragte ich.

»Tja, das musst du entscheiden, ich bin da noch nie gewesen«, grummelte Kotja. »Mist! ... Was für eine Schweinekälte! ... Mann, das ist Tibet!«

»Shambala vielleicht?«, versuchte ich wieder zu witzeln.

»Ja.« Kotja nickte. »Gehen wir ... Hier frieren wir uns alles ab!«

Die Kälte drang uns in der Tat bis in die Knochen. Mich nach wie vor auf Kotja stützend, humpelte ich aus dem Pavillon. Den steilen Hang führte eine Steintreppe hinunter, die in ein kleines Tal zwischen den Felswänden mündete. Dort ließen sich mehrere von einer hohen Mauer gesäumte Gebäude erahnen. Sie waren aus roten, von der Zeit zerfressenen Steinen errichtet und hatten schmale, an Schießscharten erinnernde Fenster. War das ein buddhistisches Kloster?

»Ist das ein Kloster?«, fragte ich.

»Nicht ganz. Es ist die offizielle Residenz des Kurators in unserer Welt.«

Ich starrte Kotja an und schüttelte den Kopf. »Und du bist doch ein Arschloch ...«

»Und wieso?«

»Als ob du nicht wüsstest, dass ich immer davon geträumt habe, mal nach Tibet zu kommen!«

Kotja zeigte mir einen Vogel. »Du tickst echt nicht mehr richtig. Gehen wir runter, ansonsten ist dein erster Besuch in Tibet auch dein letzter.«

Auf seine Schulter gestützt, humpelte ich die Treppe runter. Kotja schnaufte und ächzte, als ob er nicht über die Kräfte eines Funktionals verfügte. Was für ein Meister der Verstellung!

In dem Moment bemerkte ich, dass ich weder sauer noch wütend auf ihn war. Fast, als hätte er nie versucht, mich umzubringen. Fast, als wäre er nicht für dieses ganze Chaos verantwortlich, in das meine Freunde und ich geschlittert waren.

Und war er denn wirklich dafür verantwortlich?

Woher wollte ich wissen, was ein Kurator eigentlich machte? Was er konnte und was nicht? An welcher Leine er ging?

»Kotja, wir müssen ernsthaft miteinander reden«, kündigte ich an.

»Das müssen wir wohl«, räumte Kotja in schuldbewusstem Ton ein. »Und ich werde mich nicht dagegen sträuben ...«

»Andernfalls würde ich dir auch derart eins überziehen, dass du von Tibet nach Peking fliegst«, ließ ich meiner Phantasie freien Lauf. Mir entging jedoch nicht, wie Kotja zusammenzuckte. »Was ist, hast du etwa Angst vor mir?«

»Ja«, gestand Kotja. »Warum hast du diesen Polacken eigentlich keins übergebraten? So wie mir damals, im Auto?«

»Selbstverständlich um keine internationalen Konflikte auszulösen. Damit Spannungen überhaupt gar nicht erst aufkommen. Damit niemand beleidigt ist.«

»In dem Fall bitte ich vielmals um Entschuldigung«, blaffte Kotja. »Diese hehren Absichten waren mir leider nicht bekannt, sonst hätte ich dich nämlich da auf der Straße stehen lassen ... Pass doch auf, wo du hintrittst!«

Ich rutschte auf einer der vereisten Stufen aus und wäre beinahe hinuntergepurzelt. Kotja konnte mich nur mit Mühe abfangen. Er blieb kurz stehen. »Wo stecken eigentlich diese Idioten?«, sagte er. »Drehen die schon wieder ihre Mühlen? Dabei habe ich doch ausdrücklich angeordnet, dass sie sich um den Pavillon kümmern sollen ...«

»Was für Idioten? Was für Mühlen?«, wollte ich wissen.

Wie als Antwort auf meine Frage flogen die Türen des größten Gebäudes auf. Gleich orangefarbenen Apfelsinen schossen aus ihm dicke Männer in schlichten Togen heraus.

»Ich habe doch gewusst, dass das ein Kloster ist!«, fuhr ich Kotja an.

»Und ich habe gesagt: Nicht ganz«, konterte Kotja. »Aber sie müssen sich doch irgendwie beschäftigen, oder? Schließlich bin ich für sie eine Art ...«

»Buddha?«, fragte ich neugierig.

»Nein. Aber ein Rechtschaffener, der ihm äußerst nahe kommt«, erklärte Kotja stolz.

»Verstehe. Ein Rechtschaffener. *Das Mädchen und ihr Hund*«, murmelte ich halblaut.

»Was?«

»Nichts, schon gut. Du bist also ein Rechtschaffener ... *Einzelunterricht*.«

Diesmal bekam Kotja mit, was ich sagte. Zu meiner Überraschung brachte ihn die Anspielung sogar in Verlegenheit.

Inzwischen näherten sich uns die Mönche mit ihren leuchtenden, geschorenen Köpfen. Die orangenen Togen schienen in der Abenddämmerung förmlich zu strahlen.

»Wie lange brauchen die denn noch?« Kotja winkte sie heran. Er rief ihnen mit kehliger Stimme etwas zu, erhielt eine Antwort, und einige der Mönche wuselten zurück ins Haus. »Ich habe die Aufgewecktesten von ihnen losgeschickt, um uns ein heißes Bad vorzubereiten«, informierte mich Kotja. »Ich weiß ja nicht, wie es bei dir steht, aber ich bin total durchgefroren.«

Etwa eine halbe Stunde später saß ich in einem hohen Holzkübel bis zum Hals im warmen Wasser und trank aus einer Tonschale ein kochend heißes Getränk, das Kotja als tibetanischen Tee bezeichnet hatte. Dem Aussehen nach erinnerte diese braun-grüne ölige Brühe eher an Matsch. Vom Geschmack her ... konnte sie als starker Tee durchgehen, in den jemand großzügig Fett und Salz gegeben und anschließend alles zu einem dickflüssigen Brei verrührt hatte. Ich war mir sicher, dass ich zu Hause keinen einzigen Schluck von dem Zeug heruntergekriegt hätte. Nicht mal aus Neugier. Nicht mal in einem dieser angesagten Restaurants.

Hier brachte ich das Getränk jedoch runter. Sogar mit Genuss.

Neben mir stand noch ein Kübel, in dem Kotja saß, mit einer identischen Schale in Händen. Er trank seinen Tee schmatzend und mit einem begeisterten Schnaufen, das mir ein wenig übertrieben vorkam.

Der Raum, in dem unsere »Wannen« standen, war nicht sehr groß und hatte eine niedrige, rußgeschwärzte Decke. Alles hier war dunkel, von der Zeit, vom Rauch, vom jahrhundertealten Schmutz. Der Boden bestand offenbar nur aus Erde, die jedoch festgestampft worden war, bis sie hart wie Stein war. Getrocknete Kräuter waren locker darüber verteilt. Den einzigen Anachronismus stellten die lustigen Gummimatten dar, rosafarbene Dinger mit Enten und

Fischen, die vor unseren Kübeln auf dem Boden lagen. Und natürlich das monströse Aggregat aus China, das in sich einen kleinen Schwarzweiß-Fernseher, eine Tageslichtlampe, ein Radio und anderen technischen Schnickschnack vereinte. Die Lampe leuchtete, der Fernseher lief, brachte allerdings nur krisseliges Rauschen. Das Radio knisterte, spuckte aber gelegentlich ganze, unzusammenhängende Silben aus: Tsin ... bai ... tsem ... is ... ka ... es ...

Chinesisch, natürlich.

Dawa und Mimar tauchten auf, die beiden »aufgewecktesten Mönche«. Jeder brachte einen Eimer mit heißem Wasser, das sie langsam in die Kübel gossen. Anschließend langte Mimar – oder vielleicht auch Dawa? – nach einem grauen Beutel, knotete ihn auf und gab getrocknete Kräuter ins Wasser.

»Was ist das?«, wollte ich voller Misstrauen von Kotja wissen.

»Eine alte tibetanische Medizin. Glotz nicht so misstrauisch, ich weiß es wirklich nicht! Irgendwelche Kräuter. Wegen des Dufts. Oder für die Gesundheit.«

»Wie soll ich dich denn sonst bitte schön angucken?« Ich zuckte die Achseln. Die beiden Mönche waren schon wieder hinausgegangen, immer noch entrückt und wortkarg. »Seit ich dich kenne, hast du mich ständig belogen! Erst hast du dich für einen ganz normalen Menschen ausgegeben! Dann hast du versucht, mich umzubringen! Kannst du mir das vielleicht irgendwie erklären?«

»Ja«, antwortete Kotja in ungewöhnlich ernstem Ton. Nach kurzem Schweigen fügte er hinzu: »Frag, was du willst, ich werde dir antworten.«

Das ist leicht gesagt: Frag, was du willst. In mir hatten sich derart viele Fragen angestaut, dass ich zunächst fast verzweifelte. Kotja wartete geduldig in seinem Kübel.

»Wie alt bist du?«, fing ich an.

»Wieso reitest du jetzt wieder darauf herum?«, wunderte sich Kotja. »Ich habe dir doch schon gesagt, dass ich älter bin, als ich aussehe.«

»Das habe ich nicht vergessen. Aber konkret? Wie viel?«

Pfeifend sog Kotja die Luft ein. Er beugte den Kopf zurück und bettete ihn auf den Kübelrand. »Neunundvierzig«, antwortete er düster.

Aus irgendeinem Grund nahm ich ihm das sofort ab.

»Zwei Weltkriege und eine Handvoll Revolutionen«, erinnerte ich ihn gemeinerweise. »Kurator ... dabei bist du nur ein Vierteljahrhundert älter als ich! Warum hast du mich angelogen?«

»Ein Kurator muss alt sein«, behauptete Kotja. »Alt, weise und erfahren. Ich bin vor dreiundzwanzig Jahren Kurator geworden ... Hätte man mir da etwa Respekt entgegengebracht?«

»Wie bist du Kurator geworden?«, wollte ich wissen, obwohl ich die Antwort bereits ahnte.

Kotja seufzte. Er nahm seine Brille ab, tauchte sie absurderweise in das heiße Wasser und hing sie über den Rand des Kübels.

»Also?«, insistierte ich.

»Ich ... man hatte mich ausgelöscht. Das war eine Hebamme von Arkan, ein Mann, der jetzt in einer anderen Welt arbeitet, nicht mehr bei uns ...« Kotja stockte. »Ich wurde zum Funktional ... und zwar ... das ist jetzt kein Witz ... zu einem Musikerfunktional.«

»Was?«

»Ein Musiker.«

»Geiger?«, mutmaßte ich ironisch.

»Saxophonist.«

Das verschlug mir die Sprache, und ich schwieg.

»Du hättest mich mal spielen hören sollen!«, sagte Kotja träumerisch. »Ich hatte ein sehr seltenes Instrument, ein Basssaxophon ...«

»Eine Arbeit von Stradivari?«

»Wenn du dich über mich lustig machst, kriegst du aus mir kein Wort mehr raus.«

»Entschuldige.« Einlenkend hob ich die Hände. »Es ist mit mir durchgegangen. Ich wusste nicht mal, dass es verschiedene Saxophone gibt.«

»Sieben Arten. Am verbreitetsten ist das Tenorsaxophon und das Alt ... Ein Bass ist eine wahre Seltenheit. Das war mein Instrument.«

»Was macht man damit für Musik?«, fragte ich, noch immer wie vor den Kopf gestoßen.

»Fürs Saxophon gibt es unterschiedliche Musikrichtungen«, wich Kotja einer klaren Antwort aus. »Ich habe meist improvisiert. Ich habe ...« Er verstummte, beendete den Satz dann aber doch: »... in Restaurants gespielt.«

»Jazz ist Musik für Fettwänste«, grummelte ich.

»Ja, ja!« Kotja schnaubte bloß. »Ist dir etwa noch nicht klar geworden, dass wir alle nur Angestellte sind? Der Besitzer eines Hotels genauso wie der Inhaber einer Restaurants oder der Zöllner an einer Übergangsstelle zwischen den Welten? Ich ... habe damals Journalismus studiert, davon geträumt, bei der *Komsomolskaja Prawda* zu arbeiten – und wurde dann von heute auf morgen ein Niemand. Zwei Tage lang bin ich durch die Straßen geirrt, wobei ich von Glück sagen kann, dass damals Sommer war. Dann haben sie Kontakt aufgenommen ... Damals gab es ja noch keine Handys. Damals existierte die Sowjetunion noch. Breschnew war vor kurzem gestorben, Andropow an der Macht ... Weißt du überhaupt, wer Andropow ist? Aber woher solltest du das wissen ... Er war Leiter des KGB und hat als Erstes Säuberungen im Land vorgenommen. Wer korrupt war, wanderte ins Gefängnis, diejenigen, die während ihrer Arbeitszeit ihre Privatangelegenheiten regelten, wurden entlassen ... Es wurden Razzien in Geschäften und Kinos durchgeführt und die Leute überprüft, ob sie gerade Urlaub hatten oder zu dieser Zeit eigentlich hätten ihrer Arbeit nachgehen müssen ...«

»Ich weiß sowohl über die Sowjetunion als auch über Andropow Bescheid. Wer korrupt war, wurde festgenommen, aber das ist ja wohl nicht verkehrt«, erklärte ich. »Oder willst du mir etwa weismachen, Korruption sei eine tolle Sache? Und wenn bei uns jemand während der Arbeitszeit ins Kino ginge ... aber was heißt da Kino ... es bräuchte sich bloß jemand den Hintern zu kratzen ... und schon würde Andrej Isaakowitsch ihn achtkantig rauswerfen!«

Kotja verschluckte sich und sah mich einen ausgedehnten Moment lang nachdenklich an. »In gewisser Weise, natürlich ...«, meinte er dann. »Aber das hat nichts mit unserer Sache zu tun. Kurz und gut, ich war überzeugt, ich sei ein Opfer des KGB geworden. Dass die mich in den

Wahnsinn treiben wollten oder sich einfach einen Scherz mit mir erlaubten ...«

Ich wollte schon fragen, was das KGB veranlassen sollte, sich mit einem Studenten einen Scherz zu erlauben. Da ich jedoch befürchtete, Kotja würde daraufhin wieder in seine trübseligen und für mich völlig irrelevanten Erinnerungen eintauchen, schwieg ich lieber.

»Ich ging gerade an einer Telefonzelle vorbei«, fuhr Kotja fort, »als es plötzlich klingelte. Das war so ein altes Ding aus Eisen ... in das du ein Zweikopekenstück reinwerfen musstest ... Ich habe immer gedacht, man könne damit nicht angerufen werden, weil sie keine Nummer haben. Alle wussten natürlich, dass es im Westen Telefonzellen gab, in denen du angerufen werden kannst, in Filmen hast du so was ja oft genug gesehen, aber bei uns gab's das eben nicht. Aber dieser Apparat klingelte ... ich ging hin und nahm ab.«

Er verstummte.

»Sie haben dir eine Adresse genannt, zu der du kommen solltest?«

»Ja. Ich fand ein merkwürdiges Haus vor, ein kleines einstöckiges Häuschen aus rotem Ziegelstein und mit einem Eisendach. Es wurde von zwei elfstöckigen Plattenbauten eingekeilt. Das musst du dir mal vorstellen! So wurde damals bei uns nicht gebaut! Ein altes Haus wie dieses hätten sie einfach abgerissen ...«

»Daran hat sich nichts geändert«, warf ich ein. »Bauland ist teuer.«

»Im Parterre des Hauses war eine Instrumentenhandlung untergebracht«, berichtete Kotja weiter. »Ich ging rein, schaute mich um ... und suchte mir ein Saxophon aus. Ich weiß selbst nicht, was mich da geritten hat. Ich wusste einfach, dass das mein Instrument ist ...« Kotja kicherte. »Dann ging ich rauf in den ersten Stock, wo ein seltsames Chaos herrschte. Die Fenster waren eingeschlagen, der Putz auf den Boden gebröckelt, ein durchgesessenes, fadenscheiniges Sofa stand da rum ... Auf das Ding setzte ich mich und fing an zu spielen. Ich hatte nie ein musikalisches Gehör gehabt. Als Kind hat meine Mutter mich zu einigen bekannten Musikern geschleppt, die haben ihr gleich erklärt, dass sie weder den Jungen noch das Klavier quälen wollten. Und hier setzte ich mich hin und spielte los. Hungrig, völlig ahnungslos, was mit mir geschah, saß ich da und spielte. Drei Stunden später besuchte mich ein Mann, meine Hebamme ...«

Von jetzt an unterbrach ich ihn nicht mehr. Ich hörte, wie Kotja seine ersten Auftritte absolvierte, manchmal in ganz normalen Einrichtungen der Menschen, meist jedoch in den von Funktionalen betriebenen Restaurants und Clubs. Er spielte für Funktionale und für die Menschen, die unsere Dienste in Anspruch nahmen. So verging ein halbes Jahr.

Dann lernte Kotja einen Kurator kennen.

»Er hieß Friedrich. Ich glaube, er war Österreicher. Eigentlich ein sehr angenehmer Mensch ...« Kotja verstummte. »Wir wurden zwar keine Freunde, aber es ist immer angenehm, wenn dich jemand schätzt ... selbst für ein Talent, das dir in den Schoß gefallen ist ... Normalerweise brachte er seine Freundin mit, sie hieß Lora. Eine ganz normale Frau, kein Funktional ... sehr schön. Sehr, sehr schön.«

Abermals verfiel er ins Schweigen.

»Du hast ihn umgebracht«, sagte ich.

»Ja.«

»Wegen der Frau?«

»Ja.«

»Warum?«

»Weil er als Erster getötet hat. Lora. Als er dahinter gekommen ist, dass sie ihn betrügt ... mit mir.« Kotja grinste. »Später habe ich erfahren, dass ich nicht ihr erster Liebhaber war. Letztendlich bedeutete ich ihr auch gar nichts. Friedrich hatte allem Anschein nach einfach die Nase von den ewigen Seitensprüngen und ihren hysterischen Anfällen voll. Er hat die Frau ermordet ... Eine Szene, wie aus einem alten Film. Er hat sie nämlich in einen Abgrund gestoßen. Vor meinen Augen. Anschließend hat er mich davor gewarnt, noch einmal auf solche Verlockungen reinzufallen ... Er sei, so erklärte er mir, ein anständiger Mann, der es nicht schätze, wenn ihm Hörner aufgesetzt werden ... Insgesamt nahm er die Situation auf die leichte Schulter. Aber ich nicht. In mir explodierte etwas. Genau wie bei dir, als die Nastja ermordet haben. Ich habe mich auf Friedrich gestürzt, obwohl ich wusste, dass ich nichts gegen ihn ausrichten konnte ... Aber dann ist irgendwas passiert. Ich konnte ihn völlig problemlos ersticken. Ich habe ihn einfach auf den Boden gepresst und erstickt. Er wollte ewig nicht sterben, hat versucht, sich meinem Griff zu entwinden ...« Kotja schwieg kurz. Dann setzte er wieder an: »So bin ich Kurator geworden. Jemand hat sich ... mit mir in Verbindung gesetzt. Jemand aus Arkan. Man hat mir erklärt, da ich nun schon mal den bisherigen Kurator getötet habe, müsste ich seine Aufgaben von jetzt an übernehmen. Ich willigte ein. Ehrlich gesagt, hatte ich panische Angst.«

»Und muss ein Kurator oft ...?« Ich ließ die Frage unvollendet.

»Danach habe ich nie wieder jemanden umgebracht.« Kotja schüttelte den Kopf. »Nein. Niemals. Das ... das erledigen die Hebammen oder Polizisten. Ein Kurator ... der braucht sich die Hände da nicht schmutzig zu machen. Dafür bekleidet er ein zu hohes Amt. Als das mit dir passiert ist ... als diese durchgeknallte Iwanowa Nastja umgebracht hat und du mit ihr abgerechnet hast ... bin ich in Panik geraten. Ich habe befürchtet, es würde sich alles wiederholen. Dass du an meiner Stelle Kurator wirst. Deshalb habe ich versucht ... Entschuldige. Ich werde das nie wieder tun.«

Eine Zeit lang saßen wir schweigend da, zwei nackte Idioten in Kübeln, in denen das Wasser bereits kalt wurde.

»Gut«, sagte ich schließlich, »aber verrat mir eins, Kotja ... Werde ich wirklich zum Kurator?«

»Ich weiß es nicht.« Kotja schwieg. »Auf alle Fälle hast du dir bestimmte Fähigkeiten angeeignet – wenn du selbst mit einer Hebamme fertiggeworden bist. Und ich ... ich verliere meine Fähigkeiten nach und nach.«

Aus seiner Stimme hörte ich leichte Panik heraus.

»Ich schenke dir ein Saxophon«, versprach ich. »Du wirst in Restaurants spielen. Nachts schreibst du dann an deinem Skandalroman *Die Gesangslehrerin*. Du hast genau das richtige Alter dafür, um dich deinen erotischen Phantasien hinzugeben.«

»Ich werde mich ihm hingeben«, meinte jemand leise von der Tür her. »Und wie ich mich ihm hingeben werde ... Hallo, Kirill.«

Ich drehte mich zur Tür um und starrte entgeistert auf Illan.

Nein, natürlich hatte ich nicht vergessen, dass die beiden zusammen gewesen waren. Und logischerweise hätte ich annehmen müssen, dass sie auch zusammen geblieben sind.

»Verzeiht, dass ich mich erst jetzt bemerkbar mache.« Lächelnd legte Illan einen Stapel grauer Handtücher auf eine Bank neben der Tür. »Aber ich wollte lieber draußen bleiben und euerm ausgesprochen interessanten Gespräch zuhören.«

»Wir kommen gleich«, versicherte Kotja etwas betreten. Anscheinend hatte sein Status als Kurator, über den Illan inzwischen informiert war, nicht das Geringste an ihrer Beziehung geändert.

»Beeilt euch, Jungs. Ich hätte da auch noch ein paar Fragen.« Illan sah mich an. In ihren Augen schimmerte Schmerz auf. »Mein Beileid, Kirill.«

Ich deutete ein Nicken an und erwiderte: »Und mein ... Beileid.«

Sieben

Es gibt Kleidungsstücke, die scheinen von vornherein als weltweiter Standard geplant zu sein. Die Jeans zum Beispiel. Natürlich gibt es einen Unterschied zwischen einer in der vierten und damit inoffiziellen Schicht in Vietnam hergestellten Wrangler und einem mit Strass von Swarovski verzierten Exemplar einer Dolce & Gabbana (die vermutlich ebenfalls in Vietnam angefertigt wurde, oder im benachbarten Thailand). Aber wenn man diese Extreme außer Acht lässt, dann tragen Männer wie Frauen Jeans, Millionäre und Bettler, Mannequins und Besitzer von Bierbäuchen. Mein Vater hat einmal mit finsterer Miene angemerkt, die Sowjetunion sei an den Jeans zerbrochen – genauer gesagt, an ihrem Fehlen. Hmm, vielleicht hatte er sogar recht, ich zum Beispiel kann mir ein Leben ohne Jeans nicht vorstellen! Meiner Ansicht nach sind die Jeans sogar die Errungenschaft, mit der Amerika vorm Jüngsten Gericht Coca-Cola und Hamburger rechtfertigen kann.

Und es gibt nationale Kleidungsstücke, für Touristen. Das sind die in der Ukraine beliebte Fofudja und der schottische Kilt. Die Schotten tragen bei feierlichen Empfängen stur diese Röcke, die jungen ukrainischen Heimatkundler schüren im Land das Interesse an der Fofudja, aber das alles ist nicht mehr als ein Tribut an die Tradition.

Dann gibt es noch Kleidungsstücke, die zwar nicht übermäßig exotisch wirken, sich im Ausland aber dennoch nicht durchsetzen. Beispielsweise der Hausmantel für Männer. Unverzichtbares Attribut trägen Wohlbefindens im Orient. Bester Freund des nach Hause zurückgekehrten englischen Gentleman. In Russland dagegen, das ständig zwischen Europa und Asien hin- und herschwankt, ist er nie heimisch geworden. Wir sind zu wuselig, um sommers einen Hausmantel zu tragen, abgesehen davon, dass er kurz ist, der russische Sommer, kurz und regnerisch. Und winters sind unsere Wohnungen entweder derart überheizt, dass kein Hausmantel nötig ist, oder eiskalt – und dann hilft selbst ein Hausmantel nicht. So sind an die Stelle des Hausmantels schlabbrige Trainingsanzüge getreten oder – wenn man »unter sich« ist – bequeme Unterhosen.

Kurz und gut, ich verstand mich nicht darauf, einen Hausmantel zu tragen, und fühlte mich unwohl darin. Wie ein Mensch, der zum ersten Mal in seinem Leben in einen Anzug schlüpft, sich eine Krawatte umbindet und zu einem wichtigen offiziellen Empfang aufbricht. Wenn jede Gewissheit dahin ist: Wie sollst du in so einem Aufzug sitzen oder aufstehen, wie auf die Schlinge reagieren, die da um deinen Hals baumelt. Genauso fühlte ich mich in dem dicken, weichen Hausmantel: wie der letzte Idiot.

Schlug ich ein Bein übers andere, brachte ich mich nicht gerade vorteilhaft in Position, reckte ich mich, demonstrierte ich meine haarlose und nicht sonderlich muskulöse Brust.

Dabei war die Situation für einen Hausmantel wie geschaffen. Wir saßen in einem Zimmer, dessen Wände bis zur Hälfte mit dunklem Holz getäfelt waren, die hohe Decke war ebenfalls aus Holz, die Sessel und Sofas aus Leder, der große Kamin mit dem in ihm lodernden Scheiten mit bemalten Keramikkacheln verkleidet, die von der Zeit und dem Feuer nachgedunkelt waren. Einige Schränke mit soliden dicken Büchern, vor hundert Jahren herausgegeben und damals auch zum letzten Mal gelesen, und ein massiver Lüster unter der Decke, dessen kerzenartige Birnen ein mattes Licht spendeten, katapultierten uns endgültig aus dem buddhistischen Kloster in einen alten englischen Club.

»Wer hätte je gedacht, dass dir so was gefällt«, murmelte ich, als ich versuchte, es mir in dem Sessel etwas bequemer zu machen. »Ganz klassisch ... Hast du in Oxford studiert?«

»Das stammt von einem der früheren Kuratoren«, klärte Kotja mich auf. »Ich habe mir die Bücher mal genauer angeschaut, sie sind alle erst nach 1805 erschienen ...«

Er schnappte sich seine Zigaretten vom Zeitungstisch und steckte sich gierig eine an. »Meiner Meinung nach sind sie genau in diesem Jahr zu uns gekommen«, sagte er.

»Die Arkaner?«

»Mhm. Ich habe irgendwo gehört, der erste Kurator sei ein Engländer gewesen. Ich glaube, er hat sich hier eine Kopie seines englischen Landhauses geschaffen ... natürlich wurde später alles ein wenig umgebaut. Um ehrlich zu sein, den Strom habe ich erst gelegt.« Er machte eine kurze Pause, bevor er stolz hinzufügte. »Allein. Dabei hätte ich durchaus ein Elektrikerfunktional hierherbringen können. Aber ich wollte damit selbst fertig werden.«

»Und wie bitte schön hättest du ihn hierhergebracht? Was hättest du mit seiner Leine gemacht?« Ich erkundigte mich nicht weiter danach, was eigentlich als Generator fungierte, obwohl mir kurz ein bizarres Bild durch den Kopf schoss. Unablässig kreisende Gebetsmühlen, die auf die Antriebsscheibe eines Dynamos gepfropft waren.

»Ein Kurator kann das«, mischte sich Illan ein, die sich ebenfalls eine Zigarette angezündet hatte. »Er hat die entsprechende Fähigkeit. Hebammen und Kuratoren sind nicht an die Leine gebunden.«

»Und Postboten und Taxifahrer sind an eine bewegliche Funktion gebunden«, ergänzte Kotja. »An ihr Auto oder ihre Kutsche ...«

Vermutlich nahm er an, ich würde mich darüber wundern. Stattdessen schüttelte ich jedoch bloß den Kopf. »Kotja, die Leine ist doch überhaupt nicht notwendig. Das ist lediglich ein Symbol. Wie das Halsband bei den Sklaven in der Antike. Es kann aus Gold sein oder mit Edelsteinen besetzt ... aber es ist und bleibt ein Halsband ... Illan!« Ich sah die Frau unverwandt an. »Wann hat er es dir gesagt?«

»Dass er ein Kurator ist? Nachdem er versucht hat, dich umzubringen.«

Kotja zog nervös an seiner Zigarette. »Pass auf, ich erzähl dir die Geschichte«, schlug er vor. »Detailliert und Punkt für Punkt. Zunächst: Was macht ein Kurator?«

»Eine ausgesprochen interessante Frage!«, höhnte ich.

»Praktisch nichts!« Kotja ließ sich nicht beirren. »Ich habe meine Ansichten darüber dargelegt, wie sich unsere Welt entwickeln soll. Ich weiß nicht einmal, ob das berücksichtigt wurde ... aber ich habe mir alle Mühe gegeben. Ich habe versucht, mir eine möglichst gute Zukunft für uns einfallen zu lassen ... Ehrenwort.«

»Toll hast du das gemacht«, sagte ich gallig. »Man braucht sich bloß mal die Nachrichten anzugucken, um sich davon zu überzeugen.«

Kotja runzelte die Stirn und fuhr fort: »Außerdem teilen die Hebammen mir mit, wen sie wann zum Funktional machen ...«

»Auch, zu was für einem?«

»Nein, das wissen sie nämlich selbst nicht. Es kommt, wie es kommt. Ich erhalte dann die Berichte, wie, wer und wann. Das betrifft fünf, sechs Menschen pro Tag. Für unsere ganze Erde, nebenbei bemerkt. Die meisten Funktionale gibt es natürlich in den USA, Europa, China, Russland und Japan. Mit anderen Worten, in den Industrieländern. In Afrika und Lateinamerika sind es nur ein Zehntel so viele ... Dann teilen sie mir noch mit, wann jemand gestorben ist oder die Verbindung zu seiner Funktion zerrissen hat. Das passiert ein, zwei Mal pro Woche. Ich habe es interessehalber mal ausgerechnet: Es gibt mindestens eine Drittelmillion Funktionale auf der Erde. Vorausgesetzt, der Prozess ist immer mit der gleichen Geschwindigkeit abgelaufen und hat tatsächlich vor zweihundert Jahren eingesetzt ... Ab und an bekomme ich einen Brief oder ein Telegramm aus Arkan. Ein, zwei Mal im Monat ... Normalerweise wird mir darin der Name des Menschen mitgeteilt, der in ein Funktional zu verwandeln ist. Den Namen leite ich an eine der Hebammen weiter ...«

»Wie viele Hebammen gibt es insgesamt?«

»Sechs. Wenn Nataljas Stelle noch nicht neu besetzt ist, sind es zur Zeit fünf. Als Ersatz könnten sie jemanden aus Arkan oder aus einer anderen Welt geschickt haben. Oder ein neues Funktional ist Hebamme geworden.«

Ich nickte.

»Das ist im Grunde alles ...«, sagte Kotja. Nach einer kurzen Pause fügte er noch hinzu: »Also, manchmal bitten die aus Arkan mich, eines der Funktionale im Auge zu behalten. Das lade ich dann auch bei dem Polizisten ab, der für den entsprechenden Bezirk zuständig ist. Oder, wenn es in einem Bezirk keinen Polizisten gibt, an die Hebammen, die sind ja auch ohne Leine ... Einmal pro Quartal schreibe ich meine Berichte für Arkan. Dabei handelt es sich praktisch um die Zusammenfassung der Berichte, die ich von den Hebammen erhalten habe. Wer wo und zu welchem Funktional geworden ist. Wenn es Probleme mit der Adaption oder Klagen gibt, informiere ich sie darüber. Außerdem lege ich in den Berichten dar, wie sich die Menschheit nach meinem Dafürhalten weiter entwickeln sollte ...«

»Und das ist alles?«

»Ja, das ist alles.« Kotja breitete die Arme aus. »Glaubst du etwa, ich hätte in Moskau gesessen, wäre Frauen hinterhergestiegen und hätte allerlei Geschichtchen geschrieben, nur um dich auf eine falsche Fährte zu locken? Ich hatte wirklich nichts zu tun! Drei Jahre habe ich die Erde kreuz und quer bereist. Das war schon toll. Die anderen Welten des Multiversums habe ich mir selbstverständlich auch angesehen. Aber irgendwann hing mir das alles zum Hals raus! Mir irgendwelchen Unsinn auszudenken, zu trinken und Bräute aufzureißen war dann weitaus ...«

Illan beugte sich vor und gab Kotja einen leichten Schlag auf den Hinterkopf. »Die Bräute schminkst du dir jetzt bitte ab«, verlangte sie. »Betrachte das als endgültig durchlaufene Phase deiner Biografie.«

Kotja schielte zu ihr rüber und nickte – zu meiner großen Verwunderung. Noch dazu machte er eine relativ ehrliche Miene.

»Die Arbeit eines Kurators«, nahm er den Faden wieder auf, »gleicht der Arbeit eines Verwalters auf einem großen und gut funktionierenden Landgut. Die Bauern wissen selbst, wann sie säen und wann sie das Korn dreschen müssen. Der Schmied bessert seine Werkzeuge aus, die Bräu... die Frauen machen Quark aus Milch und bieten ihn auf dem Markt zum Verkauf an, der Priester spricht das Gebet. Alles läuft von selbst, der Verwalter sitzt bloß auf der Vortreppe, nippt an einem Likör und ...« Kotja hüstelte und führte den Satz unbeholfen zu Ende: »... na, und isst einen Happen ...«

Illan brach überraschend in Gelächter aus. »Ich nehme meine Worte zurück, Kotja«, bot sie an. »Wenn du ohne deine Bräute nur noch stammeln kannst, dann sprich lieber wie immer. Und krieg doch bei Gelegenheit mal heraus, wie man Quark macht und wie Butter.«

»Ich bin sowieso fertig«, erklärte Kotja mürrisch. »Ich habe alles aufgezählt. Darin erschöpft sich meine Arbeit nämlich schon. Jetzt kommt das Nächste: Was kann ich als Kurator? Ich habe dieses Quartier in Tibet. Mir ist schleierhaft, wie jemand es geschafft hat, diese Mönche abzurichten, was er ihnen für einen Unsinn vorgebetet hat, aber es sind fanatische Bedienstete. Ich bin nicht häufig hier, bei Bedarf ist das jedoch ein sicherer Schlupfwinkel für einen Kurator. Ich kann reisen ... also ...« Kotja zögerte und suchte nach dem richtigen Wort. »... sozusagen durch den Raum. Ich kann zu jedem Ort gelangen, an dem ich schon einmal war und an den ich mich erinnere. Ich muss mir einen Namen für ihn ausdenken, ein Codewort – und dann kann ich ein Portal dorthin öffnen.«

»Nur an jeden Ort?«, hakte ich nach.

»Oder zu jedem Menschen.« Kotja sah verlegen aus. »Den ich persönlich kenne. Dich behalt ich gewissermaßen ständig im Visier, und ich habe immer mal wieder nach dir geschaut ... nachdem wir uns zerstritten hatten ... Bei Illan ist es genauso ...«

»Verstanden. Welche Fähigkeiten hast du noch?«

»Keine«, antwortete Kotja wütend. »Über irgendwelche ausgefallenen Fähigkeiten verfüge ich nicht. Nicht über das Weltwissen eines Zöllners, nicht über die Superkräfte eines Polizisten, nicht über Heilkräfte. Irgendwie ist das alles zwar angelegt, aber viel schwächer als bei den anderen.«

»Erzähl doch keinen Scheiß!«, explodierte ich. »Du bist der Chef! Du überwachst die ganze Erde!«

»Pah!« Kotja platzte ebenfalls der Kragen. »Glaubst du etwa, der Barackenälteste in einem Lager hätte viele Rechte gehabt? Seine Essensration ist etwas üppiger ausgefallen, sein Bett ein bisschen weicher gewesen. Außerdem hatte er noch das Recht, mit den Aufsehern zu reden. Und damit basta! Du solltest meine Fähigkeiten nicht überschätzen. Ich bin nur ein Vermittler. Ein Spezialist mit breitem Profil, aber ein Breitbandprofil ist nie sehr tief. Leider.«

»Je größer die Pfütze, desto flacher ist sie«, brachte Illan in lehrhaftem Ton hervor.

Kotja und ich sahen sie erstaunt an.

»Ein Aphorismus«, sagte Illan unsicher. »Oder?«

»Kein guter«, entschied ich. »Gut, vergessen wir das. Welche Fähigkeiten hast du in der letzten Zeit eingebüßt, Kotja?«

»Ich kann keine Portale in bewohnte Welten mehr öffnen.« Kotja fuchtelte mit den Händen. »Zunächst war mir nur Arkan versperrt, dann auch die anderen Welten mit zivilisiertem Leben. Du hast ein Wahnsinnsglück gehabt, dass ich noch nach Janus gekommen bin ... Ich wollte den Postboten kontaktieren, aber das klappte schon nicht mehr. Entweder ist er nicht auf unserer Erde aufgetaucht oder aber er hat sich geschickt vor mir verborgen. Ich hätte einen Brief aus Arkan kriegen müssen, aber der kam nie an. Von den Hebammen sind irgendwann auch keine Berichte mehr eingetroffen. Als ob ... ich ihr Vertrauen verspielt hätte.« Er setzte ein schiefes Lächeln auf.

»Oder ... als ob sie erst mal abwarten würden, wer von uns beiden das Rennen macht.«

»Warum haben sie mich eigentlich überhaupt zum Funktional gemacht?«, fragte ich ganz direkt. »Und spar dir bitte sämtliche Geschichten à la: Da kam der Befehl, ich habe mich natürlich gesträubt, aber mir sind ja die Hände gebunden ...«

Kotja seufzte. Anscheinend war der Moment erreicht, wo die Karten auf den Tisch kamen.

»Ich selbst habe der Iwanowa deinen Namen gegeben«, gestand er verdrossen ein. »Ich habe so getan, als ob eine entsprechende Anweisung von oben vorläge ... Wenn du so willst, habe ich mein Amt zu persönlichen Zwecken missbraucht.«

»Weshalb?«

»Weil mir langweilig war!«, sagte Kotja traurig. »Ich wollte, dass einer meiner Freunde zum Funktional wird. Damit ich den völlig unbeteiligten Idioten spielen konnte, der rein zufällig in diese Geschichte stolpert ... Mich kannte ja niemand persönlich. Nicht mal diese dämliche Iwanowa! Ein Kurator, das ist der bescheidenste Herrscher auf der Welt ...«

»Klar«, schnaubte ich, »bescheidener geht's gar nicht.«

Im Kamin prasselte das Feuer. Illan, die mit untergeschlagenen Beinen im Sessel saß, sah Kotja aufmerksam an. Was für ein idyllisches Bild!

»Was hast du jetzt vor, Kotja?«

»Ich? Nichts. Ich habe Angst, Kirill. Sie haben mir meine Fähigkeiten gegeben, sie können sie mir auch wieder wegnehmen. Es ist ein Wunder, dass ich dich noch habe retten können. Aber vermutlich observiert mich jemand, schließlich bin ich immer noch ein Funktional.«

Ich brauchte ein paar Sekunden, um all das zu begreifen.

»Heißt das etwa, ich soll auf eigene Faust handeln, Kotja?«, fragte ich schließlich.

»Was denn sonst?!« Er wunderte sich wirklich. »Natürlich werde ich dir helfen. So gut es geht. Solange ich es noch vermag.«

»Vielen Dank auch!« Ich linste zu Illan rüber, die jedoch schwieg. »Nein, ich bin dir wirklich dankbar. Allerdings hat bisher alles, was ich tu, nur ein Ziel: meinen eigenen Hintern zu retten. Mir sind diese Supermänner aus Arkan auf den Fersen, jeder Polizist ist scharf darauf, mich zu schnappen, mir sind meine Fähigkeiten abhandengekommen ...«

»Nein! Du musst noch welche haben.« Verärgert verzog Kotja das Gesicht. »Wenn auch sehr seltsame, bei denen nicht klar ist, wann sie durchbrechen ... Glaub nicht, dass wir dich im Regen stehen lassen, Kirill. Illan und ich haben gestern den ganzen Abend zusammengesessen und einen Plan ausgearbeitet.«

»Für dich«, stellte Illan klar.

Ich breitete die Arme aus. »Wirklich, dass ist zu viel der Ehre. Ich bin gerührt. Und euch zutiefst verbunden.«

Weder Kotja noch Illan gingen auf meinen Sarkasmus ein.

»In jeder Welt entsteht früher oder später eine Untergrundbewegung, die gegen die Funktionale kämpft«, begann Illan. »In eurer Welt dürfte sie vermutlich ebenfalls existieren – aber ich kenne hier niemanden. Da war nur Nastja, und wir haben nichts weiter gemacht, als die Leute um uns herum genau zu beobachten ... Aber da ist auch noch meine Welt, Veros, dann gibt es Antik ... und ...« Sie stockte kurz. »... und Feste. Eine Welt, in der die Menschen über die Funktionale Bescheid wissen.«

»Ist das da, wo die Pfaffen allen den Kopf verdrehen?«, fragte ich mit jener Lässigkeit, die nur Menschen zeigen, die irgendwie gläubig sind, sich dessen aber gleichzeitig schämen.

»So kann man's auch ausdrücken«, bestätigte Illan. »Aus ihrer Sicht sind unsere Welten eine Verunglimpfung der göttlichen Vorsehung. In den Funktionalen sehen sie Handlanger des Teufels, die auf dem Scheiterhaufen verbrannt gehören.«

»Entzückende Bundesgenossen«, stellte ich fest.

»Sie sind sehr stark.« Illan weigerte sich hartnäckig, auf meinen ironischen Ton einzugehen. »Wenn du es schaffen würdest, sie davon zu überzeugen, dass die Zerschlagung Arkans das Ende der Herrschaft der Funktionale bedeutet und alle Welten von der teuflischen Versuchung befreit, würden wir wichtige Verbündete gewinnen.«

»Eine Horde von Pfaffen mit Weihrauchschalen?«

»Kirill! Feste ist die Welt, in der sich die Biotechnologien durchgesetzt haben. Dort hat die Kirche es geschafft, sich die ganze Welt untertan zu machen ...«

»Stopp«, fiel ich ihr ins Wort. »Welche Kirche?«

»Das ist ja das Gute: unsere. Also, zumindest eine christliche. In Detailfragen gibt es erhebliche Differenzen, aber insgesamt ist es etwa wie die katholische Kirche zur Zeit der Renaissance.«

»Ihr Einfluss ist also bereits nicht mehr ganz so stark?«

»Keinesfalls. Die Kirche ist im Gegenteil dermaßen stark, dass sie unterschiedliche Glaubensrichtungen zulässt. Sie studiert sie, wenn du so willst.«

»Das ist wie in den ersten Jahren nach der Revolution in Russland, als noch ziemlich viel Gedankenfreiheit zugelassen wurde«, mischte sich Kotja ein. »Solange du die Hauptpostulate der Bolschewiken nicht angefochten hast, konntest du jeder philosophischen Richtung anhängen und dir absolut irrsinnige Gesellschaftsentwürfe einfallen lassen. Das ist kein Zeichen von Schwäche, sondern von Stärke ...«

»Was wir am wenigsten begreifen können, ist ihr Verzicht auf jegliche technische Entwicklung«, bemerkte Illan. »Soweit ich es verstehe, handelte es sich dabei ursprünglich wie gehabt um ein Experiment der Arkaner, bei dem sie jedoch endlich mal den Kürzeren gezogen haben: Die Herrscher von Feste haben von ihrer Existenz erfahren, das Ganze in den falschen Hals gekriegt – und daraufhin angefangen, Jagd auf jeden Fremden zu machen. Dabei sind sie übers Ziel hinausgeschossen. Statt Technik haben sie jetzt Tiere ... sehr seltsame Tiere, wenn du mich fragst ...«

»Kurz gesagt, sie haben eine Art Hunde, die Fremde wittern«, warf Kotja ein. »Jeder Besucher aus einer fremden Welt riecht ein klein wenig anders – und wird sofort verhaftet.«

»Und verbrannt?«

»Ja.«

»Vielen Dank, Freunde!«

»Wart's doch erst mal ab!« Kotja fuhrwerkte mit den Händen herum. »Wir haben das alles bereits durchdacht!«

»Du glaubst doch nicht wirklich, wir würden dich in den sicheren Tod schicken?«, fragte Illan. »Wir haben einen völlig ungefährlichen Weg ausgearbeitet.«

»Auf Veros gibt es einen Zöllner. Andrjuscha«, setzte mich Kotja in Kenntnis. »Er kann das alles regeln.«

»Andrjuscha?«

»Veros besteht schließlich nicht nur aus Kimgim. Da ist beispielsweise auch noch Orysaltan.«

»Oryssultan«, korrigierte Illan ihn.

»Hör mal, du bist diejenige, die das nicht richtig ausspricht!«

Es gab ein kurzes Wortgefecht zwischen den beiden, einigen konnten sie sich trotzdem nicht.

»Egal.« Kotja strich als Erster die Segel und wandte sich wieder mir zu. »Sie sprechen jedenfalls fast eine Art Russisch, du wirst sie also verstehen. Andrjuscha ist für den Kontakt zwischen den Welten der Funktionale und den Herrschern auf Feste zuständig.«

»Was für Kontakte? Wenn die da alle Fremden auf Scheiterhaufen ...«

»Was heißt das schon? Glaubst du etwa, zwischen der UdSSR und Deutschland hätte es während des Zweiten Weltkriegs keine geheimen Kontakte und Vermittler gegeben? Krieg hin oder her, die Regierungen bleiben in Kontakt.«

»Schon verstanden. Und wer ist dieser ... Andrjuscha?«

»Er wird dafür sorgen, dass du mit den Machthabern von Feste verhandeln kannst. Auf meine Bitte hin, schließlich bin ich immer noch Kurator. Wenn auch in einer anderen Welt. Er kennt mich, und das ist keine große Sache. Worüber du mit den Leuten reden willst, interessiert ihn nicht. Wir werden uns die Kanäle zunutze machen, die der Feind angelegt hat!«

»Der Feind?« Allmählich reichte es mir. »Kotja, sprich bitte Klartext. Was hast du vor? Plagt dich dein Gewissen so sehr, dass du auf Teufel komm raus gegen deine ehemaligen Herren vorgehen willst? Das nehm ich dir nicht ab! Sicher, du bist ein anständiger Kerl. Als du versucht hast, mich zu erwürgen, lag in deiner Miene ein Ausdruck echter Trauer … Aber du kannst doch nicht ernsthaft auf einen Sieg hoffen, Kotja! Du bist ein Kurator mit eingeschränkter Zuständigkeit. Wer ich bin, ist völlig unklar, was ich vermag, ebenfalls. Uns steht eine ganze Welt gegenüber, außerdem dreihunderttausend Funktionale bei uns auf der Erde! Hoffst du vielleicht, ich würde bei diesen Pfaffen draufgehen, ohne dass du dir die Hände schmutzig zu machen brauchst?«

»Kirill!«, schrie Illan, die sich zwischen uns stellte, als befürchte sie, wir würden gleich aufeinander losgehen. »Lass uns endlich ausreden! Wir haben einen guten Plan!«

»Die Machthaber auf Feste träumen davon, die unterworfenen Welten von Arkan loszueisen«, setzte mich Kotja ins Bild. »Bisher ist ihnen das noch nicht geglückt. Dafür bräuchten sie nämlich einen Mann in einer fremden Welt. Im Idealfall einen eigenen Kurator. Wenn ich mich bereit erklären würde, mit ihnen eine Allianz einzugehen, dann würden meine Möglichkeiten und ihre Biotechnologien die Sache entscheiden. Arkan würde die Kontrolle über unsere Erde verlieren! Wir könnten sie endlich selbst regieren!«

»Wir? Oder die Menschen?«

»Mhm ...« Kotja grinste. »Sind wir beide etwa keine Menschen?«

»Dann würden wir über die Ressourcen der Erde verfügen und könnten – eventuell zusammen mit Feste – auch meine Welt von den Arkanern befreien«, sagte Illan. »Wir müssen nur aufpassen, dass wir Feste auf Abstand halten und ihnen nicht erlauben, die Stelle Arkans einzunehmen ...«

»Dann hast du also nicht vor ...« Ich stockte, denn ich wollte die Sache möglichst auf den Punkt bringen. »... alles kurz und klein zu schlagen? Und beispielsweise die Funktionale zurück in normale Menschen zu verwandeln? Oder alle Menschen in Funktionale? Oder ... eben alles kaputtzumachen?«

»Wozu?«, fragten Kotja und Illan unisono. Sie blickten sich an.

»Du hast zu viele alte Filme geguckt«, meinte Kotja. »Revolutionsfilme. Warum sollten wir ein gut funktionierendes System zerstören?«

»Um die Funktionale ... vor der Sklaverei zu bewahren.« Ich guckte zu Illan rüber.

Die zuckte bloß mit den Achseln. »Die Sklaverei besteht doch nur darin, dass wir von Arkan aus kommandiert werden. Dass sie uns mit der Leine an unsere Funktion ketten. Ansonsten ... ist an dem System doch nichts auszusetzen. Gefällt es dir etwa nicht, ein Funktional zu sein?«

War dem so?

Ich erinnerte mich daran, wie sich mein Turm nach und nach ausgestattet hatte. Meine Festung, die Burg eines Zöllners. Wie sich die Türen in andere Welten geöffnet hatten. In das patriarchale, viktorianische und verwunschene Kimgim ... wobei es auf Veros, dieser Welt unabhängiger Stadtstaaten, ja noch Tausende von anderen interessanten Orten gab. Die geheimnisvolle *Weiße Rose* fiel mir ein, die sich als Hotel herausstellte ... wo ich in eine Schlägerei reingerasselt war, eine absolut filmreife Prügelei, bei der ich unbesiegbar und elegant wie James Bond agiert hatte. Dann war da noch die Monsterkrake, die ans Ufer gekrochen kam, oder der Panzer, betrieben auf Alkoholbasis, der uns entgegendonnerte ... Und wie laut, lustig und lecker es in Felix' Restaurant gewesen war ...

Und das war nur eine Welt von vielen!

Es gab ja auch noch den Planeten Reservat mit dem warmen Meer und den endlosen Wäldern, der sauberen Luft und den in der Nacht funkelnden Sternen ...

Oder Antik, diese Realität gewordene Utopie ...

Welten, Welten, Welten ...

Ein Multiversum, ein ganzer Fächer von Welten, der sich vor mir geöffnet hatte.

»Doch, das hat mir gefallen«, antwortete ich. »Wenn sie ... wenn sie nur Nastja nicht ermordet hätten ...«

»Ich habe die Iwanowa falsch eingeschätzt«, gestand Kotja bitter ein. »Das ist meine Schuld. Allerdings habt ihr es auch geschafft, innerhalb kürzester Zeit alle gegen euch aufzubringen, aber ...« Er schien den Gedanken förmlich abzuschütteln. »Reden wir nicht mehr davon, Kirill. Davon wird das Mädchen auch nicht wieder lebendig. Lass uns denen lieber Feuer unterm Arsch machen!«

Ich schaute ihm in die Augen. Kotja senkte den Blick nicht.

»In Ordnung«, erwiderte ich. »Machen wir diese Welt etwas besser. Wenigstens diese ... wenn es nicht auf Anhieb mit allen gelingt.«

Acht

Wie macht man die Welt besser? Darauf hält jeder seine eigene Antwort parat. Dennoch wissen alle Menschen haargenau: In dieser besseren Welt brauchen sie nicht zu arbeiten, werden geliebt und von der ganzen riesigen, glücklichen Erde versorgt.

Bedauerlicherweise hat jedoch jeder einen eigenen Weg für den Aufbau dieser erstaunlichen Gesellschaft vor Augen. Bei genauerer Betrachtung kommt man dahinter, dass weder die Bemühungen der Philosophen noch die Anstrengungen der Soziologen etwas Überzeugenderes als die klassische Utopie hervorgebracht haben – in der selbst der bescheidenste Bauer mindestens drei Sklaven besaß.

Die Menschheit kann eben einfach nie genug an zweibeinigem Vieh haben. Es ist inzwischen zwar reichlich unmodern geworden, die eigenen Artgenossen in Sklaven zu verwandeln, und Roboter aus Zahnrädern oder Eiweiß können wir noch nicht bauen – aber sobald wir es gelernt haben, werden wir die Dinger auch besitzen.

Das ist unser *Utopia*.

Das die Menschheit verdient.

Nach wie vor stieg ich nicht hinter die Beziehungen zwischen Kotja und den Mönchen in dem buddhistischen Kloster. Wofür hielten sie ihn eigentlich? Und warum dienten sie ihm? Doch wie dem auch sei, am nächsten Morgen fand ich meine Kleidung in tadellosem Zustand vor, gewaschen und gebügelt, und als ich mein kleines Zimmer verließ, in dem ich geschlafen hatte, war im »englischen Salon« bereits das Frühstück angerichtet.

Das mit einer friedliebenden Religion überhaupt nicht in Einklang zu bringen war: Omelett, Salami, Würstchen ...

»Was hast du nur mit diesen Mönchen gemacht?«, staunte ich und guckte Kotja an. Er vertilgte bereits seine Würstchen, die er vor jedem Biss in Ketchup ertränkte. Angezogen war er, als frühstücke er in einem Fünf-Sterne-Hotel, mit Hose, Jackett und einem frischen Hemd. Fehlte nur noch die Krawatte ...

»Wenn du wüsstest, wie viel Mühe mich das gekostet hat!«, erwiderte Kotja stolz. »Sie kochen mir zum Mittag sogar Hühnchen!«

»Ein lebendiges?«, fragte ich, während ich mir Omelett auftat, das zwar schon kalt geworden war, aber immer noch lecker aussah.

Kotja kicherte. »Illan schläft noch«, teilte er mir mit, obwohl ich mich nicht nach ihr erkundigt hatte. »Willst du warten, bis sie aufsteht, oder auf eigene Faust losziehen?«

»Lass uns noch frühstücken, dann mach ich mich auf die Socken«, entschied ich mit einem Blick hinaus zu dem kleinen Fenster. Die graue kalte Morgendämmerung zog herauf, die Bergspitzen lagen in rosafarbenem Licht. Am liebsten hätte ich jetzt Nicholas Roerich oder Helen Blavatsky gelesen.

»Ich bringe dich nach Moskau«, eröffnete Kotja mir. »Einverstanden? Da gibt es drei bequeme Übergänge nach Orysaltan. Dort triffst du dann Andrjuscha ...« Er legte mir einen Umschlag hin. »Hier ist ein Brief. Du kannst ihn ruhig lesen, ich habe ihn nicht zugeklebt.«

Ich griff danach. Ach du liebe Güte, das war ja die reinste Antiquität: Die Marke war noch mit »Post der UdSSR« gekennzeichnet. Ungelesen steckte ich ihn die Tasche.

»In dem Brief bitte ich Andrjuscha, dich sicher nach Feste zu bringen und Kontakt mit einem der führenden Leute dort herzustellen. Inoffiziell natürlich. Aber dieser Weg ist erprobt, so ist die Sache schon oft gelaufen.«

»Ich habe immer gedacht, man dürfe sich nicht mit religiösen Fanatikern einlassen ...«

»Kirill, jetzt mach mal halblang!«, entrüstete sich Kotja. »Fanatiker ziehen los und führen Befehle aus. Die Leute an der Spitze, das sind jedoch immer kluge Köpfe. Wenn wir den Herrschenden von Arkan etwas entgegenzusetzen hätten, würden die sich ebenfalls rasch auf ein Gespräch einlassen, da bin ich mir sicher.«

»Was muss ich herauskriegen? Und soll ich um Hilfe bitten?«, fragte ich, während ich in dem Omelett stocherte. Nein, irgendwie schmeckte es doch nicht.

»Selbstverständlich. Leg die Karten offen auf den Tisch ... gesteh ihnen, dass du ein Funktional bist, das die Verbindung zu seiner Funktion zerrissen hat. Und weil du der Freund eines Kurators bist, hast du ihn, also mich, überzeugt, ebenfalls gegen Arkan vorzugehen. Du hast mir von deinem Besuch auf Arkan erzählt und von dieser miesen Hebamme Iwanowa ... und hast mich damit auf deine Seite gezogen. Wir sind nunmehr bereit, etwas gegen Arkan zu unternehmen. Wir müssen bloß wissen, wie wir Menschen zu Funktionalen machen können ...«

»Oder umgekehrt.«

»Genau.« Kotja lächelte. »Außerdem müssen wir Fremde observieren und Durchgänge zwischen den Welten schließen ... und tausend andere Dinge. Wir sind jedoch bereit, eine Delegation aus Feste zu empfangen, ihren Transport hierher zu garantieren und sämtliche Reisekosten zu übernehmen.«

»Sie werden in unserer Welt völlig durchdrehen«, warnte ich.

»Ausgeschlossen ist das nicht!«, bestätigte Kotja amüsiert. »Sie könnten sich aber auch in Demut üben, beten – und sich anpassen.«

»Und erhalte ich darauf eine Antwort? Auf der Stelle?«

»Wohl kaum.« Kotja schüttelte den Kopf. »Bürokraten triffst du überall. Selbst unter Kirchenleuten. Leg einfach unsere Position dar und kehre nach Orysaltan zurück. Dort bleibst du entweder bei Andrjuscha – er ist ein sehr gastfreundlicher Mann –, oder du fährst weiter nach Moskau. Ehrlich gesagt, habe ich keine Ahnung, wo es für dich sicherer ist.«

»Und wie soll ich die Verbindung mit dir halten?«

»Ich spüre, wenn du wieder in unsere Welt eintrittst«, antwortete Kotja. »Aber sicherheitshalber ... falls ich plötzlich meine Fähigkeiten verlieren sollte ...«

Er holte ein Lederetui für Visitenkarten aus seiner Tasche – ein für den früheren Kotja absolut unvorstellbares Accessoire – und händigte mir eine silbrige Karte aus.

Darauf stand nur eine Nummer. Eine lange Nummer.

»Ein Satellitentelephon«, erklärte er. »Warum auch nicht? Weshalb sollten wir die moderne Technik ignorieren?«

»Hm.« Ich steckte die Karte ein. »Toll.«

Kotja und ein Satellitentelephon, das war ebenfalls eine erstaunliche Kombination. Das stellte sogar die Tatsache in den Schatten, dass er der Kurator für die Funktionale auf unsere Erde war ...

»Ich selbst habe keineswegs die Absicht, in der Zwischenzeit die Hände in den Schoß zu legen«, informierte mich Kotja. »Gleich werde ich einen Politiker treffen ...«

»Dima?«, brillierte ich mit meinen profunden Kenntnissen.

»Du bist genau wie der Mann, der einen Chinesen kennt«, kicherte Kotja, »und dann einen zweiten trifft, dem er erklärt: ›Ich bin ein Bekannter von Herrn Sun Win. Kennen Sie ihn?‹ Nein, Kotja. Ich werde jemanden treffen, der wirklich wichtig ist. Pjotr Petrowitsch ... falls dir der Name etwas sagt.«

»Richte Sascha, seinem Referenten, einen Gruß von mir aus«, erwiderte ich.

Kotja verschluckte sich und fixierte mich mit unverhohlener Verwunderung. »Oho ... und wann hast du ... ach, egal. Kannst du zufällig eine Krawatte binden?«

Der Tasche seines Jacketts entnahm er eine aufgerollte Seidenkrawatte, die golden schimmerte und mit kaum erkennbaren violetten Fischen bedruckt war. Ein offenkundig teures Stück.

»Ja«, antwortete ich. »Das mache ich für meinen Vater auch immer. Ständig bittet er entweder meine Mutter oder mich darum.«

»Ich hab's nie gelernt«, gestand Kotja.

Schweigend legte ich mir die Krawatte locker um den Hals und knüpfte einen einfachen Windsorknoten.

»Danke«, sagte Kotja, nachdem er sich die Krawatte über den Kopf gezogen hatte. »Nimm meine Jacke. Nur im Hemd kommst du in Moskau jetzt nicht mehr weit. In der Innentasche ist Geld ...«

Die Jacke lag auf einer Bank vor der Wand. Wirklich warm war sie nicht, eher etwas für den Übergang, aus festem grauem Stoff und mit Knöpfen. Aber vermutlich würde ich mich ja nicht lange in Moskau aufhalten.

»Mal überlegen, zu wem schicken wir dich jetzt?«, dachte Kotja laut nach. »Möglichst jemand, der noch nichts über dich weiß.«

»Wenn er ein Funktional ist, wie sollte er dann nichts über mich wissen?«, äußerte ich meine Zweifel. »Ist das überhaupt denkbar, Kotja? Ich habe den Eindruck, sie alle lesen die *Wöchentliche Funktion*.«

»Nein.« Kotja schüttelte den Kopf. »Es gibt auch welche, die ganz bewusst Abstand zum Leben der Funktionale halten und gewissermaßen ›Menschen spielen‹. Dann gibt es desinteressierte, die schon ein paar Hundert Jahre leben und nur noch ihre Hobbys im Kopf haben, zum Beispiel das Sammeln von Briefmarken mit Orchideendarstellungen, die Zucht seltener Panzerwelse im

Aquarium, die Erstellung von Porträts großer Schriftsteller in Kreuzstickerei ... Und es gibt analphabetische Funktionale.«

»Analphabetische?«, japste ich.

»Genau. In der Regel aber nur in Afrika oder Asien. Ich werde dich jedoch über Moskau nach Orysaltan schleusen ...« Kotja dachte mit gerunzelter Stirn nach. »Danila würde dich durchlassen, aber er würde dich auch erkennen. Anna müsste dich nicht unbedingt erkennen, aber ... Halt! Nikolenka! Der erkennt dich mit Sicherheit nicht!«

»Warum nicht?«, fragte ich misstrauisch.

»Er hat einen alternativen Informationszugang für sich gefunden.« Kotja setzte das durchtriebene Lächeln eines Menschen auf, der das Geheimnis eines nur ihm bekannten Zaubertricks nicht vor der Zeit zu lüften gedachte. »Keine Sorge, mit ihm ist alles in Ordnung, er ist ein guter Zöllner. Ihr wäret Kollegen gewesen, bald bestimmt auch dicke Freunde geworden, er lebt ganz in der Nähe, in Marjina Roschtscha. Hier ist seine Adresse ...«

Er zog eine weitere Visitenkarte aus der Tasche, schrieb rasch und ohne groß überlegen zu müssen etwas auf die Rückseite und reichte sie mir. Ich las: Von der Frauenklinik Nr. 9 gehst du ... Es folgten drei Zeilen mit Anweisungen. Unwillkürlich schoss mir der Gedanke durch den Kopf, dass ein derart bemerkenswertes Gedächtnis verdächtig ist. Vermutlich hatte Kotja schon vorab alles entschieden, wohin und zu wem er mich schicken würde. Die Show hatte er dann nur abgezogen, um mir die Bedeutung des Ganzen klarzumachen.

Oder sollte ein Kurator doch alle seine Zöllner kennen?

Vielleicht fand Kotja aber auch nur Gefallen daran, andere Welten zu besuchen und sich die interessantesten Übergänge einzuprägen?

Nein, ich konnte nicht mit jemandem einen Krieg der Welten anzetteln – und ihm dann nicht vertrauen! Außerdem blieb mir sowieso keine andere Wahl, als Kotja zu vertrauen ...

»Fehlt nur noch eine Satellitenaufnahme«, frotzelte ich.

»Die würde dir auch nicht helfen«, winkte Kotja ab. »Da würdest du nur einen hellen Fleck oder einen anderen Fehler bei der Darstellung sehen.«

Oho! Von solchen Dingen hatte ich keine Ahnung.

Aber wie viel hatte ich denn schon über das Leben der Funktionale in Erfahrung bringen können?

»Ich hoffe bloß, dieser Nikolai erkennt mich nicht ...«, murmelte ich.

»Dafür lege ich meine Hand ins Feuer. Die Geschichtchen der Funktionale sind ihm schnurzegal.«

»Werde ich seinen Turm sehen? Oder auch nur ... einen hellen Fleck?«

»Ich glaube, du wirst ihn sehen. Du musst dir einen Teil deiner Fähigkeiten bewahrt haben. Schließlich hast du auch Wassilissas Haus gefunden!«

Ich nickte. Einerseits wollte ich nicht aufbrechen, andererseits wünschte ich mir nichts sehnlicher, als endlich die normale, gewohnte Welt wiederzusehen.

»Also, ich suche diesen Nikolai ...«

»... und zeigst ihm die Visitenkarte. Wenn was ist, ruf mich an, dann erteile ich ihm einen Befehl.« Kotja grinste.

»Nikolai wird dir auch erklären, wie du zu Andrjuscha in Orysaltan gelangst. Dem gibst du den Brief und bittest ihn, für dich Gespräche mit den Regierenden von Feste anzuleiern.«

Ich nickte erneut, genau wie die chinesische Porzellanfigur aus dem Märchen von Andersen. Nicht umsonst wurde bei ihr betont, dass sie ständig nickte. Wer immer nur nickt, ist irgendwann zu nichts anderem mehr fähig.

»Hauptsache, diese verbohrten Pfaffen kommen nicht auf die Idee, den Platz der Arkaner einzunehmen«, sagte ich eher schon aus Beharrungsvermögen und nicht, weil ich es auf Streit mit Kotja abgesehen hatte.

In meinem Kopf herrschte ohnehin nur noch ein Gedanke: Moskau!

Wie mir das inzwischen alles zum Hals raushing, Charkow, Nirwana, Janus, Polen und überraschenderweise sogar Tibet! Auf einer seltsamen Route war ich durch drei Länder und drei Welten gerauscht, hatte immer wieder flüchtige Blicke nach links und nach rechts geworfen – und war bloß wütender und wütender geworden. Warum eigentlich? Hatte ich mir zu wenig Zeit genommen? Nein, im Grunde machten mir selbst solche Kurztrips Spaß. War es zu viel auf einmal? Kaum. Anja und ich waren mal im Autobus durch Europa gereist und hatten es genossen.

Ob eine Reise einen richtigen Anfang und ein richtiges Ende haben musste? Und einen nicht so überrollen und überrumpeln durfte?

Vermutlich.

Selbst Tibet bereitete mir keine Freude, und in Polen war irgendwie alles verquer gelaufen (mit dem sechsten

Sinn wusste ich, dass Marta und ich, hätte die Polizei nicht dazwischengefunkt, eine ganz eigene Art gewusst hätten, den Abend ausklingen zu lassen).

Würde ich jetzt, unterwegs auf einer von vornherein abgesteckten und klaren Route nach Feste, mehr Gefallen an der Reise finden?

»Dann schick mich mal auf die Reise, Kotja«, sagte ich. »Also ... wenn ich aus deinem Arassultan zurück bin, dann hol mich sofort zu dir. Klar?«

Kotja nickte, stand auf und wischte sich die Lippen mit der Serviette ab. »Klar. Ich schicke dich an einen Ort ganz in der Nähe, bei der Frauenklinik ...«

Seine Hand glitt durch die Luft, als würde er Runen zeichnen. Seine Finger zogen blaue Feuer nach sich. Mir schoss unwillkürlich durch den Kopf, dass Kotja eine wandelnde Reklamefigur für ›Gasprom‹ abgeben würde.

Oder, wenn er in Amerika leben würde, für irgendeinen Comic-Helden.

Burner.

Ich kicherte, was mir einen argwöhnischen Blick Kotjas einbrachte.

Schon komisch.

Hundertprozentig traute ich ihm doch nicht über den Weg.

Und er mir auch nicht.

»Fertig«, verkündete Kotja und trat einen Schritt zur Seite. In der Luft loderte in weißem Feuer ein Schriftzug.

Ich machte einen Schritt nach vorn, sinnierte kurz darüber nach, was für eine perfekte Gelegenheit sich Kotja hier böte, wollte er mich tatsächlich umbringen. Ich könnte in einem Hochofen landen, am Boden des Baikal-Sees oder in den Tiefen des Uralgebirges, und das wäre es dann gewesen ...

Im letzten Moment dachte ich daran, den Mund aufzumachen und einzuatmen, genau wie in einem Flugzeug beim Start. Wenn gleich Wasser oder glühendes Metall über mich hereinbräche, würde der offene Mund freilich auch nichts mehr ändern ...

Aber ich hatte Kotja zu Unrecht der Heimtücke verdächtigt.

Tief inhalierte ich die frische Moskauer Luft, hustete und wurde mir mit einem Mal bewusst, dass Wasser nur unwesentlich schlechter gewesen wäre. Wie können wir diese Luft einatmen? Unser Leben lang?

Meine Augen fingen an zu tränen, allerdings nicht von der Luft, sondern weil mir das grelle Licht einer Laterne vor einem Tor direkt ins Gesicht schlug. Um mich herum war es noch dunkel, was mich nicht wunderte, schließlich war es in Moskau drei oder vier Uhr Stunden früher als in Tibet. Früher Morgen, später Herbst ...

Es schneite, winzige Krümelflocken, fast wie Grieß. Es war nicht kalt, es war schweinekalt. Ich stand vor einem vergitterten Tor, an dem ein Schild hing: Frauenklinik Nr. 9. In dem kleinen Häuschen des Wachmannes schimmerte Licht, ein paar Schritte vor dem Tor hüpfte ein junger Mann herum, der nicht gerade wettergemäß gekleidet war. Genau wie ich.

Als er sich umdrehte und mich erblickte, zeigte er sich in keiner Weise überrascht. »Die Frau?«, fragte er herzlich.

Ich linste auf das Schild. »Der Mann«, brabbelte ich völlig deplatziert. »Also, ich meine, ich bin der Mann. Und da ... genau, da drin ist meine Frau.«

Der andere Mann hätte momentan vermutlich jeden Unsinn akzeptiert.

»Das Erste?«

»Hmm«, brummte ich vage.

»Bei mir ist es der Zweite. Oder die Zweite.« Er kicherte. »Hör bloß nicht auf Ärzte. Letztes Mal haben wir eine Tochter erwartet und dann ... Ist dir kalt?«

Als ich unbestimmt mit den Schultern zuckte, drückte er mir eine kleine Metallflasche mit Schraubverschluss in die Hand. »Trink das.«

Noch immer umnebelt, trank ich gehorsam.

Der Kognak gluckerte mir schwer und heiß die Kehle runter. Mist! Schon am frühen Morgen zu saufen!

»Rauchst du?«

»Hmm.«

»Hier.«

Die Zigarette aus einer Schachtel starker, als Lizenzprodukt vertriebener Marlboro nahm ich mir bereits aus eigenem Entschluss. Schließlich musste ich den grauenvollen Geschmack im Mund irgendwie übertünchen. Bisher hatte ich noch nie am frühen Morgen Kognak getrunken – und ich hatte gut daran getan!

»Eine Tochter ist gut, zwei Söhne sind auch in Ordnung«, sinnierte der Mann. »Weißt du, ich würde auch bei der Geburt dabei sein, ehrlich, ich hab da keine Angst vor! Aber meine Frau will das nicht. Nachher liebst du mich nicht mehr, sagt sie, das hat's alles schon gegeben ... Ist ein kluges Köpfchen, meine Frau, hat schon vorher alles über die Geburt gelesen ...«

Er trank einen weiteren Schluck Kognak. »Die Weiber sind doch alle blöd!«, fuhr er völlig unvermittelt fort. »Ich würde sie nicht mehr lieben! Was soll der Scheiß denn?«

Nachdem ich ein paar kräftige Züge an der Zigarette genommen hatte, sah ich mich verstohlen um. Also: Ich musste am Zaun der Frauenklinik vorbei ...

»Viel Glück«, wünschte ich. »Ich geh jetzt wohl. Ich hab ... die haben gesagt, es würde noch dauern. Ich soll mal nach dem Mittagessen wiederkommen, sagen sie.«

»Haben sie mir auch gesagt«, räumte der Mann ein. »Aber ich warte noch ein bisschen und rauch eine. Dann guck ich noch mal rein und hör, wie's steht. Vielleicht haben sie sich ja geirrt? Ärzten darfst du einfach nichts glauben ...«

Zum Abschied schüttelte ich die mir entgegengestreckte Hand, dann ging ich an der Umzäunung entlang und ließ den mitteilungsbedürftigen Mann weiter auf neue Verlautbarungen seitens der unzuverlässigen Ärzte warten.

Seltsam, aber diese Begegnung hatte mich aufgeheitert. Lächelnd setzte ich meinen Weg fort.

Die Menschen ahnten nicht das Geringste von Funktionalen. Sie lebten ihr Leben und freuten sich daran. Arbeiteten und bekamen Kinder, fuhren in den Urlaub und sparten für ein neues Auto, grillten auf der Datscha Schaschliks und spielten mit Freunden Préférence. Funktionale rangierten für sie in der gleichen Kategorie wie Spiderman oder Transformer. Und es ist längst nicht ausgemacht, dass sie ihr Leben gegen unsere Wunder eintauschen würden ...

Obwohl: nein. Sie würden wohl schon tauschen. Denn es lockt eine außergewöhnliche Prämie, ein sehr, sehr langes Leben. Dieser Reiz dürfte alles andere überwiegen.

Wenn es doch bloß ein »Sowohl-als-auch« gäbe. Sowohl die Fähigkeiten als auch die Freiheit ...

Aber wollten Kotja und ich nicht genau das erreichen?

Nachdenklich rauchte ich meine Zigarette zu Ende und schnippte sie in eine Pfütze, da ich weit und breit keinen Papierkorb erspähte. Warum ein Mensch, wenn er seine Umwelt sowieso vermüllt, seine Kippe oder seine zerknüllte Chipstüte wohl immer zu anderem Müll schmeißt? Im Zweifelsfall in eine Pfütze oder eine Grube, an den Straßenrand oder in einen Graben. Und warum ziehen diejenigen, die ihren Müll mitten auf der Fahrbahn oder dem Gehsteig abladen, dann die allgemeine Empörung auf sich?

Vermutlich wissen tief in ihrem Herzen auch die schlimmsten Dreckspatzen, dass es kein schöner Zug ist, alles vollzumüllen.

»Und wo ist hier ein Turm?«, grummelte ich, während ich mich im Licht der wenigen Laternen umsah.

Ein Wohnhaus, eine Trafostation, noch ein Haus ...
Halt!
Das war gar kein Haus.

Das schmale, zweistöckige Gebäude mit einer Tür und drei Fenstern pro Etage war alles andere als ein Wohnhaus.

Das war eine weitere Variante eines Zöllnerturms!

Natürlich hätte mich das nach dem Haus von Wassilissa in Charkow nicht weiter verwundern müssen. Und eigentlich war es ja eher meine Behausung gewesen, die sich selbst in Moskau ungewöhnlich stilvoll ausgenommen hatte, ein richtiger Turm, wenn auch ein Wasserspeicher.

Aber bei Wassilissas Haus hatte ich den Geruch einer anderen Welt wahrgenommen. Ich hatte ihre *Funktion* gespürt. Außerdem hatte es von ihren Schmiedearbeiten gewimmelt.

Aber hier? Ein Haus wie jedes andere auch.

Nur reichlich heruntergekommen, ein proletarisches Haus, wie es so schön heißt.

Mit schmutzigen Gardinen vor den Fenstern, verkümmerten Blumen in den Töpfen und einer schiefen Antenne auf dem Dach.

Die Haustür war aus Holz, alt, mit Eisen beschlagen und vor kurzem gestrichen worden. Die billige braune Farbe blätterte jedoch bereits ab, darunter trat die alte blaue Farbe zum Vorschein. Ein primitives, mechanisches Zahlenschloss. Übrigens stand die Tür sowieso offen.

Aus dem Innern drang eine kreischende und erhobene Stimme an mein Ohr. »Das ist, nebenbei bemerkt, bereits der zweite Fall innerhalb von einem Jahr! Seit drei Stunden komme ich nicht ins Netz. Und Sie haben sich ewig geweigert, sich das überhaupt anzusehen!«

»Wozu wollen Sie überhaupt mitten in der Nacht ins Inter...«, setzte jemand mit müder Stimme an, um gleich darauf wieder zu verstummen.

Vorsichtig betrat ich das Haus.

Es stank nach Katzen. Leben dürften hier allerdings keine, bestimmt war das eine Imitation, eine Mimikry. Über ausgetretene Stufen gelangte ich zu dem kleinen Absatz im Hochparterre. Hier gab es nur eine einzige Tür. Auch sie stand halb offen. Durch das zerschlissene Kunstleder quoll Schaumstoff. An einer Schraube baumelte die Nummer: 1. Drinnen brannte Licht.

Nachdem ich in die Wohnung gelinst hatte, trat ich leise ein.

Unmittelbar hinter der Tür lag das Zimmer, einen Flur gab es nicht. Ein riesiges, vollgestopftes, aber erstaunlich sauberes Zimmer – das Realität gewordene Paradies eines computerverrückten Teenagers.

In einer Ecke stand ein großes, ungemachtes Bett. Die Kissen hätten mal aufgeschüttelt, die Decke glattgestrichen werden können. Offenbar fiel der Wohnungsinhaber nur in dieses Bett und versank sofort in einen Todesschlaf.

Die andere Ecke nahm ein Herd mit allen technischen Finessen ein, der nicht benutzt wurde. Auf der funkelnden Glaskeramikfläche thronte eine einfache Mikrowelle mit offener Tür. Direkt auf dem Glasträger des Apparats lag ein Viertel einer Pizza.

Die dritte Ecke gehörte einem soliden Bücherschrank. Knallige, zerlesene Science-Fiction-Romane gaben sich ein Stelldichein mit irgendwelchen technischen Nachschlagewerken, alles Taschenbuchausgaben, und seriösen dunkelgrünen Bänden akademischen Anstrichs.

Die vierte Ecke stellte das eigentliche Zentrum des Raums dar.

Hier war ein gigantischer Computertisch untergebracht. Der Tower war so groß, dass bequem ein passabler Server hineingepasst hätte. Zwei anständige Bildschirme. Drucker und Scanner. Eine Kaffeemaschine, bei der ich den Eindruck hatte, sie sei über ein USB-Kabel an den Rechner angeschlossen, wobei ich es dann aber vorzog, von einem Irrturm meinerseits auszugehen. Die Heizplatte unter der Kaffeetasse war jedoch mit Sicherheit an den Computer angeschlossen. Solchen Kram kannte ich, den verkauften wir zu Hunderten als Geschenk zu Silvester oder zum Tag des Vaterlandsverteidigers am 23. Februar, schließlich gab es kein hübscheres Präsent, das eine junge Systemadminstratorin ihrem jungen Systemadminstrator machen konnte.

All das fand auf dem Tisch problemlos und unaufdringlich Platz. Wie ich schon sagte, das hier war die wahre Schaltzentrale des Zimmers, selbst wenn es in der Ecke lag.

Vor dem Tisch befand sich ein Sessel.

Und zwar einer, wie er im Buche stand. Etwas verriet mir, dass diese gewaltige Konstruktion aus dunklem Leder, montiert auf neckische Rollen, nicht in jedem x-beliebigen Geschäft zu erwerben war. Dergleichen fertigte man gegen enormes Geld nach Maß in Italien an. Das war nicht schlicht ein Sitzmöbel, auf dem man den Hintern platzierte, sondern etwas wie ein Kokon mit überhoher Lehne, nach vorn gewölbten Ohrenpolstern und extrem breiten Armstützen. Man braucht sich nur mal ein Photo von Rockefeller oder Churchill an ihrem Schreibtisch anzuschauen und weiß, was ich meine.

In diesem Meisterstück der Möbelkunst saß indes weder der Halbwüchsige, der zum Zimmer gepasst hätte, noch der dickbäuchige Chef, der dem Sessel alle Ehre gemacht hätte. In dem Ledermonstrum hockte – gleich einer vertrockneten Nuss in der Schale – ein spindeldürrer, eisgrauer Greis mit in den Knien durchhängenden Hosen und einem schmuddeligen, kurzärmeligen Hemd.

Vor ihm standen zwei Männer in meinem Alter und in Arbeitskleidung, auf deren Rücken die Aufschrift *Korbin-Telekom* prangte. Zwischen dem Alten und den beiden Leuten vom Provider lag auf einer Ecke des Tischs irgendein Schriftstück.

»Ich werde die Quittung nicht unterschreiben«, verkündete der Alte mit offener Genugtuung. »Ich habe mit Ihnen einen Vertrag abgeschlossen, der mir Ihren Service rund um die Uhr garantiert. Aber ich saß drei Stunden ohne Netz da!«

»Zwei Stunden und zwanzig Minuten ...«

»Völlig einerlei! Sie brauchten zu lange für die Anfahrt und für die Reparatur!«

»Herr Zebrikow, Sie haben ein altes Haus, die Leitungen sind alle morsch ...«

»Dieses Haus wird euch noch alle überstehen, junge Herren!«, versicherte der Alte amüsiert. Da hat der verknöcherte Streithahn vermutlich recht, schoss es mir durch den Kopf. Das Haus wird noch sehr, sehr lange stehen ...

In dem Moment streifte mich der Blick des Alten. Aufgrund meines Alters hielt er mich anscheinend ebenfalls für einen Techniker.

»Und was haben Sie dazu zu sagen?«, blaffte mich der Giftzahn barsch an.

»Ich bin aus einem anderen Grund hier, Nikolenka«, antwortete ich, wobei ich innerlich zusammenzuckte, als ich den alten Kläffer mit dieser vertraulichen Namensform ansprach. »Ich muss nur durch eine Tür rein, durch die andere wieder raus.«

Der Alte blinzelte.

Anschließend unterschrieb er wortlos die Quittung.

Einer der beiden jungen Männer schnappte sie sich, wobei er einen Seufzer der Erleichterung nicht zu unterdrücken vermochte, und beide Techniker marschierten zur Tür. Ich zwinkerte den beiden Geschundenen zu. Daraufhin verdrehte der Typ, der die unterschriebene Quittung an sich genommen hatte, leidgeprüft die Augen.

Verständlich. Es gibt nichts Schlimmeres, als in der Serviceabteilung zu hocken. Wenn du dann noch an so einen alten Querkopf gerätst, siehst du kein Land mehr.

Hinter den beiden Männern schlug die Tür zu, ihre Schritte klapperten über die Treppe. Allem Anschein nach hatten sie es eilig, von hier wegzukommen.

»Irgendwie erinnere ich mich nicht.« Mit zusammengekniffenen Augen fixierte der Alte mich. »Sind wir uns schon mal begegnet?«

»Nein.«

»Aha ...« Er sah mich unverwandt an, kam aber einfach zu keinem Schluss. »Bist du ein ... Funktional?«

»Ein ehemaliges.« Ich hielt es für besser, ihm die Wahrheit zu sagen.

»Verstehe. Hattest du es satt, an der Leine zu gehen?« Herr Zebrikow blinzelte mir zu. »Ach ja ... die Jugend. Glaubst du etwa, für mich war es immer ein Zuckerschlecken? Im Jahr 1866? Als Mensch, der nicht mehr ganz jung und vom Leben geschüttelt, aber trotzdem aufgeschlossen war und dann eine beschämend kurze Leine erhielt? Von 3007 Metern!«

»Oh ...«, stieß ich aus.

»Bis zur Mauer des Kremls kam ich, rein nicht«, führte der Alte so beleidigt aus, als sei er daran gewöhnt, tagtäglich in den Kreml hineinzuspazieren, um dort seine Arbeit zu verrichten. Oder war er vielleicht tatsächlich daran gewöhnt? Wer weiß, wer er einmal gewesen war ... »Gut, ich war nicht mehr ganz jung, aber ich bin von Natur aus umtriebig und freiheitsliebend. Glaubst du, das war leicht für mich? Aber ich habe die Zähne zusammengebissen! Gewartet, bis es Telephon, Radio und Fernsehen gab. Und jetzt sieht sowieso alles anders aus. Die ganze Welt erreiche ich jetzt, was kümmert mich da die Leine?«

Geduldig wartete ich, bis er zu Ende gekichert hatte. Unwillkürlich lugte ich über die Schulter des Alten und schaute auf den Bildschirm.

Es war schon komisch.

Soweit ich sehen konnte, war auf beiden Schirmen ein und derselbe Blog aufgerufen, ein elektronisches Tagebuch, diese populäre Beschäftigung junger Nichtsnutze und alter Müßiggänger.

Auf dem einen Bildschirm trat der Alte unter dem Namen einer Frau auf, in dem anderen unter dem eines Mannes. Beide Figuren stritten miteinander, was das Zeug hielt. Eine Unmenge – vermutlich realer – Menschen kommentierte das Geschehen.

»Das sind so meine Späßchen ...« Der Alte war meinem Blick gefolgt. »Missbilligen Sie das? Glauben Sie, ich würde meine Zeit verplempern?«

»Das geht mich ja nichts an«, antwortete ich.

»Vernünftige Einstellung! Sie müssen wissen, junger Mann, von der Höhe der hinter mich gebrachten Jahre aus sehe ich klar und deutlich, dass jede menschliche Tat klein und nichtig ist. Liebe, Hass, Freundschaft, Glauben, Verachtung, Eifersucht, Wut, Patriotismus und Begeisterung – all unsere Gefühle verbrennen und verwandeln sich in nichts. Und ist es denn wirklich von Belang, ob man tatsächlich liebt ...« Er stockte, bevor er präzisierte: »Angesichts meines Alters muss ich die fleischliche Komponente der Liebe ausschließen ... oder ob man die Liebe nur imitiert, sich und seine Umwelt zwingt zu glauben, man sei von überirdischen Leidenschaften erfasst?«

»Ich weiß nicht. Aber ich glaube, es ist doch wichtig.«

»Sie sind noch jung«, urteilte der Alte mit väterlicher Wärme in der Stimme. »Hach, wie jung Sie noch sind ... Aber während des Kriegs gegen Bonaparte, da war ich sogar noch jünger als Sie, das reinste Kind, dabei ungeheuer hitzköpfig und draufgängerisch. Ich bin vom Gut meines Vaters direkt in den Krieg ausgebüchst und habe ein Jahr lang als Trommler gedient. Und ich hätte jeden auf der Stelle erschossen, der sich über meine Liebe, meinen Glauben oder meinen Patriotismus lustig gemacht hätte! Zum Glück haben sich die Zeiten jedoch geändert. Duelle sind heute außer Mode. Heutzutage ist ohnehin alles *light*. Liebe light, Glauben light, Patriotismus light. Ich will mich jedoch nicht beklagen! Es ist Sommer, die Sonne scheint, die Kinder rennen umher, die Vögel singen, Kriege und Epidemien gibt es nicht mehr. Alles geht seinen Gang! Alles wird immer besser in dieser besten aller Welten, wie schon der weise Voltaire gesagt hat ...«

»Es ist Winter«, bemerkte ich. »Und Nacht. Die Kinder schlafen, die Vögel sind in warme Länder gezogen. Aber Kriege und Epidemien gibt es anscheinend wirklich nicht. Dafür aber Terroristen und Aids.«

»Wohin wollen Sie?«, fragte der Alte scharf.

»Nach Orysaltan.«

»Das heißt Oryssultan, junger Mann. Das macht ...« Er runzelte die Stirn. »Ehrlich, ich weiß es nicht! Funktionale passieren gebührenfrei, aber Sie sind ein ehemaliges Funktional ... Ich berechne Ihnen den halben Preis.«

»Gut.«

»480 Rubel.«

Ich holte einen Fünfhunderter aus meiner Jacke und gab ihn ihm. »Sie brauchen mir nicht herauszugeben. Danke.«

»Und Sie brauchen mich nicht mit Trinkgeld zu beleidigen, ich bin nicht Ihr Lakai!«, erwiderte der Alte in strengem Ton. Aus einer Tischschublade kramte er eine Red-Bull-Dose voller Kleingeld hervor und händigte mir triumphierend vier Fünfer aus.

Die musste ich annehmen.

Danach erhob sich der Herr Nikolenka Zebrikow lustlos hinter seinem Tisch. In dem Namen »Nikolenka« schwang etwas entsetzlich Falsches mit, wie bei einem dieser Neureichen, die es sich einfallen lassen, auf altrussischen Adel zu machen. Dabei hatte er jedes Recht sowohl auf den nach heutigen Maßstäben süßlich klingenden Namen als auch auf sein Getue gegenüber den beiden Technikern. Wenn es denn stimmte, dass er von zu Hause ausgerissen war, um gegen Napoleon zu kämpfen ...

Und ich ... ich wunderte mich nicht mal mehr über diese Dinge! Woran man sich nicht alles gewöhnt!

»Folgen Sie mir«, sagte der Mann feierlich. »Wir müssen in den ersten Stock, in Wohnung Nr. 4 ...«

Wir gingen durch die Tür. In Zebrikows Schlepptau stapfte ich die schmutzige Treppe hoch. Im ersten Stock brannte eine schwache, schirmlose Glühbirne. Zwei Türen gingen hier ab, mit den Ziffern 3 und 4.

»Wohin geht's durch Wohnung Nr. 3?«, erkundigte ich mich.

»Nach Antik.«

»Oh«, sagte ich mit verstehendem Gesichtsausdruck, »ein komischer Ort.«

»Eine zurückgebliebene, dämliche und primitive Welt! Wie kann man denn freiwillig auf den Fortschritt in Wissenschaft und Technik verzichten?«

»Und auch auf den gesellschaftlichen?«

»Gesellschaftlichen Fortschritt gibt es sowieso nicht, junger Mann.« Zebrikow schnaubte. »Nur mal dieses Beispiel: Im Jahre 1825 wollte ich nach Petersburg fahren, um eine bezaubernde junge Dame aufzusuchen und mit ihr den Almanach *Nordische Blumen*, die erste Ausgabe, zu diskutieren und mit Freunden einen draufmachen, so lange das Geld reichte ... Doch hier in Moskau, an der

Manege, hatte sich eine Menge versammelt. Offiziere, die ich kenne. Blanke Säbel, alle drängen irgendwo hin ... Ich schreie ihnen zu: ›Was gafft ihr denn, Kanaillen?‹ Ich renne ihnen hinterher und versuche, sie zur Vernunft zu bringen ... Was dann weiter passiert ist? Das ist bekannt, oder? Irgendein Patentidiot hat bei der Vernehmung ausgesagt, ich hätte geschrien: ›Im Karree gegen die Kavallerie!‹ Dem müssen die Ohren längst mit Haaren zugewachsen gewesen sein ... Doch egal, wie ich mich verteidigt habe, wie ich mich empört habe – ich war zusammen mit den Dekabristen dran. Ich wurde zum einfachen Soldat degradiert, habe im Kaukasus gegen die wilden Bergbewohner gekämpft ... So war das, mein junger Freund! Und jetzt sagen Sie mir, wodurch unterscheiden sich diese Ereignisse von vor fast zweihundert Jahren von den heutigen? Die Regierung ist dumm und bringt das Volk gegen sich auf, ehrgeizige Verschwörer scheren sich einen Dreck ums Volk, feige Wachposten beschuldigen jeden x-Beliebigen, nur um den eigenen Hintern zu retten, schnelle und ungerechte Prozesse, Willkür und Grausamkeiten im Kaukasus ... Und jetzt sagen Sie mir bitte, gibt es so etwas wie gesellschaftlichen Fortschritt, wie die Entwicklung der Gesellschaft – von einer schlechten zu einer guten, von einer grausamen zu einer humanen?«

Ich hüllte mich in Schweigen.

»Nein, nein und noch mal nein!«, stieß Zebrikow inbrünstig aus. »Deshalb bin ich mit meiner heutigen Situation zufrieden. Die Kette, an der ich hänge, erstickt mich nicht. Die Wunder der Technik, die weltweite Vernetzung, die erstaunlich freie Moral – in alldem sehe ich echte Erfolge des Menschengeschlechts. Aber nicht in den gesellschaftlichen Institutionen, die einzig und allein der Unterdrückung des Pöbels und der Selbstbeweihräucherung der herrschenden Klasse dienen.«

»Also läuft alles aufs Internet hinaus?«, fragte ich.

»Ja«, bestätigte Zebrikow in provokantem Ton. »Aufs Internet. Aufs Fernsehen. Aufs Telefon. Auf Computer. Darin zeigt sich die Größe des menschlichen Geistes! Und hinter dieser Tür liegt Veros! Herzlich willkommen!«

»Wie finde ich den Zöllner Andrjuscha?«, fragte ich.

»Ach, Sie wollen weiter zu unseren Tataren?« Zebrikow nickte. »Ich werde es Ihnen erklären.«

Er steckte die Hand in die Tasche, kramte eine Zeit lang darin herum und zog schließlich einen Schlüssel heraus. Einen uralten, massiven Schlüssel. Anscheinend hatte sich sein Zuhause nach und nach modernisiert, seine Mimikry an die Umwelt vollzogen, solche Kleinigkeiten wie einen Schlüssel dabei jedoch nicht verändert.

Oder konnten sich Schlüssel vielleicht nicht verändern?

Er öffnete die Tür und streckte feierlich die Hand aus. »Sehen Sie!«

Licht ließ mich blinzeln, denn hier war der Morgen schon angebrochen. Der Turm (oder wie sah das Gebäude in jener Welt aus?) stand wie üblich isoliert, ringsum gab es kleine, nicht sehr hohe Bauten, die allem Anschein nach nicht zum Wohnen gedacht waren. Vielleicht Garagen (aber was sollte es auf Veros für Garagen geben?) oder kleine Scheunen. Die meisten von ihnen hatten etwa mannshohe Kuppeln und einen winzigen Zaun. Interessant …

Zu meiner Freude stand auch dieser Turm auf einer kleinen Anhöhe und bot eine passable Aussicht. Die Stadt fing etwa in zweihundert Metern an. Eine absolut unbekannte Stadt, die Moskau in keiner Weise glich, mit zahllosen Türmen von vage vertrauten Konturen.

»Sind das Minarette?«, rief ich aus.

»Natürlich. Hier werden Sie unser Russland nicht finden, junger Mann. Hier sind nur Tataren und Finnen, Wjatitschen und Kriwitschen ... Moskowien, wenn wir es einmal so nennen wollen, nimmt nur einen kleinen Raum ein und ist größtenteils von Mohammedanern bewohnt. Glücklicherweise sind das jedoch nicht solche Heißsporne wie bei uns.« Der Alte schnaubte. »Sehen Sie da vorn die blaue Kuppel?«

»Ja.«

»Das ist der Tempel des Propheten Isa.«

»Christus der Heiland?«, erriet ich.

»Genau. Ein in der Stadt geachteter, schöner Ort. Gehen Sie zum Tempel, verlaufen können Sie sich dabei gar nicht. Dann stellen Sie sich vors Tor. Schauen Sie in Richtung zehn, elf Uhr. Sie werden ein höchst originelles Türmchen mit einer Uhr, einem Vogel und unten einem kleinen Laden sehen.«

Ich starrte Zebrikow an. Der unfreiwillige Held des Dekabristenaufstands schien etwas zu verbergen. Genauer, mir etwas vorzumachen. Irgendwas stimmte hier nicht.

»Ist es da ... gefährlich für mich?« Ich nickte in Richtung Stadt.

»Wenn Sie sich anständig aufführen, dann nicht. Es ist eine Stadt wie jede andere auch. Nicht besser und nicht schlechter als unser Moskau ... Ach ja! Brauchen Sie Devisen?«

»In kleiner Menge«, bestätigte ich. »Um etwas zu essen. Oder ein paar Andenken zu kaufen ...«

»Ja, ja, die Andenken ...« Der Alte wiegte ernst den Kopf. »Ich glaube, wenn Sie tausend Rubel wechseln, müsste das reichen. Das belastet Ihr Budget doch nicht zu sehr?«

Die Summe, die Kotja mir in die Jacke gesteckt hatte, überstieg kaum fünfzehn-, zwanzigtausend Rubel. Das war zwar nicht gerade wenig, aber auch nicht übermäßig viel.

Ich gab Nikolenka einen Tausender. Mit einem Mal krächzte der Alte, kratzte sich den Nacken – und ging langsam die Treppe hinunter, sein Angebot eindeutig bereuend. Ich wartete geduldig auf seine Rückkehr und erhielt einige blau-grüne Scheine sowie eine Handvoll kleiner silbrig glänzender Münzen.

»Neunhundert und ein paar Zerquetschte in Tenge«, sagte Zebrikow. »Der Rubel und der Tenge stehen heute fast gleich.«

»Und was ist mit der Sprache?«

»Stimmt, Sie haben Ihre Fähigkeit des Zungenredens ja eingebüßt.« Der Alte kicherte. »Aber keine Sorge, man wird Sie schon verstehen! Und umgekehrt genauso! Schließlich passieren Sie eine Zollstelle.« Eine Windbö, die plötzlich von jenseits der Tür hereinwehte, ließ ihn erschaudern. »Was ist, wollen Sie jetzt gehen oder nicht?«

»Ich gehe«, antwortete ich rasch.

Neun

Jeder kennt die alte Weisheit: Kratze an einem Russen – und du entdeckst einen Tataren. Ausländer stellt dieser Satz immer wieder vor ein Rätsel. Was genau ist damit eigentlich gemeint? Dass die Russen extrem schmutzige Tataren sind? Oder schwingt da eine allegorische Bedeutung mit? Und wenn ja, welche?

Die Russen selbst – und auch die Tataren – vertraten schon immer die Ansicht, diese Formulierung unterstreiche, wie stark in Russland die Sprachen und Völker miteinander vermischt seien. Es stecke also nichts Abfälliges in diesem Satz, im Gegenteil, man könne stolz auf dieses Beispiel eines solcherart sprichwörtlichen Internationalismus sein.

In Wahrheit aber haben als Erste ausländische Gäste Russlands vom Ankratzen der Russen gesprochen, und zwar in einem Sinne, der sowohl für Russen als auch für Tataren äußerst kränkend ist: Unter dem dünnen Überzug der Zivilisation sind Wilde verborgen.

Glücklicherweise verstanden die für den feinen europäischen Sarkasmus unzureichend zivilisierten Russen und Tataren die Anspielung jedoch nicht. Lächelnd fingen sie an, den Satz zu wiederholen – was die Welt endgültig von ihrer Heimtücke überzeugte.

Im Moment befand ich mich jedoch in einer seltsamen Version Russlands, in der dieser Satz seine volle Existenzberechtigung hatte. In einem moslemischen Russland!

Sofort schalt ich mich innerlich selbst, denn das Wort »Russland« war hier gänzlich fehl am Platze. Das hier war nicht Russland. Und auch nicht England, Deutschland, die USA, China ... Dies war eine Welt von Stadtstaaten, von winzigen Territorien, die sich niemals zu einem einzigen Imperium zusammengeschlossen hatten. Irgendwie hatten die Funktionale diese Welt im Stadium des Feudalismus halten können, in jenen Zeiten, da Bekenntnisse wie »Wir sind Pskower« oder »Ich bin Kasaner« viel mehr besagten als »Ich bin Russe« oder »Ich bin Tatar«. All diese Völker waren durch Europa und Asien gezogen. Sie hatten sich fröhlich miteinander gepaart. Sie hatten gegeneinander gekämpft, sich vernichtet und sich aneinander angepasst. Sie hatten ihren Glauben und ihre Namen gewechselt ... Nur wenige wissen, dass zum Beispiel die Vorfahren der Tschetschenen Christen waren, die Tataren überhaupt keine Tataren, sondern Bulgaren sind, die ihren Namen von einem Stamm der Tataren übernommen haben, die noch unter Dschinghis Khan von den Mongolen ausgerottet worden waren. Die Geschichte ist eine unbeständige und flatterhafte Dame, wenn auch ihr Humor in erster Linie schwarz ist.

Insofern konnte ich meine erste und allzu griffige Assoziation – »Ich bin in ein Russland geraten, in dem

Islamisten an der Macht sind« – getrost vergessen. Ich war einfach in der Stadt Oryssultan gelandet, die in einer Welt namens Veros an der Stelle von Moskau lag. An der Stelle von Stockholm lag hier Kimgim, an der Stelle von Kiew irgendein Ababagalamaga, an der Stelle von Paris etwas wie Dyr-Bul-Schtschyl. (Vermutlich hatte nur die polnische Stadt Szczecin, deren Schreibung jedes Volk mit Lateinschrift in Panik versetzt, ihren Namen beibehalten.)

Russen gab es hier nicht und hatte es nie gegeben. Genau wie Deutsche. Oder Tungusen, Korjaken, Tataren und Baschkiren. Das hier war eine andere Welt – die unserer teilweise ähnelte.

Mit dieser sicheren Überzeugung verließ ich die Zollstelle Nikolai Zebrikows. Als ich mich nach ihr umdrehte, schnaubte ich.

Von der Oryssultaner Seite sah sie aus wie ... wie ein Grabmal?

Ein Mausoleum?

Ja, am ehesten wohl wie ein Mausoleum. Nicht wie das kommunistische mit der Mumie Lenins, das sich am Roten Platz befindet, sondern wie ein typisches orientalisches Mausoleum. Ein hoher gewölbter Eingang, in dem sich eine kleine Tür aus geschnitztem Holz versteckt, eine Kuppel über einem kleinen, nur drei mal drei Meter großen Bau aus weißem Stein.

»Gute Güte«, murmelte ich. »Ich bin ja ... auf einem Friedhof!«

Damit gewannen die geheimnisvollen Bauten um mich herum sofort einen Sinn. Es waren Mausoleen. Grabstätten. Ein orientalischer Friedhof. Was sollte es auch sonst für einer sein in einer Stadt wie dieser?

Aber dieser Zebrikow war schon ein bemerkenswerter Mann, wenn seine Zollstelle auf einem Friedhof »gewachsen« war ...

Ich ging an den Mausoleen entlang und betrachtete die Inschriften über den Türen. Und sonderbar: Sie waren auf Russisch. Sogar russische Namen fanden sich häufig:

»Wassili, Pjotrs Sohn, ist hier bestattet. Möge die Gnade Allahs ihm freigiebig zuteil werden. Im Namen Gottes, des Gnädigen, des Erbarmers. Jede Seele schmeckt den Tod, danach kehrt ihr zu uns zurück!«

Oder diese:

»He, Jünger des wahren Glaubens! Haltet zusammen! Dann erwartet euch Wohlergehen! Iskander, der Sohn Rawils, ruht hier.«

Einige Grabinschriften stellten mich vor ein Rätsel und brachten mir einmal mehr in Erinnerung, dass ich mich nicht auf der Erde befand. »Es gibt keinen Tengri außer Allah. Mohammed ist sein Sendbote!«

Die meisten Texte umgab reiche Schnitzerei in Form von Blumen oder geometrischen Motiven. Photographien gab es keine, aber das ist in unserer Welt bei Moslems auch nicht üblich.

Häufig erinnerten die Grabinschriften an philosophische oder religiöse Sprüche. »Nur mit Gottes Hilfe kann man dem Bösen entsagen und ein aufrechter Mensch werden! Nehmt mich Verachtungswürdigen als Beispiel und urteilt!«

Irgendwann stieß ich auf ein kleines Mausoleum (die Tür schien nur pro forma zu existieren), dessen Inschrift mich zusammenfahren ließ: »Im Paradiese bin ich. Eine Huri liebkost mich. Doch bin ich untröstlich und weine, denn sie ist mir keine Mutter, keine Mutter ist sie mir. Ein Engel kommt zu mir, gibt mir Spielzeug. Doch bin ich untröstlich und weine: Er ist mir kein Vater, das weiß ich.«

Alle Exotik, alles Seltsame und Fremde dieser Welt verlor unversehens seine Bedeutung. Ich stand vor einem Kindergrab, und woran auch immer die Eltern dieses Kindes geglaubt haben mochten – an Christus, Allah, Tengri oder an Darwins Evolutionstheorie –, ihr Schmerz war der altbekannte, der echte.

Ich erzitterte – und daran trug der Wind keine Schuld. Die Arme um die Schultern geschlungen, blieb ich eine Weile stehen und betrachtete das fremde Grab in dieser fremden Welt.

Nur dass diese fremde Welt aufgehört hatte, eine fremde zu sein. Aus einer glänzenden Ansichtskarte, aus einem Experiment der arkanischen Forscher, hatte sie sich in ein lebendiges Universum verwandelt – weil nur in einem lebendigen Universum Menschen sterben.

»Du brauchst nicht zu weinen«, flüsterte ich dem fremden Grab halblaut zu, dann ging ich leise weiter die steinernen Wege zwischen den Mausoleen entlang, achtete jedoch nicht mehr auf die Inschriften.

Ob Funktionale Kinder haben?

Plötzlich dachte ich ernsthaft über die Frage nach. Zahlen sie für ihre Fähigkeiten wirklich nur mit der eingeschränkten Bewegungsfreiheit? Mit ihrer Leine? Der Mensch findet sich im Grunde ja schnell mit seiner Unfreiheit ab, kann ihr sogar Vorteile abgewinnen, siehe den Dekabristen Nikolenka. Aber um seiner Liebsten willen, seiner Kinder willen, sind die Menschen imstande, jede Kette zu zerreißen und den sicheren Tod auf sich zu nehmen.

Sex war für die meisten Funktionale die liebste Unterhaltung.

Aber eine Familie hatten sie in der Regel nicht ...

Bereits am Ausgang des Friedhofs mit der mannshohen Umfriedung traf ich die ersten Bewohner Oryssultans. Zwei in die Jahre gekommene Männer, die wirklich ein wenig wie Tataren wirkten. Ihre Kleidung wies allerdings keinerlei ethnische Nuance auf: Schnürschuhe, Hosen, Mantel ...

Wir nickten uns kurz zu und gingen aneinander vorbei, ohne ein Wort zu wechseln.

Was wollte ich mehr? Die erste Prüfung war bestanden, mein Äußeres hatte die Einheimischen nicht in Erstaunen versetzt.

Der Tempel des Propheten Isa, der bei jedem Moskauer Geistlichen zornigen Protest ausgelöst hätte, kam einer Karikatur der Christus-Erlöser-Kirche gleich. Obwohl es direkte Beziehungen vermutlich nie gegeben hatte – die Geschichte unserer Welten unterschied sich zu stark voneinander, die Weggabelung musste tief im Dunkel der Jahrhunderte liegen. Zudem stand der Tempel an einem ganz anderen Platz, in der Nähe unserer Majakowski-Straße, natürlich nur, falls der Kreml hier an der gleichen Stelle lag wie bei uns. Im Grunde erwies er sich auch nur auf den ersten Blick als ähnlich. Die Kuppel stimmte weitgehend, das ja. Allerdings gab es zwei Minarette, die direkt aus ihr herauswuchsen, und mit blauen Kacheln verkleidete Pylone, wohingegen Kreuze fehlten. Dafür gab es jedoch reich geschmückte Zierschrift (erst hier begegnete mir übrigens die verschnörkelte arabische Schrift).

Die Stadt Oryssultan – oder auch Orysaltan – machte mich einigermaßen konfus. Kimgim wirkte zwar verspielt und verwunschen, dabei aber unzweifelhaft europäisch. Wie eine deutsche Stadt aus der Zeit E. T. A. Hofmanns oder eine englische aus der Zeit von Charles Dickens. Von Kimgim ging etwas Vertrautes und Angenehmes aus, das man aus Büchern oder Filmen kennt. Oryssultan hing dagegen völlig in der Luft. Es erinnerte weder an die laute und chaotische Türkei, wie ich unbewusst befürchtet hatte, noch an exotischere Varianten wie Ägypten oder die Vereinigten Emirate.

Einen Kreml gab es tatsächlich. Die Türme bekrönte jedoch kein Stern oder Adler, sondern ein goldenes Dreieck. Ehrlich gesagt hätte ich mich über den arabischen Halbmond oder den jüdischen Davidstern mehr gefreut – denn das hätte ich einzuordnen gewusst. Aber ein Dreieck? Sollte das eine Freimaurerpyramide sein? Bloß auf den Kopf gestellt? Das Symbol der Dreieinigkeit? Mit dem gleichen Recht könnte ich dann allerdings darin eine Aufforderung sehen, sich zu dritt zusammenzuschließen, um eine Flasche Wodka zu köpfen.

Ein Kopfsteinpflaster gab es nur in zwei Gassen, durch die ich kam, und selbst dort war es eindeutig jüngeren Datums. Die Straßen selbst erweckten den Eindruck, auf

Touristen eingestellt zu sein, mit den zahllosen Geschäften, in denen Helme und Säbel als Souvenirs verkauft wurden, Räucherstäbchen, Wasserpfeifen, Bastschuhe, verschiedenfarbige Kerzen, aus Birkenrinde geschnitzte Vögel, Tuler Honigkuchen, Kuckucksuhren (in denen jedoch kein Kuckuck, sondern eine pechschwarze Holzkrähe hauste) und große, grob bemalte Lithographien. Ein Verbot, Menschen darzustellen, existierte also entweder nicht oder wurde nur von den Gläubigen beachtet: Ich kam an zwei Gemäldegalerien und einer Teppichhandlung vorbei, in denen es reißerisch hieß: »Das schönste Geschenk für Ihre Liebste: ihr Bildnis auf einem Teppich!«

Die Überzeugung des Teppichhändlers vermochte ich nicht uneingeschränkt zu teilen, schließlich webte man in meiner Welt – wenn überhaupt – nur die Porträts von Präsidenten und Diktatoren in Teppiche ein. Aber der im Schaufenster ausgestellte kleine Teppich mit dem eingearbeiteten Gesicht einer rotblonden, sommersprossigen Frau sprach in der Tat an. Er wirkte weder angeberisch noch billig.

Es gab auch etliche Restaurants und Cafés. In einem winzigen Imbiss – es standen zwei Tische drinnen und zwei auf der Straße – bestellte ich eine Schale Tee und zwei große, dampfende Fleischpiroggen. Ich setzte mich nach draußen, neben dem Eingang stand ein Heizpilz, angeschlossen an eine Gaskartusche. Der katalytische Brenner atmete zischend durch sein Gitter Wärme aus, brachte damit die vereinzelten Schneeflocken zum Schmelzen und trocknete das Steinpflaster der Straße.

Die Piroggen waren lecker und saftig, mit mehr Fleisch als Zwiebeln. Auch der starke Tee schmeckte, selbst wenn man, ohne mich vorher zu fragen, unnötigerweise zwei Löffel Zucker hinzugegeben hatte.

Letzten Endes herrscht der Magen doch maßgeblich über den Kopf. Mit einem Mal stellte sich mir Oryssultan überraschend sympathisch dar. Alles in allem war Veros doch eine wunderbare Welt! Sprach nicht tatsächlich einiges dafür, die Entwicklung der Zivilisation im 19. Jahrhundert anzuhalten? Gut, vielleicht nicht ganz zu stoppen, aber zumindest abzubremsen, damit der technische Fortschritt den moralischen nicht abhängte?

Ich spazierte am Tempel des Propheten Isa entlang, bis ich auf den Haupteingang traf. Wenn ich mich mit dem Rücken zum Gotteshaus stellte, lag die breite Straße vor mir, über die recht viele Kutschen fuhren, angefangen von kleinen zweirädrigen bis hin zu großen Phaetonen. Schlitten gab es hier übrigens gar keine. Die zahllosen Hauswarte ließen diesen Transportmitteln anscheinend nicht die geringste Chance.

Schön, schön. Aber wo sollte ich hier »zehn, elf Uhr« suchen? Wo fand ich dieses Türmchen mit der Uhr, dem Vogel und dem Laden?

Ich musste nicht lange suchen. Schlagartig begriff ich, was Zebrikow mit seiner Formulierung gemeint hatte. Dafür reichte ein Blick auf den Turm über einem Uhrengeschäft. Er hatte nicht an einen frei stehenden Turm, sondern an einen Dachturm gedacht.

Der Alte hatte sich in Wortspielen versucht.

Zum einen hatte er fraglos die Richtung im Sinn gehabt. Schaue in Richtung zehn Uhr hieß nichts anderes als: Schau nach vorn und ein wenig nach links. Zum anderen gab es dort tatsächlich an die zehn große Uhren, die entweder lange nicht gestellt worden waren oder die Zeit in verschiedenen Städten anzeigten. Das kleine einstöckige Haus hatte im ersten Stock überhaupt kein Fenster – nur Zifferblätter.

Die größte Uhr befand sich jedoch in dem kleinen Turm überm Dach. Das Zifferblatt hatte einen Durchmesser von mindestens anderthalb Metern. Genau in dem Moment sprang aus der Holzluke eine Krähe heraus und krächzte: »Krah! Krah! Krah! Krah! Krah! Krah! Krah! Krah! Krah! Krah!«

Ich zuckte mit den Achseln.

Jeder verliert auf seine eigene Weise den Verstand. Zebrikow chattete mit der Begeisterung eines Neubekehrten durchs Netz. Ein anderer züchtet Fische, ein dritter unterhält einen Uhrenladen.

Die Funktion war eine Sache – das Hobby eine andere.

Aber warum ersetzten hier Krähen die Kuckucke?

Ich wartete, bis sich der Strom von Kutschen lichtete, und überquerte die Straße. Ampeln oder Zebrastreifen gab es nicht, allerdings erlaubte der Verkehr diese Nonchalance durchaus.

Die Tür in den kleinen Laden war nicht verschlossen. Als ich sie öffnete, klimperte ein Glöckchen. Der Inhaber selbst war auch vor Ort, er stand hinterm Ladentisch, ein freundlich lächelnder, dicker Brillenträger, der durch und durch europäisch aussah. Er trug einen bunten Hausmantel, weiße Ornamente auf grünem Untergrund, was seinem Äußeren eine Note exzeptioneller Komik verlieh.

»Andrjuscha?«, sprach ich ihn an.

»Assalam aleikum, mein Guter.« Der Dicke trat hinter dem Ladentisch hervor, ergriff mit beiden Händen meine Rechte und schüttelte sie. Seine Beine waren von weiten, dunkelgrünen Pumphosen umhülltt, seine Füße steckten in weichen Lederschuhen. »Sei Gast in meinem bescheidenen Laden, Unbekannter. Nicht alle ... nicht alle bemerken ihn, geblendet wie sie sind von der Größe des Tempels des Propheten Isa ... den Moslems sei ihre unzutreffende Einschätzung seiner Rolle in der Geschichte verziehen!«

Um den Hals des Zöllners (und ich spürte deutlich, dass vor mir ein Funktional stand) hing eine Kette. Als Andrjuscha meinem Blick folgte, öffnete er den Kragen des Mantels und zeigte mir ein Kreuz.

»Ich hänge dem Wahren Glauben an«, verkündete er stolz. »Nein, ich bin kein Extremist, das versteht sich von selbst! Das Christentum ist seinem Wesen nach eine friedliebende Religion, die zu Liebe und geistiger Vervollkommnung anhält. *Ich bin nicht gekommen, Frieden zu bringen, sondern das Schwert* – das ist ein sinnbildliches Zitat, das auf keinen Fall ...«

»Ich bin ebenfalls ... sozusagen Christ«, murmelte ich. »Orthodox ...«

»Ach! Sei gegrüßt, mein Bruder! Verzeih mir, mein Bruder! Ich bin daran gewöhnt, mit Moslems zu streiten, die die Christen stets der Aggressivität bezichtigen, selbst die intelligentesten unter ihnen ... Womit kann ich Euch dienen, Freude meiner Augen?«

»Warum sitzen in den Uhren keine Kuckucke?«, wollte ich wissen.

»Hmm ...« Andrjuscha kniff die Augen zusammen. »Andrjuscha, der Kuckuck, orthodox ... Verstehe. Du bist aus Moskau? Stimmt's? Kostja schickt dich?«

Ich nickte.

»Was hat Kostja noch mal für einen Spitznamen?«

»Kotja.«

»Und was lässt er mir übermitteln, o Freund meines Freundes?«

»Einen Brief«, erklärte ich und kam mir wie der letzte Idiot vor. Ich hatte den Brief nun doch nicht gelesen, hatte mich geniert.

Rasch überflog Andrjuscha den Brief. Derweil sah ich mich um. Der Laden war nicht sehr groß, der Ladentisch teilte ihn in der Mitte. An der Eingangsseite lagen die Tür und ein Fenster, standen ein paar abgeriebene Sessel. Hinter dem Ladentisch führte eine weitere Tür ins Innere des Hauses, und die gesamte Wand war mit Uhren behangen.

»Also die Kuckucke ...«, murmelte Andrjuscha, während er noch las. »Wir haben hier keine Kuckucke, mein Teurer. Die hat der Herrgott nicht erschaffen. Möglicherweise gibt es ja tatsächlich einen solch niederträchtigen Vogel, der seine Eier in fremde Nester legt, aber dann schreit er nicht ›Kuckuck‹ und sitzt nicht in Uhren. Die Krähe jedoch ... die Krähe ist ein kluger Vogel, pfiffig, mit Sinn für Humor, mit Sinn für das richtige Maß, ein Vogel, der um seine Verantwortung gegenüber dem Schwarm weiß. Das ist ein würdiger Vogel! Und sein Schrei ist durchdringend und weithin hörbar!«

Er faltete den Brief zusammen und legte ihn irgendwo unterm Ladentisch ab. Dann betrachtete er mich mit einem völlig veränderten, ernsten Blick. »Wie heißt du, unerwarteter Gast?«

»Kirill.«

»Sehr angenehm. Ich bin Andrej. Gute Freunde aus Moskau nennen mich Andrjuscha, aber wenn ich ehrlich sein soll, ist das in unserer Welt nicht üblich. Aber es gibt da einen Spaßvogel ... der spricht aus unerfindlichen Gründen alle Zöllner mit Koseformen an.«

Ich wurde knallrot. Nikolenka, Andrjuscha – natürlich. Kotja bevorzugte ja sogar für sich selbst einen von der Koseform abgeleiteten Spitznamen, ein Prinzip, das er ausnahmslos auf seine Umwelt übertrug.

»Sehr angenehm, Andrej.«

Wir reichten uns noch einmal die Hände.

»Wir haben keine Kuckucke«, wiederholte Andrej. »Und keine Strauße. Auch einige Fisch-, Insekten- oder Säugetierarten gibt es hier nicht. Dafür Riesenkraken im Meer, Dinosaurier in Afrika ...«

»Dinosaurier?«, rief ich voller Begeisterung aus.

»Sicher. Zwei Dutzend Arten, glaube ich. In der Regel kleine, von den großen ist nur der Tyrannosaurus vertreten. Aber er steht auf der Roten Liste, von ihm gibt es nur noch rund fünfzig Exemplare ...« Andrej verstummte, bevor er verwundert fortfuhr: »Warum begeistern sich bloß alle Demosier für die Saurier?«

»Wer?«

»Die Menschen aus deiner Welt, Sohn der Naivität! Aus der Welt, in der Moskau liegt. Ihr nennt unsere Welt Veros, wir eure Demos.«

»Warum das?«

»Bei euch gibt es überall Demokratie, so eine altertümliche Gesellschaftsform.«

»Sie ist nicht altertümlich!«, begehrte ich auf. »Und ihr habt hier doch Feudalismus, oder?«

»Haben wir«, bestätigte Andrej. »Die fortschrittlichere Gesellschaftsform. Die Demokratie hatten wir im Altertum.«

»Wir auch, in Athen«, glänzte ich mit meinen Kenntnissen. »Im alten Griechenland.«

»Ich kenne eure Geschichte«, unterrichtete mich der Uhrenhändler. »Hör zu! Die Demokratie ist eine altertümliche Form der politischen Machtausübung, untrennbar verknüpft mit Sklavenhalterei und mit der rechtlichen Gleichstellung eines Weisen und eines Toren, eines Nichtsnutzes und eines Meisters, eines erfahrenen Alten und eines grünen Jungen. Was soll an einer solchen Gleichmacherei gut sein?«

»Und wie ist es bei euch?«

»Wir haben ein progressives Referendumssystem. Jeder Bürger verfügt in Abhängigkeit von der Summe auf seinem Konto bei der Stadtbank über einen Bedeutungskoeffizienten, der das Gewicht seiner Stimme bei den Referenden zu den wesentlichen Fragen festlegt.«

»Was soll an einem solchen System fair sein?«, ereiferte ich mich. »Wer reicher ist, hat ...«

»Eben nicht!« Andrej drohte mir mit dem Finger. »Pass auf. Das Geld muss in der Stadtbank liegen. Auf diese

Weise arbeitet es für das Wohl der Stadt und der Gesellschaft. Wenn du es privat für dich arbeiten lässt oder in den Sparstrumpf steckst, dann denkst du nicht an deine Mitmenschen – und hast einen entsprechend niedrigen Bedeutungskoeffizienten. Das zum einen. Die Referenden finden sonnabends am frühen Morgen statt. Wenn du da hingehst, verzichtest du auf deinen Schlaf, was abermals dein Verantwortungsbewusstsein unterstreicht, dein persönliches Interesse an der Frage, die es zu entscheiden gilt. Das zum anderen. Wenn du nicht in der Lage bist, genügend Geld zu verdienen, bist du entweder noch sehr jung und hast keine Lebenserfahrung oder du hast dir den falschen Beruf gesucht, und dann bist du entweder dumm oder lebst völlig an der Realität vorbei. In dem Fall musst du dich fragen lassen: Welchen Grund gäbe es, dir die Entscheidung wichtiger Fragen anzuvertrauen?«

Ich machte eine abwehrende Geste. »Schon gut, ich bin ja überzeugt. Das ist sehr progressiv und originell. Ein Bankier bringt sein ganzes Geld auf die Bank – und entscheidet für alle.«

»Wieso das? Vergiss den Koeffizienten nicht! Ein Mensch, eine Stimme. Diese Größe wird entweder mit null multipliziert, wenn du kein Geld auf der Bank hast, oder mit einer Ziffer, die logarithmisch von null nach eins strebt. Aber mehr als eins wirst du nie erreichen. Die Stimmen von zwei normalen, durchschnittlichen Händlern wiegen mehr als die Stimme des reichsten Bankiers.«

»Überzeugt mich trotzdem nicht«, widersprach ich. »Wenn man das Stimmrecht kaufen kann ...«

»Ach, mein argloser Bruder! Werden bei euch die Stimmen etwa nicht gekauft?« Andrej brach in Gelächter aus. »Und du kannst ja noch froh sein, wenn du Geld dafür bekommst. Normalerweise werdet ihr ja mit Versprechen abgespeist ...«

Ich schüttelte den Kopf. »Halt. Auf diesen Streit lasse ich mich nicht ein. Ehrlich gesagt, ist mir doch egal, ob es nun eine Demokratie ist, Feudalismus ...«

»Und weil euch alles egal ist, kommt euer Leben nicht ins Lot«, belehrte mich Andrej im Ton eines Oberlehrers.

Ich wollte widersprechen. Aber warum auch immer: Die Vorteile unserer Welt wollten mir einfach nicht über die Lippen. Demos – was soll man dazu sagen!

»Und wie ist die Gesellschaft auf Feste aufgebaut?«

»O Vater der Wissbegier!« Der Uhrmacher lächelte. Anscheinend waren politische Vorträge seine Leidenschaft. Wenn er in unserer Welt leben würde, wäre er garantiert Politiker oder Journalist. »Dort gibt es eine Theokratie. Aber nicht einfach eine Theokratie, sondern eine scholastische Theokratie darwinistischer Ausrichtung.«

»Wie soll das denn gehen?« Die Reste meiner Zöllnerkenntnisse oder der Bücher, die ich irgendwann mal gelesen hatte, ließen mich zumindest den großen Zusammenhang verstehen. »Irgendwie passt das ja wohl nicht ganz zusammen.«

»Ganz im Gegenteil!« Andrej kicherte. »Die Regierung dort ist religiös geprägt, alles auf der Welt leiten sie aus der Bibel ab. Aber auf Feste hat auch ein bestimmter

Mensch gelebt, Charles Darwin. Bei euch ist der doch auch bekannt, oder?«

»Ja. Und bei euch?«

»Hier ist er während einer Schiffsreise gestorben. Vermutlich beim Angriff eines Riesenkraken. Er hat es nicht geschafft, sich irgendwie hervorzutun.«

Ich nickte mit finsterer Miene.

»Kurz und gut«, fuhr Andrej unverdrossen fort, »Darwin hat eine Theorie aufgestellt, derzufolge sich in der Evolution der Pflanzen und Tiere Gottes Wille offenbart. Später schuf er zusammen mit dem Mönch Mendel, mit dem ihn eine zarte und treue Freundschaft verband, die Grundlagen der praktischen Genetik, mit der die göttlichen Kreaturen zum höheren Ruhme und zur Freude des Schöpfers verändert werden konnten.«

Er sprach voller Ernst, aber in seinen Mundwinkeln versteckte sich ein Lächeln.

»Zum höheren Ruhme und zur Freude?«, hakte ich nach.

»So wurde es vom Heiligen Konklave nach einer dreißig Jahre währenden Diskussion der Frage entschieden. Der nach dem Abbild Gottes und ihm gleich geschaffene Mensch ist zwar eine erbärmliche Kreatur, vermag jedoch in den Händen des Herrn als Werkzeug zu dienen. Biologie und Genetik sind auf Feste mit Siebenmeilenstiefeln vorangeschritten. Die Arbeiten des Heiligen Darwin und des Heiligen Mendel hat ein großer russischer Forscher fortgeführt, der nach seinem Tod ebenfalls heiliggesprochen wurde ...«

»Der Botaniker Mitschurin«, brachte ich finster hervor.

»Richtig!« Andrej lachte. »Iwan Mitschurin.«

»Wie ist er gestorben?«, fragte ich. »Ist er auf einen Apfelbaum geklettert, um Melonen zu pflücken, und wurde unversehens von einer Kirsche erschlagen?«

»Das ist ja entsetzlich!« Andrej verstand den Witz nicht. »Nein, Sohn der schönen Worte! Mitschurin starb bei einem Experiment zusammen mit seinen Laborangestellten, seinem Vivarium und seinem Versuchsbeet. Du weißt, Experimente am Genom sind nicht ungefährlich ...«

Ich wusste es nicht. Aber ich glaubte ihm aufs Wort.

Andrej ließ ein paar Sekunden verstreichen und stieß einen Seufzer aus. Anscheinend war er durchaus geneigt, sich weiter über Demokratie, Religionen, das Genom und den heiligen Darwin auszulassen. »Ich habe eine sehr günstige Tür nach Feste«, sagte er schließlich. »Etliche der Zugänge sind von den dortigen Machthabern geschlossen worden, andere liegen an einsamen Orten. Glücklicherweise gibt es noch meinen Zugang, über den der Kontakt gehalten wird. Die Tür führt genau zum Hof des Konklaves im Vatikan.«

»Des Konklaves?«

Andrej seufzte erneut. »Ist dir bekannt, dass dort das Christentum regiert, Enkel der Bildung? Dieses Christentum gleicht jedoch nicht dem bei euch oder bei uns. Einen Papst, noch dazu einen unfehlbaren, gibt es dort nicht. Stattdessen haben sie das Konklave der Kardinäle ... sechs Kardinäle. Gehen wir, mein Freund!«

Ich folgte ihm durch den Laden. Andrej öffnete die schmale Tür in der Wand hinter der Ladentafel und zwängte sich hindurch.

Was nun kam, passte schon besser zum Zuhause eines Funktionals, zu einem alten, eingewohnten und umgebauten Zuhause. Ein großer Saal, auf allen vier Seiten mit Mosaikfenstern, wie in einer Kirche. Durch zwei einander gegenüberliegende Fenster schaute die Sonne herein – genauer die Sonnen aus zwei Welten des Multiversums.

»Also«, erklärte Andrej, als er meinen Blick auffing, »das da ist Feste, das andere Janus.«

»Da bin ich schon gewesen«, meinte ich. »Kennen Sie die Zöllnerinnen Wassilissa und Marta?«

»Aus eurer Welt?«

»Ja. Sie haben jeweils eine Tür nach Janus. Ich bin von Wassilissa zu Marta gegangen ...«

»In welcher Jahreszeit?«

»Es war vor kurzem, da brach gerade erst der Winter an.«

»Also müssen ihre Türen weit weg von meiner liegen. Denn da, wo meine Tür hinführt, ist bereits Sommer. Überzeug dich ruhig!«

Neugierig stiefelte ich hinterher. Janus hatte ja nicht nur einen widerwärtigen Eindruck bei mir zurückgelassen, sondern auch Stolz: Ich hatte diese unwirtliche Welt überlebt.

Unter dem Mosaikfenster, das orangefarbene und grüne Lichtreflexe auf den Boden warf, befand sich eine einfache Holztür mit einem gewaltigen Riegel. Allem Anschein nach wurde er nicht häufig betätigt, denn Andrej ächzte, als er ihn zur Seite schob. Anschließend öffnete er die Tür weit und trat zur Seite, damit ich das Ergebnis bewundern konnte.

Schweigend blieb ich an der Schwelle stehen.

Vor mir erstreckte sich ein gelbes Meer aus Sand. Heißer trockener Wind hatte die Fläche glatt gefegt, es gab weder Dünen noch Steinchen am Strand. Das Einzige, was den Blick erfreute, war der Himmel. Blendend blau, rein, klar, mit einer funkelnden Sonnenscheibe.

»Darf ich raus?«, fragte ich.

»Natürlich. Schau dich ruhig um.«

Vorsichtig trat ich zur Tür hinaus und sah mich um. Die Hitze stülpte sich sofort über mich. Ich drehte mich um. Die Zollstelle gab sich in dieser Welt als altes Gebäude aus verwittertem Sandstein, in dem völlig unpassend oben ein Mosaikfenster prangte. Etwas abseits standen zwei in den Sand eingetiefte Pfeiler, zwischen denen eine Leine im Wind baumelte.

»Am Anfang wollte ich hier meine Wäsche trocknen«, erklärte mir Andrej von der Türfüllung aus. »Aber sie wird hier ganz starr und riecht nach Sand. Immerhin kannst du hier bequem Fleisch dörren. Fliegen gibt es nicht, und das Wetter ist im Sommer immer klar. Du kriegst hier einen Schinken hin, danach leckst du dir alle Finger!«

Mit einem Nicken betrat ich die Zollstelle wieder.

»Nun denn, auf nach Feste«, sagte Andrej, während er die Tür zuschloss. »Mit Gottes Hilfe …« Er bekreuzigte sich.

Für alle Fälle tat ich es ihm nach. Und nach den anderen Welten erkundigte ich mich lieber gar nicht erst.

Die Tür nach Feste wurde eindeutig häufiger geöffnet. Andrej schloss sie auf, wartete – und zog sie ganz langsam auf. Ganz vorsichtig. »Du musst wissen«, bemerkte er, »dass dies der einzige passierbare Zugang in ihre Welt ist. Alle anderen sind zugemauert. Und dieser hier wird ständig beobachtet ...«

Hinter der Tür lag ein kleiner Hof, den eine nicht sehr hohe weiße Mauer säumte. Der Boden war mit Kopfsteinen gepflastert. In der Mauer gab es eine Tür. Und zahllose winzige Öffnungen, Fensternischen vielleicht, vielleicht aber auch Schießscharten. Sofort bemächtigte sich meiner ein unangenehmes Gefühl, als spähten mich durch diese Löcher unzählige missbilligende Augen an. Ja, mehr noch, als beobachteten sie mich nicht nur – sondern hielten eine Waffe auf mich gerichtet.

»Guten Tag«, brachte Andrej laut hervor. »Friede sei mit euch, zum Ruhme des Herrn!«

Daraufhin öffnete sich die Tür in der Mauer. Was für eine aufmerksame Wache, ständig auf der Lauer ...

Nun betrat den Hof die ungewöhnlichste Prozession, die ich mir vorzustellen vermochte.

Dass in unserer Welt der Papst von einer Schweizer Garde bewacht wird, die grellbunte, clowneske Kleidung trägt – Uniformen mit blauen, orange, roten und gelben Streifen vom Kopf bis zu den Füßen –, wusste ich. Viele Menschen sind der Ansicht, diese Uniformen gingen auf Michelangelo zurück, andere hingegen versichern, sie seien erst hundert Jahre alt und wären von einem Hauptmann der Schweizer Garde entworfen worden. Im Grunde haben beide Seiten recht, denn der Haudegen mit den Ambitionen zum Modemacher hat alte Skizzen Michelangelos herangezogen, die seinerzeit von den konservativen Katholiken abgelehnt worden waren. Folglich wunderte ich mich nicht sehr, als im Hof grellbunte Kleidung auftauchte.

Was mich indes frappierte, war, dass nicht kräftige Schweizer diese Uniformen trugen, die der Bewachung des Papsts – oder zumindest des Konklaves – den Vorzug vor der Anfertigung von Uhren, Schokolade und Taschenmessern gaben.

Nein, in den Hof liefen schwungvollen Schrittes junge Frauen, angetan mit besagter gestreifter Kleidung, bunten Baretten auf dem Kopf und leichten Piken in den Händen. Um die Füße jeder Frau wuselte ein kleiner Hund mit langem, seidigem Fell und einer Schleife im Haar!

»Sind das Yorkshireterrier?«, fragte ich perplex.

Die glamouröse Wache machte halt, indem sie einen perfekt abgezirkelten Halbkreis um uns bildete.

»Ja«, antwortete Andrej in angespanntem Ton. »Yorkshireterrier, die treuen Hunde der Kardinäle, Kampfhunde ...«

Ich brach in schallendes Gelächter aus. Mir einen Yorkshire als Wachhund vorzustellen war einfach ein Ding der Unmöglichkeit. Die Lieblinge der Boheme, diese Handtaschenhündchen der feinen Damen von der Rubljowka und betont maskuliner Schauspieler à la Belmondo, sollten Kampfhunde sein?

Die Frauen sahen uns mit versteinerten Mienen an. Die Hunde wedelten mit dem kurzen Schwänzchen.

»Ich muss mit einem Parlamentär sprechen!«, erklärte der aus der Tür heraustretende Andrej.

Die Frauen hüllten sich in Schweigen. Andrej hatte offensichtlich keine von ihnen angesprochen, sondern sich an jemanden gewandt, der hinter der Mauer stand. Eine halbe Minute verging. Ich wechselte von einem Fuß auf den anderen, blieb aber sicherheitshalber im Haus. Der Uhrmacher und Zöllner in einer Person brachte mit seinem ganzen Gebaren zum Ausdruck, dass er bereit sei, bis zum Sankt-Nimmerleins-Tag zu warten.

Schließlich kam noch eine weitere Person durch die Tür. Diesmal ein Mann, der alles andere als ein Clownskostüm trug. Ein wenig älter als ich, akkurat, nicht in Uniform, sondern mit dunklen Hosen, hellem Hemd und grauem Wollpullover. Man konnte ihn sich in den Straßen Moskaus, Kimgims oder Oryssultans vorstellen, er würde nirgendwo auffallen.

»Andrej ...« Der Mann kam mit einem freundlichen Lächeln auf den Zöllner zu.

Offenbar entspannte sich Andrej daraufhin. Er ging dem anderen entgegen, sie reichten sich die Hände und umarmten sich.

»Es freut mich, dich zu sehen, mein armer, irregeleiteter Freund.« Der Mann lachte, als wollte er Andrej suggerieren, seine Worte nicht allzu ernst zu nehmen. »Ist etwas passiert?«

»Auch ich freue mich, dich zu sehen, Marco. Jemand hat mich gebeten, ein Treffen mit dir zu arrangieren.«

»Und wer hat dich darum gebeten?«

»Ein Bekannter aus Demos. Ein Mann, der in dieser Welt allem Anschein nach sehr geschätzt wird.«

Marco musterte mich und lächelte wohlwollend. »Und Sie sind dieser geschätzte Mann aus Demos?«

»Nein, ich bin nur ein Abgesandter«, beeilte ich mich klarzustellen. »Man hat mich gebeten, die Gespräche zu führen.«

»Gespräche sind eine gute Sache«, hielt Marco ernst fest. »Das Wort ist in der Lage, Feindschaft zu überwinden, Freundschaft zu festigen und Liebe zu wecken. Das Wort ist uns gegeben, damit wir einander verstehen, selbst wenn sich dergleichen höchst schwierig gestaltet ... Wie heißen Sie, junger Mann?«

Ich verzog das Gesicht. »Junger Mann« hatte mich schon lange niemand mehr genannt.

»Kirill.«

»Sehr schön. Sie sind Christ?«

»Ja.«

»Noch besser. Und ... Und Sie sind ein ehemaliges Funktional?« Marco lächelte.

Woher wusste er das?

»Ja.«

»Das ist sehr, sehr interessant ... Andrej, im Name des Konklaves garantiere ich für die Sicherheit des Abgesandten Kirill und für einen herzlichen Empfang in unserer Welt. Sobald er den Wunsch äußert, unsere Welt wieder zu verlassen, werden wir ihn zu deiner Tür bringen.«

»Vielen Dank, Marco«, sagte Andrej, offen erleichtert. »Geh nur, Kirill. Viel Erfolg bei deinem Unternehmen, natürlich sofern es rechtens und gottgefällig ist.«

Rasch verschwand er hinter mir, was, wenn ich ehrlich sein soll, meinen Glauben an die garantierte Sicherheit auf Feste nicht eben bestärkte.

»Wie kann ich mich denn mit ihnen verständigen?«, fragte ich ihn, ohne mich umzudrehen.

»Du verstehst sie doch auch jetzt, oder?«

»Jetzt schon. Aber was ist, wenn ich die Zollstelle verlasse? Sprechen die italienisch?«

»Darüber habe ich noch nie nachgedacht.« Andrej blickte finster drein. »Du gibst seltsame Sachen von dir, Stiefkind der Umsicht! Sobald du durch eine Zollstelle in eine neue Welt eintrittst, verstehst du ihre Sprache. Das wissen doch alle.«

»Ach ja.« Mit einem Mal war mir klar, was Zebrikow meinte, als er gesagt hatte, ich würde eine Zollstelle passieren. Vermutlich war also auch in Oryssultan kein Russisch in Gebrauch ... »Vielen Dank. All das verwirrt mich einfach ein wenig ...«

»Geh nur, Vater der Kühnheit!« Andrej schubste mich zur Tür. »Trödel hier nicht rum, es gehört sich nicht, die Leute warten zu lassen.«

Sobald ich die Zollstelle verlassen hatte, fiel die Tür hinter mir zu. Scheppernd wurde der Riegel vorgelegt.

Die Frauen in ihren gestreiften Uniformen bedachten mich mit strengen Blicken. Die Hunde wackelten lustig mit ihren Schwänzen. Marco lächelte.

»Guten Tag«, brachte ich hervor. »Sagen Sie, sind das Yorkshireterrier?«

»Zum Teil«, meinte Marco. »Sie halten sie wohl nicht gerade für die geeigneten Wachhunde?«

»Also ... wenn es nur um Mäuse geht ...«

»Korporal«, wandte sich Marco an eine der Frauen, »zeigen Sie unserem Gast, wozu unsere possierlichen Plüschbälle fähig sind.«

Die Frau nickte. Sie reichte ihre – wenn man einmal von der scharfen, blattförmigen Spitze absah – lächerliche Pike einer Freundin. Dann kam sie auf mich zu und streckte mir die Hand entgegen. »Geben Sie mir bitte Ihre Jacke.«

Ihre Stimme war zart und sanft. Mit einer solchen Stimme gesteht man seine Liebe.

Achselzuckend zog ich meine Jacke aus. Hier war es ja warm.

»Liegt Ihnen viel an ihr?«, wollte die Frau wissen.

»Nein, nicht sehr viel.«

»Gut.«

Die Frau schüttelte die Jacke in ihrer Hand. Der Hund zu ihren Füßen folgte aufmerksam jeder Bewegung. Dann gab sie einen Befehl: »Töte!«

Sie warf die Jacke in die Luft.

Der Hund schien, alle viere von sich gestreckt, förmlich mit dem Pflaster zu verschmelzen – bevor er sich in die Luft katapultierte. Vielleicht wäre ein Kater zu einem solchen Sprung in der Lage – wenn es ein sehr kräftiger, ausgewachsener Hofkater wäre. Aber vermutlich würde selbst der das nicht schaffen. Der Hund schnappte sich in einer Höhe von anderthalb, vielleicht sogar zwei Metern die Jacke. Er landete zusammen mit ihr auf dem Kopfsteinpflaster, ein mit den Zähnen ratterndes, knurrendes Knäuel. Stofffetzen flogen in alle Richtungen auf. So etwas hatte ich schon einmal gesehen, als der Hausmeister im Hof mit dem alten, klapprigen Rasenmäher über Altkleider fuhr. Nach zehn Sekunden ließ der Hund abrupt von der Jacke ab.

Diesen zerfetzten Lappen *Jacke* zu nennen wäre selbst dem heruntergekommensten Penner nicht in den Sinn gekommen.

»Himmel hilf«, brachte ich heraus.

Der Hund kläffte fröhlich und rannte zu seinem Frauchen. Die streichelte ihn (den Blick fest auf mich gerichtet) und holte ein Stück Würfelzucker aus der Tasche ihrer Clownsuniform, das sie dem Hund gab.

»Wenn man ihn nicht von einem Feind loseist, beißt er die Wirbelsäule innerhalb von zehn, fünfzehn Sekunden durch«, setzte mir Marco auseinander. »Sollte der Hals geschützt sein, nimmt er sich das Gesicht vor.«

»Was haben Sie ... wie haben Sie das geschafft ...«, hauchte ich.

Ich liebe Hunde. Ich habe selbst einen Skyeterrier, Cashew, der im Moment bei meinen Eltern untergebracht war. Natürlich sind Hunde keine Plüschtiere. In ihnen – selbst im kleinsten von ihnen – fließt Wolfsblut. Sie können kämpfen, um ihrer selbst willen und für ihre Herrchen. Aber es gibt Kampfhunde, Jagdhunde und es gibt Hunde, die dein Freund sind. Ein Kampfyorkshire, das ist absurd, das ist ... das ist wie eine Klosterfrau 007.

»Sie wurden in einem Kloster in York gezüchtet, wo unsere tapferen Gardistinnen für die Verteidigung des Konklaves ausgebildet werden«, erklärte mir Marco, der mich neugierig beobachtete. »Das wahrhaft Gute sollte nicht schutzlos sein, nicht wahr?«

»Ja«, sagte ich. »Also, zumindest habe ich das bisher immer angenommen. Aber ... sie sind so lieb ...«

»Die Mädchen?«

»Die Hunde ... aber die Mädchen natürlich auch ...«, stotterte ich.

»Sie bleiben auch lieb. Sie können sie streicheln, die Hunde werden Sie nicht beißen ... solange es ihnen niemand erlaubt.«

»Und die Mädchen?«, fragte ich.

Die Korporalin lächelte und sprach für sich selbst: »Das kann ich nicht sagen. Aber ich würde Ihnen nicht raten, die Probe aufs Exempel zu machen.«

Daraufhin brach Marco in schallendes Gelächter aus. »Gehen wir, Kirill. Ich hoffe, diese kleine Vorstellung hat Sie nicht eingeschüchtert? Unsere Freunde haben hier nicht das Geringste zu befürchten. Und Sie sind doch unser Freund, oder?«

»O ja«, versicherte ich mit einem Blick auf den Hund. »Ohne jeden Zweifel!«

Zehn

Es gibt Menschen, die verstehen sich darauf zu bitten. Zum einen sind das die professionellen Bettler, und zwar nicht die gramgebeugten Greisinnen, die vor einem Geschäft die Hand um eine milde Gabe vorstrecken, sondern diejenigen, die das Betteln zu ihrem Beruf gemacht haben und ihren Posten vor Kirchen und Friedhöfen sowie in Parks, inmitten des flanierenden Publikums, oder neben Restaurants beziehen, wo ein angeheiterter Kavalier sich keine Gelegenheit entgehen lässt, bei seiner Dame Eindruck zu schinden. Zum anderen sind es die geborenen Nassauer. Wir alle kennen solche Leute, mitunter sind wir sogar mit ihnen befreundet. Sie schreiben in der Schule die Hausaufgaben von dir ab (»Hast du mal Algebra?«), schwänzen an der Uni Seminare (»Du trägst mich ein, ja?«), kommen zu spät zur Arbeit (»Sag dem Chef, dass ich seit dem frühen Morgen hier hinten herumwusele!«) oder bestellen uns auf ihre Datscha ein (»Wir graben erst den Garten um, dann genehmigen wir uns ein Schaschlik und ein Bierchen, ja?«). Und selbst wenn wir angewidert das Gesicht verziehen, geben wir

Ersteren doch etwas. Und selbst wenn wir halblaut fluchen, helfen wir Letzteren. Schließlich steht uns immer die Möglichkeit offen, uns von den Armen abzuwenden oder einen allzu aufdringlichen Freund abzuweisen.

Es gibt aber noch eine dritte Kategorie von Profis. Die allerschlimmste, denn ihr entkommst du nicht.

Politiker.

»Das Volk muss unsere Partei unterstützen!«

»Die Rentner müssen den Gürtel enger schnallen!«

»Die Kumpel sollten sich mal in unsere Lage versetzen!«

»Die Partner müssen unsere Interessen berücksichtigen!«

»Die Unternehmer sollten an die Staatsinteressen denken!«

Und diesen Bitten entzieht sich niemand. Das Volk unterstützt, die Rentner schnallen enger, die Kumpel versetzen sich, die Partner berücksichtigen und die Unternehmer denken an.

Denn diesen Bitten wohnt die Kraft eines Befehls inne. Es ist die Bitte eines faulen Bettlers mit der Knarre in der Hand.

Ich bin noch nie arm gewesen, stellte mich beim Abschreiben zu dusselig an, und Politik ging mir am Arsch vorbei. Doch nun musste ich als Bittsteller auftreten, noch dazu in allen seinen Erscheinungsformen, sowohl als Bettler, der um eine milde Gabe fleht, wie auch als Freund, der deine Hilfe braucht, oder als Politiker, der erpicht darauf ist, ein vorteilhaftes Abkommen auszuhandeln.

Das war nicht mein Ding! Überhaupt nicht.

Aber was sollte ich sonst tun?

Meine einzige Chance, der hartnäckigen Aufmerksamkeit der Arkaner zu entkommen, bestand darin, auf mein Recht zu pochen, ich selbst zu sein – und die Machthaber auf Feste zu überreden, uns zu helfen. Und zwar nicht einfach zu helfen, sondern uneigennützig zu helfen, ohne dass sie unsere Erde, unser rückständiges Demos, in eine weitere Welt mit »scholastischer Theokratie« verwandelten. Denn Gardistinnen mit puscheligen Killern an der Leine entsprachen in keiner Weise meinen Vorstellungen von einer glücklichen Gesellschaft.

In Rom war ich noch nie gewesen, mein Bild vom Vatikan entstammte einem albernen Film, in dem irgendwelche Gangster das Herz der katholischen Kirche mit einer Antimaterie-Bombe in die Luft jagen wollten. Insofern vermochte ich nicht zu entscheiden, ob die Residenz des Konklaves dem Sitz des Papstes ähnelte. Vermutlich schon. Denn wie ich festgestellt hatte, blieben etliche Realien in den unterschiedlichen Welten des Multiversums unverändert, selbst wenn die Abkoppelung der Welten voneinander weit zurücklag.

Die riesige Kirche glich dem Petersdom. Nahm ich zumindest an. Ich bekam sie allerdings nur flüchtig zu sehen, als ich in eine geräumige Kutsche mit verhangenen Fenstern gesetzt wurde. In ihr fuhr ich in Gesellschaft von zwei uniformierten Frauen aus einem Drogentraum Michelangelos, zwei liebreizenden Terriern aus einem Albtraum von Hieronymus Bosch und dem Vertreter des Konklaves, Marco, dahin.

»Ich freue mich sehr, dass Sie ausgerechnet während meiner Schicht zu uns gekommen sind«, teilte mir Marco freundlich mit. »Sie müssen wissen, wir kommen nicht oft in Kontakt mit Funktionalen. Ich bin bereits seit fünf Jahren für die Sicherheit der Zollstelle verantwortlich und habe mit Andrej vielleicht ein Dutzend Mal gesprochen ... höchstens.«

»Sie mögen die Funktionale wohl nicht?«

»Und Sie?«

»Nicht sehr«, gestand ich. »Man hat mich ohne meine Einwilligung zum Funktional gemacht. Dann haben sie meine Freundin umgebracht, mich verfolgt ... Aber das sind meine persönlichen Probleme. Ich nehme an, Sie haben andere Gründe für Ihre Vorbehalte.«

»Selbstverständlich. Es sind zutiefst praktische und mithin religiöse Gründe.« Marco dachte kurz nach. »Sie haben vermutlich angenommen, wir seien religiöse Fanatiker, die in den Funktionalen Dämonen sehen?«

»Also ...«, druckste ich.

»Also ... dürfte ich mit meiner Annahme ganz richtig liegen. Aber da irren Sie sich. Wir sind vernünftige Menschen, die andere Glaubensrichtungen tolerieren. Gewiss, der heilige christliche Glaube liegt unserer Gesellschaft zugrunde, verbindet sämtliche Staaten und dient als eine Art ...« Er schnipste mit den Fingern. »... Metastaat. Als weltanschaulicher Metastaat.«

»Ich habe eigentlich geglaubt, der ganze Planet sei zu einem einzigen Staat zusammengefasst.«

»Wo denken Sie hin! Nein. Das wäre nicht sehr vernünftig und ein solcher Staat kaum zu regieren. Wie will man mit Gewalt gegensätzliche wirtschaftliche Interessen oder Unterschiede in der Kultur, den Bräuchen und Moralvorstellungen unter einen Hut bringen? Ein geeintes Imperium, das Reich Gottes auf Erden, kann sich nur nach und nach herausbilden, auf dem Weg der Evolution, wenn die Moralvorstellungen weniger rigide sind, wenn das tägliche Leben nicht mehr ganz so beschwerlich ist und Völker und Sprachen sich ineinander aufgelöst haben. Das ist unser Ideal, wir sind jedoch noch weit davon entfernt, es zu erreichen. Ich werde Sie jetzt sicherlich überraschen, aber bei uns herrscht Gewissensfreiheit.«

»Tatsächlich?« Das erstaunte mich in der Tat.

»Natürlich. Viele Araber und Asiaten hängen dem Islam an, die Juden sind von ihrem alttestamentarischen Glauben nicht abzubringen, die Slawen – sind Sie eigentlich Slawe? – streiten mit dem Konklave über eine ganze Reihe von Zeremonien und haben darüber hinaus ihre eigenen Heiligen, die von anderen Völkern nicht anerkannt werden. Es gibt sogar – und ich fürchte mich nicht, dieses Wort in den Mund zu nehmen – Atheisten, Gottlose. Über einen Mangel an Problemen und Schwierigkeiten können wir also wahrlich nicht klagen! Auch Kriege haben wir, sogar zwischen uns Brüdern in Christo.«

»Dann werden wir einander leichter verstehen«, vermutete ich. »Ich hatte angenommen, bei Ihnen sei alles wesentlich strenger ... Was werfen Sie den Funktionalen denn nun eigentlich vor? Dass sie Ihnen ihren Willen aufzwingen?«

»Das ist nicht das Problem.« Marco lächelte. »Das sollten sie mal versuchen ... Streit ist eine Conditio sine qua non für jegliche Entwicklung. Nein, Kirill, was uns empört und demütigt, ist, dass die Funktionale ihre göttliche Natur verraten haben. Sie haben sich von dem abgewandt, was ihnen von Gott gegeben wurde, und haben sich dem zugewandt, was vom Teufel kommt. Das ist nicht wörtlich zu verstehen ... selbst wenn das Auftauchen der Funktionale eindeutig von Schwefelgeruch begleitet wird ...«

Abermals lächelte Marco. Was für ein fortschrittlicher Kirchenmann! Der mich die ganze Zeit über anhielt, nur nicht jedes Wort von ihm auf die Goldwaage zu legen.

»Aber Sie experimentieren doch selbst mit Biotechnologien. Sie manipulieren Tiere ...«

»Tiere, Kirill. Ausschließlich Tiere. Und die tragen das Abbild Gottes nicht in sich, weshalb der Mensch das Recht hat, sie zu vervollkommnen und damit den Willen des Schöpfers zu erfüllen.«

»Verstehe«, sagte ich hintergründig. »Also liegt das Problem darin, dass die Funktionale ... sich zu Übermenschen aufgeschwungen haben?«

»Zu Unmenschen!« Marco hob den Finger. »Und das entspricht nicht dem Willen Gottes. Zwischen den Segnungen Gottes und den Versuchungen des Teufels gibt es einen klaren Unterschied. Die Wunder des Herrn sind unerschöpflich, weil auch seiner Stärke keine Grenzen gesetzt sind. Wenn ein heiliger Mensch zu heilen vermag, dann ist er dazu jederzeit imstande. Oder er kann es nicht, wenn dies denn der Wille des Herrn sei. Den Verlockungen des Teufels haftet dagegen etwas Starres an. Sie gehen mit einer klaren Grenze und strikten Verboten und Regeln einher: Man heilt nur fünf Menschen pro Tag oder nur bei

Vollmond oder nach Durchführung eines zuvor klar festgelegten Rituals ...«

»Die Leine«, sagte ich. »Die Leine der Funktionale, die sie an die Funktion kettet ...«

»Richtig!«, meinte Marco erfreut. »Genau das ist das Zeichen des Teufels. Der Leibhaftige ist nicht imstande, etwas ohne Einschränkung zu geben, seine *Geschenke*« – das letzte Wort stieß Marco mit unverhohlener Verachtung aus – »haben stets ihre Grenzen, seine Großzügigkeit ist knapp bemessen, seine Möglichkeiten sind bescheiden. Der Teufel ist stark, aber seine Stärke ist nicht unerschöpflich. Natürlich sind die Funktionale keine Teufel, sondern lediglich Menschen. Ehemalige Menschen, verführt vom Leibhaftigen.«

Ich sagte keinen Ton. »Dann glauben Sie also ernsthaft an den Teufel?«, fragte ich nach einer Weile.

»Wie könnte ich an Gott glauben – aber nicht an den Teufel?«, antwortete Marco mit einer Gegenfrage.

Der Kampfterrier zu meiner Rechten kläffte laut. Vermutlich beschimpfte er auf diese Weise die sinistren Pläne des Teufels.

Ich verstummte.

Irgendwie stellte sich Feste als nicht so beängstigend dar, wie ich angenommen hatte. Andererseits machte mir die Unterhaltung auch endgültig klar, wie schwer es sein würde, mit den hiesigen Machthabern zu einer Übereinkunft zu gelangen. Wenn neben den eigentlichen Verhandlungspartnern auch noch Gott und der Teufel in ihrer unsichtbaren Gestalt am Tisch saßen, würden es sehr, sehr schwierige Gespräche werden ...

Für eine Welt, in der alle Ankömmlinge aus anderen Ebenen des Daseins als freiwillige oder unfreiwillige Werkzeuge des Teufels gelten (ja, ja, vielen Dank, dass nicht gleich alle Fremden für Dämonen gehalten werden!), wurde ich einfach großartig aufgenommen. Die Kutschfahrt dauerte nicht länger als eine halbe Stunde, dann stiegen wir in einem abgeschlossen Hof mit weinumrankten Mauern und einem Springbrunnen aus, dessen Wasser in ein kleines Becken plätscherte. Zum Hof hin lagen die Fenster und Balkons eines einstöckigen Hauses, ein altehrwürdiges, sich im Sonnenschein erhebendes Gebäude, aus dessen Steinfugen Gras hervordrängte. Es war so still, als befände sich die Stadt in weiter Ferne, einzig Zikaden zirpten. Dieses Haus, so erklärte man mir, sei mir als Residenz für meinen Aufenthalt auf Feste zur Verfügung gestellt worden. Jemand erkundigte sich, ob ich gerade faste und was ich, falls nicht, zu speisen wünsche. Die Gardistinnen blieben im Erdgeschoss, Marco verabschiedete sich mit offenkundigem Bedauern, da er seinen Dienst an der Zollstelle fortzusetzen hatte. Ich ging in den ersten Stock hinauf und inspizierte neugierig die mir zugeteilten Zimmer.

Wie ich vermutet hatte, gingen alle Fenster in den Innenhof hinaus. Alles in allem erinnerte meine Residenz eben doch an ein Luxusgefängnis. Die Zimmer waren dennoch sehr schön, groß und hell, der Boden mit altem kühlem Parkett, Gobelins in Pastelltönen, einige Gemälde, Stillleben und bukolische Landschaften. Insgesamt gab es im ersten Stock drei Schlafzimmer (Platz genug für eine kleine Delegation), drei Bäder (zwei kleine und ein gigantisches, mit einer riesigen Marmorwanne und einer ungewöhnlich konstruierten Dusche, bei der das Wasser nicht aus einer Brause kam, sondern aus einem breiten Bronzetrichter), außerdem noch einen großen Gemeinschaftsraum mit Sesseln und Tischen, ein Raucherkabinett (ich hatte nicht erwartet, dass man auf Feste rauchen durfte, weshalb ich von der Kiste mit Zigarren und den Päckchen mit filterlosen Papirossy angenehm überrascht war) sowie eine kleinere Bibliothek.

Mehr als alles andere beschäftigte mich die Bibliothek. Ich hatte den Eindruck, die Bücher seien sorgfältig ausgewählt worden, um Gästen gegenüber ja nicht allzu viel preiszugeben. Das eine oder andere erschloss sich mir aber dennoch – und das machte mich völlig baff.

Den Luxusausgaben nach zu urteilen musste beispielsweise Voltaire ein hochgeschätzter Autor sein. Die Bände waren in braunes Leder gebunden und mit einem Zitat in Goldschrift verziert: *Wir müssen unseren Garten bestellen*; darunter prangte auf jedem Einband ein rebenumwundenes Kreuz.

In unserer Welt hätte diesen scharfsinnigen Freidenker niemand für einen Freund der Kirche gehalten. Mein Vater verehrte diesen Autor ungeheuer, ich selbst hatte jedoch nur *Die Jungfrau von Orleans* gelesen, noch dazu als Teenager, verführt von dem Wort *Jungfrau* und den zahllosen amüsanten Frivolitäten. Ich weiß noch, dass jeder in dem Buch davon träumte, der tapferen Jeanne d'Arc an die Wäsche zu gehen, von dem hermaphroditischen Dämon angefangen bis hin zu ihrem eigenen Esel. Als ich die hiesige Variante der *Jungfrau von Orleans* durchblätterte, wurde mir klar, dass ich ein völlig anderes Buch in Händen hielt. Tolkien hätte es geschrieben haben können. Ein Heldenepos in Versen, von Satire nicht die geringste Spur.

Fünf andere Werke kannte ich nur dem Titel nach. Allerdings war ich fest davon überzeugt, dass Voltaire zwar auch ein Buch mit dem Titel *Zadig, oder das Geschick* vorgelegt hatte, dies jedoch niemals zusammen mit dem Werk *Achill, oder das Missgeschick* in einer Dilogie erschienen war.

Ich entdeckte Dickens, Swift, Hugo und Dostojewski. Wie gesagt, ich bin kein großer Freund der klassischen Literatur, aber ich war mir doch relativ sicher, Gulliver habe nur vier Reisen gemacht, nicht sieben. Zumindest hatte ich von einer »Reise nach Dagoma«, der »Reise ins Land der Kjonk« oder der »Reise nach Hargenlog« noch nie gehört.

Und gewiss, Dostojewski hatte die *Dämonen* geschrieben – aber hatte er auch *Engel und Teufel* geschrieben?

Die Schlussfolgerung, die sich quasi von selbst aufdrängte, war im Großen und Ganzen recht positiv: Auf Feste hatten die Schriftsteller zwar *andere* Bücher geschrieben, dafür aber *mehr*.

Ein ganzes Fach war Kinderbüchern vorbehalten, als rechne man damit, in diesem Haus Familien mit Kindern einzuquartieren. *Pinocchio* schien mir dem Original sehr nahe zu sein, wohingegen der *Zauberer von Oz* keinesfalls Abenteuer in einem Zauberland schilderte. Eher schien es vor jeglichem Kontakt zu Wesen aus anderen Dimensionen zu warnen ... Aber nahm das wunder?

Ich hielt nach *Harry Potter* Ausschau. Mich interessierte brennend, wie die Geschichte des Zauberlehrlings auf Feste aussah. Anscheinend hatte sich die Abspaltung jedoch zu früh vollzogen. Vielleicht war Rowling hier nie geboren worden. Oder sie war eine glückliche Hausfrau mit vielen Kindern. Womöglich gab es in den Cafés in dieser Welt aber auch einfach keine Papierservietten.

Mit einem gewissen Bedauern verließ ich die Bibliothek wieder, bewaffnet nur mit einem schmalen Band Aphorismen von Montaigne. Wenn du nicht weißt, wann du deine Lektüre unterbrechen musst, nimmst du dir am besten einen kurzen Text vor. Ich zündete mir eine Papirossa an (der Tabak stellte sich als überraschend leicht heraus) und fing an zu lesen. Ob ich überwacht wurde? Ihre Technik war nicht sonderlich hoch entwickelt, aber echte Meister brauchten ja nicht mehr als ein Loch in der Wand, einen Spiegel und ein geschickt verlegtes Lauschrohr.

Gerade als ich mich im Raucherkabinett an der Beobachtung »Mit einem Wirrkopf guten Willens zu diskutieren ist unmöglich« ergötzte, bekam ich Besuch.

»Gott schütze dich, mein Freund.«

Ich sprang hoch, legte das Buch weg und machte gleichzeitig die Zigarette aus. Das Zimmer hatte ein angejahrter Mann betreten (hinter dem kurz die bunten Uniformen aufgeblitzt und sogleich wieder verschwunden waren), der eine leuchtend rote Soutane und ein rotes Birett trug. Faltenreich, glatt rasiert, silbergraues Haar, aber so funkelnde Augen wie ein junger Mann.

Ein Kardinal?

Der Mann trug einen friedlich schlummernden Terrier auf dem Arm. Sein Gesicht wirkte sehr intelligent und klug. Andererseits: Auf einem solchen Posten würde man in keiner Welt einen Idioten antreffen.

»Eure Eminenz ...«, brachte ich zu meiner eigenen Überraschung heraus, mich an ein Buch erinnernd oder an den Film von den drei Musketieren und ihrem gascognischen Freund. Obendrein vollführte ich noch eine ungeschickte Verbeugung.

Der Kardinal musterte mich eindringlich. Nach einer Weile nickte er. »Ja, du hast recht. Mein Name ist Rudolf, ich bin einer der Kardinäle des Konklaves. Friede sei mit dir, Kirill aus Demos. Du bist auf einem Umweg zu uns gekommen, verängstigt und an solche Missionen nicht gewöhnt. Gleichwohl bist du von dem Wunsch erfüllt, sie zu Ende zu bringen ... Mithin hältst du sie für wichtig. Setz dich.«

Wir nahmen einander gegenüber Platz. Ich verbrannte mir die Finger, als ich die immer noch hartnäckig vor sich hinqualmende Kippe ausdrückte.

»Du kannst gern rauchen«, bot der Kardinal lächelnd an. »Besser du bist ruhig als nervös, weil du gegen dein Laster kämpfst. Wenn der Herr den Tabak geschaffen hat, dann hat er sich etwas dabei gedacht.«

»Ich komme mit einer Botschaft von Erde-2«, erklärte ich. »Von Demos, wie Sie es nennen.«

»Wen vertrittst du?«, wollte Rudolf ruhig wissen.

»Grob gesprochen mich und meinen Freund«, teilte ich ihm mit.

»Und wer ist dein Freund?«

»Der Kurator unserer Erde.«

Die Finger des Kardinals, die über das Fell des Yorkshires strichen, erzitterten und hielten inne.

»Wie interessant«, kommentierte er. »Wie ausgesprochen interessant. Ist deine Zeit sehr knapp bemessen?«

»Unser aller Zeit ist knapp bemessen«, sagte ich. »Aber sie reicht für einen Bericht.«

»Dann berichte mir alles von Anfang an«, forderte Rudolf mich auf. »Fang mit dir an.«

»Ich bin Kirill«, stellte ich mich vor. »Kirill Maximow. Ich habe in Moskau gelebt, in Russland. Das ist die Hauptstadt unseres Landes ... aber das spielt eigentlich keine Rolle. Nach der Schule habe ich am MAI studiert ... das ist das Institut für Luftfahrt. Wir haben solche Maschinen, Flugzeuge, sie fliegen durch die Luft ...«

»Wir haben gewisse Vorstellungen von eurer Welt«, versicherte der Kardinal lächelnd. »Erzähl nur, wenn mir etwas unverständlich ist, werde ich dich um eine Erklärung bitten.«

»Gut. Ich war also an der Uni, irgendwann habe ich das Studium abgebrochen ... Es war nicht sonderlich interessant, das heißt, interessant war es eigentlich schon, aber nicht gerade aussichtsreich. Ich habe dann in einem Computerladen angefangen ... als ... als Verkäufer, um die Wahrheit zu sagen.«

»Das ist eine ebenso anständige Arbeit wie jede andere auch, sofern sie ehrlich ist«, merkte der Kardinal ernsthaft an.

»Ich habe allein gelebt, ich hatte eine Freundin, doch wir hatten uns getrennt ... Eines Tages bin ich nach Hause gekommen und habe gesehen, dass die Tür zu meiner Wohnung offen stand ...«

Nach und nach beruhigte ich mich. Vielleicht weil mein seltsamer Gesprächspartner (falls jemand häufig mit Kardinälen aus fremden Welten plaudert, bin ich sofort bereit, das Wort »seltsam« zurückzunehmen) zuzuhören verstand. Das ist eine wichtige Tugend aller Priester und Politiker – und immerhin war er das eine wie das andere.

Ich berichtete, wie ich aus unserer Realität ausgelöscht worden war. Wie sie mich zum Zöllner gemacht hatten und ich fremde Welten besucht hatte. Wie ich aber beschlossen hatte, der Wahrheit auf den Grund zu kommen und herauszufinden, wer noch über den Funktionalen selbst stand. Wie ich nach Arkan gelangt war, wie sie mich gejagt und die Frau, in die mich verliebt hatte, ermordet hatten, wie mein Freund mich umbringen wollte, wie ich dahintergekommen war, dass er Kurator ist, und wie ich abermals durch die Welten geschliddert war, wie Kotja und ich uns ausgesprochen und beschlossen hätten, gemeinsam zu kämpfen ...

Zweimal brachte jemand Getränke, für mich Kaffee, für den Kardinal Tee. Auf einen kleinen Tisch stellte man uns Schalen mit Obst und Nüssen hin. Mit einem missbilligenden Blick besorgte mir eine der Frauen in den Michelangelo-Uniformen außerdem einen neuen Aschenbecher.

Der Kardinal stellte nur selten eine Frage. Mich überraschte nicht, dass er sich besonders für Arkan interessierte, aus mir nicht einsichtigen Gründen weckte aber auch Janus seine Neugier. Über meine Welt und Veros ging er dagegen hinweg. Ob es auf der Erde vielleicht Agenten von Feste gab?

Am Ende war ich fix und fertig. Da es bereits dämmerte, mussten wir mindestens fünf, sechs Stunden miteinander gesprochen haben.

»Eine interessante Geschichte«, meinte Rudolf. »Eine höchst interessante ... Du bist also ein ehemaliges Funktional, das noch über gewisse obskure Reste seiner Fähigkeiten verfügt, dein Freund ist Kurator, das Hauptfunktional von Demos, und hat seine Fähigkeiten teilweise eingebüßt, und ihr beide wollt ...« Er machte eine Pause. »Darin genau besteht die Frage: Was ihr eigentlich wollt. Euch gegen Arkan verteidigen und danach normale Menschen werden?«

»Kann man sich denn als normaler Mensch gegen Arkan zur Wehr setzen?«, antwortete ich mit einer Gegenfrage. Der Plan, den ich mir für dieses Gespräch zurechtgelegt hatte, erschien mir mit einem Mal naiv und falsch.

»Wir konnten es schließlich auch.«

»Aber wie? Wie entdecken Sie die Portale, die in Ihre Welt führen, überhaupt? Wie identifizieren Sie die Emissäre von Arkan? Nein, ich habe nicht die Absicht, das auszukundschaften«, beeilte ich mich klarzustellen. »Glauben Sie nicht, dass ich als Spion hierhergekommen bin ... obwohl ich es natürlich gern wissen würde, aber das ist nicht das Entscheidende. Doch vielleicht könnten Sie mir schildern, wie und warum Sie Arkan besiegt haben? Sie sind natürlich nicht verpflichtet, mir zu glauben, dennoch könnten Sie mir womöglich das eine oder andere sagen, was für die Arkaner kein Geheimnis ist, uns in unserem Kampf jedoch helfen würde.«

»Auch in diesem Fall stellt sich die Frage, wogegen euer Kampf gerichtet ist«, gab der Kardinal seufzend zu bedenken. »Kirill, unsere Welt ist – sei dies nun Gottes Wille oder ein Ränkespiel des Teufels ... ja, auch diesen Gedanken ziehe ich in Erwägung, denn der Teufel, wiewohl in seiner Macht beschränkt und nicht allwissend, kann uns das Böse wünschen, doch die Gnade des Herrn verwandelt dieses Böse in Gutes –, kurz und gut, unsere Welt ist eine religiöse.«

»Das ist mir nicht entgangen«, konnte ich mir eine ironische Bemerkung nicht verkneifen.

»Der Glaube an Gott enthält jedoch unweigerlich eine bestimmte Komponente, nämlich den Glauben an den Teufel. Richtig, Marco hat mich über euer Gespräch unterrichtet ... Wir waren stets auf dergleichen vorbereitet. Auf die Versuchung. Darauf, dass jemand zu uns kommt und uns goldene Berge verspricht, uns im Gegenzug jedoch um eine mit Blut vollzogene Unterschrift auf einem Blatt Papier bittet ... Nur so haben wir auch von den Funktionalen erfahren. Diejenigen, die sie angesprochen haben, haben uns bisweilen davon berichtet. Und diejenigen, denen diese Angesprochenen ihre Geschichten erzählten, haben ihnen geglaubt. Daraufhin haben wir angefangen, nach einem Ausweg zu suchen. Eure Welt liebt seelenlose Maschinen. Wir haben einen anderen Weg beschritten, indem wir das Leben um uns herum veränderten, die Pflanzen und Tiere ... nur uns Menschen haben wir nicht angetastet. Unsere Biowissenschaft hat damit das vollbracht, was all eure Technologie noch nicht zustande bringt, all eure Computer, Laser und Raumschiffe ...« Obwohl er diese Worte völlig klar aussprach, klangen sie mir fremd in den Ohren. »Wir haben etwas erschaffen, womit wir Fremde auszumachen vermögen ...«

Der Kardinal führte eine Hand ans Gesicht. Mit den Fingerspitzen berührte er sein Auge, als wolle er eine Kontaktlinse herausnehmen.

Daraufhin hielt er mir die offene Hand mit einem glitzernden Flatschen wabbelnden durchsichtigen Gelees hin.

»Was ist das denn?«, flüsterte ich.

»Im Volksmund heißt es *Engelsauge*«, klärte der Kardinal mich auf. »Offiziell wird es als *spektralanalytische Linsenqualle* bezeichnet. Es handelt sich dabei wirklich um eine Qualle ... beziehungsweise, um präzise zu sein, die Vorfahren dieser Linse waren Quallen. Winzige Klumpen durchsichtigen Fleischs aus den Wellen des Weltmeers. Anfangs versuchten wir, die Quallen als normale Brille einzusetzen. Ihr habt etwas Entsprechendes aus Plastik.«

»Kontaktlinsen«, bestätigte ich, ohne den Blick von der Qualle zu wenden. Anfassen wollte ich den Glibber nicht. Zum Glück bestand der Kardinal auch nicht darauf. Er setzte den Klumpen Protoplasma wieder in sein Auge und blinzelte.

»Als Brillenersatz taugen die Quallen nicht. Dazu sind sie zu zart und zu teuer. Sie überleben ein paar Monate, wenn sie regelmäßig in ein Aquarium mit nahrhaftem Plankton gesetzt werden, bleiben aber höchst anfällige Wesen ... Wie sich jedoch zeigte, ermöglichen sie es nach gewissen Veränderungen, das zu sehen, was zuvor verborgen war. Zum Beispiel Wärme.«

»Kaum zu glauben!«, staunte ich, während ich dem Kardinal fest in die Augen blickte. Jetzt verstand ich natürlich auch, wo dieser aufgeweckte, jugendliche Glanz herrührte ... »Lebende Infrarotbrillen ...«

»Man kann damit auch feinere Lichtwellen sehen. Ultraviolettes Licht, so nennt ihr es doch, oder?«

Ich nickte. Mich wunderte längst nichts mehr.

»Eine der Varianten des Engelsauges gestattet es, Funktionale von einfachen Menschen zu unterscheiden. Die Funktionale geben komplexe harmonische Strahlen ab. Diese gehen vom Kopf aus, präziser, von der Hypophyse. Mit normalen Methoden ist es nicht möglich, diese Strahlen aufzuzeichnen ... zumindest hoffen wir, dass es nicht möglich ist. Ehemalige Funktionale wie du zeigen ein verändertes Strahlenspektrum, bleiben jedoch Nicht-Menschen.«

»Das heißt, wir verwandeln uns zurück, aber nicht vollständig?«

»Nein. Ihr mutiert zu einer dritten Wesensform.«

»Und was ist das für eine Strahlung? Radioaktive? Elektromagnetische Wellen ...?«

»Nein«. Der Kardinal lächelte. »Nein. Aber das betrifft bereits Fragen, auf die ich nicht zu antworten gedenke. Selbst wenn ich dir vorbehaltlos glaube. Du kannst ein Freund sein, doch auch ein Freund ist zu Verrat fähig oder – unter Folter – zur Preisgabe von Informationen.«

»Ich bestehe ja gar nicht auf einer Antwort«, sagte ich beleidigt. »Es ... es hat mich halt interessiert. Was ist mit den Portalen? Und nicht nur mit den Portalen, sondern mit den Funktionen ganz allgemein?«

»Sie geben ebenfalls Strahlen ab«, meinte der Kardinal leichthin. Allzu leichthin, um es als zufällige Bemerkung erscheinen zu lassen.

»Leben die etwa auch?«, entfuhr es mir.

»Was dachst du denn, junger Mann? Wie hast du es dir erklärt, wenn über Nacht ein alter Steinturm Möbel wachsen lässt und die Wände färbt? Dass da Heinzelmännchen am Werk gewesen sind?«

Ich erschauderte. »Aber dann ist die Leine der Funktionale ...«, stotterte ich.

»Das ist die Nabelschnur«, bestätigte Rudolf. »Eine unsichtbare, energetische Nabelschnur. Wenn ein Funktional zu weit weggeht, reißt sie.«

»Aber für ein Kind bedeutet das die Geburt ...«

»Für ein Funktional ebenfalls. Die uneingeschränkte Freiheit.«

»Dafür gehen aber alle Fähigkeiten verloren!«

»Hat ein Baby denn viele Fähigkeiten?«, konterte der Kardinal.

»Kann ein ehemaliges Funktional zu etwas anderem heranwachsen?«

»Verzichten Sie besser auf Vergleiche!« Der Kardinal drohte mir mit dem Finger. »Bis zu einem gewissen Punkt sind sie hilfreich und dienen uns dazu, das, was um uns herum geschieht, zu verstehen. Irgendwann beginnen sie jedoch, uns zu verwirren. Weißt du, wie ich einem einfachen, unwissenden Menschen das Phänomen der Dreieinigkeit erkläre?«

Ich zuckte mit den Achseln.

»Ich sage ihm Folgendes: Wenn wir in den Himmel sehen, erblicken wir die Sonnenscheibe. Genauso sind wir in der Lage, Christus, seine menschliche Komponente, zu schauen und sogar zu verstehen. Wir haben den Eindruck, die Sonne sei nicht sonderlich groß und kreise um uns. Dabei ist die Sonne riesig, und es ist die Erde, die um sie kreist. Genauso verhält es sich mit uns Menschen gegenüber Christus ... Weiter. Die Sonne nehmen wir als Scheibe wahr, obschon es eine gewaltige Kugel ist. Genauso ist auch Gott für den menschlichen Blick nur als kleiner Teil fassbar, der uns blendet. Es steht uns nicht zu Gebote, ihn in seiner Gänze zu erfassen. Und ein Letztes. Selbst wenn wir die Augen schließen und die Sonne nicht mehr sehen, spüren wir doch ihre Strahlen, ihre Wärme. Mit unserer Haut. Genauso durchdringt auch der Heilige Geist das gesamte Universum.«

»Äh ... das hat Hand und Fuß«, wagte ich eine vorsichtige Äußerung. »Ich glaube, jetzt ist selbst mir die Sache etwas klarer geworden!«

»Vielen Dank.« Der Kardinal lachte. »Ein einfacher Mann ist einmal, als er meine Erklärung gehört hat – damals war ich noch schlichter Priester –, zu mir gekommen und hat mich gefragt, ob er mich richtig verstanden habe, dass Gott nämlich groß und rund sei?«

»Klar. Die Funktionale, die sich von ihrer Leine losreißen, wachsen zu nichts anderem heran ...«

»Zumindest wissen wir nichts davon«, antwortete der Kardinal. »Allerdings bist du ein sehr interessanter Fall, das will ich nicht verhehlen. Deine Aura, wenn du dieses Wort gestattest, ist typisch für ein ehemaliges Funktional. Trotzdem hast du es geschafft, einen Kurator zu besiegen, nachdem du deine Funktion und deine Energie bereits verloren hattest. Vielleicht hast du noch über Reste deiner Kraft verfügt ...« Er breitete die Arme aus. »Ich weiß es nicht. Wir konnten das Wesen der Funktionale nicht vollends begreifen. Wir hatten Krieg ... Wir hatten uns so lange auf ihn vorbereitet, wie es uns möglich war, und das ist natürlich bekannt geworden ... Wie gesagt, es war Krieg. Ein grausamer und schrecklicher Krieg. Es loderten die Scheiterhaufen der Inquisition, auf denen die Funktionale verbrannt wurden, die sich weigerten, ihre Funktion aufzugeben. Es starben Priester, die wussten, gegen wen wir kämpften. Es starben einfache Menschen, die glaubten, die Apokalypse sei über uns hereingebrochen und die letzte Schlacht mit dem Teufel habe begonnen. Die Menschen brachten einander um, da sie verschreckt waren und die dämonische Kraft eines Funktionals nicht vom normalen Scharfsinn, den Fähigkeiten und den Talenten eines Menschen zu unterscheiden vermochten. Geniale Komponisten, geschickte Handwerker, famose Artisten und kundige Heiler kamen zu Tode, weil es uns an Zeit und Kräften mangelte, die Spreu vom Weizen zu trennen. Wir mussten das Übel restlos ausmerzen.«

Er verstummte. Der Hund in seinen Armen drehte sich um.

»Das habe ich nicht gewusst«, sagte ich. »Wir haben geglaubt, dass ...«

»Und jetzt kommst du zu mir und sagst: ›Mein Freund und ich haben es satt, zweitrangige Funktionale zu sein. Wir wollen ein reines Gewissen haben und gleichzeitig reich werden. Geben Sie uns eine Armee, aber verlangen Sie im Gegenzug nichts von uns.‹ Ist es nicht so?«

»Ich weiß es nicht«, antwortete ich. »Das heißt, ja, doch. Aber nur am Anfang. Jetzt ... bin ich mir nicht mehr sicher. Sie ...« Ich gestikulierte ungeschickt. »... Sie haben sich als besser erwiesen, als wir vermutet haben. Daran liegt es wohl.«

»Was wollt ihr? Weshalb bist du zu uns gekommen, ehemaliger Zöllner?«

»Ich bin gekommen, um zu bitten«, gestand ich. »Schließlich heißt es: *Bittet, so wird euch gegeben werden*. Ich bin gekommen, um Hilfe zu erbitten. Sie haben recht, wir wollen nicht einfach wieder normale Menschen werden. Aber ... Sie werden uns doch nicht allein gegen Arkan kämpfen lassen, oder?«

»Und du bist dir sicher, dass dein reuevoller Freund wirklich *gegen Arkan* kämpfen will?«

Ich schüttelte den Kopf.

»Bist du dir sicher, dass die Wurzel allen Übels Arkan ist?«

Ich riss den Kopf hoch. »Wer denn sonst?«, fragte ich.

Der Kardinal schüttelte nur den Kopf.

»Na schön, die Wurzel allen Übels ist der Teufel«, ereiferte ich mich. »Einverstanden. Ich bin bereit, das zu glauben. Aber ... selbst Sie werden vermutlich kaum annehmen, dass da ein Teufel in Fleisch und Blut sitzt und kleine Unterteufel mit Aufträgen losschickt: Aus dem machen wir ein Geigerfunktional, aus dem einen Zöllner. Das glauben Sie doch nicht, oder? Sicher, der Teufel ist der böse Wille, er ist Hetze und Anstiftung. Aber es gibt ja eine Organisation von Funktionalen! Jemanden, der die Befehle erteilt. Einen Kurator der Kuratoren, einen oder mehrere, das ist völlig unerheblich. Irgendwo müssen sie leben und ihre mysteriösen Experimente mit den Welten durchführen ...«

Der Kardinal seufzte. Ächzend erhob er sich und bettete den schlummernden Hund in den Sessel. »Er hat schon einige Jährchen auf dem Buckel«, meinte er mit einem Blick auf das Tier. »Achtzehn ist er jetzt. Die Gardistinnen verlangen schon seit längerem, dass ich mir einen neuen zulege, aber das bringe ich nicht übers Herz. Er würde sofort sterben, wenn ich ihn weggebe ... Ein Kurator der Kuratoren, sagst du?«

Er durchquerte das Zimmer und stellte sich vors Fenster, mit dem Rücken zu mir. »Wie herrlich es doch ist, jung und hitzköpfig zu sein!«, presste er bitter hervor. »Zu glauben, die Finsternis habe ein Herz, der Feind einen Namen, die Experimente ein Ziel ... Wir wissen kaum etwas über Arkan. Wir enttarnen ihre Agenten, sind aber nicht imstande, selbst in ihre Welt vorzudringen. Darüber hinaus deutet nichts von dem, was wir in Erfahrung gebracht haben, auf Arkan als Wurzel allen Übels. Es ist eine technische Welt, fast wie eure. Der Stand ihrer Entwicklung gestattet es ihnen nicht, Funktionale zu erschaffen und fremde Welten zu erobern. Auf gar keinen Fall! Sie können Handlanger sein, gehorsame Soldaten, Statthalter in eroberten Welten, das ja ... Und das sind sie in der Tat, da hast du ganz recht. Doch erdacht und aufgebaut wurde das alles irgendwo anders! Nicht auf Demos, nicht auf Veros, nicht auf Feste, nicht auf Arkan ... Es ist dumm und sinnlos, gegen die Erfüllungsgehilfen zu kämpfen, schließlich trifft sie keine Schuld, und an die Stelle der Gefallenen treten nur neue Handlanger. Wir haben unsere eigene Welt abschotten können, sollte es jedoch zu einem globalen Krieg kommen, wird uns selbst das nichts nützen. Gardistinnen und Mönche von Ritterorden mit ihren lebenden Waffen gegen trainierte Funktionale mit Maschinengewehren, gegen Panzer und Flugzeuge ... Nein, ich will nicht behaupten, dass wir von vornherein verloren hätten. Eher würde es wohl darauf hinauslaufen, dass wir uns alle gegenseitig umbringen. Wenn wir dabei wenigstens sicher sein könnten, dass auch das Böse untergeht ... Aber genau das wissen wir eben nicht. Wir wissen nicht, wo das Herz der Finsternis schlägt, junger Freund. Und deshalb werden die Soldaten Festes nicht in fremden Welten kämpfen.«

Einen ausgedehnten Moment lang schwiegen wir beide. Ich zerkrümelte eine weitere Papirossa zwischen den Fingern. »Warum haben Sie eigentlich nur Frauen in Ihrer Garde?«, wollte ich plötzlich wissen. »In unserer Welt gibt es den Vatikan, aber dort ...«

»Der Vatikan und die dortige Schweizer Garde sind mir bekannt. Aber in unserer Welt sind eben nicht einhundertsiebenundvierzig Gardisten gestorben, als sie versuchten, Papst Clemens VII. zu schützen, hier haben Nonnen aus einem Karmeliterkloster ihr Leben gelassen, um die sechs Kardinäle des Konklaves zu retten.«

Der Kardinal kehrte zu seinem Hund zurück und nahm ihn wieder auf den Arm. »Ruhe dich aus«, forderte er mich auf. »Es war nicht sehr freundlich von mir, dass ich dir nicht die Möglichkeit gegeben habe, dich nach der Reise ein wenig zu entspannen. Aber in Rom bin ich jetzt das einzige Mitglied des Konklaves, und ich brannte darauf, mich mit einem Gast aus einer fremden Welt zu unterhalten. Noch dazu mit einem ehemaligen Funktional. Ich bin nämlich für die Fragen der äußeren Sicherheit Festes zuständig.«

»Es hat mich gefreut, mich mit Ihnen zu unterhalten«, versicherte ich. »Zu warten ist das Schlimmste, was man sich vorstellen kann. Und ... nach unserem Gespräch fühle ich mich besser. Selbst wenn Sie mir nicht helfen wollen.«

»Ich habe dir die Hilfe nicht abgeschlagen. Ich habe dir nur erklärt, warum unsere Soldaten weder nach Arkan noch nach Demos entsandt werden. Hilfe indes ... kann vielfältige Formen haben. Du wirst wohl nichts dagegen haben, wenn Marco dich als mein persönlicher Vertreter begleiten wird?«

»Nein, natürlich nicht. Er ist ein interessanter Gesprächspartner.«

Der Kardinal deutete ein Lächeln an. »Ja, ich weiß ...«

Elf

Schlaf ist die einzige Freude, die ungelegen kommen kann.

Nein, das stammt nicht von Montaigne. Das habe ich mir selbst ausgedacht.

Doch im Ernst, genau so ist es. Zuzugeben, dass man gern schläft, ist ja irgendwie sogar unangenehm. Tolle Beschäftigung – schlafen! Arbeiten sollte man, zum eigenen Wohl und zum Wohl des Staates. Oder ein Buch lesen, für Herz und Geist. Oder in die Disco gehen, mit einer Frau tanzen, wo der Homo sapiens nun schon mal permanent dem Geschlechtstrieb ausgesetzt ist und folglich die Balztänze der Steinböcke praktisch zu jeder Jahreszeit aufgeführt werden müssen. Schlaf! Was ist das schon? Nonsens! Reinste Zeitverschwendung. Einen interessanten Traum hat man höchst selten, und wen interessieren heutzutage, da man sich Filme aus dem Internet herunterladen kann und Computerspiele den Markt überschwemmen, überhaupt noch Träume!

Andererseits sollte man mal ein Kind, das den ganzen Tag gespielt hat, fragen, ob es schlafen wolle. Oder einen

Studenten ansprechen, der gerade von einer Party zurückkommt und missmutig zu seinem Lehrbuch zur Quantenphysik hinüberstiert. Oder junge Eltern, denen die Nacht nur Geschrei aus der Wiege gebracht hat. Oder den Alten, der nicht mehr ohne Tabletten ins Bett geht. Den Physiologieprofessor, der sein Gähnen nicht unterdrücken kann, während er detailliert über den Schlaf-Wach-Zyklus des Gehirns referiert, über die Bedeutung des Schlafs für die körperliche und geistige Gesundheit ...

Kurz und gut, Schlaf ist wirklich eine Wonne. Wenn man nur irgendwie auf Vorrat schlafen könnte. An langweiligen Abenden und leeren Tagen, in langen Winternächten – und diesen Schlaf in den Nächten der turbulenten Jugend, für wichtige, unter Termindruck zu erledigende Arbeiten oder interessante Gespräche zur Verfügung hätte ...

Ich langte nach der Kaffeekanne und goss die Reste des bereits erkalteten Kaffees samt Satz in die Tasse. Marco sah mich mitleidig an. »Vielleicht wollen Sie erst ein wenig schlafen, Kirill?«

»Gleich. Lassen Sie uns vorher nur noch einmal die Daten durchgehen. Sie schreiben das Jahr 2009 ... Dem kann ein Fehler in der Berechnung zugrunde liegen ... Wann wurde Rom gegründet?«

»Im 8. Jahrhundert vor Christus.«

»Das stimmt also.« Ich wusste nicht viele Geschichtsdaten auswendig, die meisten hatte ich nach meinem Schulabschluss sofort erfolgreich vergessen. Ein paar spukten mir aber noch im Kopf herum. »Was ist mit ... Julius Cäsar?«

»Ja?«, fragte Marco entgegenkommend zurück. »Was ist mit Cäsar?«

»Ist er so an die fünfzig Jahre vor unserer Zeitrech... vor Christi Geburt von Brutus umgebracht worden?«

»Nein.« Marco schüttelte den Kopf. »Wenn mich mein Gedächtnis nicht täuscht, starb Cäsar bei einem Liebesspiel an einem Herzinfarkt ... 24 vor Christus.«

»Dann ist das der Punkt, an dem sich die Geschichte unserer Welten getrennt hat!«, stieß ich triumphierend hervor.

»Das ist der übliche Irrtum eines Menschen, der versucht, die Unterschiede der einzelnen Welten im Multiversum zu begreifen.« Marco lächelte. »Nehmen wir doch mal ein Datum, das näher an unserer Zeit liegt.«

»Ja, Sie haben recht ...« Ich blickte auf den Band Montaigne. »Ihre Bibliothek ... wenn es solche uralten, weit zurückliegenden Unterschiede zwischen den Welten gäbe ... Dann hätten Sie keinen Montaigne, keinen Cervantes, keinen Hugo, keinen Dostojewski ...«

»Wer ist Cervantes?«

»Kennen Sie Don Quixote? Oder Sancho Pansa?«

»Sind das Spanier?«, wollte Marco wissen. »Sind das alles bekannte Schriftsteller aus eurer Welt?«

»So kommen wir doch nicht weiter!«, explodierte ich. »Wenn eine Welt sich verändert, dann muss sie sich grundsätzlich verändern. Die Veränderungen häufen sich an, irgendwann gibt es nichts Gemeinsames mehr! Welche Länder kennen Sie? Sind wir hier in Italien?«

»Wir sind im Vatikan«, meinte Marco lächelnd. »Und der Vatikan liegt in Italien, das ist richtig. Er teilt Italien in einen Nord- und einen Südteil.«

»Das macht die Sache auch nicht einfacher. Was ist mit den USA?«

»Den Unabhängigen Staaten von Amerika?«

»Den United States of America.«

»Die gibt's.«

»Ist das ein entwickeltes Land?«

»Ein hochentwickeltes. Eines der am weitesten entwickelten Länder überhaupt. Kanada steht natürlich noch besser da.«

»Absurd!«, sagte ich mit Nachdruck. »Was ist mit Russland?«

»Welches denn? Nordostrussland? Das Südlich-Ukrainische Russland? Oder das Sibirisch-Fernöstliche Russland? Das ist eine Konföderation.«

Ich konnte mich nicht mehr beherrschen und langte nach der Cognacflasche. Es handelte sich um einen ausgezeichneten Cognac, hergestellt in der gleichnamigen französischen Provinz dieser Welt.

Und der Cognac schmeckte wie eh und je.

»Luther?«

»Ein bekannter Kirchenmann.«

»Lenin? Hitler? Stalin? Churchill?«

»Churchill«, zeigte sich Marco erleichtert. »Ein berühmter englischer Schriftsteller und Philosoph. Meiner Ansicht nach sterbenslangweilig, aber ...«

»Wie ist das zu erklären, Marco? Einer ist völlig ausgelöscht, einer hat ganz andere Bücher geschrieben, einer hat sich in seinem Leben mit völlig anderen Dingen beschäftigt. Nehmen wir einmal an, das sei das Werk der Funktionale. Nehmen wir weiter an, sie mischen sich nicht seit Hunderten, sondern seit Tausenden von Jahren ein. Aber solche Manipulationen müssten eine Welt vollständig verändern! Nicht nur partiell!«

»Ganz richtig! Nehmen wir nur einmal Veros, wo es kein Öl gibt. Dort hätten die Veränderungen folglich noch in prähistorischer Zeit vonstatten gehen müssen. Globale, geologische Veränderungen. Man trifft jedoch auf Veros bekannte Namen und Menschen, die sich mit den gleichen Dingen beschäftigt haben wie bei uns oder auf Demos.«

Marco schenkte sich jetzt ebenfalls Cognac ein. »Du versuchst, innerhalb von wenigen Stunden eine Antwort auf die Fragen zu finden, mit denen sich unsere Welt bereits seit hundert Jahren plagt«, meinte er mit mitleidsvollem Blick. »Laß sein, Kirill.«

»Aber es muss eine Antwort geben«, beharrte ich stur. »Vielleicht liegt sie ja sogar auf der Hand, nur dass euer Blick getrübt ist.«

»Getrübt?«

Ich erklärte ihm, was das bedeutete.

»Vielleicht«, stimmte mir Marco bereitwillig zu. »Wir sind anders als ihr. Ihr seid Techniker, wir Biologen.«

»Bei uns würde es ›Gentechniker‹ heißen ... Mir ist allerdings völlig schleierhaft, wie ihr euch mit Gentechnik beschäftigen könnt, wenn ihr kein Elektronenmikroskop oder den ganzen anderen Kram habt ...«

»Mit Gottes Hilfe«, meinte Marco lächelnd.

»Verstehe. Und vermutlich mit Hilfe irgendwelcher Quallen ... des Engelsauges ... Marco, der Kardinal hat gesagt, ihr würdet uns nicht helfen. Eure Soldaten würden unsere Welt nicht verteidigen.«

»Jeder verdient nur die Welt, die er selbst zu verteidigen vermag«, erklärte Marco unerschütterlich. »Wenn wir zu euch kämen – und sei es mit dem aufrichtigen Wunsch, euch zu helfen –, womit würde das enden? Eure Bräuche würden uns in Angst und Schrecken versetzen, genau wie umgekehrt. Bei euch lebt eine große Zahl von Atheisten, wären die bereit, unsere Hilfe zu akzeptieren? Und was mit den Moslems? Vor allem, da es um die Hilfe im Kampf gegen einen unbekannten Feind geht, der euch im Grunde gar nichts tut.«

»Und wenn es im Geheimen geschähe?«

»Das würde nicht klappen. Schließlich geht es hier nicht um ein Ritterduell auf einer abgelegenen Turnierbahn. Hier geht es um einen Krieg – in den Straßen eurer Städte und Dörfer. Häuser werden brennen, Frauen und Kinder werden sterben ... Seid ihr bereit, diesen Preis zu zahlen? Wir haben ihn bezahlt, aber wir haben auch selbst diese Entscheidung getroffen.«

»Wissen Sie, Marco, ich habe begonnen, Respekt für euch zu empfinden«, gab ich ehrlich zu. »Veros hat mir gefallen ... ich war nur in zwei Städten, aber die waren schön. Und eure Welt ... also, obwohl ich sie noch nicht gut kenne, mag ich sie auch. Sie haben recht, es ist besser, wenn Sie sich nicht einmischen.«

Marco breitete die Arme aus.

»Aber was sollen wir dann tun?«, murmelte ich. »Schließlich jagt man mich!«

»Wenn Sie wollen, bleiben Sie bei uns«, schlug Marco kurzerhand vor. »Asyl würden wir Ihnen selbstverständlich immer gewähren. Auch Ihrer Familie oder Ihren Freunden, wenn Sie es wünschen. Wir leben nicht mehr in den

Zeiten, in denen selbst ehemalige Funktionale in geschlossene Siedlungen verbannt wurden. Kommen Sie hierher und freuen Sie sich des Lebens. Ein Mann von Ihrem Charakter – ich meine mit diesem technisch geschulten Verstand, Ihrer Energie und Ihrem Mut ... nein, nein, da brauchen Sie gar nicht zu lächeln, über all das verfügen Sie! – dürfte in unserer Welt meiner Ansicht nach bestens zurechtkommen.«

»Das klingt verlockend«, sagte ich. »Ehrlich.«

Das war tatsächlich fast ungelogen. Als ich mich fünf Minuten später in einem der mir zugeteilten Zimmer im Bett ausstreckte, ließ ich mir das Angebot ernsthaft durch den Kopf gehen.

Hier regierte die Kirche. Ja, und? Diese Kirche kannte ich, die Gebote ebenfalls. Niemand wurde gezwungen, es gab Gewissensfreiheit ... Aber keine Fernseher? Um so besser! Und Computer? Gut, die würden mir fehlen.

Dafür gab mir das gleich ein Betätigungsfeld! Ich würde als Gentechniker arbeiten. Ich würde lebende Computer züchten! Bei uns diskutierte man doch auch schon überall, ob es möglich war, einen Computer aus lebender Materie zu bauen. Und hier, wo Infrarotsichtgeräte und UV-Detektoren aus Quallen hergestellt wurden, würde das viel einfacher sein. Immerhin war dieser Planet doch auch eine Erde, wenngleich eine andere. Cervantes kannten sie nicht, dafür hatte Swift über seinen Gulliver eine ganze Serie geschrieben! Es hatte eben alles seine Vor- und Nachteile ...

Ihr Cognac war vorzüglich, der Tabak nicht verboten ... und die Frauen hübsch. Obwohl man vermutlich besser kein Auge auf diese wackeren Karmeliterinnen warf ...

Ich schlief mit den friedlichsten Gedanken ein.

Wofür unter Umständen auch der Cognac aus dem fremden Frankreich verantwortlich sein konnte.

Mich weckte ein Vogel, der vor meinem Fenster sang. Ich hob den Kopf hoch und starrte fassungslos zum Fenster hinaus.

Der Tag war bereits angebrochen, am blauen Himmel hing nicht eine Wolke. Ein buschiger grüner Zweig wippte hinter dem offenen Fenster auf und ab. Ein kleiner Vogel, der nur etwas größer als eine Meise war und einen azurblauen Körper und himbeerrote Flügel hatte, saß festverkrallt auf dem schaukelnden Ast und sang:

> Mein Freund, der neue Tag ist da!
> Die Liebe kehrt in dein Haus ein,
> Ein Himmel voller Sonnenschein.
> Mein Freund, der neue Tag ist da!

Der Vogel hatte zwar ein zartes, aber kein piepsiges Stimmchen. Eine angenehme Stimme, fast als sänge in der Ferne eine Frau.

Als der Vogel bemerkte, dass ich ihn ansah, zwitscherte er und hüpfte über den Zweig weiter ans Fenster heran. Ich bettete den Kopf wieder auf das Kissen.

War das ein Weckvogel? Oder ein Weck- und Wettervogel?

> Lieber Freund, wach auf!
> Preise den Herrn, halleluja!

La, la, la, la, la, la, la, la, la!
Lieber Freund, wach auf!

»Hau ab, du Unglücksvogel!«, rief ich aus. Als mir die Art und Weise einfiel, in der sich Andrej aus Oryssultan ausdrückte, fügte ich noch hinzu: »Schweig still, Sohn des Kummers und Stiefvater der Entspannung!«

Zumindest den Ton verstand der Vogel. Er tschilpte empört und flog davon.

Sollte ich mich über ihn wundern? Können Wellensittiche nicht etwa auch sprechen? Eben! Man musste es also nur noch bewerkstelligen, dass ihre Stimme angenehmer klang. Und ihnen ein paar Lieder beibringen. Wenn es regnet, würden sie wahrscheinlich singen:

Leichter Regen, darauf warten
Alle Gräser und der Garten!

Und wenn es sich bezieht, würden sie anstimmen:

Schwarz, schwarz, Schatten,
Der Himmel ist voller Matten!

Wenn man mal in Ruhe darüber nachdachte, war ein normaler Elektrowecker mit eingebautem Barometer und Hygrometer ja nicht weniger erstaunlich.

Ich stand auf und ging ins Bad. Unter der Dusche genoss ich das Gefühl des auf meinen Körper einprasselnden Wassers über alle Maßen. Ich nahm mir vor, zu Hause die dämliche Brause mit all ihren Löchern für normalen

Strahl und für Massagestrahl abzuschrauben und mich nur noch direkt aus dem Schlauch zu bespritzen ...

Das Frühstück servierte man im Gemeinschaftsraum. Das Essen brachte ein junger Koch, der sehr ernst aussah. Ich hatte den Eindruck, er befürchte, die heißen Brötchen, der Camembert, die weichgekochten Eier, der Capuccino und der frisch gepresste Saft könnten mir nicht schmecken. Zu meiner Verwunderung handelte es sich bei dem Saft um Gemüsesaft – Tomate schmeckte ich heraus, Rote Bete und Sellerie –, der mit einer dicken Schicht fein gehackter Kräuter bestreut war. Er schmeckte erstaunlich gut, auch wenn ich persönlich auf den Sellerie verzichtet hätte.

Noch besser gefiel mir allerdings, dass ich nicht allein frühstückte. Marco tauchte zwar nicht auf, dafür aber die Korporalin von gestern. Die Frau trug heute keine Uniform, sondern ein weißes Kleid. Und sie kam nicht allein: Ihr Yorkshire sprang munter hinter ihr drein.

»Wollen Sie allein frühstücken, Kirill?«, erkundigte sie sich wie eine gute Bekannte. »Oder darf ich Ihnen Gesellschaft leisten?«

»Mit Vergnügen«, sagte ich. Auch ein Kompliment konnte ich mir nicht verkneifen. »Die zivile Kleidung ... steht Ihnen sehr gut.«

Von der Zivilkleidung abgesehen, hatte die Frau auch zu ein wenig Schminke gegriffen, die Lippen waren fraglos gefärbt. An ihrem Hals schimmerte zudem ein ungewöhnlicher, aber aparter Schmuck: Kleine goldene Bienen, die hintere stets an der vorderen festgeklammert.

»Vielen Dank.« Sie quittierte das Kompliment mit einem Lächeln. »Während der Ausbildung musste ich immer eine strenge Tracht tragen. Das ist so Vorschrift. Und jetzt bei der Garde die Uniform. Aber im Moment habe ich frei. Ach ... wie ungehörig. Ich heiße Elisa.«

Ich rückte der Frau den Stuhl zurecht und ertappte mich dabei, wie ich leicht nervös wurde. Natürlich ist es weitaus angenehmer, in Gesellschaft zu frühstücken. Aber wer wusste denn, welche Regeln in dieser Welt bei Tisch galten. Fügte ich meinen freundlichen Gastgebern womöglich eine tödliche Beleidigung zu, wenn ich Elisa nicht half, Zucker in den Kaffee zu geben oder ihr Ei zu pellen?

Sollte ich bisher in irgendeinen Fettnapf getreten sein, hatte sich die Frau zumindest nichts anmerken lassen. Im Gegenteil: Ich durfte selenruhig und ohne ein Wort zu sagen frühstücken, während sie mich mit ihrem Geplauder unterhielt. Dem Anlass entsprechend fiel ihr zunächst ein, wie das Frühstück in dem Kloster gewesen war, in dem sie, Elisa, die Ehre gehabt hatte, ihre Ausbildung zur Gardistin zu absolvieren. Der Bericht kam dann wie von selbst auf das Kloster und die Ausbildung einer Horde junger, lebenslustiger Frauen in der Kunst des Kampfsports, der meisterlichen Handhabung der Pike und »anderer Spezialutensilien«. Als Elisa einen Witz über eine Klostervorsteherin, eine Pike und einen überstrengen Kardinal erzählte, der die militärische Ausbildung kontrollierte, verschluckte ich mich fast am Kaffee, denn ich musste aus vollem Hals lachen.

»Ich hätte mir nie im Traum einfallen lassen«, gestand ich schließlich, »dass hier der Ausdruck *phallisches Sym-*

bol bekannt ist. Ich bin davon ausgegangen, diese Gesellschaft sei weit puritanischer.«

»Und wer sind die? Diese Puritaner?«

»Äh ... also, die gab's bei uns mal. Kurz gesagt, Gläubige mit sehr strengen Ansichten.«

»Der Glaube darf nie eng sein«, meinte Elisa, die gerade ein Stück von ihrem Brötchen abgebissen hatte. »Ich bin verpflichtet, meine Jungfräulichkeit zu bewahren, solange ich der Garde angehöre, das ist meine heilige Pflicht. Aber das heißt nicht, dass mich die Beziehungen zwischen Frauen und Männern nicht interessieren. In drei Jahren verlasse ich die Garde und werde vermutlich nicht ins Kloster zurückkehren. Ich möchte einen anständigen Mann heiraten. Eine Gardistin ist übrigens eine gute Partie.«

»Das glaube ich gern. Dürfen Sie den Hund behalten?«

»Selbstverständlich.« Sie zerzauste ihrem kleinen Gefährten das Fell. »Sie würden kein anderes Frauchen akzeptieren. Deshalb wird Pfündchen bei mir bleiben.«

Ich nickte begeistert.

Was für eine herrliche, idyllische Welt! Unsere Erde ist wahrscheinlich die rückständigste und chaotischste aller bewohnten Welten!

»Man hat mir vorgeschlagen, hier bei Ihnen zu bleiben«, sagte ich. »Wenn ich das Angebot annehme, könnte ich Sie in drei Jahren ja mal in ein schönes Restaurant einladen.«

»Ich mag schöne Restaurants«, erwiderte Elisa lächelnd. »Also laden Sie mich ruhig ein. Sind Sie denn irgendwie bedroht?«

»Etwas ... in der Art«, meinte ich. »Ich habe mich mit den Funktionalen überworfen.«

»Die sind widerlich«, erklärte die Frau mit fester Stimme. »Bleiben Sie bei uns, wir werden Sie verteidigen.«

Bedrückt sann ich darüber nach, dass meine Chancen bei Elisa gewaltig sinken würden, wenn sie erfuhr, dass ich ein ehemaliges Funktional war. Aber vielleicht gab es in Italien ja gar nicht so wenig Elisas?

»Es ist allerdings bedauerlich, dass es hier überhaupt keine Technik gibt«, fuhr ich fort. »Ein Flugzeug macht das Reisen so viel leichter, auch das Telephon ist eine bequeme Sache ...«

»Ich weiß nicht, was ein Flugzeug ist, obwohl ich seinen Zweck erahne.« Sie nickte abwägend. »Aber noch kennen Sie unsere Welt ja überhaupt nicht. Vielleicht entdecken Sie bei uns etwas, das Ihnen gefällt?«

»Das habe ich schon«, machte ich ihr erneut ein Kompliment. Irgendwie war ich heute in Hochform.

Diesmal ging Elisa nicht darauf ein. »Nach dem Mittagessen erwartet Sie das kleine Konklave«, informierte sie mich. »Eine Eskorte wird sie abholen, ich werde Sie ebenfalls begleiten. Marco ist der Ansicht, Sie bräuchten jemand, den Sie kennen, damit Sie nicht so nervös sind. Er selbst musste jedoch wegfahren.«

»Verstehe ...«

Noch bevor ich enttäuscht sein konnte, weil ihre ganze Zuvorkommenheit nur Folge eines Befehls war, senkte Elisa bescheiden den Blick zu Boden und bemerkte: »Ich bin sehr froh, dass gerade mir die Ehre zuteil wurde, Ihre Freundin in unserer Welt zu sein.«

Kurzum, das Frühstück und die Zeit danach gestalteten sich mehr als angenehm. In Elisas Gegenwart wollte ich lieber nicht rauchen, weshalb wir in die Bibliothek gingen, um die Schriftsteller der Erde – oder genauer gesagt von Demos – mit denen Festes zu vergleichen. Elisa war recht belesen, möglicherweise kannte sie sogar mehr Werke als ich. Wir entdeckten noch ein paar Differenzen. Zum Beispiel existierte der Schriftsteller Daniel Defoe auf Feste entweder überhaupt nicht oder war kaum bekannt. In Dumas' Œuvre fehlten die *Drei Musketiere*. Das brachte mich dermaßen auf, dass ich Elisa den Inhalt des Romans mit verteilten Rollen nacherzählte, wobei ich versuchte, den heiklen Moment, in dem sich die drei Musketiere und D'Artagnan gegen Kardinal Richelieu erheben, möglichst glimpflich darzustellen. Dabei kam etwas in der Art der modernen Fassung sowjetischer Bücher über den Bürgerkrieg heraus, die für Kinder bearbeitet werden, indem man das Revolutionspathos und die Ideologie vollständig herausnimmt. Es kämpften sogenannte Weiße gegen sogenannte Rote, wobei die einen als die Guten galten, weil der Autor ihre Abenteuer beschrieb, während die anderen die Bösen waren, welche die Guten aufhängen oder erschießen wollten.

Die drei Musketiere verkrafteten die Bearbeitung aufs Vorzüglichste. Elisa zeigte sich begeistert und meinte, eine derart spannende Geschichte würde hier sicher ungeheuer populär werden. Ich sollte meine Erzählung ruhig aufschreiben und als literarische Nacherzählung auf Feste veröffentlichen.

Mir gingen die Augen über, als ich den Vorschlag vernahm. Aber in der Tat. Warum sollte ich der Jugend einer ganzen Welt nicht die spannenden Abenteuer der vier Freunde bescheren? Der Schriftsteller Melnikow müsste mal hier herkommen, der würde sich fühlen wie die Made im Speck! Oder Kotja! Wie der hier schalten und walten könnte! Illan hatte ihm verboten, weiter seine erotischen Geschichten zu schreiben, es juckte ihn literarisch aber nach wie vor in den Fingern. Er würde hier der größte Schriftsteller aller Zeiten und Völker werden, wenn er auf die Stoffe zurückgriffe, die aufgrund einer ironischen Wendung des Schicksals nicht in diese Welt gelangt waren ... Apropos *Ironie des Schicksals*. Man könnte natürlich auch Filme nacherzählen oder sie zu Stücken umarbeiten. Eine weitere Nische!

Und erst all die glücklosen, unermüdlichen Graphomanen, die sich im Internet auslassen! Statt ihre eigenen Geschichten über einen bescheidenen jungen Mann zu entwerfen, den es in eine fremde Welt verschlägt, wo er sich als Erbe des Elfengeschlechts herausstellt, sich magische Kenntnisse aneignet und gegen den Schwarzen Herrscher in den Krieg zieht, könnten sie die Romane Stevensons, Coopers, Mayne Reids, Tolkiens, Kings und anderer populärer Autoren ausschlachten. Bei Tolstoi oder Shakespeare würde der Trick vermutlich nicht klappen, denn bei ihnen hing nicht alles vom Sujet, sondern viel von der Kunst des Schreibens ab. Aber Abenteuerromane, Fantasy, Science Fiction und Krimis würden dergleichen schadlos überstehen.

Ich war von unserer Unterhaltung und meinen Überlegungen derart abgelenkt, dass ich das Erscheinen des Kardinals nicht einmal bemerkte. Erst als Elisa aufsprang, eine stramme Haltung annahm und trotz der Zivilkleidung militärisch salutierte, bekam ich mit, dass wir nicht mehr allein in der Bibliothek waren.

Rudolf stand in der Tür, seinen alten Hund auf dem Arm. Hinter ihm hatten sich zwei Frauen in Uniform aufgebaut.

»Guten Morgen, Elisa. Guten Morgen, Kirill.« Der Blick des Kardinals schien mir besorgt zu sein. Aber vielleicht hatte das Engelsauge auch nur schlecht gefrühstückt ... »Wie hast du geschlafen?«

Die Frage galt wohl mir, denn Elisa hüllte sich in Schweigen.

»Gut, vielen Dank. Ein lustiges kleines Vögelchen hat mich geweckt.«

»Ach ja ...« Die Andeutung eines Lächelns huschte über Rudolfs Gesicht. »Sie gehören hier zu jedem Schlafzimmer ... ein überflüssiger Luxus, wie mir scheint, auf dem Land reichen ein, zwei Vögel für alle Häuser ... Gut, sehr gut. Hat Elisa dich darüber in Kenntnis gesetzt, dass wir vors Konklave treten müssen?«

»Ja, Eure Eminenz.«

»Gehen wir!« Er zögerte kurz. »Übrigens, Elisa, Sie fahren mit uns. Ist Ihre Uniform greifbar?«

»Sie ist in der Kaserne. Ich könnte ...«

»Dann vergessen wir das. Wir sollten uns damit jetzt nicht aufhalten.«

Der schlichte Hinweis, man bräuchte sich mit etwas nicht aufzuhalten, bekam, ausgesprochen vom Kardinal, die Kraft eines Befehls, sich zu sputen. Schnellen Schrittes verließen wir das Haus. Ich wunderte mich nicht, als ich im Hof nicht nur eine Kutsche mit zwei vorgespannten Pferden, sondern auch vier berittene Gardistinnen erblickte, die zwei weitere Reittiere am Zügel hielten. Der Kardinal, Elisa und ich nahmen in der Kutsche Platz, die sechs Frauen in ihren Papageienuniformen, die uns eskortieren sollten, bezogen eine klassische militärische Schutzformation: zwei vorneweg, zwei hinten und zu jeder Seite der Kutsche eine Gardistin. Damit war auch der letzte Zweifel beiseite gefegt: Die Luft knisterte vor nervöser Anspannung. Selbst der alte Hund im Arm des Kardinals schlummerte nicht, sondern beäugte mich mit einem aufmerksamen, absolut nicht hündischen Blick.

»Ist etwas passiert, Eure Eminenz?«, konnte ich meine Neugier nicht zügeln.

Der Kardinal seufzte.

»Ja. Es ist dein gutes Recht zu wissen, dass ... Wer wusste über deinen Besuch hier auf Feste Bescheid?«

»Mein Freund Kotja. Der Zöllner Zebrikow auf der Erde ... auf Demos. Der Zöllner Andrej auf Veros. Nein, Zebrikow wusste meiner Meinung doch nicht, wohin ich weiter wollte ...«

»Das ist indes nicht schwer zu erraten, wenn seine Zollstelle einen Ausgang in der Nähe des wiederum einzigen Tors in unsere Welt hat ...« Der Kardinal verzog das Gesicht, als die Kutsche über Stein rumpelte. Der Kutscher trieb die Pferde zum Äußersten an. »Nein, das ist nicht die Erklärung. Nach meinem Dafürhalten dürften die Arkaner vielmehr in der Lage sein, deine Bewegungen durch die Welten zu verfolgen.«

»Das trifft wahrscheinlich zu. Auf der Erde haben sie es jedenfalls mit Sicherheit gekonnt.«

»Vor zwei Stunden sind Parlamentäre aus Arkan bei uns eingetroffen.«

Ich erschauderte.

»Das kommt bisweilen vor«, fuhr der Kardinal fort. »Ich hatte gehofft, es handle sich erneut um Gespräche über unsere Aussöhnung oder über den Austausch von ...« Er verstummte. Dennoch wusste ich nun sicher, was ich bisher nur geahnt hatte: Nicht nur Arkan schickte seine Agenten in fremde Welten, sondern auch Feste. Aber das war jetzt zweitrangig.

»Es ging um mich?«, fragte ich.

»Ja. Sie verlangen deine Auslieferung. Die Auslieferung eines Funktionals, das einen terroristischen Akt auf Arkan vollübt hat, eine Frau auf Demos getötet, eine Frau aus einem Heillager auf Nirwana entführt ...«

»Ein terroristischer Akt?«, japste ich. »Die haben mit großkalibrigen MGs auf mich geschossen! Ein Heillager? Das ist ein KZ!«

Mit einer energischen Handbewegung brachte mich der Kardinal zum Schweigen. »Das spielt überhaupt keine Rolle. Ich glaube dir, nicht ihnen. Die Liste deiner Verbrechen enthält noch ein Dutzend weiterer Punkte: Zerstörung fremden Eigentums, rassistische Beleidigung eines arkanischen Bürgers und so weiter und so fort. Das ist jedoch in keiner Weise von Belang. Die Frage besteht allein darin, wie wir uns jetzt verhalten sollen.«

»Drohen sie?«, wollte ich mit finsterer Miene wissen. Zu gern hätte ich Elisa angesehen, aber ich befürchtete, in ihren Augen Angst oder Ekel zu lesen.

»Selbstverständlich. Mit der Vernichtung ...« Er seufzte. »... all unserer Bürger in anderen Welten. Eine entsprechende Liste haben sie uns ausgehändigt. Und sie haben niemanden vergessen. Außerdem noch ... mit der Aufkündigung des Friedensvertrags.«

»Wir haben einen Friedensvertrag mit den Funktionalen geschlossen?«, fragte Elisa entsetzt.

»Ja, Korporalin«, antwortete der Kardinal sanft. »Ja. Du kannst mich jetzt gern daran erinnern, dass Geschäfte mit dem Teufel ein Verbrechen darstellen – und ich wüsste keine Antwort darauf. Aber dieser Pakt existiert schon seit etlichen Jahrzehnten ...«

»Wären die denn in der Lage, Sie zu besiegen?«

»In einem ehrlichen Kampf? Ich hoffe nicht. Aber ... wir haben keine Atombomben, Kirill. Was vermag ein Wesen aus Fleisch und Blut dem Höllenfeuer schon entgegenzusetzen?«

»Die unsterbliche Seele«, sagte Elisa. Die Nachricht von dem Vertrag musste sie weit stärker erschüttert haben als die Wahrheit über meine Natur und die Liste meiner Sünden.

Schweigend und mit geschlossenen Augen dachte der Kardinal nach. »Du hast recht, Mädchen«, brachte er schließlich mit einem Seufzer hervor. »Ich hoffe, das Konklave wird sich unserer Auffassung anschließen ...«

»Hat man Ihnen Fristen gesetzt?«, bohrte ich weiter.

»Drei Tage.«

»Warum dann diese Eile?« Ich ließ den Blick zwischen dem Kardinal und Elisa hin- und herwandern.

»Die Funktionale haben ein höchst flexibles Verhältnis zu Fristen«, meinte der Kardinal mit unfrohem Lächeln. »Eine Frist als Bedenkzeit ist eine Sache. Der Versuch, dich mit Gewalt gefangen zu nehmen, eine völlig andere. Wenn du so wichtig für sie bist, will ich kein Risiko eingehen. In den Zitadellen des Vatikans wird es für dich sicherer sein als in einer frei stehenden Villa.«

»Was heißt das? Stehe ich damit unter Arrest?«

»Möchtest du, dass ich dich zum Portal nach Veros bringe? Wir fahren ohnehin in diese Richtung. Genau zu dem Portal, durch das die arkanischen Parlamentäre gekommen sind.«

Ich fuchtelte abwehrend mit den Händen. Nein, natürlich wollte ich das nicht.

»Du stehst nicht unter Arrest«, versicherte Rudolf eindringlich. »Du stehst unter Schutz.«

Diesmal waren die Fenster der Kutsche nicht verhangen. Ich neigte mich vor und schaute mit finsterer Miene auf die idyllische Landschaft hinaus.

Es war schwer zu verstehen, wie sich auf Feste der Vatikan und Rom zueinander verhielten. Der Vatikan schien hier aber abgesondert zu liegen, denn wir fuhren nicht durch die Stadt, sondern über eine gepflasterte Umgehungsstraße. Aus der Ferne bekam ich zwar keine architektonischen Details mit, aber zu meinem Erstaunen wies die Ewige Stadt sogar in dieser Welt einige Hochhäuser an der Peripherie auf. Keine Wolkenkratzer, keine Säulen aus Glas, Stahl und Beton, aber trotzdem eine Architektur, die ich recht gut kannte. Solche Hochhäuser – im Grunde gewöhnliche überdimensionierte Häuser, die keine eigene

Kategorie von Gebäuden bildeten – dürften in den USA gebaut worden sein, als die Begeisterung für Wolkenkratzer gerade aufkam.

»Fahren wir aus Sicherheitsgründen außerhalb der Stadt?«, fragte ich.

»Ja«, antwortete Rudolf einsilbig. Nach einem ausgedehnten Moment fügte er jedoch hinzu: »Um der Sicherheit unserer Bürger willen.«

Ich konnte nicht behaupten, dass diese Worte meinem Optimismus förderlich waren. Aber die Straße schlängelte sich weiterhin idyllisch durch die Orangenhaine, auf den Feldern arbeiteten Menschen, die das Auftauchen der Kutsche als willkommenen Anlass für eine Verschnaufpause nahmen und uns nachsahen. Die wenigen Villen, an denen wir vorbeifuhren, verströmten Ruhe. Ein paar Mal kamen uns Wagen entgegen, meist Lastfuhrwerke, vor die sehnige, langbeinige Ochsen gespannt waren, die erstaunlich schnell waren. In der Ferne zeichnete sich die Kuppel des Petersdoms ab. Wir näherten uns wieder der Residenz der Kardinäle. Nach und nach wich die Anspannung von mir.

»Beunruhigt es Sie eigentlich gar nicht, dass mitten im Hof des Konklaves ein Durchgang in eine andere Welt existiert?«, wollte ich wissen. »Was, wenn eines Tages ein Panzer durch die Tür prescht? Was wollen die Damen mit den Hündchen da tun?«

»Ein Panzer kommt da nicht durch«, erklärte Rudolf. »Du warst wirklich nur sehr kurze Zeit ein Funktional, Kirill ... Die Höchstmaße der Portale sind beschränkt. Soweit wir wissen, nimmt die Kraft, die für ihre Öffnung nötig ist, exponentiell zu, weshalb ein Panzer sie nicht passieren kann. Das würde alle Energie der Welt erfordern.«

»Was ja nur gut ist«, sagte ich. »Atombomben sind allerdings sehr klein ... und man müsste sie nicht einmal durch die Tür bringen.«

Rudolf erwiderte kein Wort. Ich glaube, er wusste, dass die einzige Zerstörung einer Zollstelle in meiner Welt auf eine thermonukleare Explosion zurückging. Und diese Explosion hatte obendrein den gesamten Hügel auf Arkan vernichtet, zu dem dieses Portal führte.

»Ich an Ihrer Stelle würde mir darüber doch mal Gedanken machen ...«, ließ ich nicht locker.

»Worüber? Über die Zerstörung des Portals? Wir haben keine Bomben, wir können den Turm nur unter Steinen begraben oder mit Beton zugießen.«

»Oder den Vatikan an einen anderen Ort verlegen.«

»Wozu das? Damit die Arkaner, nachdem wir diese gewaltigen Anstrengungen auf uns genommen haben, wieder einen Durchgang öffnen? Direkt an der neuen Residenz? Wenn man einen Rattenbau verstopft, bauen sich die Tiere einen neuen, in unmittelbarer Nähe. Besser ist es, eine Falle aufzustellen.«

Ich hüllte mich in Schweigen. Es wäre dumm, mich für klüger als alle anderen zu halten. Wenn die Kardinäle sich mit der Tür in eine andere Welt direkt neben ihrer Residenz abgefunden hatten, dann mussten sie ihre Gründe dafür haben.

»Ich wiederhole noch einmal, dass du nicht unter Arrest stehst. Wir könnten dich zum Portal bringen«, sagte der Kardinal. Die Kutsche fuhr bereits wieder in die Stadt ein, keine Ahnung, ob es Rom oder die Vatikanstadt war. Die Straße wurde glatter.

»Auf gar keinen Fall«, entschied ich.

»Das ist bedauerlich«, meinte Rudolf seufzend. »Ich hatte gehofft, du würdest dich damit einverstanden erklären, und unsere Probleme wären aus der Welt ...«

Ich sah den Kardinal an. Er lächelte. Dennoch: In jedem Scherz liegt ein Körnchen Wahrheit. Und im aktuellen Fall war das zweifelsfrei mehr als nur ein Körnchen.

»Es tut mir unendlich leid, Sie zu enttäuschen ...«, setzte ich an.

In diesem Moment ertönte ein Geräusch, das in dieser Welt noch nie zu hören war und das es hier nicht geben konnte.

Das dumpfe Rattern einer MPi-Salve.

Zwölf

Die Geschichte ist voll von Beispielen, wie eine technisch eher rückständige Zivilisation eine höher entwickelte besiegt hat. Die Barbaren eroberten Rom, die Horden Dschinghis Khans das alte Russland, Kuba konnte seine Unabhängigkeit gegenüber den USA behaupten, die Afghanen leisteten sowohl den Engländern als auch den sowjetischen Truppen erfolgreich Widerstand. Denn jeder Krieg ist zuallererst ein Krieg der Ideologien und erst in zweiter Linie ein Wettkampf um Reichweite und tödliche Wirkung des Eisens. Absurderweise verhält es sich mit der Ideologie zudem so, dass sie umso wirkungsvoller ist, je primitiver sie daherkommt, je stärker sie auf die Grundwerte einer Gesellschaft zurückgreift: die Verteidigung des eigenen Landes und Glaubens, die Bereitschaft, für den eigenen »Stamm« in den Tod zu gehen. Für die riesigen und starken Vereinigten Staaten ist der Tod von einer Million Menschen im Krieg nicht akzeptabel. Für einen kleinen totalitären oder religiösen Staat sind eine Million Menschen eine Kleinigkeit. Der Glaube entscheidet alles.

Hier fochten beide Seiten für ihren Glauben. Arkan, das seine utopische Welt von Funktionalen aufbaute und alle anderen Welten kontrollieren wollte. Und Feste, das ein theokratisches Metaimperium von einer solchen Solidität geschaffen hatte, dass es sich sogar Glaubensfreiheit leisten konnte. Und unabhängig davon, welche Risse es unter der Oberfläche dieser Ideologien geben mochte, im Moment trat sowohl die eine als auch die andere Seite stark und geschlossen auf.

Abgesehen davon fiel die technische Rückständigkeit kaum ins Gewicht. Arkan hatte zwar seine Technik, Feste jedoch seine Biotechnologie. Der alte Streit aller SF-Schriftsteller darüber, welche Form progressiver und lebensfähiger ist, dürfte damit gleich vor meinen Augen entschieden werden.

Aber verdammt noch mal, ich hatte mich nicht darum gerissen, der Klärung dieser Frage beizuwohnen!

»Raus!«, schrie der Kardinal mit überraschend lauter Stimme. »Wir müssen hier raus! Schnell!«

Ich sprang aus der Kutsche und fand mich inmitten von drei tänzelnden Pferden wieder. Für einen Städter von heute ein sehr, sehr unangenehmes Gefühl! Auch wenn die Frauen, wie ich mich überzeugen konnte, virtuos mit den Pferden fertigwurden. Sie zogen sich vor der Kutsche zusammen, um mit ihrem Körper und dem der Tiere unseren Rückzug zu decken.

Trotzdem hatte ich fürchterliche Angst.

Nach mir schoss Elisas Hund wie eine Kugel aus der Kutsche und sprang mir um die Beine. Ihm folgte Elisa, die anschließend dem Kardinal beim Aussteigen half.

Einen Moment lang standen wir wie angewurzelt da und starrten auf die Kuppel des Doms. Die Straße, in der die Kutsche stand, stieß hundert Meter weiter auf die hohe weiße Mauer mit dem breiten Tor. Gerade schloss sich ganz langsam das Tor. Die Menschen davor rannten weg, vielleicht Pilger, vielleicht aber auch Bettler, die damit ihren angestammten Posten aufgaben. Abermals ratterten MPis los, diesmal bereits mehrere Waffen. Immer wieder hatte ich den Eindruck, das Geräusch der Schüsse würde verebben, doch nach ein paar Sekunden fielen dann weitere Gewehre ein. Ich stellte mir sogar vor, wie das alles ablief, wie aus dem offenen Portal die bis zur Unkenntlichkeit beschleunigten Soldatenfunktionale in ihren Schusswesten herausdrängten, die Waffen in der Hand ... Ihnen stürzten sich die winzigen, furchtlosen Hunde entgegen, die ihnen an die Kehle sprangen, ins Gesicht, an die Hände, ihnen stürmten die Frauen in den bunten Uniformen mit ihren naiven Spielpiken entgegen ...

»Worauf warten die denn noch?«, presste Rudolf hervor. »Wird's bald ...«

Plötzlich schoss jemand über die Mauer, ein Fremder, die dunkle Figur eines Menschen, der auf einer Rauchsäule zu reiten schien. Hinter ihm tauchte erst eine zweite, dann eine dritte Figur auf. Der Kardinal bekreuzigte sich flugs. Unwillkürlich ahmte ich seine Geste nach, auch wenn mir klar war, dass das da vor mir keine Höllenteufel waren, sondern nur die arkanischen Soldaten mit ihren Raketenrucksäcken.

Was dann geschah, überstieg jede Vorstellungskraft. Von der Kuppel des Peterdoms lösten sich nach und nach die steinernen Wasserspeier. Halt! Wieso aus Stein? Wie lebendig gewordene Figuren aus einem Horrorfilm breiteten sie ihre Flügel aus und stürzten sich auf die Soldaten. Erneut ballerten die MPis los. Einer der Steinvögel trudelte mit einem langgezogenen Krächzen nach unten. Die Zahl der Tiere lag jedoch weit über der der in die Luft aufsteigenden Soldaten. Gebannt verfolgte ich diese apokalyptische Luftschlacht. Schreie waren zu vernehmen, ausgestoßen sowohl von den Männern, die von den Krallen der Steinvögel zerfetzt wurden, als auch von den Steinvögeln, die in den Auspuffgasen der Raketenranzen aufleuchteten. Wer waren sie, diese unglückseligen Vögel, die sonst als reglose Hüter des Vatikans dienten? Adler? Fledermäuse? Wiederauferstandene Pterodaktylen?

Es ertönte ein dumpfes Krachen. Hinter der Mauer erhob sich eine Säule aus Staub und Rauch. Der Boden unter unseren Füßen bebte, in den Häusern klirrte das Glas. Ich vermutete schon fast, die Arkaner hätten ihre Artillerie durch das Portal gebracht, doch da stieß Rudolf einen Seufzer der Erleichterung aus: »Na endlich!«

»Was ist das?«, fragte ich.

»Wir können den Turm eines Zöllners nicht zerstören«, erklärte der Kardinal, »aber er ist jetzt hundert Meter tief in die Erde verfrachtet worden, in einen Schacht, und von oben mit Schwefel- und Salpetersäure geflutet worden. Herr ... erbarme dich deiner Diener, die ihr Leben für dich gaben ...«

»Steh hier nicht wie angewurzelt rum!« Elisa knuffte mich. »Beweg dich!«

Die beiden wollten schnellstens weiter, in Richtung der Mauern des Vatikans, hin zur heiligen Stadt, die über jenem Steinbruch erbaut worden war, der den Arkanern eben zum Verhängnis geworden war – und zu einem Sammelgrab für die Landeeinheiten, Gardistinnen, Hunde und Steinvögel.

Wenn du einen Rattenbau nicht zustopfen kannst, setz ihn unter Wasser.

Nein, ich konnte die Herrschenden dieser Welt nicht verurteilen. Ihre Art, gegen den Feind vorzugehen. Vor allem weil ja gerade mein Erscheinen die Konfrontation heraufbeschworen hatte.

Trotzdem fiel mir unwillkürlich die kleine Uhrenhandlung des Zöllners Andrej ein, seine Uhren, in denen anstelle der Kuckucke hölzerne Krähen lebten, er selbst, dieser wortverliebte Mann im orientalischen Hausmantel.

Eine Atombombe zerstört ein Portal.

Aber was ist mit Säure, die in einen Turm strömt?

Natürlich wollte ich glauben, der Turm stürze in den anderen Welten nicht ein. Und der Zöllner, der seinen unliebsamen Zugang in die gegen die Funktionale revoltierende Welt eingebüßt hatte, würde fortan ein ruhiges Leben führen, seine Uhren reparieren und mit den »Moslems« darüber streiten, wessen Glaube besser ist.

Wir rannten die Straße hinunter. Die berittenen Gardistinnen störten ein wenig mit ihrer Absicht, uns von allen Seiten Deckung zu geben. Die Farben tanzten mir vor den Augen. Unweigerlich drängte sich mir der Gedanke auf, die bunten Uniformen hätten neben der rein dekorativen auch eine weitere Funktion, nämlich die Aufmerksamkeit der Angreifer auf die Gardistinnen zu lenken.

Der Kardinal schnaufte bereits schwer. Ihm machten das Alter und die prachtvolle Soutane zu schaffen.

Vielleicht hätten wir doch lieber die Kutsche nehmen sollten?

Vielleicht bestand auch gar kein Grund mehr zu dieser Rennerei, schließlich waren die Soldaten liquidiert, die Attacke abgewehrt, die Feinde vernichtet. Oder etwa nicht?

In dem Moment sah ich etwas, das selbst die Arkaner mit ihren Raketenrucksäcken, die zum Leben erwachten Wasserspeier sowie die Hölle, die sich unter der Zollstelle aufgetan hatte, noch in den Schatten stellte.

Ich sah, wie ein neues Portal entstand.

Die Häuser standen hier dicht an dicht. Nicht sehr hohe Gebäude, zwei- oder dreistöckig, mit kleinen runden Balkons, die über der Straße hingen, und Fensterflügeln, die nach außen geklappt waren. Die Gassen waren nicht mehr als schmale Schlitze, Torbögen führten zu den Höfen. All das war derart zusammengezwängt und vom Staub der Jahrhunderte zementiert, dass man im Grunde nicht sagen konnte, wo ein Haus anfing und das andere endete.

Doch jetzt erzitterte die Straße vor uns. Als würden Milchzähne von einem durchbrechenden zweiten Zahn zur Seite gedrängt. Genauso – indem es die Wände wackeln ließ und den Putz zermalmte – zwängte sich zwischen zwei alte Häuser ein neues Bauwerk. Turm wollte ich es nicht nennen, Haus noch viel weniger. Es war einfach eine Mauer, schlecht verputzt, sodass die Ziegel stellenweise hervorlugten. Diese Mauer wurde jedoch immer breiter, schob die Nachbarhäuser zur Seite und legte sich im ersten und zweiten Stock Fenster sowie im Erdgeschoss eine Tür zu. Letztere, noch ganz schmal, vielleicht zwanzig Zentimeter, wirkte wie ein an den Seiten eingequetschtes Bild in einem nicht richtig eingestellten Fernseher, ein extrem schmales Türchen nur, gedacht womöglich für die Alice aus Carrolls Märchen, genauer für eine halbverhungerte Alice, die schon lange nicht mehr von dem Zauberkuchen gegessen oder von der Zauberflüssigkeit getrunken hatte.

»Eine Zollstelle!«, schrie ich und zeigte mit der Hand in die Richtung.

Die Gardistinnen trieben ihre Pferde vorwärts und jagten zu dem entstehenden Portal. Auch ihnen war es nicht entgangen!

Die Mauer schwoll an und schob mit einer wahren Kraftexplosion die Häuser auseinander. In dem einen Nachbarhaus barsten mit einem missbilligenden Quietschen Balkongitter, und die frisch gewaschene Wäsche auf der gerissenen Leine schwankte und segelte bis zum Kopfsteinpflaster hinunter. Aus der Balkontür tauchte eine dicke Frau im Bademantel auf, die, den verzweifelten Blick starr auf uns gerichtet, nach der Leine angelte, um ihre Wäsche zu retten.

Die Tür zur Zollstelle verbreiterte sich auf das normale Maß. Und sie flog weit auf.

Drei Männer – einer hockte, die beiden anderen standen hinter ihm – hielten ihr MPis im Anschlag. Ich sah Gesichter hinter getöntem Glas – die Soldaten trugen Helme mit heruntergelassenem Visier. Die armen Kampfyorkshire ...

Ich warf mich auf das Kopfsteinpflaster und schützte meinen Kopf mit den Armen, als könnten meine Hände das Blei aufhalten.

Es krachte.

Klatschend drangen die Kugeln in lebendes Fleisch ein.

Die sterbenden Pferde wieherten.

Funkelnd zischten die Piken durch die Luft.

Bis zum letzten Moment hoffte ich, diese Faschingswaffen würden sich als etwas Gefährlicheres entpuppen, so wie die Wasserspeier auf dem Dom. Aber es blieben Piken.

Allerdings sehr spitze.

Eine durchschoss das Visier und bohrte sich in den Kopf des Soldaten. Er fiel zu Boden, feuerte aber weiter; die Kugeln zischten jedoch nur noch wild durch den Turm. Zwei weitere Piken nagelten den hockenden Schützen am Boden fest. Dem Dritten war noch nichts passiert und er ballerte weiter. Ich sah, wie eine Gardistin nach der nächsten fiel. Alle drei, die das Portal angegriffen hatten. Zwei andere Gardistinnen zogen den Kardinal fort, wobei sie ihm mit ihren Körpern Deckung gaben. Mich zog auch jemand mit einem Ruck hoch. Es waren Elisa und die dritte Leibwächterin.

»Weg hier!« Elisa riss sich ihren aparten Schmuck vom Hals und schleuderte ihn Richtung Portal.

Diesmal erwartete mich in der Tat eine Überraschung.

Die goldenen Bienen lebten. Sie lösten sich voneinander und sausten als surrende Wolke ins Portal. Die Schreie, die dann folgten, ließen mich annehmen, alle Waffen dieser Welt seien Kinderkram – im Vergleich zu diesen Bienen.

Die Yorkshire bemerkte ich nicht gleich. Sie stürzten sich nicht direkt auf den Feind, wie ich es erwartet hatte. Sie teilten sich in zwei Gruppen und postierten sich links und rechts der Tür, reglos an die Mauer gepresst. Sie warteten.

Ich hoffte aufrichtig, die Arkaner hätten sich vor dieser Invasion nicht allzu sehr mit der Polsterung ihres Hintern aufgehalten.

Immerhin griffen die Arkaner nun nicht mehr an. Ich weiß nicht, was dabei die ausschlaggebende Rolle spielte, der selbstmörderische Mut der Gardistinnen, der Hinterhalt der blutdürstigen Yorkshireterrier oder Elisas Halsschmuck. Vermutlich doch Letzterer, die Schreie und das Jaulen im Inneren des Turms wollten und wollten nicht verstummen, dazu noch die Schüsse, die nahelegten, dass die in ihrem Schmerz irren Soldaten mit ihren MPis auf die Bienen ballerten.

Zu unserem Unglück tauchten jedoch auf dem Weg zum Vatikan neue entschlossene Figuren auf, die mich an den nicht gerade glücklichsten Tag in meinem Leben erinnerten, an den Tag nämlich, als ich Arkan einen Besuch abgestattet hatte.

»Hierher!«

Eine der Frauen trat eine Tür ein. Was hier entscheidend war – die Kraft und das Training oder das in dem gesegneten italienischen Klima spröde gewordene Holz –, vermag ich nicht zu sagen. Wir drangen in das fremde

Haus ein. Eine Frau schrie auf und schob zwei kleine Kinder hinter sich. Der Kardinal schlug im Laufen das Kreuz über ihr und gab seinem Segen einen noch weit wertvolleren Rat bei: »Versteckt euch! Rasch!«

Die Frauen verbarrikadierten bereits die Tür, indem sie ein altes, wuchtiges Büffet davorschoben. Meiner Ansicht nach hätten sie sich das sparen können, schließlich standen die Fenster noch auf.

»Gibt es einen zweiten Ausgang?«, fragte ich die Frau, die ihre Kinder ins andere Zimmer brachte.

»Natürlich«, antwortete mir an ihrer Stelle Elisa. »Hast du geglaubt, wir würden uns in den Straßen Roms in eine Mausefalle treiben lassen? Vorwärts!«

Durch den Korridor.

Eine Tür.

Die Küche mit einem Kochtopf auf dem Herd, in dem es brodelte. Ein eingeschlagenes Fenster. Noch mehr Schüsse waren zu hören. Auf dem Boden lagen Spaghetti und ein zerbrochener Teller.

Mit einem Mal begriff ich, dass wir nur noch fünf waren. Eine Frau war zurückgeblieben, um unseren Rückzug zu decken.

»Sie wittern dich, Kirill.« Der Kardinal sah mich voller Mitgefühl an. »Wenn wir dich nicht verstecken können ... Elisa!«

»Schon verstanden«, erwiderte die Frau.

Ich hatte es ebenfalls verstanden – und diese Aussicht gefiel mir nicht.

Ein weiterer Korridor.

Eine Tür, die unter Elisas Schlag barst.

Eine schmale Gasse, in der sich die Dächer der Häuser fast berührten.

Wir rannten nicht mehr, das war hier kaum möglich. Außerdem bekam Rudolf kaum noch Luft.

»Was ist an dir nur so ... wichtig?«, fragte er keuchend. »Herr im Himmel ... wenn ich darauf bloß eine Antwort wüsste!«

»Auf welche Frage? Ob Sie mich umbringen oder nicht?«, fragte ich im Laufen zurück. Der Kardinal antwortete mir nicht, stolperte aber.

Erneut waren Schüsse am Himmel zu hören – und die Schreie lebendig gewordener Wasserspeier. Ich stellte mir vor, wie all das für die gottesfürchtigen Einwohner Vatikanstadts aussehen musste. Wie das Ende der Welt, mit Sicherheit ...

»Noch hundert Meter und dann nach rechts«, teilte Elisa mir mit. »Da sind die Kasernen der Polizei. Da wird es leichter. Halten Sie durch, Eure Eminenz.«

Der Kardinal blieb stehen und sah sie an. »Ich ... nehme den Befehl zurück«, meinte er überraschend.

»Selbst wenn sie ihn gefangen nehmen?« Elisa streifte mich kurz mit ihrem Blick.

»Wenn es noch einen Schatten des Zweifels gibt ...« Er beendete den Satz nicht, sondern bekreuzigte sich und wandte sich mir zu. »Kirill ... finde das Herz der Finsternis. Selbst das absolut Böse muss ein Herz haben.«

Ich nickte nur.

Wir stürzten schnellen Schrittes weiter. Eine der Gardistinnen spähte um die Ecke. Sie drehte sich um und winkte uns zu. Wir folgten ihr auf einen kleinen, von

Häusern eingekeilten Platz. An einem Brunnen, der nicht mehr sprudelte, lag ein ekelhaft zerschmetterter Körper, aus dem Blut sickerte. Ein abgestürzter Steinvogel. Aber Feinde entdeckten wir keine.

»Irgendwas ... irgendwas stimmt hier nicht«, flüsterte der Kardinal, während er umherspähte. Der Hund auf seinem Arm knurrte mit einem Mal los, sprang runter und blieb stehen. Er nahm Witterung auf. Mit gefletschten Zähnen pirschte er sich langsam an eine absolut leere Grünfläche heran. Der Rasen war platt getreten, als habe auf ihm ein lang andauerndes Handgemenge getobt.

Aber Feinde waren keine da.

Überhaupt keine.

Zumindest keine sichtbaren!

»Das ist eine Falle!«, schrie ich, packte den Kardinal und zog ihn zur Seite.

Mein Fehler hatte in der Annahme bestanden, das technische Niveau Arkans entspräche dem der Erde. Im Grunde hätten mich bereits die funktionstüchtigen Raketenranzen davon abbringen müssen, schließlich brüteten unsere Geistesgrößen an denen auch schon viele Jahrzehnte, ohne dabei mehr zustande zu bringen als ein hübsches Spielzeug für die Herrschenden.

Arkan stand von diesen Raketenranzen abgesehen noch eine weitere erstaunliche Waffe zur Verfügung, jener alte Traum unserer Freimaurer und Dekabristen: die Unsichtbarkeit.

Über dem Rasen schien eine durchsichtige, elastische Membran zu vibrieren. In der Luft zeichneten sich die Silhouetten von Soldaten ab. Ein halbes Dutzend. Einige trugen MPis, zwei andere klobige, dickläufige Kanonen. Herr im Himmel, waren das Granatwerfer? Oder Flammenwerfer?

Der alte Yorkshire des Kardinals schraubte sich lautlos in die Luft. Aber entweder war er zu alt oder die Funktionale waren ihm haushoch überlegen. Sie schossen nicht mal auf ihn. Einer trat vor – und zog dem über dem Boden schwebenden Hund mit dem Kolben der MPi eins über. Ein stumpfer Schlag, der Hund fiel lautlos ins Gras.

»Diese Opfer sind nicht nötig«, hörte ich eine Stimme. »Wir haben keine Forderungen an die Regierung oder das Volk von Feste. Wir verlangen lediglich die Auslieferung eines Verbrechers.«

Mein Blick irrte von einem Soldaten zum nächsten.

Von denen hatte keiner gesprochen! Selbst durch die heruntergelassenen Scheiben ihrer Visiere hatte ich gesehen, dass kein Soldat die Lippen bewegt hatte.

Da gab es noch jemanden, und der hielt sich weiter im Schutz der Unsichtbarkeit verborgen.

Rudolf ging langsam vorwärts. Er sah auf seinen Hund und schüttelte den Kopf. »Feste liefert diejenigen, die hier Asyl erbeten, nicht aus. Wenn Sie diesen Menschen eines Verbrechens beschuldigen, verlangen wir Beweise.«

»Die Beweise wurden bereits vorgelegt.«

Ja, nun konnte es keinen Zweifel mehr geben. Da gab es jemanden, der es vorzog, unsichtbar zu bleiben.

»Das sind keine Beweise.« Rudolf schüttelte den Kopf. »Die Erfahrungen ... die wir im Laufe unserer Beziehungen gemacht haben, gestattet es mir nicht, auf leere Worte zu vertrauen. Mit dieser Demagogie kommen Sie vielleicht auf Demos durch.«

»Dann werden Sie sterben, denn wir holen ihn uns so oder so.«

Rudolf nickte. »Ja, ich hatte recht«, meinte er mit unverhohlener Erleichterung. »Sie brauchen ihn lebend. Lauf, Kirill!«

Das brauchte man mir nicht zweimal zu sagen. Ich stürzte nach rechts, dorthin, wo eine andere schmale Gasse zu den Polizeikasernen führte.

Hinter mir donnerte die »Kanone« in den Händen des Soldaten.

Das abgefeuerte elastische Plastiknetz erwischte mich nur noch mit dem Rand. Das genügte jedoch, denn die dünnen Fäden wickelten sich um meine Beine. Ich fiel hin – und sah, wie sich die drei Frauen in ihr letztes Gefecht warfen, zwei in den idiotischen bunten Uniformen, eine in einem jetzt noch viel idiotischeren weißen Kleid ...

Die MPis ballerten wieder. Nachdem ich gestürzt war, zögerten sie nicht, das Feuer zu eröffnen. Keine der Frauen, die dafür ausgebildet waren, den Kardinal zu beschützen, schaffte es bis zu den Soldaten. Vermutlich hätten sie gegen die besttrainierten Soldaten der Erde eine Chance gehabt. Gegen Funktionale oder gedopte Arkaner jedoch nicht.

Sie gingen zu Boden, während Rudolf noch immer stand, schwankend und mit ausgebreiteten Armen, den Kopf in den Nacken zurückgeworfen und gen Himmel blickend, als suche er dort etwas. Ich sah, wie aus der im Rücken aufgerissenen Sutane mit Stößen von Blut das Leben wich.

Irgendwann sackte der Kardinal, der für die äußere Sicherheit Festes verantwortlich war, auf die Erde seiner renitenten Welt.

Es verstrich eine Sekunde, eine weitere, als ob die Arkaner befürchteten, die Toten würden sich wieder hochrappeln. Auf einen Befehl hin standen zwei Soldaten auf und kamen auf mich zu.

Die Toten erhoben sich nicht. Aber der von dem Kolben getroffene Hund zuckte, drehte den Kopf und bohrte in seiner letzten Bewegung die winzigen Zähne in den schweren, hohen Stiefel eines an ihm vorbeigehenden Soldaten.

Der schrie auf – wie kein Soldat der Welt schreien würde, der durch das harte Leder des Stiefels von einem Tier gebissen wurde, das höchstens drei Kilo auf die Waage brachte. Er wirbelte auf dem Absatz herum, schmiss die MPi weg und riss den Fuß mit dem daran baumelnden Hund hoch. Das Bein schwoll an, genauso wie die Figuren in den lustigen Disney-Zeichentrickfilmen anschwellen, wenn sie jemand aufpumpt. Im Unterschied zu diesen Figuren wirkte der Soldat jedoch gar nicht lustig. Der Schrei ging in ein Röcheln über, der aufgeblasene Körper klatschte aufs Gras.

»Und die Zähne der Ratte sind mit Zyankali getränkt …«, zitierte ich flüsternd einen Passus aus einem alten Film, während ich versuchte, meine Beine von dem Plastiknetz zu befreien. »Mit Zyankali, mit Gift …«

Natürlich hatte eher eine Schlange dem Terrier die Zähne geschenkt, die in dem Land der Gentechniker noch tödlicher waren als bei uns. Aber außer dieser alten Phrase kam mir im Moment nichts in den Sinn.

»Gift ... Gift ...«, flüsterte ich.

»Sie haben den Kardinal ermordet!«, erschallte es plötzlich von oben. Auf dem Balkon eines der Häuser stand eine Frau, die sich die Haare raufte, ohne dass sich das gekünstelt ausnahm. »Sie haben den Kardinal ermordet!«

Schon im nächsten Moment nahmen die Ereignisse eine radikale Wendung.

Die Bewohner, wie verschreckt sie auch gewesen sein mochten, hatten sich nicht unterm Bett versteckt, sondern verstohlen an Fenstern und Balkonen gelauert. In die Auseinandersetzung zwischen den Gardistinnen und diesen mysteriösen Besuchern hätten sie sich vielleicht nicht eingemischt. Doch der Mord an dem Kardinal brachte sie auf.

Auf die Köpfe der Soldaten hagelte es Blumentöpfe, Stühle, Kochtöpfe, Bretter und Weinflaschen, leere wie volle. Flaschen gab es besonders viele, sie krachten wie Granaten und trafen die Soldaten wie ein Glasschrapnell. Das rote Blut der Trauben vermischte sich mit dem Blut der Menschen.

Ein einziges Chaos. Die Soldaten schirmten ihre Köpfe ab und schossen nach oben, in Richtung Fenster. Vorerst hatte man mich vergessen.

Und ich hätte all diejenigen, die eben für mich gestorben waren, verraten, wenn ich diese wenigen Sekunden nicht genutzt hätte.

Ich versuchte nicht weiter, meine Beine aus dem Netz zu befreien – es war klebrig und spann mich nur immer fester ein –, und kroch zu der aufgedunsenen Leiche. Bei seinem Sturz war der Soldat auf der MPi gelandet. Ich stieß den Körper weg und schnappte mir die Waffe.

Irgendwie erinnerte die MPi an die legendäre Kalaschnikow. Zumindest fanden meine Finger von selbst den Hebel, mit dem ich auf Dauerfeuer umschaltete. Ich hockte mich hin, stemmte den Kolben gegen die Schulter und hielt die Luft an.

Dann schwenkte ich den Lauf und bestrich die Soldaten mit Blei.

Ich hatte nicht das geringste bisschen Mitleid mit ihnen. Keinerlei Skrupel. Ihr habt mich schon einmal gezwungen zu töten, ihr Schweine: die Rebellen in Kimgim, die Hebamme auf der Erde. Jetzt seid ihr selber an der Reihe. Denn mit dem Versteckspiel ist es aus und vorbei!

Ich merkte nicht mal, wie plötzlich alles um mich herum langsamer lief. Die Sachen segelten träge aus den Fenstern herab, die Kugeln drangen langsam in die Schusswesten der Soldaten ein, die zerfetzten Körper plumpsten wie in Zeitlupe zu Boden. Mein Herz schien stillzustehen, während das Blut in meinen Adern brodelte. Die MPi in meinen Händen bewegte sich so rhythmisch und zielsicher auf und ab, als schlüge ich Nägel ein. Es schien nicht viel zu fehlen, und ich würde erkennen, wie die Kugeln aus dem Lauf krochen.

Meine Funktionalsfähigkeiten waren zurückgekehrt. Ohne jeden Turm, ohne Funktion, die von mir geboren wurde und die mich gebar, und ganz ohne Leine, diese energetische Nabelschnur, hatte ich einfach in den beschleunigten Rhythmus umgeschaltet.

Auch mein Blick hatte sich verändert. Nein, ich sah keine Auren, von denen der Kardinal gesprochen hatte. Aber ich identifizierte mit unumstößlicher Sicherheit unter den Toten zwei Funktionale; einen der beiden hatte der Yorkshire des Kardinals umgebracht. Sie sahen ... irgendwie anders aus. Vielleicht klarer.

Außerdem bemerkte ich noch den regenbogenfarbigen Nebel, der wie eine Seifenblase im Wind schaukelte. Was war das? Ein Tarnfeld? Eine Membran? Ich hatte keine Ahnung, aber es war genauso perfide wie dieses Scheißding, das die Soldaten anfangs verborgen hatte. Und in dieser Blase hielt sich immer noch jemand versteckt.

Ohne den Blick von dem Unsichtbaren zu wenden, ertastete ich am aufgedunsenen Körper des Soldaten (wenn der bloß nicht platzte!) die Scheide und zog die Klinge heraus. Mühevoll, aber immerhin erfolgreich zerschnitt ich die klebrigen Fäden und erhob mich.

»Komm raus, du Schwein!«, schrie ich. »Komm endlich raus!«

Ich hegte keinen Zweifel daran, dass sich in der Blase ein Funktional verschanzt hatte. Das genauso beschleunigt war wie ich. Weshalb es auch meine Worte verstehen musste.

»Sehr eindrucksvoll!«, erwiderte der Unsichtbare. »Aber jetzt sollten wir wieder Vernunft walten lassen. Schließlich sind wir doch erwachsene ...«

Ich schoss auf die Stimme. Die MPi gab eine kurze Salve ab und verstummte. Aber entweder hatte ich keinen einzigen Treffer gelandet oder meinem Feind stand nicht nur die Unsichtbarkeit, sondern noch ein anderer Schutz zur Verfügung.

Eins hatte ich immerhin erreicht. Der Feind riskierte es nicht, das Gespräch fortzusetzen. Stattdessen loderte in der Luft ein Schriftzug auf, und es knallte leicht, als platze die Blase. Derjenige, der meine – glücklos verlaufene – Ergreifung befohlen hatte, verschwand auf demselben Weg wie Kotja, wenn er sich zwischen den Welten bewegte. Und genau wie dieser mied er den ehrlichen Kampf.

Ein Kurator? Hatten sie zu meiner Festnahme einen Kurator geschickt? Oder irgendein anderes hohes Tier aus Arkan? Denn einfache Funktionale, was auch immer sie sein mochten, beherrschen solche Tricks nicht.

In einem Punkt zumindest war ich mir sicher: Die Stimme kam mir zwar vage bekannt vor, gehörte aber nicht Kotja. Wenigstens handelte es sich hier also nicht um einen Hinterhalt seinerseits. Aber wozu hätte Kotja auch ein doppeltes Spiel spielen sollen, nachdem er mich erst vor den polnischen Polizisten und dann auf Janus vor der Kälte gerettet hatte? Nein, Verfolgungswahn ist ja schön und gut – wenn er sich in Grenzen hält.

Ich ging zum Kardinal. Kopfschüttelnd sah ich Rudolf ins Gesicht. Ein Mann, den vier oder fünf MPi-Geschosse getroffen haben, stirbt sehr schnell.

Die Frauen waren ebenfalls tot. Ich kniete mich neben Elisa, drehte sie auf den Rücken und streckte ihre Arme lang neben ihrem Körper aus. Zwei Kugeln hatte sie abbekommen, eine in den Bauch, eine ins Herz. Ich musste froh sein, dass sie wenigstens einen raschen Tod gefunden hatte.

Wenn all das im Kino oder in einem Buch passiert wäre, wäre Elisa jetzt selbstverständlich noch am Leben. Sie würde mir ergreifende und pathetische Worte zuflüstern, etwas in der Art von Rudolfs Floskel: »Finde das Herz der Finsternis«. Vielleicht: »Das ist genau wie in dem Buch ... einer für alle und alle für einen.« Daraufhin würde ich fortgehen, mir auf die Lippe beißend, mit Tränen in den Augen und nach Rache dürstend, ein einsamer, stolzer und unbeugsamer Mann ...

In dem Moment traf meine Schulter ein aus einem der Fenster geschleuderter Topf. Ein stinknormaler Nachttopf aus schwerem Porzellan. Nur gut, dass er mich nur streifte, und gut, dass er leer war.

Die Zeit schaltete auf ihr normales Tempo zurück. Und in dieser Echtzeit war kein Platz für vollmundige Phrasen, heilige Schwüre und laute Totenklagen.

Lasst die Toten ihre Toten begraben. Ich war mir sicher, dass Rudolf und Elisa mich verstanden hätten.

Ich warf die MPi mit dem leeren Magazin weg und schnappte mir eine neue Waffe. Die gefallenen Soldaten trugen kleinere Rucksäcke. Ich nahm mir einen und suchte ihn aufmerksam nach Einschusslöchern ab. Wenn ich später auch noch Patronen in ihm fände ...

Und jetzt musste ich Land gewinnen, bevor die wütenden Bewohner aus ihren Häusern stürmten. Es würde mir wohl kaum gelingen, der Menge zu erklären, dass ich einer von ihnen war und nicht zu den Soldaten gehörte ...

Zunächst rannte ich die Gasse hinunter, die zu den Kasernen führte. Die Richtung war mir wundersamerweise noch im Gedächtnis. Ich hätte keine Sekunde länger darauf warten dürfen: Hinter mir klapperten Türen und ertönten Stimmen. Aber anscheinend verfolgte man mich nicht.

Nach fünfzig Metern blieb ich stehen.

Wohin lief ich da überhaupt?

Würden die Polizisten mich nicht für einen Feind halten? Würden sie nicht irgendwelche Malteser Kampfmäuse auf mich loslassen, mich für alle Fälle mit ihren Hellebarden erledigen?

Worauf hoffte ich denn eigentlich, wenn ich mich hinter den hiesigen Landsknechten versteckte? Es würde nur noch mehr Leichen geben, neue Kämpfe.

Die Arkaner hatten mich unter Beobachtung. Mehr noch, sie konnten ein Portal direkt vor meiner Nase öffnen. Sie würden so lange Druck ausüben, bis die Kardinäle einsahen, dass sie einen zu hohen Preis für mich zahlten und dass ein kleines Geschäft mit dem Teufel das geringere Übel darstellte. Und auf diesen Gedanken würden sie unweigerlich kommen, wenn man ihnen in Aussicht stellte, direkt unter dem Petersdom eine Thermonuklearbombe zu zünden.

Ich weiß nicht, was mich zu meinem nächsten Schritt bewog, die Verzweiflung oder die erneut überraschend durchgebrochenen Funktionalsfähigkeiten. Jedenfalls hob ich die Hand und betrachtete den Stahlring, das letzte Relikt meines Turms. Nein, mit dem hatte all das natürlich nichts zu tun. Bei ihm handelte es sich nur um fünf Gramm Metall. Aber er half mir ... mich daran zu erinnern, was die mir angetan hatten. Wut zu entwickeln. Diesem feigen Unsichtbaren, der ein Blutbad in den friedlichen Straßen Roms angerichtet hatte, ebenbürtig zu werden.

Ebenbürtig – oder überlegen.

»Ich muss zum Herzen der Finsternis«, sagte ich. »Ich muss zu ihren Wurzeln vorstoßen, sie finden und verbrennen. Niemand ... darf ... sich ... so ... aufführen.«

Ich fuhr mit der Hand durch die Luft, wobei ich meinen Zeigefinger ausgestreckt hatte, als würde ich auf ein riesiges Touchpad schreiben. Keine Ahnung, was genau ich da »schrieb«. Keine Ahnung, wie das vor sich ging. Kotja hatte gesagt, er brauche eine Art Fixpunkt, er müsse bereits an dem Ort gewesen sein, zu dem er sich bringen wollte, oder den Menschen kennen, dem er folgen wollte. Ich brauchte etwas anderes. Etwas absolut Außergewöhnliches.

Meine Hand hüllte ein blaues Leuchten ein. Vom Zeigefinger riss sich eine Flammenzunge los, die in der Luft schlingerte. Ich fuhr mit der Hand durch den Raum, und die Inschrift leuchtete auf, geschrieben in einer Sprache, die es auf der Erde nicht gab und nicht geben durfte. Runen, Hieroglyphen oder arabische Zierschrift. Vielleicht auch einfach nur ein Ornament. Geheimnisvoll, hypnotisierend, Raum und Zeit durchdringend ...

Ich fasste die MPi bequemer und trat in das sich öffnende Portal.

Dreizehn

Trotz allem bin ich überzeugt, dass der Mensch im Grunde seines Herzens ein friedliches Wesen ist. Dumm, grausam, lüstern, naiv und zänkisch – aber friedlich. Niemand mit gesundem Menschenverstand und geregelten Verhältnissen würde danach trachten, jemanden umzubringen. Dergleichen tun nur Verrückte und Fanatiker. Selbst ein verknöcherter Kriegsherr, ein grober Klotz, der noch nie etwas anderes als eine Uniform getragen hat, der noch den Weg vom Bett zum Klo im Marschschritt zurücklegt und seiner Katze Armeekommandos erteilt, würde es vorziehen, Titel für seine Dienstjahre und Orden für Erfolge bei der Parade zu erhalten. Nicht umsonst heißt es in den traditionellen Trinksprüchen der russischen Soldaten »auf die Gefallenen« – und nicht »auf den Sieg«. Auf den Sieg trinken kann man nur, wenn der Krieg schon tobt ...

Gleichzeitig ist der Mensch eines der kriegerischsten Wesen, das man sich vorstellen kann. Die Grenze, die er entlangwandern muss, ist so schmal und durchscheinend, dass schon ein Wort, eine Geste oder ein Gläschen zu viel aus dem friedliebendsten Menschen einen blutdürstigen Killer macht. Angeblich liegt das daran, dass der Mensch ein Raubtier wider Willen ist. Im Unterschied zu den Tieren, die von vornherein zum Töten geschaffen und sich deshalb ihrer eigenen Kraft voll bewusst sind, verhält sich der Mensch häufig wie ein in die Ecke gedrängter, hungriger und hysterischer Affe, der sich, da er seine gewohnten Wurzeln und Bananen nicht findet, einen Knüppel schnappt und damit auf eine hinter der Herde zurückgebliebene Antilope eindrischt.

Oder wir sind – wenn man die Bibel wörtlich nimmt – alle vom Teufel irregeleitete Wesen, und unsere Seele ist durch die Ursünde verunreinigt.

Folglich wäre es wohl, wenn mich das Portal nach Arkan gebracht hätte, mit meiner Selbstbeherrschung nicht weit hergewesen. Mir schoss sogar kurz ein bluttriefendes Bild durch den Kopf: Ich finde mich in einem riesigen Thronsaal wider, der mich an Filme wie *Herr der Ringe* oder auch *Star Wars* denken lässt. Überall Wachsoldaten in prachtvollen Uniformen, überall die hinterhältigen Rädelsführer der Funktionale ... Den Kolben gegen den Bauch gestemmt, bestreiche ich alle mit Feuerstößen, und die Kugeln wollen mir nicht ausgehen, die Feinde fallen schreiend zu Boden, verschlucken sich an ihrem Blut, fliehen in alle Himmelsrichtungen, aber meine Schüsse holen sie ein, und die Schurken wimmern um Gnade, doch ich bin taub und stumm ...

Aber da, wo ich rauskam, gab es niemanden, auf den ich hätte schießen können.

Nur Steppe.

Niedriges, pikendes Gras, das unter meinen Füßen knisterte, Gras, das in der Sonne bereits verbrannt war. Zum Glück dämmerte es schon, die Sonne ging bereits unter; allerdings wehte immer noch ein heißer und unangenehmer Wind. Ich drehte mich einmal um mich selbst. Nichts und niemand. Nur am Horizont erhoben sich Berge.

Wohin hatte es mich jetzt schon wieder verschlagen?

Abermals hob ich den Arm und bewegte meine Finger, versuchte, eine weitere Feuerschrift in der Luft entstehen zu lassen. Nichts geschah. Meine Kräfte waren wieder verschwunden.

Zusammen mit meinen Funktionalsfähigkeiten hatten mich jedoch auch meine menschlichen Kräfte verlassen. Ich ließ mich auf die Erde plumpsen. Gut eine Minute saß ich nur da und schaute in den Sonnenuntergang, bevor ich mich schließlich daranmachte, die Reste des Fangnetzes von meinen Hosen zu klauben. Die Fäden schienen irgendwie ausgetrocknet zu sein und waren nun spröde und brüchig.

Wo zum Teufel war ich?

Jetzt bloß nicht in Panik geraten! Ich konnte ebenso gut auf Feste wie auch auf der Erde oder auf Arkan sein. Schließlich gab es auf jedem Planeten genügend unbewohnte Orte! Entscheidend war, dass ich mir gewünscht hatte, »im Herzen« der Funktionale zu landen. In der Welt, wo ihre Wurzeln lagen.

Ging ich also mal davon aus, dass mir mein Wunsch erfüllt worden war.

Mit purer Willenskraft schob ich diesen Gedanken vorerst beiseite. Ich drehte die MPi seitlich und legte sie ein

Stück von mir entfernt auf den Boden. Dann öffnete ich den Rucksack, den ich dem Soldaten abgenommen hatte.

Von ganzem Herzen freute ich mich darüber, dass mein Traum von Patronen geplatzt war. Hier in der Steppe brauchte ich sie so dringend wie eine Kombizange in der Sauna.

Nacheinander holte ich folgende Dinge aus dem Rucksack:

Eine Plastikflasche mit einem Fassungsvermögen von etwa einem Liter und der eingeprägten Aufschrift »Wasser«.

Drei in Folie eingeschweißte Päckchen mit dem Aufdruck »Tagesration«.

Einen kleinen Erste-Hilfe-Kasten mit Spritzen, Tablettenröhrchen und Verbandszeug; glücklicherweise gab es sogar eine Gebrauchsanweisung für all diese Wohltaten.

Eine Taschenlampe, die als Metallzylinder gearbeitet war und mir möglicherweise auch als Knüppel dienen konnte.

Eine straff gewickelte Rolle Toilettenpapier. Da gibt es nichts zu lachen. Das Lachen vergeht dir nämlich, wenn du als an die Zivilisation gewöhnter Bürger auf freiem Feld von einem Bedürfnis ereilt wirst und dann auf diesem Feld nicht mal Kletten wachsen – sondern nur Gras, das so scharf wie Ried ist.

Drei Tafeln Schokolade, die entweder nicht zur Standardausstattung gehörten oder irgendeinen Bonus darstellten. Die Schokolade war mir schmerzlich vertraut: *Goldene Marke*. Auf mich musste ein russischer Spezialeinheitler von Arkan geballert haben. Das ließ meine Stimmung endgültig in den Keller sinken.

Eine schmale Broschüre mit dem Titel *Überleben auf Erde-3*. Natürlich. Instruktionen für Soldaten, die in Gefangenschaft geraten waren oder sich verirrt hatten, damit sie wussten, wie sie sich auf Feste verhalten sollten. Gehen wir einfach davon aus, dass sich mein Klopapiervorrat vergrößert hatte.

Ein Plastikträger, aus dem drei weitere Spritzen mit einer knallroten Flüssigkeit herausragten. Ein Loch war leer. Ein Kampfcocktail? Wahrscheinlich. Eine Spritze hatte sich der Soldat vor dem Angriff gesetzt, die anderen waren als Vorrat gedacht.

Eine große Rolle dicken weißen Fadens. Aus irgendeinem Grund fehlte die Nadel.

Ein Kompass. Der Zeiger gab mir bereitwillig den hiesigen Norden an.

Und etwas, das mit Sicherheit nützlich, in der Steppe jedoch absolut überflüssig war, ein Taschenmesser mit mehreren Klingen, einer Feile und einem Dosenöffner. Aber nein, halt! Wie hatte ich denn die Essenspakete öffnen wollen? Mit den Zähnen? Insofern: ein Hoch auf das Taschenmesser!

Vorsichtshalber schüttelte ich den Rucksack noch einmal – wofür ich mit einigen Kleinigkeiten belohnt wurde, die aus den Seitentaschen fielen. Einer Packung Streichhölzer, einer aufgerollten Angelschnur mit Schwimmer, Haken und Angelblei sowie einem Päckchen Kondome. Natürlich hatten die Arkaner nicht die Absicht, die Frauen von Feste zu vergewaltigen. Ein Präser stellt einfach eines der nützlichsten Gegenstände in der Ausstattung eines Soldaten dar. Mit ihm kann der Gewehrlauf gegen Staub geschützt werden, Streichhölzer gegen Wasser, man kann darin Wasser auffangen oder es zwirbeln und als recht ordentliches Gummi für ein selbstgebautes Katapult einsetzen. Und ein Katapult bietet wiederum die Möglichkeit, lautlos und ohne Patronen zu verschwenden Jagd auf kleine Vögel und Tiere zu machen.

Kurzum, ich hatte den Rucksack nicht vergebens mitgehen lassen.

Wenn ich obendrein noch einen Schlafsack und ein Zelt hätte ...

Ich packte die Sachen wieder ein und behielt nur den Kompass draußen. Der Versuchung, einen Schluck Wasser zu trinken, widerstand ich. Wer wusste denn, wie lange mir der eine Liter reichen musste? Schlimmstenfalls – bis ans Ende meiner Tage. Und der erbärmliche Anblick des hiesigen Grases förderte meinen Optimismus nicht gerade.

Ich nahm das Magazin aus dem Gewehr, öffnete es und zählte die Patronen. Hmm. Vierzehn Patronen – reichlich wenig für eine Auseinandersetzung à la *Star Wars*.

Für die menschenleere Steppe jedoch gerade richtig. Ich stellte den Riemen ein und hängte mir die MPi um den Hals, da der Rucksack mich daran hinderte, sie auf dem Rücken zu tragen.

Jetzt musste ich die Entscheidung treffen, wohin ich ging. Meine innere Uhr stand noch auf Mittag, in meinem Blut rauschte das Adrenalin, das ich auf vernünftige Art abbauen sollte, bevor es stockdunkel war und ich mich wohl oder übel schlafen legen musste.

Mir stand nur ein natürlicher Orientierungspunkt zur Verfügung, die Berge. An der Grenze zwischen der Steppe und den Bergen war es viel wahrscheinlicher, auf Wasser zu stoßen, auf Pflanzen und Leben. Vielleicht sogar auf Menschen.

Andererseits stiegen meine Chancen, das Meer zu erreichen, je weiter ich mich von den Bergen entfernte. Und Meer bedeutete jedenfalls Leben.

Unentschlossen stand ich da. Die Sonne ging schon im Westen unter, die Bergkette lag im Süden. Es war Sommer und heiß. Wollte ich da noch weiter nach Süden stiefeln?

Der blaue Zeiger des Kompasses wies mir mit freudigem Nicken eine einzige Richtung.

Ich marschierte nach Norden.

Mein Auftauchen in dieser Welt konnte kein – durfte kein! – Zufall sein. Irgendwie hatte ich die in mir schlummernden Fähigkeiten geweckt, mehr noch, ich war Kotja und anderen höheren Funktionalen wie Kuratoren oder Hebammen ebenbürtig geworden. Mich fesselte keine Leine, ich konnte Portale im Raum öffnen ... Nur wann und warum konnte ich das?

Auf das Warum wusste ich noch keine Antwort. Aber wie sah es mit dem Wann aus?

Zum ersten Mal war es zu einem solchen Durchbruch gekommen, als Kotja in seiner Panik versucht hatte, mich zu erwürgen. Mit tödlichem Griff hatte er meine Kehle umklammert, ich kriegte schon keine Luft mehr, Rettung gab es keine – bis ich in dem hilflosen Versuch, mich zu befreien, dem Kurator einen Schlag von mörderischer Kraft verpasste. Kotja war samt Tür aus dem Auto geschossen und im Schnee gelandet, wobei die verbeulte Tür wie ein eiserner Kragen um seinen Hals hing.

Ach, was für eine angenehme Erinnerung!

Was war damals geschehen? Jemand hatte versucht, mich umzubringen. Angst, Wut und Zorn – was davon hatte meine Fähigkeiten aktiviert? Und diese Situation ließ sich sehr gut mit der gegenwärtigen vergleichen ...

Aber halt, es hatte schließlich weitere Fälle dieser Art gegeben!

In den eisernen Weiten von Janus wäre ich beinahe erfroren – und meine Fähigkeiten hatten sich nicht gemeldet.

Als mich die Polizisten in Elbląg umzingelt hatten, konnte ich nichts dagegen machen.

In Orjol wiederum hatte ich mich bei meiner Flucht vor den Arkanern in ein Taxi gesetzt. Damit war ich eigentlich aus der Gefahrenzone raus. Doch dann führte ich mit dem Fahrer ein zwangloses Gespräch über die Straßen der Gegend und wusste völlig banale Details darüber, wann und mit wem ihn seine Frau betrog.

Also musste die erste und naheliegendste Erklärung falsch sein. Es lag nicht an der Wut. Ich war nicht der gutmütige Dr. Jekyll, der sich in den grausamen Mr. Hyde verwandelte. Da musste etwas anderes dahinterstecken.

Etwas ziemlich Einfaches.

Einfacher noch als Wut und Zorn!

Meine Hand schnappte zu, als wollte ich die Lösung, die mir zu entgleiten drohte, einfangen. Ich war mir ganz sicher, dass ich, wenn ich erst mal den Einschaltmechanismus meiner Fähigkeiten begriffen hatte, noch etwas viel

Wichtigeres erfasst hätte. Die Grundlagen dieser Kraft, die Unlogik all dieser Parallelwelten mit ihren zahlreichen Übereinstimmungen und ihren nicht minder zahlreichen Unterschieden.

Was verband die drei Situationen noch?

Zweimal hatte ich in Lebensgefahr geschwebt, einmal ... einmal musste ich eine Wahl treffen. Ob ich nach Moskau zurückkehrte oder meinen Weg nach Charkow fortsetzte.

Schon wärmer?

Und wie!

Die polnischen Polizisten in Elbląg hätten mich niemals geschnappt, denn Kotja hatte auf mich aufgepasst. Genau wie damals auf Janus. Worauf es aber ankam: Ich hatte in beiden Situationen gar keine andere Wahl gehabt. Ich hatte mich in die Eiswüste begeben müssen, genau wie ich den Polizisten nicht hatte entwischen können. Ich war dem einzig gangbaren Weg gefolgt.

In den drei anderen Fällen hatte ich jedoch eine Wahl treffen können.

Ich hätte Kotja im Auto um Gnade anflehen können – oder versuchen, mich zu wehren.

Ich hätte nach Moskau zurückkehren können – oder nach Charkow weiterfahren.

Ich hätte mich den Arkanern ergeben können – oder den aussichtslosen Kampf aufnehmen.

Eine Wahl. Eine Wegscheide meines Schicksal.

Arkan regiert die Welten, lenkt ihre Entwicklung in die eine oder andere Richtung. Es löscht Cervantes aus der Geschichte – und es gibt weder Don Quixote noch Sancho

Pansa. Das bedeutet in den Hirnen von Hunderten und Tausenden seiner Zeitgenossen, gebildeten und belesenen Menschen, indes keine solch große Veränderung, dass die Position der Kirche ins Schwanken geriete oder Rittertum und Mittelalter vor der Zeit endeten. Die Renaissance wäre ein wenig anders verlaufen, die Kirche hätte sich ihre Position bewahrt, die technische Entwicklung sich verzögert. Obwohl aus der Realität herausgefallen, hätte Don Quixote am Ende doch alle Windmühlen dieser Welt besiegt ...

Aber – was für eine Ironie des Schicksals – die weitaus machtvollere Kirche auf Feste hielt die Biowissenschaften für zulässig!

Nein, vermutlich war es zu der Spaltung der Welten nicht nur aufgrund des unglückseligen spanischen Schriftstellers gekommen. Da spielten noch eine Menge anderer Faktoren eine Rolle, angefangen von Cäsar, der nicht von Brutus verraten worden war, bis hin zu Churchill, der philosophische Traktate statt seiner politischen Memoiren schrieb. In jedem Fall zeigte das Vorgehen der Funktionale jedoch: Sie nahmen hochpräzise Veränderungen in der Geschichte vor, mischten sich ausschließlich in das Schicksal einzelner Menschen ein. Anscheinend hingen die Fähigkeiten der Funktionale generell also ebenfalls von einer Wahl ab. Und ich erhielt jedes Mal meine Kräfte zurück, wenn mein Schicksal mich vor eine Wahl stellte, vor eine ernsthafte Wahl, nicht das Dilemma, ob man Tee oder Kaffee trinkt.

Was mir im Übrigen längst nicht garantierte, dass ich die richtige Entscheidung traf.

Die Sonne verzog sich jetzt endgültig hinterm Horizont. Der Himmel verdunkelte sich rasch, die ersten Sterne funkelten auf. Ich blieb stehen und sah mich noch einmal um. Sollte ich in der Dunkelheit weiterwandern, mich an den Sternen orientieren? Um morgen, irgendwann am Ende meiner Kräfte, in der glühenden Sonne zusammenzubrechen?

Besser suchte ich mir ein Nachtlager. Dieser Punkt der Steppe war dafür nicht besser oder schlechter geeignet als jeder andere.

Ich nahm den Rucksack ab, spielte mit einer der Essensrationen herum, öffnete sie jedoch noch nicht. Stattdessen aß ich ein Stück Schokolade, trank Wasser aus der Flasche. Ich meinte, mich mit einem oder zwei Schlückchen zu bescheiden – doch danach war die Flasche zu einem Drittel leer. Also musste ich besser aufpassen, viel besser ...

Den Rucksack legte ich mir unter den Kopf, die MPi unter den rechten Arm. Ich rechnete zwar nicht mit ungebetenen Gästen, aber falls doch ...

Am Himmel funkelten nach und nach immer mehr Sterne auf. Nirgendwo sonst sieht man so viele Sterne wie nachts in der Steppe. Im Meer glitzert Krill, spiegelt sich das schwache Licht der Sterne wider. Hier dagegen herrschte absolute Dunkelheit. Ich hatte das Glück gehabt, zu Neumond in diese Welt zu gelangen – als wollte ich ihr nur einen Besuch abstatten, um mich an der Schönheit des hiesigen Himmels zu ergötzen.

Beim Einschlafen fragte ich mich, ob ich da wirklich das ferne Rauschen des Meeres hörte. Oder ob mir meine

Nerven den ersten Streich spielten. Weil ich fürchtete zu verdursten ...

Mitunter findet man ja selbst im bequemsten Bett in ausgeglichenster Gemütsverfassung keinen Schlaf. Oder man schläfst ein, wacht aber in der Nacht mehrmals auf. Oder man schläft die ganze Nacht durch, fühlt sich am Morgen aber zerschlagen und müde.

Aber hier, auf diesem mit trockenem, pikendem Gras bewachsenen Boden, mit meinen Verfolgern, die sich jeden Moment direkt neben mir materialisieren konnten, nach dieser grausamen und blutigen Auseinandersetzung, öffnete ich munter und tatendurstig beim ersten Sonnenstrahl die Augen. Ich hatte sogar einen beruhigenden und angenehmen Traum gehabt. Ob das an der sauberen Luft lag? Oder ob die Schokolade irgendwelche Tranquilizer enthalten hatte? Oder erlaubte sich die unvorhersehbare menschliche Psyche mal wieder einen ihrer üblichen Scherze?

Während ich mich reckte und zur Lockerung ein paar Schritte vor und zurück ging, lauschte ich auf die Signale meines Körpers. Einen Alarm gab es nicht, ich wollte nur etwas trinken. Langsam, um das Vergnügen herauszuzögern, holte ich die Flasche heraus, schraubte sie auf und trank ein paar Schluck. Danach aß ich die Schokolade auf. Finster blickte ich auf die aufgehende Sonne.

In der Wüste bringt dich Hitze im Handumdrehen um. Zum Glück befand ich mich nicht in der Wüste, die Luft war nicht ganz so trocken, und diesen Tag würde ich schon noch überstehen. Morgen würde ich dann entweder Wasser brauchen oder ... oder ich würde gar nichts mehr brauchen.

Den Rucksack geschultert, die MPi um den Hals gehängt! Und auf nach Norden! Solange die Hitze noch einigermaßen erträglich war, musste ich eine möglichst große Strecke zurücklegen ...

Aber ich brauchte dann doch nicht lange zu marschieren.

Nach zwei, drei Minuten bemerkte ich vor mir einen Streifen, der die Steppe von Osten nach Westen durchzog. Nachdem ich genauer hingesehen hatte, aber trotzdem nicht dahintergestiegen war, legte ich einen Zahn zu.

Als mir endlich klar war, was ich da sah, blieb ich erst stehen, bevor ich mich schließlich langsam und vorsichtig weiterwagte.

Bis hin zum Rand dieses Cañons, der die Steppe zerklüftete.

Ich bin weder ein Geograph noch ein Geologe. Ich weiß nicht – zumindest nicht ohne die Einspeisung meiner Funktionalskenntnisse –, ob es in unserer Welt solche Cañons gibt. Vermutlich schon.

Dem Grand Canyon, den alle Regisseure von Actionfilmen so lieben, glich dieser Abgrund nicht. Aber auch mit einer normalen Schlucht hatte er nichts zu tun.

Er war gerade wie ein Pfeil, rund fünfzig Meter breit und mindestens genauso tief. Die extrem steilen Wände des Cañons bildeten an seinem Fuß eine schmale Schlucht, durch die mit starker Strömung Wasser schoss. Der Cañon fing irgendwo im Vorgebirge an, und als ich mit dem Blick dem Wasser folgte, machte ich in der Ferne eine blaue Fläche aus.

Ich war auf einem Plateau entlanggewandert, das dicht am Meer lag!

Ein Problem weniger. Verdursten würde ich nicht.

Falls ich es nach unten schaffte.

Ob das auch eine Art von Wahl war? Sollte ich hinunterkraxeln oder den Cañon entlang zum Meer wandern? Ich schnippte mit den Fingern und versuchte, die blaue Flamme entstehen zu lassen. Nichts. Anscheinend hatte ich keine Wahl, ich musste runter.

Warum hatte ich es in meiner Jugend bloß nicht mit Freeclimbing versucht? Ein Bekannter von mir war drei Jahre lang regelmäßig in eine Kletterhalle gegangen, zu Turnieren gefahren und hatte im Naturschutzgebiet Stolby bei Krasnojarsk Felssäulen erklommen ... Nach dem fünften oder sechsten Bruch hatte er diesen Sport dann aufgegeben, im Großen und Ganzen zufrieden, selbst wenn er heute mit seinen fünfundzwanzig Jahren schon hinkte.

Na schön, versuchen wir's ...

Die ersten Meter waren die flachsten, gleichzeitig aber auch die schwierigsten, denn die Wand des Cañons bestand hier aus fester, trockener Erde, die leicht unter Füßen und Händen wegbröckelte. Eine Hilfe waren die Graswurzeln, die den Boden durchdrangen und ihn nicht ganz abrutschen ließen. Dann folgte der harte Steinboden, auf dem es zu meiner Überraschung leichter wurde. Durch die Verwitterung war ein Schichtgestein entstanden, das alle zwanzig, dreißig Zentimeter eine recht bequeme »Stufe« aufwies, auf die ich meinen Fuß setzen konnte. Nur war die Wand extrem steil. Aber immerhin nicht senkrecht. Selbst wenn ich abgleiten würde, gab es noch Chancen, mit heiler Haut davonzukommen.

Was ich allerdings lieber nicht ausprobieren wollte.

Schweiß floss mir in die Augen, meine Beine fingen schon bald an zu zittern. Für einen Städter ist es nicht gerade ein Kinderspiel, die Natur zu bezwingen. Die idiotische MPi, die mir zunächst federleicht vorgekommen war, baumelte inzwischen schwer um meinen Hals. Wegwerfen wollte ich sie aber trotzdem nicht. Obwohl der Rucksack drohte, mir von den Schultern zu rutschen, wagte ich es nicht, stehenzubleiben und ihn festzuzurren. Als die Hälfte des Abstiegs hinter mir lag, machte ich eine Pause, um Luft zu schnappen. Ich blickte nach oben – und wusste sofort, dass ich damit einen Fehler begangen hatte. Der über mir lastende Felsen erschreckte mich viel mehr als der Abgrund unter mir. Zu spät wurde mir klar, dass ich immer irgendwie runter kommen würde, selbst ohne dabei zum Krüppel zu werden. Aber wieder nach oben, das würde ich wohl kaum schaffen.

Der Stein, auf dem ich mich zu lange abgestützt hatte, begann unter meinen Füßen wegzubrechen. Hastig setzte ich meinen Weg fort. Hier machte ich besser keine Pausen mehr.

Zehn, fünfzehn Meter über dem Boden des Cañons wuchs wieder Gras am Hang, das viel frischer grünte als oben, und es gab auch kleine Sträucher. Einerseits bot mir das eine Möglichkeit, mich festzuhalten. Andererseits rutschte ich im Gras aus, und die Büsche rissen mir, obwohl sie keine Dornen hatten, die Hände auf. Was war das wieder für eine Schweinerei? Das Zeug half mir – und gleichzeitig verletzte es mich. Was für ein grausames Gesetz der Natur!

Auf den letzten Metern packte mich der Wunsch, mich von der Felswand zu lösen und den steilen Abhang hinunterzurasen. Wahrscheinlich wäre das sogar gutgegangen, allerdings wäre ich am Ende im Wasser gelandet. Und hier, am Boden des Cañons, war es entsetzlich kalt. Die Sonne schaute nur mittags in dieser Schlucht vorbei.

Mit nach der Anstrengung zitternden Armen und Beinen, blutig gekratzten Händen, einem Hemd, das ich mir an einem hinterhältigen Zweig aufgerissen hatte, und einem schmerzenden Knie – ich war gegen einen Stein gestoßen – erreichte ich schließlich den Fuß des Cañons, einen schmalen, nur zwei Meter breiten Uferstreifen. Rasch schoss das klare Wasser an meinen Füßen vorbei. Ich setzte mich auf einen Felsblock und wusch mir Hände und Gesicht. Danach trank ich mich satt. Das Wasser war eisig. Trotzdem zog ich mich aus, um mich am Ufer stehend zu bespritzen.

Wie gut das tat!

Ich trat etwas vom Wasser weg, setzte mich auf einen runden Stein und wartete, dass mein Körper trocknete. Seit dem Eintritt in diese Welt hatte ich nicht den Wunsch nach einer Zigarette verspürt. Jetzt fand ich in dem Rucksack die vorausschauend dort versteckte Schachtel – genauer: eine halbe Schachtel – und rauchte voller Genuss. Danach zog ich mich wieder an. Und öffnete eine der Rationen.

Ich fand ein fast vollständiges Mittagsmenü vor. Ein Plastikbeutelchen mit verdächtigen Brocken von brauner Farbe, die sich, kaum dass ich Wasser hinzugab, erhitzten und in eine Tomatensuppe verwandelten. Mit einiger Fantasie konnte man das Ganze sogar als Borschtsch bezeichnen. Das Fehlen einer Schüssel machte sich störend bemerkbar, bis ich begriff, dass die arkanischen Soldaten zunächst das in eine Plastikschüssel verpackte Hauptgericht – gefriergetrocknetes Fleisch und ebensolche Kartoffeln – zu essen hatten. Auch dieser Gang erhitzte sich nach der Zugabe von Wasser und gewann Form und Geschmack. Ich schüttete die Suppe in das frei gewordene Gefäß und aß sie. Dann öffnete ich eine Dose, auf der ein Apfel abgebildet war, und trank den sehr dicken und süßen Saft. Das Brot, fest in Plastik eingeschweißt, schmeckte fast wie frisches.

Perfekt. Mich über schlechtes Essen zu beklagen wäre eine Sünde gewesen.

Wohingegen es durchaus sinnvoll war, mir mal den Kopf darüber zu zerbrechen, was ich als Nächstes tun sollte.

Ich könnte, erstens, versuchen, ein Floß zu bauen. Indem ich die vertrockneten Sträucher zusammenband, am Ufer Holz suchte ... und die Kondome aufblies. Klang ja unglaublich verlockend!

Und ich könnte, zweitens, das Ufer den Strom entlang hinunterwandern. Hier würde ich nicht ganz so gut vorankommen wie in der Steppe, dafür würde mir tagsüber die Hitze nicht zu schaffen machen, und Wasser hätte ich auch stets in der Nähe.

Keine sehr tolle Wahl. Nach dem, was ich von oben gesehen hatte, mündete der Fluss nach rund vierzig Kilometern ins Meer. Welche Strecke würde ich an einem Tag bewältigen? Wenn ich Glück hatte, würde ich die vierzig Kilometer schaffen. Und Meer bedeutete jedenfalls Leben.

Also machte ich mich auf den Weg.

Mit der Beschreibung dieses Tages könnte ich sehr viel Zeit verbringen. Ich könnte berichten, wie ich meinen Weg zurücklegte und immer wieder kleine Pausen machte. Wie ich einen alten Steinsturz überwand, durch den das Wasser sich einen Tunnel gebohrt hatte und wo ich über glitschige, moosbewachsene Felsbrocken klettern musste. Wie ich mich mittags vor der vom Himmel sengenden Sonne versteckte und sogar ein Stündchen schlief. Wie ich einen Ameisenhaufen entdeckte, keinen Waldameisenhaufen, kein Gebilde aus Tannennadeln und Zweigen, sondern eine von winzigen Bauten durchlöcherte Felswand, und gerührt die Insekten beobachtete: die ersten lebenden Wesen, die ich hier traf. Wie ich versuchte zu verstehen, in welche Welt des Multiversums es mich verschlagen hatte. Nach Reservat? Gar nicht so unwahrscheinlich. Schließlich dürfte nicht der ganze Planet mit dichtem Grün bewachsen sein. Janus? Auch nicht ausgeschlossen. Irgendwo an der Grenze zwischen Sommer und Winter, womit ich ziemlich viel Glück gehabt hätte. Unsere Erde? Selbst das wäre denkbar. Nur wir Städter glauben, der ganze Planet sei unwiderruflich durch die Zivilisation zerstört worden. Stattdessen gibt es auf ihm mehr als genug Flecken, mit denen der Mensch nicht das Geringste anzufangen weiß, da sie völlig ungeeignet sind, um sich dort anzusiedeln.

Ich könnte es aber auch kurz und knapp halten: Ich lief den ganzen Tag, überwand einige nicht allzu schreckliche Hindernisse, verfluchte mich für meinen Geiz, der es mir nicht erlaubte, die MPi wegzuschmeißen, ließ in der Abenddämmerung den Cañon hinter mir und erreichte das Meer.

Oder den Ozean?

Ich stand auf einem Felsen, von feinen Wasserspritzern besprenkelt. Links versank die Sonne im Meer. Vor mir zogen die Wolken über das Meer dahin. Direkt unter mir stürzte sich aus hundert Metern Höhe ein Wasserfall ins Meer.

Der Cañon fiel zum Meer hin nicht ab. Der Cañon erhob sich als senkrechte Felswand am Meeresufer. Und ich stand wie der letzte Idiot vor diesem Abgrund.

Hinauf – das bedeutete fünfzig Meter steiler, fast senkrechter Felsen. Hinunter – hundert Meter absolut steiler Felsen.

Wohin sollte ich jetzt?

Lange blieb ich wie angewurzelt stehen und schaute nach oben. Würde ich es schaffen, diesen Hang zu erklimmen? Hmm ... angesichts des Sedimentgesteins ... wohl schon. Natürlich nicht jetzt, sondern morgen früh, wenn es hell war.

Aber was würde mir das nützen? Ich würde mich auf einem Felsplateau hoch über dem Meer befinden.

Und nach unten?

Auf allen vieren kroch ich an den Rand der Felswand. Sie war mit Moos bewachsen und glitschig. Unmittelbar am Abgrund legte ich mich auf den Bauch und spähte hinab.

Nein, das war unmöglich. Nach unten würde ich es auf gar keinen Fall schaffen. Wenn ich ein sehr, sehr langes Seil hätte, könnte ich es irgendwo befestigen und mich langsam parallel zum Wasserfall herunterlassen. Aber ein Seil gehörte nicht zur Ausrüstung der arkanischen Soldaten, nur eine Rolle mit Faden ...

Mit einem Faden und ohne Nadel.

Wozu eigentlich?

Ich kroch vom Rand weg, holte die Rolle heraus und spulte ein wenig von dem Faden ab. Ich begutachtete ihn genau. Keine Baumwolle und keine Seide, irgendein synthetisches Material ... Ich zerrte an dem Faden. Er riss nicht.

Nachdem ich eine große Schlinge geknüpft hatte, warf ich sie über einen Felsvorsprung und wickelte den Faden dann wieder auf die Spule, bis er sich stramm spannte. Danach zog ich die Beine an – und baumelte an dem feinen, weißen Faden. Ich schaukelte und stieß mich mit den Füßen vom Felsen ab.

Der Faden riss nicht.

Aha!

Jetzt war mir die Bestimmung des Fadens klar. Damit ließ sich ein Gefangener fesseln, den konnte man als Seil benutzen ... Nahm ich jedenfalls an.

Aber wie sollte ich mich an einem solch dünnen Faden herunterlassen, selbst wenn er stabiler als ein Kletterseil war? Er würde meine Hände in wenigen Sekunden völlig aufreißen. Wenn ich aber meine Hände mit irgendwas umwickelte, dann könnte ich den Faden nicht mehr richtig packen. Also bräuchte ich eine Art Umlenkrolle.

Was benutzten Alpinisten und Kletterer?

In meinem Gedächtnis ertönte plötzlich mit absoluter Klarheit der Ausdruck »Flaschenzug mit Steigklemmen«. Bedauerlicherweise begleitete ihn keine erklärende Skizze.

Trotzdem gab mir das Hoffnung! Ich stand vor einer Wahl, wenn sich meine Fähigkeiten melden!

Was stand mir zur Verfügung? Ein Flaschenzug mit Sicherheit nicht. Mir war vage in Erinnerung – und zwar nicht aus meinem Funktionalswissen, sondern aus meinem Physik- oder aus einem Sachbuch –, dass ein Flaschenzug ein System von Umlenkrollen ist, das wahrscheinlich schon die alten Griechen kannten. Mit den Hilfsmitteln, die mir zur Verfügung standen, würde ich so ein Ding allerdings garantiert nicht konstruieren können. Und die Steigklemme war mir ohnehin ein Buch mit sieben Siegeln. Das musste etwas völlig Spezifisches sein. Eine Bergsteigerausrüstung konnte jedoch nicht nur aus komplizierten Geräten bestehen. Da musste es noch etwas anderes geben. Etwas Einfaches. Und je einfacher, desto besser.

Ich zwirbelte den Faden zwischen den Fingern. Ich brauchte einen festen Metallgegenstand, durch den ich ihn ziehen konnte. Irgendeinen Ring. An dem würde ich mich dann festhalten und mich ... Nein, das war auch noch nicht die Lösung. Der Faden müsste so geführt werden, dass die Reibung meinen Fall abbremste. Ein Ring, das war zu einfach.

Aber zwei Ringe? Zwei Ringe, zwei Enden, ein Nagel in der Mitte, hier ist die Schere, bitte! Also, ein Nagel in der Mitte war nicht nötig, eher etwas wie eine Acht, durch die ich den Faden ziehen konnte.

Ich betrachtete das Gewehr von allen Seiten. Aber klar, da war ein Ring, nämlich der Bügel, der um dem Abzug lag. Was konnte als zweiter Ring herhalten? Vielleicht das runde Visier?

Wenn ich den Faden erst durch den einen Ring führte, dann durch den anderen, konnte ich mich bequem an Lauf und Kolben festhalten. Was passierte dann aber mit dem Faden?

Ich fädelte den Faden entsprechend durch die Ringe und führte an demselben Vorsprung ein Experiment durch, wobei ich vorsichtshalber das Magazin herausnahm und prüfte, ob die Waffe gesichert war. Der Faden lief absolut sicher über die Waffe. Mich an Lauf und Kolben festhaltend, baumelte ich in der Luft. Ziemlich bequem sogar. Aber nach unten kam ich auf diese Weise immer noch nicht.

Und wenn ich die MPi etwas zur Seite kippte? Um die Reibung zu vermindern?

Langsam glitt das Gewehr über den Faden. Im nächsten Moment stießen meine Knie auf dem Felsen auf.

Ein Zittern erfasste mich, als mir klar wurde, dass der Abstieg möglich war. Theoretisch.

Wenn nämlich der Faden auf der Rolle reichte. Wenn der Knoten sich nicht löste und der Felsbrocken nicht abbröckelte. Wenn der Faden nicht riss. Wenn mir das Gewehr nicht entglitt, wenn sich der Faden nicht beim Runterwerfen verhedderte. Wenn ... wenn ... wenn ...

Über Nacht würde ich einen ganzen Sack mit diesen Wenns füllen. Und nicht mal mehr an den Abstieg zu denken wagen.

Bis die Nacht hereinbrach, blieb mir noch eine Stunde.

Also handelte ich – um nicht zu grübeln.

Ich führte den Faden noch einmal durch die »Ringe« am Gewehr. Das freie Ende befestigte ich an einem Felsvorsprung, der mir besonders geeignet erschien, denn an seiner Unterseite verlief eine dünne Wasserrinne, sodass der Faden nicht wegrutschen würde.

Danach trat ich an den Rand des Abgrunds, holte weit aus und warf die Rolle nach unten. Eine Zeit lang verfolgte ich ihren Fall, dann entschwand sie meinem Blickfeld.

Blieb zu hoffen, dass sie sich bis zum Ende abgespult hatte.

Blieb zu hoffen, dass der Faden reichte.

Ich packte die MPi und ließ sie den Faden entlanggleiten. Dabei kroch ich zum Rand der Felswand. Dort ließ ich die Beine baumeln. Das Herz hämmerte mir wild in der Brust.

Himmel hilf, was tat ich da? Ich war verrückt, hundertprozentig verrückt, ein durchgeknallter Kamikaze, ein Selbstmörder, Masochist und Idiot, reif für den Darwin Award ...

Ich holte tief Luft und robbte noch ein paar Zentimeter über den Felsen. Dann noch ein paar. Und noch ein paar.

Das war's. Jetzt hing mein Gewicht an einem Faden. Gut, ein klein wenig lastete auch noch auf dem Felsen, gegen den ich mich stemmte. Die Wasserspritzer bildeten Wolken in der Luft.

Ich musste runter ...

Ich kippte das Gewehr, wobei ich aufpasste, dass der Faden meine Finger nicht berührte. Gleichmäßig glitt ich nach unten.

Die ersten zehn Meter ließen sich dermaßen gut an, dass sogar ein Teil der Anspannung von mir wich. Meine improvisierte Umlenkrolle – keine Ahnung, wie echte Alpinisten das Ding nennen! – glitt tadellos und langsam den Faden hinunter. Wie eine Spinne, die sich in ihrem Netz bewegt, seilte ich mich neben der Wasserwand ab, diesem Kaleidoskop aus Tropfen.

Irgendwann gewann ich Fahrt. Nein, es war alles noch wie bisher, nur lief der Faden mit einem Mal nicht mehr so stramm durch meine Konstruktion. Ich stellte die MPi senkrecht, in der Hoffnung, ich würde anhalten. Nein. Der Fall verlangsamte sich, nahm wieder ein akzeptables Tempo an, aber die Bewegung kam nicht zum Stillstand.

Das Wasser! Daran hatte ich nicht gedacht! Der Faden war feucht geworden, und der Reibungswiderstand, bei einem so dünnen Faden ohnehin nicht sehr hoch, fiel ganz weg. Mich rettete nur, dass sich der Faden noch am Lauf der MPi rieb.

Ich versuchte, mit den Füßen am Fels das Herabgleiten abzubremsen, aber das führte nur zu heftigen Rucken, die mich um die Stabilität des Fadens fürchten ließen. Die statische Belastung hatte er ausgehalten. Aber ob er auch die Stöße verkraftete?

Ich konnte nur noch darauf hoffen, dass der Abstieg, der immer mehr einem Sturz gleichkam, sich nicht auf ein mörderisches Tempo hochschraubte.

Die letzten Meter legte ich absolut rasant zurück, meine Arme wurden immer schwerer, meine Finger ließen sich kaum noch bewegen. Vom gegen den Felsen brandenden Meer trennte mich nicht mehr viel. Zehn Meter vielleicht. Gut, fünfzehn.

In dem Moment erblickte ich die unter mir baumelnde Rolle. Hatte der Faden also doch nicht gereicht.

Das Gewehr hielt ich fest gepackt. Mit vollem Schwung sauste ich runter, bis der Ring des Visiers auf die Rolle prallte. Der Faden sirrte kurz, riss, und ich stürzte strudelnd in die Tiefe, stieß mich im allerletzten Moment von der Felswand ab.

Der Himmel, die Felsen, der Wasserfall – alles wirbelte in einem teuflischen Karussell um mich herum. Ich glaube, ich vollführte drei komplette Salti, bevor ich rein zufällig in allerschönster strammer Haltung im Wasser landete. Wäre eine Sportjury in der Nähe gewesen, hätte ich bestimmt keine schlechten Noten bekommen. Wobei: Der verzweifelte Schrei, den ich während des ganzen Flugs ausstieß, das selbstständig durch die Luft fliegende Gewehr und der mir beim Aufprall aufs Wasser vom linken Fuß gerissene Schuh hätten mir garantiert ein paar Strafpunkte eingebracht.

Ich tauchte sehr tief unter. Der tosende Wasserfall drückte mich zusätzlich nach unten. Ich musste mich förmlich zwingen, die Augen zu öffnen, doch zum Glück war das Wasser nicht allzu salzig. Daraufhin schwamm ich, mich am Licht orientierend, nach oben. Meine Ohren schmerzten, und ich brauchte dringend Luft, denn beim Eintauchen hatte ich gerade ausgeatmet. Tapfer bezwang ich das Erstickungsgefühl, während ich mich nach oben arbeitete. Das durfte einfach nicht das Ende sein. Was hätte das denn sonst alles gebracht? Mein Aufstand, die Jagd, die Eiswüste auf Janus, der unglaubliche Abstieg ...

Ich ließ mich von diesem Gedanken förmlich hochtragen: Das darf nicht das Ende sein. Andererseits machte ich mir auch nichts vor. Milliarden von Menschen hatten diesen Gedanken schon gehabt – bevor ihr Ende eintrat.

Aber ich schaffte es.

Ich öffnete den Mund und stieß eine würdige Fortsetzung des Schreis aus, mit dem ich in die Tiefe gestürzt war. Ich hämmerte mit den Händen aufs Wasser und atmete gierig ein. Ich fluchte, was das Zeug hielt. Schließlich schwamm ich von dem donnernden Wasserfall weg.

Als mir klar wurde, dass mir nur ein Schuh geblieben war, zog ich auch den zweiten aus und warf ihn weg. Genau in dem Moment bemerkte ich den ersten, der auf dem Wasser trieb, doch da war es schon zu spät, das rechte Pendant war aus unerfindlichen Gründen wie ein Stein zu Boden gesunken.

Auf den ersten Blick kam es mir so vor, als wüchsen die senkrechten Felsen direkt aus dem Meer heraus. Dann erspähte ich jedoch einen schmalen Uferstreifen, den in der Vergangenheit vom Felsen abgebröckelte Steine geschaffen hatten. Ich schwamm darauf zu, kroch auf die Steine und erstarrte in der Pose einer gewissen dänischen Seejungfrau, zog die Beine unter den nicht vorhanden Fischschwanz und versuchte, zu Atem zu kommen.

Ich hatte es geschafft! Entgegen allen Erwartungen hatte ich es geschafft!

Vierzehn

Ein echter Held, einer von denen, die Ketten durchbeißen, kurzerhand Hubschrauber aus der Luft holen und spielend mit zehn, zwanzig Feinden fertigwerden, muss all seine Taten gelassen, kaltblütig und absolut emotionslos vollbringen. Also ungefähr so wie Schwarzenegger, der nicht umsonst mit diesen Rollen große Erfolge als Schauspieler gefeiert hat. Wenn im realen Leben ein Spezialeinheitler schreit, zetert und flucht und höchst anschaulich die Folgen seines Zorns ausmalt – wie die Figur eines anderen guten Schauspielers, Bruce Willis –, dann erleidet dieser Held nach ein paar Jahren voller Ruhmestaten einen dauerstressbedingten Herzinfarkt und wird den Rest seiner Tage durch Parks spazieren und Tauben mit Hirse füttern.

Vermutlich tauge ich nicht für die Rolle eines richtigen Helden.

Das wurde mir mit aller Deutlichkeit klar, als ich da am Meeresufer saß. Ich hatte Angst, sogar mehr Angst als beim Abstieg. Ein leichtes Zittern schüttelte mich, das nicht von der Kälte herrührte – das Wasser war warm gewesen –, sondern einzig und allein von dem Gedanken, wie mein Abenteuer hätte enden können, ja, hätte enden müssen.

Ein wenig tröstete mich, dass ein Mensch mit reicherer Fantasie sich schon längst vor Angst in die Hosen gepisst hätte.

Und ein Genreschriftsteller wie Melnikow hätte es sogar getan, noch bevor er sich abgeseilt hätte ...

Diese Phantastik-Schriftsteller haben's gut! Ihren Helden steht immer das ganze Spektrum an Ausrüstung zur Verfügung, angefangen bei einer normalen Schnur bis hin zu einer Profi-Achteröse. Oder bis zum Einweg-Taschenantigrav. Oder zum Propeller, wie bei Karlsson, der bloß seine Hosen mit dem Motor anzuziehen brauchte und ganz gemütlich, den begeisterten Jungen noch zuwinkend, in die Luft aufstieg.

Hier lief jedoch pures Abenteuer als Improvisation ab, der verzweifelte Rettungsversuch eines Laien, der in eine Falle getappt war ... Und sollte ich diese Geschichte je rumerzählen, dann würde mich der Mathematiker für meine miserablen Berechnungen kritisieren, der Physiker für die Vernachlässigung des Reibungskoeffizienten und der Kletterer dafür, dass ich mich auf meine Hände verlassen und folglich keine Schlaufe aus meinem Gürtel und dem MPi-Gurt geknüpft hatte ...

Ach, ihr Schlaumeier! Zu gern hätte ich euch an meiner Stelle gesehen! Wenn du spürst, wie mit jeder Sekunde deine Entschlossenheit, diesen Abstieg zu wagen, dahinschwindet, wenn du begreifst: Noch fünf Minuten, und du wirst mutterseelenallein auf diesem Felsen hocken bleiben, genau wie Väterchen Fjodor aus den *Zwölf Stühlen* ...

Indem ich meine hypothetischen Kritiker gedanklich in ihre Schranken verwies, entspannte ich mich ein wenig. Ich zog mich aus und wrang die nasse Kleidung aus. Die Nacht würde kalt werden, auf eine Brise von der Landseite brauchte ich nicht zu hoffen, schließlich saß ich unter einem einhundertsiebzehn Meter hohen Kliff ...

Wie bitte?

Eine Achteröse? Ein Kliff?

Da waren sie wieder!

Ich fuhr mit der Hand durch die Luft und versuchte, ein Portal zu öffnen. Nein, so weit waren meine Fähigkeiten nicht zurückgekehrt. Aber auch die Zugriffsmöglichkeit auf das enzyklopädische Wissen eines Funktionals war nicht zu verachten.

Vielleicht würde ich jetzt wissen, was ich weiter tun sollte.

Von Stein zu Stein springend, bewegte ich mich den winzigen Strand entlang. Der erneute innerliche Aufruhr verlangte nach einem Ventil.

Sollte ich hier schlafen?

Sollte ich am Ufer entlangschwimmen?

Sollte ich vom Ufer wegschwimmen?

Was auch immer mir meine Intuition vorgeschlagen hätte, ich hätte mich darauf eingelassen. Aber die Sache erschöpfte sich in fragmentarischen Kenntnissen aus den Bereichen Geologie und Alpinismus.

Also würde ich nicht schwimmen.

Sondern warten.

Ein Feuer entfachen und mich aufwärmen.

Der letzte Gedanke kam mit überraschender Klarheit und Überzeugungskraft daher.

Ob die Instinkte eines Funktionals mich vor einer Lungenentzündung warnen wollten?

Ich öffnete den Rucksack, was ich vermutlich besser gleich getan hätte, und holte die feuchten Sachen heraus.

Sie hatten zum Glück weitaus weniger gelitten, als ich befürchtet hatte. Der Verschluss des Rucksacks, äußerlich ein ganz normaler Reißverschluss, hatte kaum Wasser durchgelassen. Nur die Rolle Klopapier war völlig durchgeweicht und hatte damit demütig die Rolle von Silicagel übernommen. Das Päckchen Streichhölzer erwies sich jedoch als trocken.

Jetzt brauchte ich nur noch Brennholz ...

Zweige und Gehölz fanden sich auf dem kleinen Steinstrand in beschämend geringer Menge. Dafür türmten sich graubraune Algen, von einem Sturm oder der Flut angespült, am Uferstreifen zu wahren Bergen auf. Sie waren mehr oder weniger trocken. Ich sammelte sie ein und dachte nach.

Ging es tatsächlich darum, wieder warm zu werden?

Hatte mir das meine Intuition vorgeschlagen?

Kaum.

Kurz entschlossen zerriss ich die Broschüre zum Überleben auf Feste, schuf eine kleine Mulde in dem Wust von Algen und gab die Papierfetzen dort hinein. Sie fingen mit dem ersten Streichholz Feuer. Die Algen widersetzten sich kurz, glommen dann aber ebenfalls auf.

Es wäre ohnehin nicht gerade leicht gewesen, sich an diesem Feuer aufzuwärmen. Einzurußen – das wäre kein

Problem. Ich trat ein paar Schritte zurück und betrachtete neugierig meiner Hände Werk. Eine dicke Säule aus schwarzem Rauch stieg auf, die sich klar vor dem Hintergrund der Felsen abzeichnete. Die schwache Flamme dürfte aus der Ferne in der Dämmerung kaum zu sehen sein, der Rauch hingegen ... Ja, der Rauch stellte mich hoch zufrieden.

Wenn man vom Meer aus ans Ufer blickte, würde die quasi direkt aus dem Wasser aufsteigende Rauchsäule klar zu erkennen sein.

Ich setzte mich auf einen Stein, öffnete meine zweite Ration und machte mich über mein Abendbrot her. Bei der Suppe handelte es sich diesmal um Kartoffelsuppe, als Hauptgang bekamen die Soldaten zwei Bouletten mit Bohnen. Eine nicht gerade gängige Kombination, aber momentan fand ich mich bereit, darüber hinwegzusehen.

Eine halbe Stunde später, nach dem Essen und einer Zigarette, erspähte ich am Horizont den weißen Fleck eines Segels.

Tief in ihrer Seele sind vielleicht alle Menschen Rassisten.

Nein, damit meine ich jetzt nicht, dass jeder Mensch an einen Punkt kommen kann, an dem er alle Ausländer verwünscht, das Hohelied auf Weiße, Gelbe oder Schwarze singt und – je nach eigener Hautfarbe – Schwarze, Weiße oder Gelbe hasst. Dergleichen kommt vor, aber das meine ich nicht.

Ich meine vielmehr, dass wir in jeder Krisensituation unbewusst erwarten, auf jemanden zu treffen, der uns ähnlich ist. In meinem Fall erwartete ich Weiße. Europäer. Hoffte sogar auf Russen, wenn auch in der hiesigen Variante.

Andererseits rechnete ich auch mit etwas absolut Unvorstellbarem, mit grünen Männchen, Menschen mit Hundeköpfen oder aufrecht gehenden Krokodilen. Schließlich war mir noch immer schleierhaft, in welcher Welt ich überhaupt gelandet war. Ich musste jedoch davon ausgehen, dass es sich um die Heimat der Funktionale handelte. Durfte ich denn mit Sicherheit annehmen, dass sich hinter den Funktionalen Menschen verbargen? Der Homo sapiens?

Als das Schiff sich so weit genähert hatte, dass ich es deutlich ausmachen konnte – eine fünfzehn Meter lange Jacht, anscheinend ein Segelboot, das jedoch in keiner Weise primitiv oder unmodern wirkte, mit seinen runden, gläsernen Bullaugen in den blitzblanken Kupferrahmen und mit dem elektrischen, auf einem Drehkranz (genau wie bei einer Waffe) sitzenden Scheinwerfer am Bug –, da erkannte ich, dass die Mannschaft sich nicht aus Weißen, sondern aus Asiaten zusammensetzte. Sie winkten mir zu, anscheinend freundlich. Ich winkte zurück. Ein Beiboot wurde zu Wasser gelassen, zwei Männer legten sich tüchtig in die Riemen.

Ob ich vielleicht tatsächlich irgendwo auf der Erde war? In Südostasien? In Neuseeland, dort, wo es angeblich ein sehr eigenwilliges Landschaftsrelief gibt. Fantasy-Leute drehen da ja nicht umsonst Film um Film ...

Kaum näherte sich das Boot den Felsen, ruderten die beiden Matrosen sofort ein Stück zurück; offenbar befürchteten sie, sich den Boden aufzureißen. Aufmerksam musterte ich sie.

Hochgewachsene, dunkelhäutige, schwarzhaarige, schlitzäugige Männer. In weißen Uniformhemden von seltsamem Schnitt, die wie bei kleinen Kindern an den Schultern geknöpft wurden, dazu weiße Hosen. Warum lieben alle Seeleute weiß? Das Zeug muss doch schwer zu waschen sein.

»Spring!«, forderte mich einer der Matrosen in einer Mischung aus Befehl und Einladung auf.

Mir fiel ein Stein vom Herzen. Die Sprache verstand ich. Es war kein Russisch, aber ich verstand den Mann.

Trotzdem sprang ich dann nicht – das Boot wurde nämlich gegen die Felsen getrieben, ich brauchte nur hineinzusteigen. Ich setzte mich auf den Boden. Die Ruderer handhabten synchron die Ruder, um das Boot vom Ufer wegzubringen.

Ich musterte die beiden weiterhin recht ungeniert. Waren das Japaner? Nein. Chinesen? Auch keine große Ähnlichkeit, obwohl es natürlich unterschiedliche Chinesen gibt, China ist ja genau wie Russland ein Vielvölkerstaat. Vielleicht Malaien oder Indonesier?

Ich gab den Kampf gegen meine geographische Ignoranz auf. Wie hatte eine Bekannte von mir gesagt, die ständig Abidjan und Andijon, Island und Irland, Gambia und Sambia durcheinanderbrachte: »Ich weiß gar nicht, was du willst, ich hatte in der Schule immer eine Eins in Erdkunde.«

Jedenfalls sahen diese Matrosen freundlich aus, und Waffen trugen sie auch keine.

»Vielen Dank«, sagte ich, um ein Gespräch anzufangen. »Ich hatte schon Angst, ich würde hier versauern.«

»Bist du schon lange hier?«, fragte einer der Seemänner. Der andere sah ihn missbilligend an, sagte jedoch kein Wort.

»Seit zwei Stunden.«

»Und woher kommst du?«

Offenbar verwunderte sie mein Äußeres nicht. Überhaupt hatte ich nicht gerade den Eindruck, die Matrosen würden vor Neugier platzen oder auf die Antwort brennen, woher denn bitte schön an diesem Uferstreifen mit der senkrechten Felswand dahinter plötzlich ein Mensch kam.

»Ich habe mich an einem Seil den Fels heruntergelassen«, antwortete ich, nur halb mit der Wahrheit herausrückend.

»Alle Achtung«, brachte einer der Matrosen voller Respekt hervor. »Du bist stark.«

»Nur der Kopf ist mir dabei ganz abgefroren«, murmelte ich, mich an den Witz von der Krähe erinnernd, die mit den Wildgänsen über das Meer davonfliegen wollte.

Die Matrosen lachten beide. Inzwischen hatten wir das Heck der Jacht erreicht und konnten uns nicht weiter unterhalten. Das Schiff schaukelte auf den sanften Wellen, die beiden Männer manövrierten es vorsichtig direkt ans Heck. Ich ging als Erster an Bord. Ich packte das Geländer einer Metallleiter am Heck und kletterte aus dem Boot, indem ich die paar Sprossen hochstieg. Obendrein fassten kräftige Hände nach mir und zogen mich an Deck.

Hier empfingen mich an die sieben Mann, vermutlich die gesamte Besatzung der Jacht. Einige Matrosen, zwei junge Männer, die ich innerlich als Passagiere einstufte, denn sie trugen keine Uniform, sondern weite bunte, leicht arabisch wirkende Kleidung; ihre Gesichter zeigten jedoch ebenfalls eher asiatische Züge.

Und dann gab es einen weiteren Mann, mit rund sechzig Jahren der älteste von allen, den ich für den Kapitän hielt. Zumindest trug er eine Schirmmütze mit einer goldenen Kokarde in Form eines Ahornblatts. Dennoch war der Kapitän ebenso wenig Kanadier wie der Rest der Mannschaft: Auch er durfte ohne weiteres als Chinese durchgehen, bei der geringen Körpergröße und den typischen Gesichtszügen.

Der Kapitän behielt mich fest im Blick.

Das heißt, nein, nicht mich. Den Rucksack auf meinem Rücken. Offenbar unterdrückte er nur mit Mühe den Wunsch, näherzukommen und ihn genauer zu inspizieren.

»Vielen Dank für die Rettung«, wandte ich mich an den Kapitän.

»Das ist die heilige Pflicht eines jeden Seemanns«, erwiderte der Kapitän, der seinen Blick nur unter größter Willensanstrengung vom Rucksack auf mich richtete. Umsonst heißt es, dass sich Europäern die Mimik der Chinesen nur schwer erschließt. Im Gesicht des Kapitäns konnte ich lesen wie in einem offenen Buch: Sorge, Zweifel, Angst und Misstrauen standen da geschrieben. »Gibt es noch mehr Menschen, die unsere Hilfe brauchen?«

»Alle Menschen brauchen Hilfe, aber an diesem Ufer sind keine weiteren Personen«, antwortete ich diplomatisch.

Der Kapitän nickte mit einem Ausdruck, als hätte ich eine Weisheit von mir gegeben, die eines Konfuzius würdig gewesen wäre. »*Müssen wir im Zusammenhang mit Ihnen mit Verfolgung oder anderen Unannehmlichkeiten rechnen?*«, fragte er plötzlich in einer anderen Sprache.

Niemand verstand ihn. Außer mir. Also war mir mit dem Eintritt in diese Welt die Kenntnis fremder Sprachen eingespeist worden. Worin der Unterschied zwischen der einen und der anderen bestand, hätte ich nicht zu sagen vermocht, denn sowohl die Sprache, in der ich mich mit den Matrosen unterhalten hatte, als auch die, in der mich jetzt der Kapitän ansprach, hatten nichts mit dem Russischen oder dem Englischen zu tun. Trotzdem wusste ich, dass Letztere eine andere Sprache war. Und nicht die Muttersprache des Kapitäns.

»*Ich glaube nicht, dass in der nächsten Zeit mit Unannehmlichkeiten dieser Art zu rechnen ist*«, antwortete ich. Und zwar ebenfalls in dieser nur dem Kapitän und mir verständlichen Sprache.

Das musste eine Art Test gewesen sein. Der Kapitän nickte und wechselte, als er sich an einen der Matrosen wandte, wieder in sein »Chinesisch« über, wie ich die gemeinsame Mannschaftssprache für mich nannte.

»Bring unseren hohen Gast in meine Kajüte«, verlangte er. »Sorge für trockene Sachen und etwas zu essen.«

Und weiter, an mich gewandt, wobei er bei der Mannschaft Bewunderung ob seiner Zweisprachigkeit auslöste: »*Ich bitte untertänigst, mein Fehlen zu entschuldigen. Das*

Ufer birgt durch die Steine im Wasser Gefahr, weshalb ich hier oben bleiben muss.«

Anscheinend sprach ich die Sprache besser als er, denn ich antwortete: »*Es ist die Pflicht eines Kapitäns, an Deck zu sein, wenn Riffe in der Nähe sind. Steuern Sie das Schiff, ich werde auf Sie warten, so lang es auch dauern mag. Herzlichen Dank für die Gastfreundschaft.*«

Der Kapitän, bereichert um die Wörter »Deck« und »Riff«, entfernte sich nachdenklich. Mich geleitete der Matrose höflich zu einem Aufbau am Heck (keine Ahnung, wie es heißt, meine Funktionalskenntnisse waren versiegt und meine Bekanntschaft mit dem Meer erschöpfte sich in der Lektüre der *Schatzinsel* und dem Film *Fluch der Karibik* – also in nichts).

Durch eine niedrige Tür kamen wir in einen kurzen Gang. Türen zu jeder Seite und an der Stirn. Der Mann brachte mich zu der Tür, die am Ende des Korridors lag. Obwohl sie nicht abgeschlossen war, öffnete der Matrose sie mit unverkennbarer Schüchternheit.

Die Kapitänskajüte war nicht sehr groß, aber man sollte hier wohl auch keinen Fürstenpalast erwarten. Drei mal drei Meter, mehr nicht. Zu beiden Seiten fest verschlossene Bullaugen. Helle elektrische Glühbirnen an der Decke. Holzgetäfelte Wände, gerahmte Fotos unter Glas und allerlei seltsame Gegenstände, ein Tisch mit vier Stühlen, ein recht breites Bett, an der Wand ein kleiner Schreibtisch, besser gesagt nur ein Stehpult. Kurz darauf brachte mir ein zweiter Matrose einen Stapel sauberer, trockener Kleidung, die haargenau der entsprach, die sie selbst trugen. Danach ließ man mich allein.

Ich zog einen Stuhl unter dem Esstisch hervor – wer wohl die Ehre hatte, mit dem Kapitän zu dinieren? Die beiden Passagiere? – und bemerkte, dass die Beine für den Fall heftigen Seegangs in speziellen Rillen steckten. Ich nahm Platz. Und atmete tief durch.

Anscheinend ausgesprochen freundliche Menschen. Keinerlei Ähnlichkeit mit Piraten.

Gut. Was hatte ich jetzt an der Hand?

Ich hatte eine Welt, die vermutlich nicht meine Heimat war. Ich hatte ein Entwicklungsniveau, das in etwa dem unserer Welt oder auch dem von Veros entsprach. Was lag hier an der Stelle von China? Irgendein Lytdybr?

Aber als Heimat der Funktionale taugte diese Welt nicht, mochte sie nun Veros sein oder nicht ...

Was noch?

Es gab hier arkanische Soldaten. Der Kapitän hatte den Rucksack eindeutig wiedererkannt und hielt es daraufhin für angebracht, sich in einer Sprache an mich zu wenden, die er mit diesem Rucksack in Verbindung brachte. Hieß das, dass ich jetzt die Sprache der Funktionale verstand? Irgendeine Sondersprache, deren Kenntnis eine Seltenheit ist und damit sofort die hohe Stellung des Sprechenden unterstreicht, seinen »Zugang zu Staatsgeheimnissen«.

Interessant ...

Ich zog mich um. Die Sachen passten mir, gepriesen sei der hohe Wuchs der hiesigen Bevölkerung. Nun sah ich mich genauer um.

Die nächsten fünf Minuten verpassten all meinen Theorien einen schweren Schlag.

Erstens: Ich entdeckte die Stromquelle auf dem Schiff.

Über dem Stehpult, das dem Kapitän garantiert als Schreibtisch diente, war ein grauer Zylinder angebracht, der in auf Hochglanz polierten Bronzeringen steckte und noch am ehesten an einen großen, fünfzehn Zentimeter langen Elektrolysekondensator erinnerte. Das Ding bestand aus einem Gehäuse, einem glänzenden Glasboden (aus unerfindlichen Gründen meinte ich, der Zylinder sei mit dem Boden nach oben angebracht) und zwei Kupferstiften, die aus dem Glas herausragten. An den Stiften waren Klemmen befestigt, von denen Kabel in die Wand führten. Der Zylinder summte kaum hörbar und verströmte Ozongeruch. Ein mit Schrauben an der Wand befestigtes Bronzegitter, eine Art Verblendung, schützte die Konstruktion.

Freilich, ich konnte mich einfach irren. Vielleicht war das nur eine höchst eigenartige Luftdusche, und die Leitungen verteilten den Strom von diesem Ding aus nicht, sondern leiteten ihn vielmehr in diesen Zylinder hinein. Trotzdem wäre ich jede Wette eingegangen, die Energiequelle vor Augen zu haben, den Apparat, der sämtliche Lampen auf der Jacht mit Strom versorgte. Was angesichts der Maße des Zylinders völlig undenkbar war. Weder auf der Erde noch auf Veros war eine solche Technik bekannt.

Zweitens: Ich schaute mir die fünf Fotos an der Wand intensiver an. Keine schlechte Qualität, aber schwarzweiß, nur eins war grob von Hand koloriert. Ausgerechnet das »Farbfoto« interessierte mich nicht sonderlich, denn wenn man ihm glaubte, musste der Kapitän eine winzige, nicht mehr junge Frau haben und mindestens drei erwachsene Söhne und eine Tochter. Oder drei Söhne, von denen der eine bereits verheiratet war, aber das spielte ja keine Rolle. Ich hätte auch ohne diesen fotografischen Beweis nicht angenommen, in eine Welt geraten zu sein, in der ausschließlich Männer lebten.

Die anderen Fotos erwiesen sich dagegen als aufschlussreicher.

Auf einem Bild war der Kapitän, zum Zeitpunkt der Aufnahme noch deutlich jünger, zusammen mit einigen europäisch wirkenden Männern zu sehen. Auch das musste nichts heißen, schließlich hatte ich nicht damit gerechnet, auf eine ausschließlich asiatische Menschheit zu treffen. Wäre da nicht der Hintergrund gewesen! Die Männer standen auf einem Hügel, hinter ihnen waren die Ruinen einer Stadt zu erkennen.

Einer sehr großen Stadt. Selbst halb zerstört wirkten die Wolkenkratzer noch wie die Giganten aus Manhattan oder aus einer hypermodernen Metropole im Orient. Die monströsen Skelette der Gebäude ragten wie die Knochen verwester Dinosaurier am ganzen Horizont auf. In den Gesichtern der Männer spiegelte sich das Bewusstsein um den feierlichen Moment wider: Sie wirkten stolz und verängstigt zugleich.

Das dritte Foto war überhaupt nur eine Landschaftsaufnahme. Nur dass diese Landschaft Hieronymus Bosch während der Arbeit an der *Hölle* für sein Triptychon gefallen hätte. Ein Himmel voll tiefhängender, dunkler Wolken, eine aufgewühlte, geschundene Erde voller Hügel und Schluchten. In der Nähe des Fotografen brannte der Boden, über die Steine tanzten Feuerzungen.

War das Erde-16, in die ich von der polnischen Zollstation aus einen Blick geworfen hatte?

Fuhr dieses Schiff zwischen den Welten hin und her?

Aber da waren ja noch zwei weitere Fotos.

Das eine zeigte eine schöne junge Frau. Eine Asiatin, aber anscheinend weder die Frau noch die Tochter des Kapitäns. Sie trug zeremonielle Kleidung. Und stand in einem prachtvollen Saal. Auch die Aufnahme selbst wirkte gestellt, offiziell, ein Hauch von Bürokratie ging von ihr aus, von Macht, von Empfängen und Befehlen. Obendrein prangte in einer Ecke eine seltsame Hieroglyphe … Eine Widmung? Von einer der hiesigen Herrscherinnen?

Und das letzte Bild, auf dem ein Mann mittleren Alters dem Kapitän die Hand drückte, eine Aufnahme im Halbprofil, sodass die Gesichter nicht zu erkennen waren – im Gegensatz zur Wache, einigen Soldaten in altbekannter Uniform. Diese trugen langweilige, widerwärtige Gesichter zur Schau, in denen eine gemeine, angsteinflößende Brutalität lag, die nicht einer akuten Gefahr galt, sondern vom Protokoll so vorgesehen war. Im Hintergrund nicht sehr hohe Holzhäuser, orientalische Architektur, mit heruntergezogenen »Wellendächern« …

Der Kapitän verkehrte anscheinend wirklich in höchsten Kreisen. Insofern hatte ich Glück gehabt. Oder auch nicht. Das würde sich herausstellen …

Die übrigen Gegenstände in der Kajüte waren interessant, mehr aber auch nicht. Ein Säbel an der Wand, ein Allerweltsstück, europäisch, eher ein Sportgerät als eine Kriegswaffe, sogar mit einer Schnitzerei am Knauf des Griffs. Ein Stapel Bücher, den Titeln nach zu urteilen Liebesromane – um nicht zu sagen Pornoromane. *Die Jaspisflöte und der lüsterne Schlund. Das Rotkehlchen und die Lyrasaite. Der arbeitsame Diener und die goldene Furche. Der treue Botschafter und das Tal des Geheimnisses.* Die beiden letzten Titel ließen mich – warum auch immer – an die Märchen vom Zauberlehrling Harry Potter denken, und ich musste kichern.

Na, Kapitän, war wohl nicht ganz so einfach ohne Frau auf dem Meer, oder?

Zu gern hätte ich im Stehpult gekramt und eine Karte gesucht. Oder wenigstens ein Handbuch der Seefahrt. Aber natürlich ließ ich mich zu einer solchen Frechheit nicht hinreißen. Um der Versuchung nicht zu erliegen, verschränkte ich die Hände auf dem Rücken, machte mich daran, die Kajüte mit Schritten auszumessen und sah zum Bullauge hinaus auf das sich entfernende Ufer. Die Nacht war inzwischen vollends hereingebrochen, mein Rauchsignal hätte jetzt niemand mehr bemerkt ...

»Das Essen kommt gleich.«

Der Kapitän war sehr leise hereingekommen, als ich mit dem Rücken gerade zur Tür stand. Ob er mich irgendwie beobachtet und auf den richtigen Moment gelauert hatte?

»*Vielen Dank. Ich habe zwar bereits etwas gegessen, bevor ich das Feuer gemacht habe, nehme aber gern an ihrem Mahl teil*«, antwortete ich, ohne mich umzudrehen.

Aus unerfindlichen Gründen mied ich das »Chinesisch«, zu dem der Kapitän zurückgekehrt war. Stattdessen gab ich jener offiziellen Sprache den Vorzug, die weitaus diplomatischer und geschraubter klang. Warum?

Vermutlich, weil es so richtig war.

»Ich hatte schon lange nicht mehr die Gelegenheit, in der Obersprache zu reden«, gestand der Kapitän.

»In der Hochsprache«, korrigierte ich ihn automatisch. Ich wusste einfach, dass es so heißen musste.

»In der Hochsprache«, wiederholte der Kapitän gehorsam. *»Mein Name ist Van Tao. Ist es mir gestattet, Ihren Namen zu erfahren?«*

»Kirill«, sagte ich und drehte mich um. *»Nennen Sie mich Kirill.«*

Der Kapitän fühlte sich augenscheinlich nicht sonderlich wohl in seiner Haut. Etwas an mir störte ihn, trotz des ihm vertrauten Rucksacks und meiner Kenntnis der Hochsprache.

»Hat Herr Kirill am Ufer die Ankunft meines Schiffs erwartet?«, fragte er, den Kopf leicht zur Seite geneigt.

»Nein, das war für mich völlig einerlei«, antwortete ich. *»Sorgen Sie bitte dafür, dass meine Sachen in Ordnung gebracht werden. In dieser Kleidung fühle ich mich wie ein Matrose und kämpfe ständig gegen den Wunsch an, die Segel zu hissen.«*

»Der Herr scherzt ...« Der Kapitän lachte leise. *»Verzeihen Sie die Armut dessen, was ich Ihnen anbieten kann. Meine Kleidung würde Ihnen nicht passen, die meiner Passagiere ebenfalls nicht. Es sind angesehene Händler aus dem Norden ... Soll ich sie zum Essen hinzubitten?«*

»Wir sollten sie nicht über Gebühr in Verlegenheit bringen«, sagte ich. Es wunderte mich selbst, wie leicht ich in die Rolle des hochnäsigen Aristokraten schlüpfte.

Der Kapitän nickte unterwürfig.

»Ihre Familie?« Ich schaute auf die Fotografie.

»O ja!«
»Und wie sind Ihre Dinge bestellt? Bereiten Ihre Söhne Ihnen Freude?«
»Wie es guten Kindern gegenüber ihrem verehrten Vater geziemt ...«
»Wie ich sehe, sind Sie viel gereist.«
Der Blick des Kapitän huschte über die Bilder. *»Ja. Damals war ich jung und handelte unvernünftig. Aber der Himmel hat mich bewahrt.«*
»Ihre Heimat?«, gab ich einen Schuss ins Blaue ab und nickte in Richtung des Photos mit den Wolkenkratzern.
»Ja. Aber ich habe nichts Verbotenes getan!« In seiner Stimme schwang Angst mit.
»Natürlich nicht ...«, bemerkte ich lakonisch. Alles in mir jubilierte vor Begeisterung.
Anscheinend war ich doch im Haus der Funktionale gelandet.
Das die Hausherren allerdings schon vor langem verlassen hatten.
»Mir entgeht nicht, wie Sie sich mit der Frage quälen, wer ich sein mag«, sagte ich. In diesem Moment wurde die Tür geöffnet, und zwei Matrosen brachten unter einer Verbeugung das Essen herein. Ich schwieg, bis sie den Raum wieder verlassen hatten, obwohl ich mir sicher war, dass sie mich nicht verstanden hätten.
»O nein, nein, Herr Kirill!«
Der Kapitän brachte es zuwege, diesen Satz so auszusprechen, dass darin sowohl eine aufrichtige Ablehnung als auch die Neugier auf meine nächsten Worte lag. So schlecht beherrschte er seine »Obersprache« nicht!

»Hören Sie«, meinte ich, ohne die geringste Vorstellung, wie ich fortfahren sollte. Aber zurück konnte ich nun nicht mehr. *»Sie brauchen sich darüber nicht den Kopf zu zerbrechen, denn Sie müssen das nicht wissen. Mein Leben ist zu langweilig und alltäglich, als dass ich damit das Gedächtnis eines so verehrten Mannes beschweren wollte. Ich war in verschiedenen Welten, liebte verschiedene Frauen, schloss mit vielen Männern Freundschaft, tötete etliche Frauen und Männer, rettete etliche. In keiner Welt fand ich Vollkommenheit vor, und das quält mich ohne Unterlass. Aber Sie sind jung, und mein Schmerz braucht Sie nicht zu bekümmern.«*

Van Tao erbleichte. *»Ich bitte mir zu verzeihen ... Ich habe Sie mit meinen Gedanken beleidigt ... mir scheint ...«*

»Schwamm drüber.« Ich machte eine lässige Handbewegung. *»Weshalb sollte auf Anhieb ins Auge springen, wer ich bin und wie viele Jahre ich zähle?«*

»Man brachte mir bei ... ich habe die Menschen-über-den-Menschen immer erkannt ...«

Anscheinend hatte ich ins Schwarze getroffen.

Den Kapitän hatte weder mein Auftauchen am Ufer noch mein heruntergekommener Anblick irritiert, sondern mein Alter. Und darüber hinaus, dass er das Funktional in mir nicht erkannte. Also musste er tatsächlich in den entsprechenden Kreisen verkehren, wenn er gelernt hatte, Funktionale zu identifizieren.

»Sie haben offenbar hochstehende Bekanntschaften schließen dürfen.« Abermals nickte ich in Richtung Wand mit den Photos.

»O ja.« Der Kapitän ließ das heikle Thema meiner Herkunft freudig hinter sich. *»Zweimal bin ich in die verbote-*

nen Welten gefahren und mit vielen kostbaren Raritäten zurückgekehrt.«

Mir schoss durch den Kopf, dass man ihm diese Raritäten sehr billig abgeknöpft hatte, wenn er auf seine alten Tage gezwungen war, Händler auf seiner Jacht mitzunehmen und keinen jungen Kapitän für sein Schiff anheuern konnte. Oder etwa nicht? Schließlicht gibt es Menschen, die schaffen es, ein ganzes Vermögen durchzubringen, weshalb sie sich im Alter ihre Brötchen genauso verdienen müssen wie einst, als sie noch jung waren. Und dann gibt es noch diejenigen, die nie einen Schlussstrich ziehen können, vor allem da das Meer solche Seebären nicht freiwillig hergibt. Im Grunde erzählt Scheherazade Märchen von solch einem Manne, nämlich von Sindbad dem Seefahrer. Über einen anderen wurden vier – in manchen Welten auch sieben – Bücher von dem englischen Politiker Jonathan Swift geschrieben.

»*Wollen wir essen?*«, schlug ich vor. Das Essen auf den Tabletts sah extrem lecker aus. Berge von kleinen Pelmeni in geflochtenen Bambusschüsseln, eine dickflüssige Suppe in Schalen, winzige gefüllte Blätterpäckchen.

Unversehens wurde der Kapitän nervös.

»*Es ist schon alles erfroren, Herr Kirill.*«

»*Kalt*«, korrigierte ich ihn automatisch. Was als Nächstes kam, ahnte ich.

»*Ich werde anordnen, es warm zu machen ... sofort ...*« Geschickt schnappte sich der Kapitän die beiden Tabletts und schlüpfte aus seiner Kajüte.

Noch ein Treffer!

Vermutlich war ich gerade einem höchst exotischen Gewürz in der Suppe entkommen. Und ich hätte von Glück sagen können, wenn ich dank diesem Gewürz nur in einen tiefen Schlaf gefallen und irgendwann mit gefesselten Armen und Beinen aufgewacht wäre. Schließlich hätte ich am nächsten Morgen ... auch *kalt* sein können.

Ich wartete auf den Kapitän und gähnte demonstrativ.

»Ich glaube, mir ist der Appetit vergangen. Wann laufen Sie im Hafen ein?«

»Im Morgengrauen.« Der Kapitän verstand, dass ich verstanden hatte, und träumte jetzt nur noch von einem: möglichst weit weg von mir zu sein. *»Die See ist unruhig, ich werde die ganze Nacht über auf Wache sein müssen, Herr Kirill.«*

Wie schade, nun würde aus einem vertraulichen Gespräch mit Sicherheit nichts werden ...

Wie musste sich ein Mensch-über-den-Menschen verhalten, der wusste, dass er vergiftet werden sollte? Ein aufgeblasenes Funktional, gegen das, wenn auch unwissentlich, ein dummer Tropf etwas ausgeheckt hatte? Eine reale Gefahr drohte Funktionalen nicht, ihr Organismus würde jedes Gift verarbeiten und neutralisieren, aber die Tatsache als solche ...

»Zieh ab«, sagte ich kalt. *»Sollte sich heute Nacht jemand der Tür dieser Kajüte nähern, ist das seine letzte Nacht!«*

Katzbuckelnd sprang der Kapitän aus seiner Kajüte. Ich setzte mich aufs Bett und beruhigte mich. Vom Stehpult schnappte ich mir den *Arbeitsamen Diener und die goldene Furche* und blätterte den Band durch. O nein, dergleichen hätte sich der Zauberlehrling nicht mal in der Pubertät einfallen lassen ...

Nach einigem Suchen fand ich den Lichtschalter, ein affektiertes Ding aus Bronze und Hartgummi. Ich löschte das Licht in der Kajüte. Es wurde absolut dunkel. Die Jacht schaukelte. So wie die Wellen gegen das Schiff klatschten, musste die Jacht ein zügiges Tempo draufhaben.

Tastend fand ich das Bett und legte mich mit der festen Absicht hin, bis zum nächsten Morgen kein Auge zuzumachen.

Selbstverständlich fiel ich sofort in den Schlaf des Gerechten.

Fünfzehn

Ob wir es wollen oder nicht, aber Zwang und Drohungen sind ein Teil des täglichen Lebens von uns Menschen. Damit sind nicht einmal strenge Ultimaten gemeint, die ein Land einem anderen stellt, nicht der mit einem gezückten Messer fuchtelnde Bandit oder ein unerbittlicher Milizionär. Gemeint sind völlig schlichte und alltägliche Situationen.

»Wenn du deinen Grießbrei nicht aufisst, gibt's keinen Zeichentrickfilm!«

»Wenn du auf dem Halbjahrszeugnis eine Drei hast, kaufen wir dir keine Rollschuhe!«

»Wenn du das Semester nicht schaffst, fliegst du von der Uni und landest in der Armee!«

»Wenn ich dich noch einmal mit Maschka sehe, ist zwischen uns alles aus!«

»Wenn du von euerm Treffen betrunken nach Hause kommst, schläfst du auf dem Sofa!«

»Wer keine Überstunden macht, darf seine Kündigung verfassen!«

»Wenn Sie die Bescheinigung nicht vorweisen, zahlen wir Ihnen keine Rente aus!«

Und ich befürchte fast, diese Sprüche stehen uns auch nach unserem Ende noch bevor: »Ohne Harfe und Heiligenschein lassen wir dich nicht ins Paradies!«

Bedrängen, überreden, zwingen – das ist eine eigene Kunst. Wir lernen sie nolens volens, indem wir den ekelhaften Brei hinunterschlucken und den Lehrer anflehen, uns eine Zwei zu geben. Von einer Drohung sollte man allerdings absehen, wenn man kein echter Profi ist.

Das begriff auch ich an jenem Morgen, als ich mich anzog, an Deck ging und mich davon überzeugte, dass ich allein auf dem Schiff zurückgeblieben war.

Ich war übers Ziel hinausgeschossen. Dieser bittern Wahrheit musste ich ins Gesicht sehen: Ich war mit meinen Drohungen übers Ziel hinausgeschossen. Der wackere Kapitän Van Tao (und ich bezeichne ihn ohne jede Ironie als wacker) hatte das Schiff wohlbehalten in den Hafen gebracht, an der Anlegestelle vertäut – und war zusammen mit seiner Mannschaft entfleucht, unter Zurücklassung seiner gesamten Habe. Anscheinend erwartete er von einem Funktional, noch dazu einem, gegen das er sich vergangen hatte, nichts Gutes.

»In Wahrheit bin ich eigentlich ein guter Mensch«, murmelte ich an Deck der Jacht. Aber niemand hörte mich.

Auch hier gab es Berge, diesmal völlig normale Küstenberge, nicht besonders hoch, wie auf der Krim. An den Hängen zog sich eine Stadt hinunter zum Meer, eine normale Küstenstadt, ein paar hundert Jahre alt, die bei uns von Touristen absolut überlaufen wäre. Die Küste säumten zahllose Stege, weiter hinten machte ich einen Strand aus, ebenfalls ein normaler Strand an einer Küstenstadt, vom frühen Morgen an bevölkert von Menschen. Alles sah absolut banal aus, fast als wäre ich auf der Erde.

Wenn da nicht ...

Zum einen gab es nirgendwo Antennen, Leitungen oder elektrische Laternen. Es gab keinen Strom.

Zum anderen waren die meisten Häuser typisch für den Mittelmeerraum und vom Stil her europäisch. Weiter die Berge hinauf machte ich jedoch Pagodendächer aus und eine Architektur, die eher asiatisch wirkte. War das ein hiesiges China-Town?

Schließlich entdeckte ich hoch oben in den Bergen, von der Stadt durch einen Waldstreifen getrennt, einen Bau von höchst bizarrer Form, eine Ansammlung futuristischer Wolkenkratzer aus Glas, Metall und Beton, die sich sanft fließend um ein unsichtbares Zentrum wanden. Es sah aus wie ... wie ein halb aufgeklappter, in sich gedrehter Fächer. Er nahm sich in dieser Umgebung derart deplatziert aus, dass er nicht einmal sofort ins Auge sprang. So fehl, wie er am Platze war, filterte das Bewusstsein ihn völlig aus.

Sofort fühlte ich mich besser.

Das stammte von den Funktionalen. *Das* war ihr Bau, genauso lebendig wie mein Turm.

Ich hatte das Herz der Finsternis gefunden! Ein funkelndes, gläsernes Herz.

»Na, ihr könnt euch auf was gefasst machen!«, sagte ich, eher um mir Mut zu machen, als um meinen Feinden zu drohen.

In meinem Kopf setzten sich langsam, aber sicher die Teile des Puzzles zusammen.

Wer hatte eigentlich behauptet, die Heimat der Funktionale sei das Paradies auf Erden, ein Hightech-Reich, unberührte Natur, Schönheit und vollendete Harmonie? Vielleicht war es einmal so gewesen. Früher.

Aber heute war ihre Heimat Erde-16. Eine verbrannte Wüste, verpestete Luft, brennendes Land, radioaktive Strahlung, Ruinen großer Städte. Fast überall. Nur in einigen abgelegenen Eckchen des Planeten, auf großen Inseln oder am geduldigen, heilenden Meer gab es noch Siedlungen von Menschen. Hier lebten Menschen, normale Menschen, die die Vergangenheit ihrer Welt längst vergessen hatten. Und die Funktionale, die die planetare Katastrophe überlebt hatten.

Was war mit ihnen passiert? Ein Atomkrieg? Oder etwas noch Schlimmeres? Ein wissenschaftliches Experiment, das außer Kontrolle geraten war? Versiegte Ressourcen? Ein niedergegangener Asteroid? Oder alles zusammen?

Eine sterbende Welt. Eine Welt im Todeskampf. Menschen, die in den Ruinen nach den Artefakten einer untergegangenen Zivilisation wühlten. Aufseherfunktionale, die es jetzt vorzogen, ihre Experimente in anderen Welten durchzuführen. Oder einen Weg zur Rettung ihrer eigenen Welt suchten.

Und eben kein kalter, unbarmherziger Verstand, der mit den Käfigmäusen herumexperimentierte, wie ich zunächst aus einem Mangel an Informationen vermutet hatte. Sondern verzweifelte Menschen-über-den-Menschen, die in wilder Panik aus ihrer Welt in andere Welten geflohen waren.

Doch so oder so: Hier war ihr Herz. Hier war ihre Heimat.

Und ich hatte das Recht, mit ihnen alles zu machen, was ich wollte, für all das, was sie auf der Erde, Veros, Feste und Arkan angerichtet hatten, ja, selbst auf Arkan, denn es war letzten Endes auch nur ein Instrument, ihre Hauptanlegestelle und Basis. Aber ihre Heimat befand sich hier.

Und es gab nichts Schlimmeres als einen Schlag in den Rücken. Einen Schlag, den sie nicht erwarteten. Hierher dürften keine normalen Portale führen. Sie hatten es geschafft, die noch bewohnten Teile ihrer Welt abzuschotten, indem sie den Zöllnern die radioaktiv verseuchte Wüste zur Kontemplation vorgeworfen hatten.

Ich jedoch war durchgekommen. Ich hatte es geschafft. Irgendwo musste etwas schiefgelaufen sein, weshalb mir mehr Kräfte zugeteilt worden waren, als ein einfaches Funktional normalerweise bekam.

Ich schüttelte mich. Besser verzog ich mich von Deck, bevor ich die Neugier der Ureinwohner weckte.

Auf dem Weg zurück in die Kajüte bemerkte ich einen akkurat bereitgelegten Stapel Kleidung, meine Sachen, sauber und auf wundersame Weise sogar gebügelt. Den Stapel krönte ein Paar leichter Schuhe, vergleichbar unseren Tennisschuhen, die mir sogar passten. Bevor sich die Mannschaft von Deck gestohlen hatte, hatte sie noch sämtliche Befehle ihres gefährlichen Passagiers ausgeführt und versucht, ihm ja alles recht zu machen. Zunächst zögerte ich, ob ich meine alten Sachen überhaupt wieder anziehen sollte. Am Ende hielt ich es jedoch für klüger, in der Stadt nicht im Matrosenanzug aufzutauchen.

Stehlen konnte ich noch schlechter als drohen. Sah man mal von dem Fall ab, wo ich aus dem Lager eine unregistrierte Festplatte hatte mitgehen lassen, als sich bei meinem Rechner gerade eine Schraube gelöst hatte ... Schön, das zählte nicht. Es gibt keinen Verkaufsleiter in einem Computergeschäft, der ein herrenloses Gut nicht für den eigenen Gebrauch nach Hause trägt.

Doch jetzt plante ich überlegt und völlig nüchtern, meine Retter zu beklauen.

Die Kajüten der Matrosen durchsuchte ich gar nicht erst. Das waren bestimmt keine Idioten, die würden ihr Schiff nicht verlassen, ohne Geld und Schmuck mitzunehmen. Dafür nahm ich mir die Kapitänskajüte gründlich vor. Allerdings erfolglos. Entweder führte der übervorsichtige Van Tao auf Reisen nie Geld mit oder ich hatte sein Geheimversteck nicht gefunden. Vermutlich Letzteres. Insofern bestand meine Beute lediglich in einer Handvoll Kleingeld, seltsamerweise alles Münzen aus Aluminium, und drei Scheinen à fünf Mark. Ob die Epoche des Dollars und Euros hier der unverwüstlichen Mark hatte weichen müssen? Wohl kaum, denn mit der europäischen Mark hatten die Scheine überhaupt keine Ähnlichkeiten. Die Beschriftung war in zwei Sprachen gehalten, einmal in Hieroglyphen, einmal auf der Grundlage von Lateinschrift. Waren das dieses »Chinesisch« und »die Hochsprache«? Durchaus denkbar. Die Bevölkerung würde bestimmt imstande sein, Zahlen selbst in der Hochsprache zu erkennen. Bedauerlicherweise konnte ich diese Sprache jedoch nicht genauer analysieren und versuchen, sie mit den Sprachen der Erde zu vergleichen, da die Fähigkeit, frei zu sprechen und zu lesen, alle anderen Fremdsprachen aus meinem Gedächtnis verdrängt hatte.

Mein zweiter Fund dürfte schon nützlicher sein: eine Karte. Leider – aber was hatte ich erwartet? – keine Karte der Erde, sondern eine hiesige Seekarte. Eine Insel war in ihr eingezeichnet, die sich von links nach rechts zog, im Norden von Buchten zerklüftet war und im Süden ein gleichmäßigeres Profil zeigte. Sandbänke waren eingetragen, ein paar kleine umliegende Inseln, Straßen am Ufer und in Richtung der kleinen Inseln. Anscheinend war die Hauptinsel recht groß. Ich selbst hatte ja anfangs nicht mal geahnt, dass ich nicht auf dem Festland war. Der Karte zufolge nahm das Kernland der Insel Wüste ein. Mitten in ihr war ich aufgetaucht. Am Ufer lagen Städte. Die größte von ihnen, Ajrak, lag in der Mitte der Nordküste. Hier befand ich mich jetzt vermutlich.

Wenn ich in Geographie besser beschlagen gewesen wäre, hätte ich vielleicht eine Hypothese entwickeln können, an welchem Punkt der Erdkugel ich mich befand ...

Nachdem ich mir die Karte mehr oder weniger eingeprägt hatte, legte ich sie zurück. Das Arbeitsgerät des Kapitäns zu klauen ging nun wirklich zu weit, außerdem versprach ich mir von der Karte keinen sonderlichen Vorteil.

Das wertvollste Stück auf dem Schiff war vermutlich der Zylinder, der das Elektronetz versorgte. Er stammte fraglos noch aus der grauen Vergangenheit dieser Welt und dürfte eine hübsche Stange Geld gekostet haben. Einen Moment lang zögerte ich. Neben moralischen Erwägungen galt es, auch die Reaktion des Kapitäns einzukalkulieren. Der Verlust eines derart wertvollen Dings könnte ihn seine Angst vergessen lassen. Brauchte ich Probleme mit der hiesigen Polizei?

Nein, auf die konnte ich getrost verzichten. Deshalb begnügte ich mich mit dem Geld.

Ich schulterte den Rucksack, kehrte an Deck zurück und ging an die Pier. Die Jacht war fest am mit Schilf gepolsterten Kai vertäut. Aber wo sollten sie hier auch alte Reifen hernehmen, die in unseren Jachtclubs die Rolle von Stoßdämpfern spielen? Ich sprang ans Ufer und fühlte, wie die Insel unter mir bebte. Na, großartig! Stimmte es also doch: Wenn du auf einem schaukelnden Schiff gewesen bist, kommt es dir anschließend so vor, als bebe auch der feste Boden unter dir!

Von der Pier ging ich in Richtung Stadt. Vorbei an Fischkuttern, von denen der Fang abgeladen wurde. Vorbei an angeberisch flanierenden Cliquen von Jugendlichen. Vorbei an einem dicken Mann, der streng auf zwei Hünen einredete, die mit gesenkten Köpfen dastanden.

In der Menge machte ich einige Asiaten aus. Aber auch Europäer. Zu den Teenagern gehörte ein Schwarzer und, wenn mich nicht alles täuschte, ein Junge mit dem typischen Gesicht eines australischen Ureinwohners. Ein Mischmasch von Völkern und Rassen, ein neues Babylon, erbaut auf den Überresten einer untergegangenen Welt. Die Nachfahren derjenigen, die sich hatten retten können ... oder die gerettet und hierhergebracht worden waren, an den Fuß dieses Wolkenkratzers in Fächerform.

Ich versuchte, die Leute um mich herum nicht allzu offen anzustarren. Schließlich dürften meine Kleidung und mein Äußeres mich ohnehin als Fremden verraten.

Freilich, die Kleidung war genauso bunt und vielfältig wie die Gesichter, weshalb meine Ängste eigentlich unbegründet waren.

Da stand ich also, friedlich in der Morgensonne blinzelnd, ein hiesiger Saufbruder in zerfetzten Hosen und schmutziger, offenbar ererbter Jacke. So jemanden kannst du in einer Moskauer Straße abstellen oder in die New Yorker U-Bahn – er würde nirgendwo auffallen. Und den Unterschied wahrscheinlich selbst nicht mal merken ...

Genau wie du einen hellhaarigen und weißhäutigen Lastenträger mit einem aristokratischen Gesicht nur zu waschen und neu einzukleiden brauchst, damit er getrost zu einem Empfang der englischen Königin geschickt werden kann und sich dennoch in der Menge von Lords, Sirs und Peers verliert.

Insofern bestand kein Grund zur Panik. Auch ich würde mit der Menge verschmelzen. Ich war in einer Stadt mit zwanzig- oder dreißigtausend Einwohnern gelandet. Wenn es hier Händler und Seeleute gab, musste es auch Touristen geben. So weit, so gut. Jetzt würde ich mir eine Unterkunft suchen, abtauchen, ausschlafen, in aller Ruhe Informationen sammeln – und mich auf eine Tour in die Berge vorbereiten. Zu diesem Wolkenkratzer führten bestimmt keine ausgetretenen Pfade. Andererseits brauchte ich wohl auch nicht mit irgendwelchen Absperrungen zu rechnen. Die Funktionale dürften sich da oben ziemlich sicher fühlen.

Nach zwanzig Minuten fand ich mich im Hafenviertel einigermaßen zurecht. Hier gab es Lagerhallen (eine Gegend wie geschaffen für ein Portal, nur eben nicht auf Erde-16, wo einen die Durchgänge nicht in bewohnte Städte brachten), ein paar kleinere Märkte, auf denen gerade lautstark der morgendliche Fischfang feilgeboten wurde, und Wohnviertel, eindeutig nicht die besten infolge der Nachbarschaft besagter Hallen und Märkte. Mit meinen bescheidenen finanziellen Mitteln musste ich es mir aber sowieso verkneifen, nach etwas Luxuriöserem zu suchen. Wie ich den Aushängen der Restaurants und Hotels entnahm, auf die ich unterwegs immer wieder stieß, kostete eine Nacht in einem Hotel in der Regel eine Mark (für eine Woche verlangte man fünf Mark, im Voraus), essen konnte man für zwanzig bis dreißig Kopeken. Nein, natürlich nicht wirklich für Kopeken, sondern für das lokale Äquivalent. Warum mein funktionalsbedingter Auto-Übersetzer die hiesige Währung in Mark umrechnete, die er dann in hundert Kopeken unterteilte, blieb mir ein Rätsel. Vermutlich rein zufällig. Die Anschläge konnte ich übrigens auch lesen: Eine Nacht – ein Yuan, ein Mittagessen – fünfundzwanzig Centimes.

Irgendwann entschied ich mich für ein kleines zweistöckiges Hotel, ein schmales Haus, das zwischen zwei höheren und breiteren Gebäuden eingezwängt war. Vielleicht gefiel mir gerade, dass mich das ein wenig an die Bauten der Funktionale erinnerte. Oder mich überzeugte der Sinn für Humor, den die Besitzer an den Tag legten, indem sie ihr Hotel *Rotes Pferd ohne Eier* nannten.

Obwohl für die Leute hier der – unübersetzte – Name weniger obszön klang: *Roter Wallach*.

Als ich eintrat, klimperten Glocken über der Tür. Ich sah mich um. Vermutlich handelte es sich hier um ein Restaurant mit Zimmervermietung, nicht mal ein eigenes Foyer entdeckte ich. Vier kleine Tische standen in dem Raum, Stühle, dahinter führte eine Treppe nach oben. Eine kräftige rotblonde Frau, die die Tische abwischte, wandte sich mir zu und steckte den Lappen in die Tasche ihrer Schürze.

»Ein Frühstück?«, fragte sie.

»Ich würde gern bei Ihnen ein Zimmer mieten.«

»Warum auch nicht?«, erwiderte die Frau. »Und warum ausgerechnet bei uns?«

»Der Name gefällt mir.«

»*Roter Wallach?* Kennen Sie denn meinen Vater?«

»Äh … also …«, stotterte ich. »Ich glaube nicht. Ist denn der … also … ist das wegen …«

»Ja? Natürlich, ihm zu Ehren, was haben Sie denn gedacht?« Die Frau trat an einen kleinen Schrank an der Wand heran und kramte einen fettigen Block und einen Bleistiftstummel heraus. »Wissen Sie, wie viele Kinder meine Mutter hat?«

»Sieben?«, schlug ich vor, warum auch immer. Die Art, wie diese Frau das Gespräch führte, musste mich angesteckt haben.

»Sieben? Elf! Was sagen Sie dazu?«

»Wenn alle so sind wie Sie, warum auch nicht.« Ich lächelte frech.

Nachdem sich die Frau die Antwort hatte durch den Kopf gehen lassen, lächelte sie ebenfalls. »In Gegenwart meiner Mutter verzichten Sie aber lieber auf solche Späße, ja?«

Inzwischen hatte ich auch verstanden, dass ich auf ihre Fragen nicht unbedingt zu antworten brauchte.

»Gibt es im ersten Stock keine Zimmer?«, fragte die Frau entweder sich selbst oder ihren Block. »Nein? Und im zweiten? Würden Sie auch die Mansarde nehmen?«

»Ja.«

»Für eine Nacht?«

»Für eine Woche?«

»Einen Fünfer.«

Ich hielt ihr schweigend den Schein hin, den sie kommentarlos entgegennahm und der daraufhin ebenfalls in der Tasche ihrer Schürze verschwand.

»Sie wissen, dass es jetzt kein Frühstück mehr gibt?«

»Nein, das weiß ich nicht.«

»Also gut, wollen Sie etwas essen?«

Ich nickte.

»Mama?« Die Frau hatte die Stimme erhoben. »Mama, ist noch was übrig?«

Eine unscheinbare Tür öffnete sich, es roch nach Essen.

»Für wen.«

Im Unterschied zur Tochter verzichtete die Mutter auf die fragende Intonation. Ich verstand sie durchaus. Eine von der Sorte in der Familie reichte vollauf.

»Für einen Gast, der mit der Mansarde einverstanden ist und für eine Woche im Voraus bezahlt hat, haben wir für den noch was zu essen?«

»Ja.«

Ich setzte mich an einen Tisch, der bereits abgeräumt worden war. Die Heldenmutter tauchte nach wie vor nicht auf, das Essen brachte mir ihre Tochter. Kleine Stücke Bratfisch, Brot, eine dicke schwarze Soße, eine Teekanne und eine Tasse und Stäbchen. Letztere keine Einwegstäbchen, aber sauber abgewaschen. Hier und da musste die chinesische Kultur doch triumphale Siege errungen haben.

»Schmeckt's?«, fragte die Frau, die beobachtete, wie ich den Fisch in die Soße tunkte. Nur gut, dass es in Moskau jede Menge japanischer und chinesischer Restaurants gab, denn wenn ich nicht mit Stäbchen hätte umgehen können, wäre sie vielleicht misstrauisch geworden.

»Hmm«, brummte ich. Lecker oder nicht – ich hatte einfach noch nie Fisch zum Frühstück gegessen. Aber immerhin war er frisch, das machte vieles wett.

»Kommen Sie von auswärts?«

»Warum sollte ich sonst in einem Hotel wohnen?«

»Na, vielleicht hat Ihre Frau Sie ja aus dem Haus gejagt?«, brachte sie hervor, wobei sie offenbar ihren eigenen Gedanken nachhing.

Ich hatte noch nicht auf diese interessante Vermutung geantwortet, als die Eingangstür einen Spalt geöffnet wurde. Eine schmale Hand schob sich herein und fasste mit geübtem Griff nach dem Glockenspiel. Der Hand folgte geschmeidig ein hagerer, nicht sehr großer rotblonder Mann mit hoher Glatze in fortgeschrittenem Alter. Der Ausdruck »halbe Portion« schien wie für ihn geschaffen.

»Papachen?«, schnappte die Frau. »Du? Mama hat versprochen, dich umzubringen, weißt du?«

»Ich weiß ja, ich weiß ...«, flüsterte der Mann, während er sich weiter vorwagte. »Ich habe gearbeitet.«

»Gearbeitet?«, fragte die Frau ungläubig.

»Ja, gearbeitet!«, antwortete das rote Pferd mit dem anatomischem Defekt scharf. »Hier!«

Er kramte aus seiner Tasche ein paar Münzen, die er vorsichtig auf dem Handteller schüttelte. Da die Dinger aus Alu waren, entstand nur ein ganz zartes Geräusch.

Aber selbst das reichte.

Die Küchentür ging auf. »Komm her, du geiler Bock«, ließ sich eine barsche Stimme vernehmen.

Der Mann warf mir einen traurigen Blick zu und zuckte mit den Achseln. »Frauen ...«, flüsterte er in überraschend zärtlichem Ton. »Was will man da machen?«

Er schmatzte seiner Tochter einen Kuss auf die Wange – dafür musste er sich auf die Zehenspitzen stellen – und stapfte tapfer in Richtung Küche.

Die Frau und ich lauschten angespannt.

Leise Stimmen klangen herüber.

Dann das Geräusch eines Kusses.

Dann schepperte etwas, als sei jemandem eine Pfanne aus den kraftlos herabhängenden Händen gefallen.

Die Frau fing an, den bereits sauberen Tisch abzuwischen. »Sie verspricht das immer, aber ob sie ihn je kaltmacht?«, murmelte sie.

Aus der Küche erschallte ein leidenschaftliches Stöhnen. Geschirr klapperte. Die Tür fiel krachend ins Schloss.

Die Frau wurde knallrot, was zusammen mit ihrem rotblonden Haar ein Bild für Götter ergab.

»Nein, sie bringt ihn nicht um«, versicherte ich. »Was sagten Sie, wie viele Kinder Ihre Mutter hat? Elf?«

Sie brachte es fertig, sogar fragend zu nicken.

»Oh, oh«, gab ich leutselig von mir. »Vielen Dank für das Essen, es war sehr lecker. Bringen Sie mich jetzt nach oben?«

Keine Ahnung, was sie dachte, aber sie antwortete scharf: »Gehen Sie ruhig allein, Sie werden sich schon nicht verlaufen.« Und als fiele ihr auf, dass in ihrer Aussage irgendwas nicht stimmte, fügte sie hinzu: »Ganz nach oben, da ist nur eine Tür, haben Sie das verstanden?«

Die Mansarde war wirklich nicht das beste aller Zimmer. Das Dach war so spitz, dass ich nur in der Mitte des Raums aufrecht stehen konnte. Möbel wurden lediglich von einem – zum Glück recht großen – Bett und einem runden Tisch daneben, der die Rolle des Nachttischchens übernommen hatte, repräsentiert. Bei dem Tisch handelte es sich übrigens um ein außerordentlich schönes Stück, dessen Platte mit Perlmuttintarsien verziert war, die, wenn auch extrem zerkratzt, das Auge freuten. Eine Luke im Boden versperrte den Zugang zur Treppe.

Mit Sicherheit kostete dieses Zimmer nicht so viel wie die anderen.

Immerhin war das Bettzeug sauber, die Matratze nicht durchgelegen und das Kopfkissen weich. Direkt überm Bett gab es ein Fenster, eingelassen in den Giebel des Hauses. Mir bot sich eine herrliche Aussicht, die Straße hinunter bis zu den Bergen, auf die vorbeiziehenden Wolken und den Wolkenkratzer in Form eines in sich verdrehten Fächers.

Nach kurzer Überlegung entschied ich, von einer Beschwerde abzusehen. Ehrlich gesagt bringe ich so was nicht über mich.

Damit hatte ich also fürs Erste einen Ankerplatz. Die Gesellschaft vor Ort machte bei aller Eigenwilligkeit keinen schockierenden Eindruck auf mich und mutete nicht totalitär an. Jetzt musste ich mir bloß noch über etwas absolut Simples klar werden: Was sollte ich als Nächstes tun? An Deck der Jacht hatte ich große Töne gespuckt, als ich den abwesenden Funktionalen versprochen hatte, sie sollten sich auf was gefasst machen ... nämlich mindestens auf ein Meer von Blut und einen Sack voll Knochen als Zugabe. Schön und gut, aber jetzt mal im Ernst. Die MPi war mir beim Sturz ins Meer abhandengekommen. Das Magazin mit den Patronen befand sich zwar noch in meinem Rucksack, nützte mir aber logischerweise nicht viel. Sicher, eine Waffe würde ich schon auftreiben, nur dürfte das wohl kaum eine Schusswaffe sein. Außerdem hatte ich im Grunde kein Geld.

Was war mit meinen Funktionalsfähigkeiten?

Auf die zu bauen wäre absolut naiv. Leider. Selbst wenn ich recht hatte und die Fähigkeiten im Moment der Wahl durchbrachen. Selbst wenn ich meinen Feinden – vollwertigen Funktionalen, darunter Polizisten und Soldaten – an Kraft überlegen wäre. Selbst wenn sie außerstande wären, meinen Kräften etwas entgegenzusetzen.

Denn wer garantierte mir, dass der Moment der Wahl ausgerechnet mit dem Kampf gegen meine Feinde zusammenfiel? Genauso gut könnte ich ja auf dem Weg zu ihnen vorübergehend allmächtig sein – was mir ungefähr so viel nützen würde wie ein Regenschirm unter Wasser.

Nein, ich musste mir etwas anderes einfallen lassen.

Zum Beispiel Verbündete suchen. In nahezu allen Welten existierte eine Art Widerstandsbewegung gegen die Funktionale. Selbst auf der Erde war das der Fall, wenn auch nur in schwacher Form. Hier jedoch, wo auf dem Gipfel des Berges dieser unsägliche Wolkenkratzer aufragte, wo arkanische Soldaten auftauchten, wo unglaubliche technische Artefakte zu finden waren, musste es einfach Widerstand geben. Also brauchte ich die Leute aus dem Untergrund bloß aufzuspüren und ihnen ein Bündnis anzutragen ...

Jemand klopfte an die Luke.

»Herein!«, rief ich, obwohl es logischer gewesen wäre zu sagen: »Herauf!«

Die Luke wurde krachend aufgeklappt, ein rotblonder Schopf tauchte auf. Ein Junge von etwa fünfzehn Jahren. Ein weiterer Sprössling des liebestüchtigen Mannes?

»Ich bringe Ihnen eine Kerze«, teilte der Junge mir mit. »Hier.«

Er hielt mir einen Kerzenhalter aus Ton, in dem ein mickriger Kerzenstummel steckte, sowie eine halbleere Schachtel Streichhölzer hin. Weiß Gott, was für eine Zivilisation!

»Sag mal, Junge«, meinte ich in beiläufigem Ton, »was ist das für ein Gebäude?«

»Wo?« Der Junge kam nur zu gern hoch in die Mansarde geklettert, um zum Fenster rauszuschauen.

»Das da, auf dem Berg ...«

»Auf dem Berg? Ach! Das ist die Villa von so einem reichen Kerl. Ich wusste mal, wie er hieß, aber ich hab's vergessen. Er hat viel Geld für die Stadtbibliothek gespendet.«

»Eine Villa?«, fragte ich begriffsstutzig zurück. Genau in dem Moment ging mir jedoch auf, was der Junge meinte. Am Hang eines Berges, dort, wo der Wald, der den Wolkenkratzer umgab, noch nicht angefangen hatte, erhob sich ein recht großes Steinhaus. Ringsum lagen Felder. Vielleicht Orangenhaine, vielleicht Oliven oder Äpfel, das ließ sich auf die Entfernung nicht entscheiden. »Und darüber?«

»Darüber?«, wunderte sich der Junge. »Darüber sind nur Berge.«

Alles klar. Wie jeder andere Bau der Funktionale war auch dieser Wolkenkratzer für normale Menschen unsichtbar. Genauer, er entzog sich ihrem Blick. Wenn ich dem Jungen präzise beschrieben hätte, wohin er gucken musste, ihm exakt geschildert hätte, was er sehen würde, hätte er den Wolkenkratzer vermutlich bemerkt. Genau wie ja auch entsprechend instruierte Menschen meinen Turm gefunden hatten und durch ihn von einer Welt in eine andere spaziert waren ...

Doch warum sollte ich im Kopf dieses unschuldigen Teenagers ein solches Chaos, eine solche Verwirrung stiften? Da stand kein Haus, hatte noch nie eins gestanden ...

»Ja, du hast recht. Ich habe geglaubt, da eine Hütte zu sehen«, bemerkte ich in traurigem Ton.

»Vielleicht steht da ja auch eine«, versuchte der Junge mich zu trösten. »Vielleicht haben Sie ja sehr scharfe Augen. Ich habe einen Freund, der hat vielleicht einen Adlerblick. Auf dreißig Schritt Entfernung schießt er eine Taube mit dem Katapult ab!«

»Die arme Taube.«

»Also ... er ist ...« Der Junge geriet in Verlegenheit. »Das haben wir gemacht, als wir noch klein waren ... Brauchen Sie noch was? Unterm Bett steht ein Topf, aber den müssen Sie bei uns selbst leeren. Im Hof ist ein Plumpsklo. Waschen können Sie sich unten, wenn Sie hier eine Kanne mit hochbringen, zerdeppern Sie die nachts bestimmt ... Es ist eben alles ziemlich eng.«

»Ein bisschen eng ist es schon«, pflichtete ich ihm bei. »Sag mal, wo ist denn eure Bibliothek? Die, für die der reiche Kerl Geld gespendet hat?«

»Das ist ganz einfach! Sie gehen die Straße runter, bis zum Platz mit dem Springbrunnen. Der ist kaputt, aber Sie erkennen trotzdem, dass es ein Springbrunnen ist. Dann nach rechts bis zum nächsten Platz. Der Springbrunnen da funktioniert, wenn es nicht zu heiß ist. Da steht ein hohes Haus mit Säulen ...«

Durch eine unbekannte Stadt zu spazieren ist – wenn man wunde Füße vermeidet, nicht zu schnell ermüdet, wenigstens ein bisschen Geld in der Tasche und ein paar Tage Urlaub hat – eine der schönsten Beschäftigungen überhaupt. Man darf auf mein Wort vertrauen: Wenn sich diese Stadt in einer anderen Welt, im Grunde auf einem anderen Planeten befindet, verleiht das einem solchen Spaziergang nur zusätzlichen Reiz.

Auf meinem Weg zur Bibliothek gewann ich einen ersten Eindruck vom wissenschaftlichen und technischen Potenzial dieser Welt.

Erstens: Hier gab es zwar Elektrizität, doch sie war ein Privileg der Reichen. Ich stieß auf ein Geschäft (es bloß »Laden« zu nennen wäre trotz der geringen Größe nicht angemessen), in dem die unterschiedlichsten Lampen und Glühbirnen verkauft wurden. Die Birnen waren absolut simpel, mit einem stinknormalen Gewinde. Ich nehme an, ich hätte sie einfach in eine Fassung in meiner Moskauer Wohnung schrauben können – und sie würden problemlos brennen. Der Strom wurde aber nicht unbedingt im Hause erzeugt, ein Anschlag an den Türen versprach: »Verlegung solider Leitungen und Überprüfung, ob Abzapfen des Stroms durch Dritte erfolgt«.

Zweitens: Ich entdeckte einige Bekleidungsgeschäfte, die mir klarmachten, dass Fabriken in unserem Sinne nicht existierten. Die Kleidung wurde individuell angefertigt und im Laden genäht, nur Strümpfe und Unterwäsche konnte man bereits fertig kaufen. In meiner Welt waren die Standardgrößen aufgekommen, um den Bedürfnissen der Armee Rechnung zu tragen, die in großer Zahl bereits fertige Uniformen brauchte. Damals mussten Abertausende von Menschen in kurzer Zeit eingekleidet werden, worauf ein paar kluge Köpfe die Idee hatten, eine Datenbank zu den Größen der Rekruten anzulegen und die Kleidung nicht mehr für einen konkreten Mann, sondern für ganze Gruppen von Menschen anzufertigen.

Anscheinend gab es hier niemanden, gegen den man hätte Krieg führen können. Die Zahl der Bevölkerung auf der gesamten Insel dürfte die Millionengrenze kaum überschreiten. Möglicherweise war diese Stadt sogar die einzige bewohnte Oase auf dem ganzen Planeten.

Drittens: Ich entdeckte einen Waffenladen. Seine Fenster waren vergittert, im Schaufenster lagen die aus Sicht der Verkäufer interessantesten Stücke aus. Pfeil und Bogen, Armbrüste und ein doppelläufiges Gewehr mit Hinterstück. Doch nach der Erfindung oder Einführung der Waffen mit glattem Lauf und von Patronen musste das lokale Waffengenie dann die Hände in den Schoß gelegt haben. Jedenfalls stieß ich nicht auf den geringsten Hinweis auf Büchsen oder Maschinenpistolen.

Aber wofür hätten sie die auch gebraucht? Was hätten sie hier auch jagen sollen? Überhaupt waren Büchsen ein Kind des Krieges, der Jagd der Menschen aufeinander ...

Darüber hinaus erfuhr ich, dass mich selbst diese primitive Feuerwaffe mehr als tausend Mark kosten würde – für mich unerschwinglich.

Viertens: Um die Religion war es hier irgendwie nicht sonderlich gut bestellt. Ich sah nicht eine einzige Kirche, nur in Richtung des chinesischen Viertels erspähte ich ein Dach, das mit seinen leuchtenden Farben an einen buddhistischen Tempel erinnerte.

Und fünftens: Die Zeitungen. Einmal begegnete mir ein Zeitungsjunge, der seine Ware anpries. Ich wollte mich schon von zehn Kopeken trennen, als ich bemerkte, dass es auf dem Platz mit dem kaputten Springbrunnen einen Schaukasten mit genau dieser Zeitung gab, durch Glas gegen Schlechtwetter geschützt. Die meisten Leute reagierten nicht auf die Ausrufe des Zeitungsjungen, sondern zogen es vor, sich vor dem Kasten zu versammeln und dort das Presseerzeugnis zum Nulltarif zu lesen.

Ich schloss mich ihnen an, was mir weniger brauchbare Informationen als vielmehr ein echtes Vergnügen einbrachte. Das Lokalblatt mit seinen zwei Seiten und der vollmundigen Bezeichnung *Allgemeine Zeit* (ist schon mal jemandem aufgefallen, dass der Titel einer Zeitung umso klangvoller ist, je schmaler das Blatt selbst daherkommt?) berichtete hauptsächlich über Neuigkeiten in der Stadt, ging jedoch mit wenigen Notizen auch auf die Nachbardörfer ein.

Ich erfuhr, dass gestern am späten Abend die beliebte junge Sängerin Ho in übelster Weise von einem Rowdy beschimpft worden war, als sie von einem Konzert auf dem Weg nach Hause war. Der Rowdy brachte seine Enttäuschung über ihren Gesang zum Ausdruck, der Liebhaber (ja, derart unumwunden wurde das benannt, Liebhaber, der Bigotterie huldigte man hier nicht) der Sängerin erteilte dem Kerl eine verdiente Abfuhr und beförderte ihn »in ebendie Pfütze, für deren Trockenlegung unsere Zeitung schon seit zwei Wochen plädiert«.

Irgendwelche Ganoven waren nachts in das Juweliergeschäft des Herrn Andreas eingebrochen, mussten jedoch eine Enttäuschung hinnehmen: Geld und Schmuck lagen in einem soliden Safe, den sie nicht öffnen konnten. Ihre Frustration ließen die Diebe an den Vitrinen aus, die sie zertrümmerten (aus unerfindlichen Gründen mit den Absätzen). In dem Moment sei jedoch der Bezirkspolizist aufgetaucht, der die Verbrecher zwar nicht verhaften, ihnen aber immerhin »ordentlich eins mit dem Knüppel über die Rübe« ziehen konnte. Nach den flüchtigen Missetätern wurde gefahndet.

Der Skandal, den der Einsturz einer kürzlich erbauten Brücke hervorgerufen hatte, war beigelegt worden, da der Auftragnehmer seine Schuld eingeräumt und versprochen hatte, die Brücke neu zu bauen.

Im Feuilleton schimpfte ein Journalist, der sich hinter dem mich zum Lachen bringenden Pseudonym Hai Feder verbarg, bitterlich auf die Fischer, die es wagten, ihren an einem Morgen nicht verkauften Fang auf Eis zu legen und ihn der Kundschaft am nächsten Morgen anzudrehen. Er lieferte gleich noch ein paar hilfreiche Ratschläge, wie die Frische der Fische überprüft werden könne.

In einem endlosen, fast die ganze Seite einnehmenden und – wie in solchen Fällen üblich – stinklangweiligen Artikel beklagte ein Beamter der Stadt den Verfall der Sitten, die schlechte Steuermoral und die Despektierlichkeit der Bürger gegenüber den städtischen Regierungsstellen, welche doch heroisch und geduldig durch die Bank all ihre Funktionen erfüllten.

Das Wort »Funktionen« brachte mich abermals zum Lachen. Ich fürchte, die Umstehenden hielten mich allmählich für einen Idioten.

Zum Abschluss folgten ein Kreuzworträtsel und Horoskope!

Was wäre eine Zeitung auch ohne diese beiden Rubriken!

Die Sterne standen heute günstig für Fische und Widder sowie für diejenigen, die unter dem Zeichen des

Feuerdrachen und unter dem Signum der Blauen Pappel geboren waren, und für all diejenigen, deren Name drei Vokale und vier Konsonanten enthielt. Schützen und Holzmäuse, die unter dem Zeichen der Schattenreichen Eiche geboren worden waren, litten, ein Unglück widerfuhr allen, deren Name drei Konsonanten und einen Vokal enthielt.

Mir versprachen die Sterne nichts Besonderes.

Kurz und gut, eine ganz normale Zeitung in einer ganz normalen Kleinstadt.

Wenn da nicht der Wolkenkratzer auf dem Berg wäre, gäbe es hier ohnehin nichts Bemerkenswertes.

Da es anfing zu regnen, beschloss ich, meine Bekanntschaft mit der hiesigen Presse zunächst nicht fortzusetzen. Schließlich würde es in der Bibliothek weitaus bequemer sein, der Leidenschaft fürs gedruckte Wort zu frönen.

Sechzehn

Schon seit längerem habe ich den Eindruck, dass die kurze Periode vorüber ist, in der das Lesen von Büchern eine allgemein verbreitete Unterhaltung war. Der Film, egal, wie sehr er sich das wünschte, stellte keine echte Konkurrenz dar, denn ein Kinobesuch war immer ein besonderes Erlebnis, während ein Buch stets zur Hand war. Der Fernseher konnte es selbst mit Farbe und Riesenbildschirm nicht allen recht machen, dafür hätte die Zahl der Kanäle der Zahl der Bevölkerung entsprechen müssen.

Videos jedoch und später der Computer haben dem Buch den entscheidenden Schlag versetzt. Filme sind Bücher für geistig Arme. Für diejenigen, die nicht in der Lage sind, sich einen Krieg der Welten vorzustellen, sich auf die Brücke der *Nautilus* zu versetzen oder ins Arbeitszimmer von Nero Wolfe. Ein Film ist eine breiige Kost, reich mit dem Zucker der Spezialeffekte gesüßt, die man nicht zu kauen braucht. Mund auf und runtergeschluckt! Ähnlich verhält es sich mit Computerspielen. Die sind ein lebendiges Buch, bei dem man die Wahl hat, auf wessen Seite man kämpft: »für die Kommunisten oder für die Bolschewiken«.

Damit hat das Lesen seinen ursprünglichen Charakter zurückgewonnen. Wie einst ist es auch heutzutage ein Vergnügen für Intellektuelle. Bücher sind wieder teurer, die Auflagen geringer, fast wie im 19. Jahrhundert. Man kann das beklagen, man kann sich aber auch ehrlich fragen: Müssen wirklich hundert Prozent der Menschheit Ballett lieben? Klassische Musik hören? Sich für Malerei oder Bildhauerei interessieren? Und nicht zu vergessen: Zum Fußball gehen oder zum Angeln fahren?

Fragt man mich nach meiner Meinung, gebe ich offen zu: Das Lesen ist ein Vergnügen, das nicht für alle gemacht ist. Darüber hinaus ist es nicht nur ein Vergnügen, sondern auch Arbeit.

Die Bibliothek von Ajrak ließ mich vermuten, dass man hier dem Lesen gegenüber die gleiche Einstellung pflegte. Das Gebäude verband eine gewisse pompöse Bauweise (drei Stockwerke, eine Kolonnade vorm Eingang, eine Bronzeskulptur in Form eines riesigen aufgeschlagenen Buches mit Kindern, die sich an die aufgeschlagenen Seiten schmiegten) mit der tristen Zweckmäßigkeit einer Fabrik (Mauern aus langweiligem grauem Stein, große, fest verschlossene Fenster, eine zweiflügelige Tür ohne jeden Schmuck). Neugierig betrachtete ich die Skulptur: Auf den bronzenen Buchseiten war das Alphabet eingemeißelt, bei dem Werk handelte es sich um eine Fibel. Die drei Kinder, zwei Jungen und ein Mädchen, in natürlicher Größe dargestellt, pressten sich so eng an das Buch, als litten sie an Kurzsichtigkeit oder als hätten sie es gelernt, zwischen den Zeilen zu lesen. Das Mädchen stand, das Kinn in die Hand gestützt, die Jungen hockten, den Blick auf die Zeilen gerichtet.

Ich berührte die glänzend polierte Schulter eines der jungen Leser und dachte voller Sehnsucht an die Moskauer Metro zurück. An die Statuen am Platz der Revolution, die so oft angefasst worden waren, dass sie glänzten. Vor allem der Hund aus Bronze, dem ich vor Prüfungen immer über die Nase gefahren war, ein sicherer Weg, um das Semester zu bestehen – selbst wenn es in meinem Fall dann nicht geklappt hatte. Ob mit diesen Statuen auch ein Aberglaube verbunden war? Fasse sie an, und du kannst lesen. Zum Beispiel.

Kaum hatte ich die Bibliothek betreten, bemerkte ich voller Freude ein Schild an der Wand: »Freier Eintritt für alle des Lesens Mächtigen«. Es erschloss sich mir nicht ganz, warum Menschen, die nicht lesen konnten, eine Bibliothek aufsuchen sollten, sicherheitshalber nickte ich aber dem am Eingang sitzenden älteren Pförtner zu, zeigte auf die Tafel und ging weiter.

Die Bibliothek war letzten Endes nicht sehr groß. Das Erdgeschoss beherbergte Verwaltungsräume, aus einem Zimmer klang ein klapperndes Geräusch herüber, das mich an eine Druckerpresse denken ließ. Natürlich hatte ich nie gehört, wie es sich anhört, wenn so ein Gerät in Betrieb ist, aber dem Geräusch haftete etwas Monotones an, als flöge Seite um Seite aus dem gewaltigen Ding. Möglich war das. Vielleicht druckten sie ihre Bücher selbst, bewahrten sie selbst auf … und lasen sie selbst. Auf Letzteres deuteten zumindest die leeren Gänge.

Ich ging in den ersten Stock hinauf. Na also, der Lesesaal. Stühle, Lesepulte und Lampen an den Pulten, elektrische übrigens. Fünf Leute saßen hier und lasen, einer machte Notizen aus einem Buch. Der Geruch des Studentenlebens schien mich förmlich anzuwehen.

Möglichst lautlos ging ich weiter nach oben. Hier befand sich die eigentliche Bibliothek. Reihen mit hohen Schränken nahmen das ganze Stockwerk ein, direkt an der Treppe standen zwei Tische, beide leer, an einem dritten saß eine schmale, junge Frau. Eine Bibliothekarin, wie sie zu jeder Zeit in jeder Welt anzutreffen ist. In Nowgorod und Tschita, in Schanghai und Bangkok, in Hamburg und Detroit. Ihr Äußeres ließ sich nicht einordnen, in ihr musste sowohl asiatisches als auch europäisches Blut fließen. Solche Frauen bleiben vierzig Jahre lang jung – um sich dann von einem Tag auf den anderen in eine großmütterliche Bibliothekarin zu verwandeln.

»Guten Morgen«, sagte die Frau leise. »Sie sind das erste Mal bei uns?«

»Ja«, antwortete ich ehrlich.

»In welchen Sprachen lesen Sie?«

»In allen«, erwiderte ich nach kurzem Zögern, da ich beschlossen hatte, mich weitgehend an die Wahrheit zu halten.

»Wirklich?« Die Frau lächelte. »Beneidenswert. Könnten Sie mir dann nicht bei diesem Buch behilflich sein?«

Den brüchigen, vergilbten Seiten nach zu schließen musste das Buch mindestens dreihundert Jahre alt sein. Vielleicht sogar fünfhundert. Ich hätte also besser nicht so dick aufgetragen. Prinzipiell verfügte ich zwar noch über

Funktionalsfähigkeiten, im Moment spürte ich sie aber nicht. Und beim Eintritt in diese Welt dürfte ich wohl kaum ihre toten Sprachen gelernt haben ...

Mit einem verlegenen Lächeln trat ich an den Tisch heran. Als ich mich über die Schulter der Frau beugte, nahm ich den zarten, blumigen Duft ihrer Haare wahr. Ich starrte auf die Seite.

»Und was verstehen Sie nicht?«, fragte ich mit gesenkter Stimme.

»Das hier.« Die Frau musterte mich neugierig. »Diese Stelle.«

»Nelken können in geringem Maße beigefügt werden«, las ich vor.

»Sie kennen diese Sprache?«, staunte die Frau. »Sie kennen sie wirklich?«

Das wäre ja noch schöner, dass ich kein Russisch könnte!

»Ich hab es hier und da gehört ...«, erklärte ich.

»Wie wunderbar«, brachte die Frau leise heraus. »Ich habe es ... mit Wörterbüchern gelernt. Aber ich habe immer geglaubt, niemand sonst würde es ... Dann können Sie mir vielleicht auch erklären, warum es heißt, man solle Näglein hinzugeben. Liegt das daran, dass die Lebensmittel zu wenig Eisen enthalten? Ich meine, das ist doch gefährlich. Nachher bemerkt jemand die Nägel nicht und schluckt sie runter ...«

»Es geht nicht um Näglein, kleine Nägel, sondern um Nelken, das schreibt sich nur sehr ähnlich, ist aber ein Gewürz ... kleine, getrocknete Blütenknospen ... Geben Sie mir mal einen Stift.«

Auf einem Blatt festen grauen Papiers malte ich so gut ich konnte eine Gewürznelke. Ehrlich gesagt, hatte ich selbst sie beim Kochen noch nie verwendet, aber als ich mal zusammen mit Freunden Glühwein gemacht habe ...

»Nein«, meinte die Frau enttäuscht. »Ein solches Gewürz kenne ich nicht. Vermutlich wächst es bei uns nicht mehr.«

»Wahrscheinlich nicht«, pflichtete ich ihr bei.

Wie merkwürdig, wie absurd und komisch, dass aus der gesamten großen russischen Literatur, von allen in Russland herausgegebenen Büchern, nicht Tolstoi oder Puschkin, nicht die gesammelten Werke Lenins oder die Physiklehrbücher, sondern ausgerechnet ein Kochbuch erhalten geblieben ist! Ein absolut gewöhnliches Kochbuch ... Doch wenn man sich die Sache in Ruhe durch den Kopf gehen ließ, erstaunte es im Grunde nicht. Gute Kochbücher werden auf glattem, dickem und festem Papier gedruckt, damit sie sich im Dunst nicht wölben, nicht zu sehr verschmutzen, wenn man sie mit Fettfingern anfasst, und ihre Küchenexistenz inmitten von Gewürzdosen und Handtüchern unbeschadet überstehen. Wo steht denn das Kochbuch, nach dem du zu Hause am häufigsten kochst? Im Bücherschrank? Eben!

Und mit einem Mal begriff ich in aller Deutlichkeit, was ich schon geahnt hatte.

Ich war nicht einfach in einer anderen Welt.

Das hier war die Zukunft.

Unsere Zukunft.

Radioaktive Wüsten, brennendes Land, ein wolkenverhangener Himmel, Ruinen von Städten, Reste der Zivilisation, auf einzelnen Inseln zusammengepfercht – das war meine Erde.

So sah sie also aus, die Welt der Funktionale.

»Wir haben ein ganzes Fach mit Büchern in dieser Sprache«, teilte die Frau mir mit. »Und auch noch in anderen toten Sprachen ... oben im Spezialarchiv.«

Ganz offensichtlich hätte sie am liebsten einen Berg von Büchern angeschleppt und vor mir abgeladen – nein, nicht abgeladen, sondern behutsam auf dem Tisch ausgebreitet – und mich zum Lesen aufgefordert. Zum Lesen, Lesen und noch mal zum Lesen ... zum Übersetzen, Erklären, Umschreiben. Was ist eine Nelke, was ein Gehrock, was hat es mit Glamour auf sich, was mit Default, was ist Umweltverschmutzung, was Krieg oder Korruption.

»Später vielleicht«, antwortete ich auf die unausgesprochene Frage. »Ich würde ... ich würde gern ein Geschichtsbuch lesen.«

»Woher sind Sie?«, fragte die Frau leise. Sie sprach ohnehin nicht sehr laut, eine Angewohnheit, die sie, umgeben von Bücherschränken, angenommen hatte. Jetzt wechselte sie mehr oder weniger in den Flüsterton über.

»Von weit her. Von sehr weit her. Fragen Sie mich besser nicht.«

Sie nickte nachdenklich, als erklärten ihr diese Worte alles. Dann erhob sie sich. »Folgen Sie mir ...«

Wir gingen an Reihen von Bücherschränken vorbei, begleitet vom leisen Rascheln der Seiten – einige Leser blätterten gerade in Büchern –, vom Geruch alten Papiers und frischer Druckerschwärze eingehüllt. Wie im Tempel einer neuen Religion, in dem es statt Ikonen Bücherschränke gab, statt Weihrauch und Myrrhe Bücherstaub ...

»Hier«, sagte die Frau.

Begriffsstutzig betrachtete ich den leeren Schrank.

»Wir haben keine Geschichte«, klärte die Frau mich auf. »Dieses Wort ... ist kaum in Gebrauch. Sie hatten Glück, dass ich Sie überhaupt verstanden habe.«

»Eine Gesellschaft ohne Geschichte gibt es nicht«, konterte ich. »Wie lange leben hier schon Menschen?«

»Vermutlich seit Erschaffung der Welt.« Die Frau lächelte. »Wir haben hier alte Ruinen ... Sehr alte, mehrere tausend Jahre alt.«

»Dann will ich meine Frage anders formulieren: Wie lange leben Menschen ausschließlich auf dieser Insel?«

»Darüber habe ich auch schon nachgedacht«, antwortete die Frau so ernsthaft, als ob ich sie gefragt hätte, worin der Sinn des Lebens bestünde. »Ich glaube, bereits seit mehreren Generationen. Auf dem Festland kann niemand lange überleben. Selbst ... selbst ...«

»Selbst die Menschen-über-den-Menschen nicht?«, fragte ich ganz direkt.

Die Frau nickte. »Wer sind Sie?«

»Ich bin ein Fremder. Erlauben Sie mir, auf weitere Erklärungen zu verzichten. Das könnte gefährlich werden.«

»Für Sie?«

»Für mich auch. Aber in erster Linie für Sie. Lassen wir es dabei bewenden. Ich bin ein ... seltsamer Besucher, der seltsame Fragen stellt.«

»Verstehe«, sagte die Frau. »Das ist zwar ungewöhnlich, aber ich verstehe es. Vermutlich, weil ich alte Bücher liebe.«

»Wer sind die Menschen-über-den-Menschen? Die Herrschenden?«

»Nein. Bei uns herrscht eine Kaiserin.«

Sie wunderte sich nicht einmal mehr über diese Frage, mit der ich meine fremdartige Herkunft doch unter Beweis stellte.

»Und die Menschen-über-den-Menschen?«

»Sie kommen gelegentlich zu uns. Sie kaufen Raritäten vom Festland, bringen uns aber auch bei, was man mit diesen Stücken macht. Sie erteilen keine Befehle, kränken niemanden ... falls Sie das meinen.«

»Wirklich niemanden?«

»Solange man nicht versucht, sie zu kränken. Sie ...« Die Frau verstummte. »Sie sind anders. Wir interessieren sie nicht. Eigentlich sind sie gut. Sie können jede Krankheit heilen ... Meine Oma hat mir erzählt, dass es mal eine Epidemie gegeben hat und da haben sie Medikamente gebracht. Sie erteilen gute Ratschläge. Aber sie leben nicht hier. Ich glaube, unser Leben langweilt sie.«

»Und wer hat versucht, sie zu kränken?«

Die Frau zögerte. »Wenn Sie in die Berge gehen«, setzte sie schließlich an, »kommen Sie zum Anwesen des Herrn Dietrich. Er ist ein reicher Landbesitzer, ein Mäzen ... diesen Bau hat er der Stadt geschenkt. Ich glaube, ihn sollten Sie fragen.«

»Hat er was gegen die Menschen-über-den-Menschen?«

»Er schätzt das Wissen. Er wird Ihnen mehr erzählen. Natürlich nur, falls Sie ihm gefallen. Aber Sie werden ihm gefallen.«

»Vielen Dank«, sagte ich leise. »Sie haben mir sehr geholfen.«

Die Frau nickte und antwortete mir genau mit den Worten, die ich erwartet hatte: »Das ist meine Arbeit. Werden Sie noch einmal zurückkommen?«

»Ich weiß es nicht«, antwortete ich ehrlich. »Ich weiß es wirklich nicht.«

»Ich würde Ihnen gern ... einige Bücher zeigen.«

»Ich weiß es nicht«, wiederholte ich. »Das hängt nicht von mir ab.«

Das Schlimmste in rückständigen Welten ist nicht die Toilette in Form eines Nachttopfs unterm Bett, die Kerze anstelle der Glühbirne oder der Aufguss aus Heilkräutern statt Tabletten. Das Schlimmste ist das Tempo der Fortbewegung. Die Zivilisation presste unsere Erde zunächst in achtzig Tage, in denen die Welt umrundet wurde, dann in achtzig Stunden (seien wir so realistisch und lassen Düsenjäger, Raumschiffe und andere Nicht-Massentransportmittel außer Acht). Allein die Möglichkeit, in zehn Stunden von Moskau nach Tokio zu gelangen, ist – verglichen mit Zügen, Schiffen und Kutschen – ein unbeschreibliches Wunder. Doch selbst wenn wir Welt- und Fernreisen nicht berücksichtigen: Wer macht sich denn noch eine Vorstellung davon, wie viel Zeit früher die banale Fahrt der gesamten Familie hinaus auf die Datscha, hundert Kilometer von Moskau entfernt, in Anspruch nahm? So ohne Zug, in der Kutsche? Eben. Insofern können wir Autos wegen der giftigen Abgase verdammen und über Staus schimpfen – aber sie haben uns von etlichen

Problemen befreit, die wir uns inzwischen nicht einmal mehr richtig vorstellen können.

Dabei sollte ich im Grunde noch Glück haben. Gut, in der Stadt entdeckte ich keinen Hinweis auf ein Transportmittel, das man mieten konnte – keine Kutsche, keine Rikscha, rein gar nichts! Selbst private Fuhrwerke begegneten mir nur selten, ich sah nur ein paar leichte zweirädrige Karren. Dann gab es noch Lastkarren, denen Ochsen vorgespannt waren, und Menschen, die unerschütterlich auf Eseln und Maultieren ritten. Doch selbst das stellte eher eine Ausnahme als die Regel dar. Im Wesentlichen ging man zu Fuß.

Das tat ich denn auch. Erfreulicherweise hatte der Regen aufgehört, und die Wolken spendeten einen angenehmen Schatten. In einer Stunde hatte ich die gesamte Stadt durchquert und befand mich auf der Straße, die hoch in die Berge führte, zum Anwesen des Landbesitzers Dietrich.

Hier bekam meine Entschlossenheit, mich auf der Stelle mit dem Wissensliebhaber zu treffen, unvermutet einen Riss.

Ich schaute auf die Landstraße, die sich den Berg hochschlängelte, auf den halb in den Wolken verschwindenden Riesenfächer. Sollte ich wirklich ...? So kurzentschlossen? Ohne Mittag gegessen zu haben? Ohne mich wenigstens in der für eine Woche gemieteten Kammer ausgeschlafen zu haben? Und wenn der Regen wieder losbrach? Oder die Wolken sich verzogen und die Sonne vom Himmel sengte? Sollte ich mich nicht besser vorher umhören, Informationen sammeln, mir eine Ausrüstung besorgen?

Ich könnte zum Beispiel näher mit der Bibliothekarin ins Gespräch kommen, das war eine nette Frau ... Nebenbei – beziehungsweise gar nicht so nebenbei – fiel mir ein, dass Kotja dreimal eine Bibliothekarin zur Freundin gehabt hatte, die seinen Worten zufolge alle romantische Naturen gewesen waren, leidenschaftlich und leicht entflammbar. Vermutlich ganz natürlich – wenn man ständig von Büchern umgeben ist.

»Hast du's weit?«

Die knarzende Britschka, die aus der Stadt herausfuhr, hatte sich erstaunlich lautlos genähert. Bei dem Gefährt drängte sich die Bezeichnung Britschka förmlich auf, ihm haftete etwas Polnisches oder Ukrainisches an: ein geflochtenes Dach, das sich über den halben Wagenkasten spannte, absolut typisch für die ländlichen Gegenden Europas ... Und auch der nicht mehr ganz so junge Kutscher, ein kräftiger, rotgesichtiger Mann mit Schnurrbart, passte haargenau nach Osteuropa. Er trug einen grauen, zerschlissenen Gehrock, ein blaues Hemd mit Stehkragen, extrem weite braune Hosen und überhaupt nicht zu seinem sonstigen Aufzug passende schwarze Lackschuhe. Eben ein Mann vom Land!

»Den Berg hoch. Zu Herrn Dietrich«, antwortete ich.

»Aha«, brummte der Kutscher. »Steig ein, ich nehm dich mit.«

Ich schwankte nur ganz kurz.

Und mit einem Mal wusste ich, dass die Holzräder mit Reifen aus synthetischem Kautschuk bezogen waren, die in der Werkstatt von Großväterchen Ho im Südteil der Stadt hergestellt wurden. Dass der Fahrer André hieß, die

Übereinstimmung mit dem französischen Namen jedoch zufällig war, lautete die volle Form seines Namens doch Andreas. Dass er seit langem verheiratet war, aber keine eigenen Kinder hatte, was ihn betrübte; eine adoptierte Tochter zog er wie eine leibliche auf. Dass wir bis zur Villa noch zwei Stunden und sieben Minuten bräuchten. Dass es nicht regnen, die Sonne jedoch auch nicht durch die Wolken brechen würde. Dass André insgeheim das in der Stadt getrunkene saure Bier verfluchte, das in seinem Bauch rumorte und ihn zwingen würde, unterwegs zweimal anzuhalten und sich in die Büsche zu schlagen. Und dass er sich wirklich freute, mich mitzunehmen, denn so gern er morgens allein fuhr, um seine Mandarinen und Trauben abzuliefern, so sehr genoss er es, auf dem Rückweg jemanden dabei zu haben, da er nur zu gern klatschte und tratschte.

»Vielen Dank«, sagte ich, als ich in die Britschka stieg. »Sie haben Mandarinen ausgeliefert?«

»Jo«, antwortete André. »Hab ein hübsches Geschäft gemacht!«

Er klopfte gegen die pralle Jackentasche, ohne die geringste Angst, vor einem völlig Unbekannten auf einer verlassenen Straße mit seinem Geld anzugeben.

»Freut mich«, meinte ich. Das Gefühl der Allwissenheit verflüchtigte sich bereits. Ich hatte meine Wahl getroffen. Ob sie richtig war oder nicht, stand auf einem anderen Blatt.

»Rauchst du?«

»Ja, danke«, sagte ich erfreut. In meiner Schachtel war nur noch eine letzte Zigarette übriggeblieben, außerdem hätte ich mich nie getraut, vor einem Mann aus dieser Welt eine Dunhill zu rauchen.

Der Kutscher paffte allerdings auch keinen billigen Tabak. Aus der Tasche seines Gehrocks hatte er eine Pappschachtel geholt, aus dieser zwei Zigaretten.

»Oh!«, staunte ich.

»Jo, jo, ein schlechtes Kraut kommt uns nicht zwischen die Lippen«, erwiderte der Kutscher stolz.

Eine Zeit lang fuhren wir schweigend dahin. Das kleine, friedliche Pferd zog die Britschka brav die Straße entlang. Um uns herum erstreckten sich Felder, auf denen jedoch niemand zu sehen war, entweder weil die Ernte längst eingefahren oder es bis dahin noch weit war. Wir rauchten. Der Tabak war stark, mir wurde sogar ein wenig schwindlig.

Als der Wagen an einem extrem knorrigen Baum vorbeizuckelte, der förmlich zu einem Päuschen einlud, spuckte der Kutscher aus und machte eine Geste, als werfe er etwas über die linke Schulter. Um sich gegen den bösen Blick zu schützen?

»Ein verfluchter Ort?«, fragte ich.

»Und wie«, antwortete der Kutscher. »Hier wurde ein Mann ermordet, hast du das nicht gehört?«

»Nein.«

»Zwei Freunde hatten nach der Arbeit noch ein Weinchen zusammen getrunken. Und dann ... vielleicht weil der Wein so stark war oder weil die Sonne ihnen das Hirn verbrannt hatte ... jedenfalls, ein Wort gibt das nächste, sie rasten aus, der eine poliert dem andern die Fresse, der schnappt sich in seinem Suff einen Spaten und ...«

»Verstehe«, sagte ich. »Ist das lange her?«

»Also ...« André dachte nach. »Ich war damals noch 'n Junge ... Fünfzig Jährchen wird's her sein. Seitdem bestellt niemand mehr das Feld, und der Baum ... den hätten wir fällen können, aber wir haben ihn stehen lassen, damit er allen eine Lehre ist ...«

Ich ließ mir das Gehörte durch den Kopf gehen.

Vor fünfzig Jahren? Ein Mann wurde in einer Schlägerei von einem anderen totgeschlagen, beide waren sie betrunken – und fünfzig Jahre später meiden die Menschen diesen Ort immer noch? Da müsste man in unserer Welt ja auf jede Straße spucken! Und am Ende würde deine Spucke doch nicht reichen ...

Was hatte das zu bedeuten? War das eine künstliche, ihnen von den Funktionalen eingepflanzte Nicht-Aggressivität? Oder eine Folge der charakterlichen Entwicklung der Menschheit?

Nein, wahrscheinlich war alles viel einfacher.

Wie wirkt es sich auf die Psyche von Menschen aus, wenn 99,9 % der Bevölkerung eines Planeten sterben? Wenn nur ein paar Hunderttausend – oder selbst eine Million – überleben, allerdings alle auf einer einzigen großen Insel? Schriftsteller und Regisseure legen ja mit Begeisterung entsprechende postapokalyptische Horrorfilme und Romane vor, in denen es von Banden blutdürstiger Blödmänner wimmelt (vorzugsweise bekiffte, abgerissene Typen auf verrosteten Motorrädern, die auf der Suche nach ihren Opfern durch die Wüste kurven), von Soldaten, die über den Ereignissen den Verstand verloren haben (ein alter Panzer ohne Geschosse rattert durch die Gegend, kommandiert von einem durchgeknallten Major, Soldaten, die in blindem Gehorsam jeden Befehl ausführen) und religiösen Fanatikern (ein sexuell höchst umtriebiger Sektenführer und Blutrituale, die Kannibalismus nahekommen, sind hier obligatorisch). Aber genug davon. Das ist pure Fiktion. Wie sieht die Wirklichkeit aus? Musste nicht im Unterbewusstsein der Menschen ein unerbittlicher, unverrückbarer Vorbehalt gegen jedes Töten entstanden sein?

Hier schien das der Fall gewesen zu sein.

Die damals bestehenden Religionen dürfte es besonders hart getroffen haben. Das, was geschehen war, fügte sich in kein Weltbild. Die Gläubigen verloren ihren Glauben, Priester überließen ihre Kirchen der Verwilderung. Allenfalls die Buddhisten könnten sich mit der Katastrophe abgefunden haben.

Demzufolge hatte der Kapitän Van Tao mich wahrscheinlich gar nicht vergiften wollen, ein solcher Schritt wäre in dieser Welt selbst dem schamlosen Schatzgräber in den Ruinen kaum zuzutrauen. Vermutlich enthielten die leckeren Pelmeni nur ein harmloses Schlafmittel. Und ich, dieser gefährliche Passagier, sollte nicht gefesselt und ausgeraubt, sondern nur für die Nacht ausgeschaltet werden.

André hielt den Karren an und warf mir die Zügel zu: »Halt mal ... mir geht es im Bauche um.«

Er sprang runter und verschwand hinter den nächsten Büschen. Das Pferd wackelte mit den Ohren, schlug mit dem Schwanz und brachte durch sein gesamtes Auftreten zum Ausdruck: Von mir aus können wir hier bis zum Abend stehenbleiben.

Der Kutscher kam zurück. »Kein einziges Bierchen werde ich mehr im *Betrunkenen Delphin* trinken!«, knurrte er. »Sollen die das Zeug doch den Delphinen geben! Die haben's eh leichter, die können überall, wenn sie mal müssen ...«

»Sie müssen Eichenrinde kochen und trinken, das hilft«, meinte ich voller Anteilnahme.

»Weiß ich. Sobald ich zu Hause bin, bitte ich meine Tochter, mir welche abzukochen ... die hat Köpfchen, meine Tochter. Und du, bist du Arzt, oder was?«

»Mein Vater ist Arzt.«

»Aha! Also wirst du auch Arzt!«, verkündete André überzeugt. »Sag mal, was sollen Frauen trinken, wenn sie ihre Tage haben?«

»Wofür?«, fragte ich verständnislos.

»Damit sie nicht alle um sich rum anblaffen.«

»Also ...« Ich zuckte mit den Achseln. »Baldrian ... Weißdorn.«

»Wusst ich's doch, du bist 'n Arzt«, meinte André erfreut. »Das hilft aber nicht. Sie ist trotzdem völlig neben der Spur. Weißt du, meine Frau ist noch jung ... temperamentvoll ...« Er dachte kurz nach. »Und bei Herzstechen?«

»Ist es ein Stechen oder ein Engegefühl?«, hakte ich nach.

»Stechen.«

»Baldrian. Und Weißdorn.«

»Wenn du kein Arzt bist ...«

Ich hatte den Eindruck, meine Tipps seien für den Mann nicht neu. Eher schien er die Gelegenheit zu nutzen, die Ratschläge seines eigenen Arztes zu überprüfen, die ebenso einfach waren und daher wenig vertrauenerweckend wirkten.

»Zu Dietrich willst du in Arzt-Angelegenheiten?«

Damit war mir klar, dass es keinen Sinn hatte, mich länger gegen den mir aufgedrückten Beruf zu sträuben. Was auch immer in einer Welt geschehen sein mochte, die Menschen interessieren sich dafür, wie eigene und fremde Leiden zu kurieren sind. Wobei sie für die eigenen Leiden Ärzte konsultieren, die Beschwerden anderer aber gern selbst heilen.

»Nicht ganz. Ich habe gehört, er sei ein kluger Mann.«

»Stimmt«, bestätige André. »Ein guter und ein kluger Mann. Seine ganze Familie ist so. Sein Großvater, Friede seiner Asche, war so, und auch sein Vater war ein anständiger Mann. Seine Schwester ist ja eher schlicht gestrickt, ein flatterhaftes Ding, mit nichts im Kopf, aber alle Hoffnung ist bei ihr noch nicht verloren. Und auf Dietrich lass ich nichts kommen. Allerdings müsste er mal heiraten und Kinder in die Welt setzen, schließlich sind wir alle sterblich und eine so gute Familie muss doch fortgeführt werden ...«

Das Thema lag ihm eindeutig am Herzen, und er hätte sich gern noch weiter darüber ausgelassen. Doch ich packte die Gelegenheit beim Schopfe und fragte: »Ist er denn noch Junggeselle?«

»Hmm. Er ist noch jung, so alt wie du. Aber klug!«

Die letzte Bemerkung klang beleidigend, obwohl André es bestimmt nicht so gemeint hatte.

»Verstehe.« Das brachte mich zum Grübeln. Tief im Innern war ich davon überzeugt gewesen, der Mäzen und

Landbesitzer Dietrich sei ein Mann in fortgeschrittenen Jahren, der gut und gern mein Vater – wenn nicht gar Großvater – hätte sein können. Jetzt erfuhr ich: Er war nicht älter als ich.

War das gut oder schlecht?

Wahrscheinlich gut. Wenn ich mich dazu entschließen sollte, meine Karten offen auf den Tisch zu legen, dann wäre es für mich umso leichter, je jünger – und damit aufgeschlossener – Dietrich war.

»Sagen Sie mal, André, haben Sie schon mal was davon gehört, dass in den Bergen oberhalb des Anwesens von Herrn Dietrich noch ein weiteres Gebäude steht?«, fragte ich. »Ein hohes Haus? Eine Art Turm?«

André ließ sich mit der Antwort Zeit. Zunächst holte er seine Zigaretten raus und hielt auch mir die Schachtel wieder hin. Ich steckte mir eine an, wobei ich bereits ahnte, dass er meine Frage bejahen würde.

»Jo, hab ich. Wie auch nicht? Ich kenne drei Leute, die sagen, sie hätten den Turm gesehen. Sie hätten ihn gesehen und würden ihn auch jetzt sehen, wenn sie zum Berg hochblicken. Einer ist sogar in den Westen gezogen, damit ihn das Ding nicht kirre macht.«

Aus den Augenwinkeln spähte ich zum Berg hinüber. Der in sich verdrehte Fächer schimmerte ungeniert im sich durch die Wolken brechenden Sonnenlicht.

»Aber Sie selbst haben ihn noch nie gesehen?«

»Nö. Hab's mal versucht, aber das war nichts. Es heißt, er ist sehr schön ...« Er machte eine unbestimmte Handbewegung. »Aber den sehen nicht alle.«

»Und wenn man in die Berge geht, um ihn zu sehen?«

»Da darfst du nicht hin«, antwortete André in scharfem Ton. »Das weiß jeder. Wer in die Berge geht, kommt nicht zurück!«

»Warum nicht? Lauern da oben Gefahren?«

»Wird wohl so sein ...« André wollte anscheinend nicht länger über das Thema sprechen. »Tiere und Abgründe womöglich. Ist nun mal gefährlich, oben in den Bergen.«

»Gefährlich, ja. Trotzdem müsste mal jemand zurückgekommen sein. Was könnten das für Tiere sein, vor denen sich niemand retten kann?«

Der Kutscher zuckte die Schultern. »Vielleicht ...«, setzte er an. »... vielleicht hat sie der Eisenmann ermordet.«

»Der Eisenmann?«

»Du bist nicht von hier, oder?«

»Stimmt.«

André nickte. »Aus dem Osten?«

»Hmm.«

»Heißt wohl nicht umsonst, dass ihr da lebt wie auf einer anderen Insel. Also, durch die Berge, da wandert jemand. Jemand, der doppelt so groß ist wie 'n normaler Mensch. Aus Eisen. Der läuft da rum und reißt Bäume aus. Bloß gut, dass er nie ins Tal runterkommt.«

»Wandert der schon lange in den Bergen rum?«

»Schon immer.« André warf mir die Zügel zu. »Da haben wir's! Wenn man von solchem Kram redet, geht's gleich wieder im Bauch los ...«

Er schlug sich in die Büsche. Noch im Gehen knüpfte er den Gürtel auf. Ich betrachtete unterdessen wie vor den Kopf geschlagen den Berg.

Ein Eisenmann? Ein Roboter?

Nie im Leben hätte ich damit gerechnet, hier so etwas anzutreffen! Funktionale benutzten keine Technik. Und schon gar keine SF-Technik. Lebende Häuser und Portale, ja, sogar Kraftfelder – daran glaubte ich. Aber an einen Roboter, einen mechanischen Wachtposten – auf gar keinen Fall. Das waren Märchen, Legenden, Horrorgeschichten …

»Hab ihn selbst mal gesehen.« André tauchte wieder aus den Büschen auf, entschieden munterer. »Da war ich noch klein, also, nicht mehr ganz klein, aber eben noch wild. Bin mit Freunden in die Berge gekraxelt, um Beeren zu suchen. Wir … wir sind höher rauf, als wir durften. Ich habe 'nen Himbeerstrauch entdeckt, den ich geplündert habe, wobei mehr in meinen Mund gewandert ist als in den Korb. Plötzlich scheppert was, und jemand kommt durch den Wald. Ich bleib wie angewurzelt stehen. Da blitzt zwischen den Bäumen was auf … Sah aus wie ein Mensch, nur größer. Doppelt so groß.« Er dachte nach. »Nein, nicht doppelt so groß, anderthalb mal so groß. Schließlich war ich noch 'n Steppke und außerdem noch nie besonders groß. Ein Mann aus Eisen, an dem alles funkelt. Und die Augen waren aus Glas und wie …« Er fuchtelte hilflos mit den Händen. »… wie bei 'ner Libelle. Glaubst du mir das?«

»Ja«, antwortete ich leise. »Wenn die Augen wie bei einer Libelle waren, dann glaube ich dir. Ein Facettenauge, das ist ziemlich klug …«

»Du bist der Doktor von uns, du musst das besser wissen«, meinte André. »Danke, dass du mich nicht auslachst. Die meisten haben mir nicht geglaubt. Das heißt, das mit dem Eisenmann, das glauben sie schon, aber nicht, dass ich ihn gesehen habe. Ich hab was mit dem Gürtel gekriegt, und es hieß, ich darf da nicht mehr hingehen. Ich kenne sonst niemanden, der ihn gesehen hat. Diejenigen, die so blöd waren, den Berg hochzukraxeln, haben ihn garantiert vor ihrem Tod gesehen. Aber mich hat er nicht angerührt, wahrscheinlich, weil ich noch ein Junge war. Jedenfalls habe ich mir das später so zurechtgelegt. Warum hätte er 'nem Jungen was antun sollen? Den Turm, ja, den sehen schon mehr. Ich habe mal Herrn Dietrich gesagt, dass das alles Mist ist. Da hat er gelacht, aber nicht über mich. Und er hat mir gesagt, dass es den Turm wirklich gibt. Er sieht ihn auch, aber er kann ihn niemandem zeigen.«

»Das stimmt«, erwiderte ich einsilbig.

Anscheinend hatte ich die richtige Entscheidung getroffen. Ob Dietrich mich nun anhörte oder nicht, ob er mir glaubte oder mich vor die Tür setzte – aber er war einer der wenigen in dieser Welt, die mir glauben könnten.

Glauben und helfen.

Siebzehn

Wir neigen stets dazu, unsere Altersgenossen zu unterschätzen. Sicher, mit ihnen fühlen wir uns am wohlsten, wir hören die gleiche Musik, lesen die gleichen Bücher, befinden uns – zumindest anfangs – auf der gleichen Stufe der Karriereleiter, weshalb in Verbindungen wie »junger Ingenieur«, »junger Arzt« oder »junger Systemadministrator« stets das Gewicht der Aussage auf dem Adjektiv liegt. Große Taten erwarten wir von ihnen nicht. Wir finden uns ohne weiteres mit der Weisheit der Alten ab, mit der Erfahrung reifer Menschen und selbst mit der Genialität eines Kindes. Aber unser Altersgenosse? Wie kann der etwas Bedeutendes vollbringen? Wie kann er mehr Anerkennung genießen und mehr Liebe bekommen als wir? Das ist doch unser Kolka, Petka oder auch Serjoschka. Im Kindergarten haben wir uns mit ihm gekloppt, in der Schule Unfug gemacht und als Studenten die Nacht durchgefeiert. Ich kenne ihn in- und auswendig und weiß genau, was er für ein Schlawiner ist. Er ist ein anständiger Kerl, der aber bestimmt keine Sterne vom Himmel holt ... Was? Er hat sie doch geholt? Einfach so?

Seine wissenschaftlichen Artikel werden in der ganzen Welt veröffentlicht? Er soll in Harvard lesen? Das glaub ich nicht! Unsere Lehrer haben ihm immer gesagt, *er* solle sich ein Beispiel *an mir* nehmen!

Genau darum dürfte es gehen. Wenn du einen Altersgenossen triffst, der von allen respektiert wird, dann wächst in dir ... nein, nicht Neid. Eher etwas wie Unglauben und Verwirrung. Unwillkürlich fragst du dich: Könnte ich da an seiner Stelle stehen?

Das Anwesen des Herrn Dietrich, genauer des Geschlechts der Dietrichs, machte den Eindruck eines echten Familiensitzes, ein alter, aber solider und bis in den hintersten Winkel eingelebter Bau, der so stark mit seiner Umwelt verschmolz, dass er natürlicher als die Berge, die Wälder und Weinreben wirkte. Vielleicht war dieser Effekt dem Architekten zu verdanken, vielleicht aber auch der Zeit, die ja bekanntlich der beste aller Architekten ist. Selbst ein tristes Mietshaus kann sie in eine Perle im Stadtbild verwandeln. Seinerzeit waren die Pariser gegen den Bau des Eiffelturms auf die Straße gegangen, heutzutage wäre die Stadt ohne ihn nicht denkbar ...

Ein Hausangestellter teilte mir mit, Dietrich würde gleich von seinem Ausritt zurückkommen, und bot mir an, im Haus, gern aber auch in der Laube vor dem Anwesen auf ihn zu warten. Bescheiden wählte ich die Laube, was den Diener jedoch nicht daran hinderte, mir einen grünen Tee und schlanke Zigarren zu bringen. Diese Gastfreundschaft flößte mir Hoffnung ein. Ich saß in der grünumrankten Laube und ergötzte mich an der idyllischen Landschaft um mich herum, selbst wenn mein Blick immer wieder zu dem Turm huschte. Er war jetzt ganz nah. Da ich nun alle Details erkennen konnte, fand ich meinen ersten Vergleich – mit einem in sich verdrehten Fächer – bestätigt. Man muss sich das so vorstellen, dass aus einem gemeinsamen Fundament aus Glas und Stahl zwei Dutzend schmaler Wolkenkratzer wuchsen, die leicht aufgefächert waren. Erstaunlicherweise hielten sie sich in dieser Position. Dann wurden diese Wolkenkratzer minimal gegeneinander verdreht. Diesen halb aufgeklappten Fächer musste man dann nur noch spiralförmig an der Mittelachse hochziehen.

Ist das vorstellbar?

Jetzt noch die Maße. Die »Fächerscheibe« dürfte dreihundert Meter hoch, etwa zwanzig breit und fünf Meter – vielleicht etwas mehr – dick sein.

Diese futuristische, in den Bergen völlig deplatzierte Konstruktion dräute über dem alten Steinhaus. Vermutlich fiel ihr Schatten hin und wieder auf das Haus und den umliegenden Hof.

Aber das bemerkte niemand.

Ich hatte die Zigarre, die sich als weit schmackhafter erwies als die Zigaretten Andrés, gerade bis zur Hälfte geraucht, als auf dem Weg, der sich durch die Weinstöcke schlängelte, ein Reiter auftauchte. Auf irgendeine Weise hatte der junge Landbesitzer bereits von meiner Ankunft erfahren, denn er überreichte einem Diener kurz vor der Laube die Zügel und kam direkt auf mich zu. Mit seinem weißen Reitanzug und den hohen weißen Stiefeln aus weichem Leder sah er genauso aus, wie in meiner Vorstellung ein reicher und geschätzter Landbesitzer aussehen muss, der ausreitet, um seine Besitzungen in Augenschein zu nehmen.

Ich erhob mich zur Begrüßung.

Dietrich war mein Altersgenosse und ähnelte mir sogar ein wenig. Nur dass er körperlich kräftiger war, nichts von der ungesunden Schlaffheit des Städters an sich hatte. (Aber wie viel überflüssiges Fett würdest du wohl noch mit dir rumschleppen, wie bleich und voll wäre dein Gesicht, wenn du dein Leben lang an der frischen Luft zu Fuß gehen oder reiten würdest?) Zu allem Überfluss sah Dietrich ungeachtet der diffusen Ähnlichkeit zwischen uns beiden eindeutig besser aus als ich. Das gestand ich mir ehrlich und objektiv ein. Seine Schönheit lag zudem nicht in einer weichen Jünglingsanmut, wie sie von nicht mehr ganz so jungen Frauen geschätzt wird (»ach, mein Hübscher!«) und nicht in der Brutalität eines städtischen Machos, wie sehr junge Frauen sie mögen (»ein richtiger Kerl!«), sondern in der Gesamtharmonie von Gesicht und Figur. Kurz und gut, die Frauen mussten sich reihenweise in ihn verlieben, die Männer ihn achten.

In mir meldete sich der bittere Gedanke, vor mir stünde eine Art besserer Kopie meiner selbst.

»Guten Tag!« Er streckte mir die Hand hin und lächelte offen und freundlich. »Warten Sie schon lange auf mich?«

»Nein, nicht sehr lange.« Ich ergriff seine Hand. Natürlich, auch sein Händedruck war angenehm ... »Vielen Dank für die Bewirtung mit Tee und Zigarren. Es freut mich, Sie kennenzulernen, Herr Dietrich.«

»Al«, sagte Dietrich. »Nennen Sie mich einfach Al. Wir sind ja anscheinend Altersgenossen.«

»Stimmt«, antwortete ich. »Dann bin ich Kirill. Oder einfach Kir.«

»Kirill.« Er schien sich den Namen auf der Zunge zergehen zu lassen, als erkunde er seinen Geschmack. »Kirill. Ein schöner und seltener Name. Wollen wir ins Haus gehen oder ...«

Ich sah zum Turm rüber. »Könnten wir uns vielleicht hier unterhalten?«, fragte ich.

»Verstehe«, erwiderte Dietrich mit gedämpfter Stimme. »Sie auch ... Gut, bleiben wir hier.«

Er nahm mir gegenüber Platz und gab dem Diener, der mir den Tee gebracht hatte und bis jetzt in einiger Entfernung abwartete, ein Zeichen, woraufhin dieser im Haus verschwand.

»Ich lasse mir auch einen Tee bringen«, erklärte Dietrich. »Sie sehen ihn?«

»Den Turm? Ja.«

»Wie sieht er denn aus?«

Ich lächelte. O ja, wir ähnelten uns wirklich.

»Er ist hoch, etwa zweihundert Meter. Und er sieht wie ein Fächer aus Glas und Stahl aus, der zu einer Schraube verdreht ist.«

»So beschreibe ich ihn auch immer«, sagte Dietrich. »Das heißt, ich habe ihn so beschrieben, bis ich einsah, dass das keinen Sinn hat. Woher sind Sie, Kirill?«

Musste ich jetzt eine Wahl treffen oder nicht?

Ich lauschte in mich hinein.

Nein, da rührte sich nichts ... Keinerlei Fähigkeiten. Also blieb mir kaum eine Wahl.

Ich sah Dietrich fest in die Augen. »Aus einer anderen Welt.«

»Oh«, brachte Dietrich hervor. »Oh!«

Er erhob sich sogar und fing an, nervös durch die Laube zu tigern. Der Diener brachte auf einem Tablett eine weitere Tasse und eine Teekanne und wurde von Dietrich mit einem Nicken wieder entlassen.

»Das scheint Sie nicht zu wundern«, bemerkte ich.

»Das? Nicht wundern? Das verschlägt mir die Sprache, Kirill! Sie ... Gut, ich habe schon selbst mal daran gedacht, aber ... und nun das ...«

Mit einem Mal begriff ich, dass dieser attraktive, kluge, reiche und absolut selbstgenügsame Mann tatsächlich bis in die Tiefe seiner Seele erschüttert war. Das machte es mir leichter. »Ich vermute, wenn Sie den Turm sehen, sind Sie bestimmt auch schon einmal Funktionalen begegnet.«

»Wem?«

»Den Menschen-über-den-Menschen.«

»Die haben nie behauptet, aus einer anderen Welt zu sein. Sie reden ohnehin nicht von sich. Daher habe ich immer angenommen, auf irgendeinem Kontinent habe sich eine Enklave mit einer höheren Zivilisation gehalten ...«

»Sie wissen also sogar, dass es mehrere Kontinente gibt«, hielt ich erfreut fest. »Vielleicht kennen Sie dann auch das Wort *Geschichte*?«

»Ja.« Stöhnend setzte er sich wieder hin und goss sich Tee ein. »Allerdings ist mir nur das Wort bekannt. Wir haben hier keine Geschichte. Geschichte ist ein Tabu ... sagt Ihnen dieses Wort etwas?«

»Ja.«

»Umso besser. Also, bei uns gehört es sich nicht, darüber zu diskutieren, was früher war.«

»Die arme Frau«, murmelte ich. »Ich hab ja nicht gewusst, dass ...«

»Welche Frau?«

»In der Bibliothek. Ich habe sie nach der Geschichte Ihrer Welt gefragt. Daraufhin hat sie mich zu Ihnen geschickt.«

»Ah ... ich weiß schon, wen Sie meinen.« Ein Strahlen malte sich in seinem Gesicht. »Sie hatten Glück, Sie haben die richtige Person befragt. Diana ist genauso verschroben wie ich. Auch sie möchte gern wissen, was war, bevor die Welt starb.«

»Aber es gibt bei Ihnen Menschen, die den Kontinent besuchen ... und dort nach allerlei Artefakten suchen ...«

»Gewiss, die gibt es. Zwei, drei tollkühne Kapitäne. Aber die interessiert nur das Geschäft. Sie dürften sich jedoch für etwas anderes interessieren.«

»Ja.«

»Können Sie mir vielleicht ein wenig über die Hintergründe berichten?« In Dietrichs Stimme schwang ein bittender Unterton mit.

»Ja«, antwortete ich. »Also ... es existieren viele Welten, die der Erde vergleichbar sind. Im Grunde sind das auch alles Erden. Nur ist jede anders.«

»Verstehe ...« Dietrich sah mich ehrfürchtig an.

»Diese Welten ... sind im Raum verteilt. Meiner Ansicht nach jedoch nicht nur im Raum, sondern auch in der Zeit. In manchen Welten leben Menschen. In anderen gibt es keine Zivilisationen.«

»Das wäre in der Tat eine mögliche Theorie«, sagte Dietrich nachdenklich. »Ich habe lange über diese Fragen nachgedacht ...«

»Das ist leider keine Theorie. Ich bin in verschiedenen Welten gewesen. Ich komme selbst aus einer anderen Welt. Und ich glaube, meine Welt ist Ihre Vergangenheit.«

»Halt!« Dietrich fuchtelte mit der Hand. »Das ist nun wirklich blanker Unsinn! Ich habe diese Abenteuerromane gelesen, in denen sich der Held auf Zeitreise begibt. Das ist ein interessantes Gedankenspiel. Aber die Autoren räumen selbst ein, dass dergleichen unmöglich ist. Solche Reisen würden uns vor ein Paradoxon stellen. Wenn Sie tatsächlich aus unserer Vergangenheit stammen, dann würden Sie mit Ihrer Rückkehr Ihre Gegenwart ändern und folglich unsere Zukunft. Damit würde es unsere Zukunft nicht mehr geben, und Sie könnten gar nicht hier sein.«

»Und wenn sich die Zeit verästelt?«, wandte ich ein. »Wenn jede Reise einen neuen Zweig der Zukunft hervorbringt? Lass uns ... Lassen Sie uns der Einfachheit halber mal annehmen ...«

»Dann lassen Sie uns der Einfachheit halber auch zum Du übergehen.«

»Gern. Stellen wir uns einmal vor, ich hätte eure Zukunft gesehen, würde zurückkehren und unsere Zukunft würde daraufhin anders aussehen. Aber eure würde es auch noch geben.«

»Ich glaube, die Paradoxa wären damit nicht aus der Welt.« Dietrich runzelte die Stirn. »Aber im Grunde kann ich mich sowieso nicht auf diese Hypothese einlassen. Bist du sicher, dass du aus unserer Vergangenheit stammst?«

»Also zumindest komme ich aus einer Welt, die sehr stark an eure Vergangenheit erinnert«, lenkte ich ein. »Aber hundertprozentig sicher bin ich mir nicht. Ich versuche selbst noch dahinterzukommen. Gut, nehmen wir mal an, alle Welten würden sich auf verschiedenen Entwicklungsstufen befinden. In manchen Welten verlief die Geschichte so, in anderen so. Hier schneller, dort langsamer. Wärst du bereit, diese Hypothese zu akzeptieren?«

»Ja«, sagte Dietrich. »Und dann sind die Menschen-über-den-Menschen ...«

»Normalerweise heißen sie *Funktionale*.« Ich stieß einen Seufzer aus. »Sie ähneln den Menschen in vielem, aber jeder hat eine Spezialfunktion, einen Beruf, in dem er es zu Vollkommenheit gebracht hat, in dem er ein Niveau erreicht, das einfache Menschen nie erreichen. Trotzdem solltest du sie nicht beneiden. Die meisten Funktionale sind extrem eingeschränkt. Andere Sachen kriegen sie nämlich kaum noch hin. Außerdem sind sie, um es einmal bildlich auszudrücken, an das Gebäude gebunden, in dem sie ihren Beruf ausüben. Ein Friseur an seinen Laden, ein Arzt an sein Krankenhaus ...«

»Ein Schuster an seine Leisten. Stimmt schon, das ist nicht gerade angenehm.«

»Ich bin ein solches Funktional gewesen. Meine Arbeit war insofern besonders, als sie interessanter als alle anderen Tätigkeiten war, jedenfalls meiner Meinung nach. Ich war ein Zöllner. In meinem Haus gab es Türen in andere Welten.«

»Kaum zu glauben ...« Dietrich sah mich voller Respekt an. »Und ... wozu dient das alles?«

»Warte. Dazu kommen wir noch. Über den normalen Funktionalen sitzen die Sonderfunktionale.«

»Wie sollte es auch anders sein?« Dietrich schnaubte. Ich ließ ihn meine Worte ungehindert kommentieren, anscheinend bewältigte er auf diese Weise seinen inneren Aufruhr.

»Zum einen sind das die Polizistenfunktionale. Auch sie sind jeweils an ihren Abschnitt gebunden. Zum anderen gibt es Hebammen. Nein, sie assistieren dir nicht bei den Wehen, sondern verwandeln einen vorher bestimmten Menschen in ein Funktional. Wenn ein Mensch ein Funktional wird, wird er praktisch aus seinem bisherigen Leben ausradiert. Seine Freunde und Verwandte vergessen ihn. Sogar sämtliche Institutionen in seiner Welt vergessen ihn.«

»Auch nicht sehr schön.«

»Das kannst du laut sagen. Aber weiter: In jeder Welt gibt es einen Kurator. Er steht über den Polizisten und Hebammen und ordnet an, welche Person zu welcher Art Funktional zu verwandeln ist. Er hat große Macht und enorme Möglichkeiten. Aber auch er ist nicht frei. Er bekommt seine Befehle wiederum aus einer Welt namens Arkan. Das dürfte die technisch am weitesten entwickelte Welt sein. Soweit ich es begriffen habe, gehören Funktionale dort zum Alltag und sind eine normale Erscheinung dieser Zivilisation.«

»Aber damit hört es auch noch nicht auf, oder?«, wollte Dietrich wissen.

»Genau, damit hört es auch noch nicht auf. Ich habe guten Grund zu der Annahme, dass die ersten Funktionale aus eurer Welt gekommen sind. Als sie unbewohnbar wurde ... da sind sie wahrscheinlich großteils nach Arkan ausgewandert. Sie hatten die Möglichkeit entdeckt, sich in Raum und Zeit zu bewegen, und sind dort hingegangen. Aber sie haben es nicht dabei belassen, Arkan zu erobern und nach ihren Bedürfnissen umzuformen. Sie haben sich auch in die Angelegenheiten anderer Welten eingemischt. Sie lenken ihre Entwicklung in die Richtung, die ihnen genehm ist. Arkan ist ihre Basis. Eure Welt ist ihre Heimat. Sie ... sie sind nicht gerade zimperlich. Sie töten, ohne mit der Wimper zu zucken, noch weniger Gedanken verschwenden sie daran, das Schicksal eines Menschen umzuschreiben. Normale Funktionale, selbst die Hebammen und Kuratoren, sind bloß ihre Angestellten oder besser gesagt ihre Sklaven. Ich glaube, sie haben nicht ohne Grund in einer der Welten bis heute die Sklavenhaltergesellschaft aufrechterhalten. Das interessiert sie halt.«

»Was?«

»Die Beziehungen zwischen Sklaven und Herrn.«

»Wir sind keine Sklaven«, sagte Dietrich ernst.

»Nein, ihr seid keine Sklaven. Wahrscheinlich haben sie sich eurer Welt gegenüber gewisse herzliche Gefühle bewahrt. Aber trotzdem experimentieren sie auch mit euch. Euer Planet ist unbewohnbar und lebensgefährlich, nur auf einer einzigen namenlosen Insel gibt es eine friedliche, patriarchalische, mit der schlichten Existenz zufriedene ...«

»Manchmal glaube ich, das ist Kreta.«

»Was?«

»Ich habe versucht, aus alten Büchern herauszukriegen, wie unsere Insel heißen könnte. Zunächst habe ich geglaubt, es sei Formosa. Aber dann bin ich zu dem Schluss gekommen, dass es Kreta ist. Ich weiß es nicht. Wir nennen sie jedenfalls einfach nur Insel.«

Was für eine Ironie und Symbolik, schoss es mir durch den Kopf. Die Insel im Mittelmeer, einst die Wiege der menschlichen Zivilisation, dient ihr heute als Totenbett.

»Das ist interessant«, sagte ich. »Aber es spielt kaum eine Rolle. Ob es nun Grönland, Formosa, Madagaskar, Kreta ...«

»Aber es spielt eine Rolle, dass die Funktionale aus unserer Welt sind. Und dass bei uns ...« Er schielte zum Turm rauf. »... der da steht.«

»Das stimmt.«

Dietrich versank in seine Gedanken. »Und du bist also ein ehemaliges Funktional?«

»Ja. Ein Zöllner.«

»Wie sind deine Beziehungen zu den anderen Funktionalen?«

»Wie?« Ich zuckte die Schultern. »Ein paar von ihnen habe ich ermordet.«

Dietrich fuhr zusammen und rückte von mir weg.

»Vor anderen bin ich auf der Flucht, denn die wollen mich umbringen. Insofern bin ich ein faszinierender, aber gefährlicher Gast.«

»Du ...« Er zögerte. »Kannst du was? Etwas, das ein Mensch nicht kann?«

»Ja. Manchmal. Ab und an kann ich ein Tor in eine andere Welt öffnen. Mein Freund, er ist Kurator in meiner Welt, glaubt, es hat eine gewisse Störung gegeben. Und zwar, als wir beide einmal aneinandergeraten sind. In diesem Kampf waren meine Fähigkeiten noch nicht völlig verschwunden. Ich konnte ihm Widerstand leisten. Und jetzt verfügen wir beide nicht mehr über unsere vollen Kräfte. Einer von uns wird Kurator auf der Erde. Der andere stirbt wahrscheinlich. Das ist jedenfalls eine Variante.«

»Und die andere?«

»Wenn wir es schaffen, unsere Welt dem Einfluss der Funktionale von Arkan zu entziehen, wenn wir sie überzeugen oder notfalls zwingen könnten, uns in Ruhe zu lassen, dann könnten wir vielleicht beide am Leben bleiben. Vermutlich könnten wir unsere Fähigkeiten dann sogar in unserem eigenen Interesse einsetzen.«

»Wie aufschlussreich ...«, brachte Dietrich nachdenklich hervor. »Oh, entschuldige, ich habe das ... sehr abstrakt durchdacht.«

»Macht nichts.«

Wir hüllten uns beide in Schweigen.

»Und was willst du jetzt tun? Hast du einen Plan – da du schon mal zu uns gekommen bist?«

»Der Plan ist entstanden, als ich dieses dumme Ding auf dem Berg gesehen habe ...«

»Was für ein dummes Ding? Ach so, verstehe ...«

»Ich will da hin.«

»Und dann?«

»Keine Ahnung.« Ich breitete die Arme aus. »Den nächsten Schritt habe ich mir noch nicht überlegt. Ich bin mir noch nicht mal darüber im Klaren, was das genau für ein Ding ist. Vielleicht ist es genau die eine Vorrichtung im gesamten Universum, die es überhaupt erst gestattet, dass Funktionale von einer Welt in eine andere reisen und ihre Wunder vollbringen. Und wenn sie zerstört werden würde ...«

»Dann würdest du bei uns festsitzen.«

Daran hatte ich nicht gedacht. Der ernste Ton, in dem Dietrich sprach, beschwor in mir prompt ein Bild herauf, wie ich für immer auf dieser Insel gefangen blieb. Oje ...

Komisch. Da war ich bereit zu sterben und mich Hals über Kopf in den Kampf zu stürzen – aber nicht hierzubleiben?

»Dann werde ich dich um Protektion bitten ... um einen Arbeitsplatz in der hiesigen Bibliothek. Dort werde ich mich mit Geschichte befassen.«

»Eine gute Idee«, meinte Dietrich. »Nicht viel Arbeit ...«

Wir mussten beide lächeln.

»Vielleicht hat es mit dem Ding ja auch gar nichts auf sich«, fuhr ich fort. »Vielleicht ist es nur ein Denkmal. Oder ein Museum. Oder ein Sanatorium. Vielleicht hat es nicht mal einen Eingang. Aber ich möchte es versuchen. Und ich brauche Hilfe.«

»Von mir abgesehen, wird dir niemand helfen«, warnte mich Dietrich gleich.

»Gar niemand? Und eure Regierung?«

»Die Kaiserin wird in unserer Gesellschaft sehr verehrt«, wog Dietrich die Worte vorsichtig ab. »Aber ihre reale Macht ist nicht sehr groß. Wir ... wie soll ich das ausdrücken ... wir brauchen nicht unbedingt eine Regierung.

Es gibt Polizisten, aber nicht wie früher eine Armee. Unser Verhältnis zu den Menschen-über-den-Menschen ist im Grunde nicht schlecht. Es ist von Achtung geprägt. Von Verehrung, einer leichten Scheu und einem ehrfürchtigen Erschaudern. Sie kommen nicht oft zu uns, kränken niemanden, kaufen den Schatzsuchern ihre Artefakte vom Festland ab, bringen uns aber auch bei, wie man damit umgeht. Sie behandeln uns, wenn wir krank sind. Außerdem gab es mal einen Fall ... also, kein Krieg, wir führen hier keine Kriege. Aber es gab mal einen Streit zwischen zwei Dörfern. Wegen Weideland. Davon gibt es nicht so viel, weil das Kerngebiet der Insel aus unbewohnbarem Gebirge besteht ...«

»Ich weiß, ich bin da gewesen«, sagte ich düster.

»Die Menschen-über-den-Menschen haben den Streit beigelegt. Natürlich nicht mit Gewalt. Sie ... sie haben das Landstück einfach einem dritten Dorf zugesprochen. Damit waren alle zufrieden.«

»Also regieren sie doch.«

»Eher passen sie auf uns auf. Und dafür werden sie verehrt. Sie sind eine Kraft, die bei Bedarf für Ordnung sorgt. Alle wissen das und sind zufrieden.«

»Und du?«

»Mir gefällt dieses Ding über meinem Kopf nicht«, antwortete Dietrich verdrossen. »Es gefällt mir nicht, basta ... Hast du Hunger?«

»Wenn du so fragst ...«

»Dann lass uns reingehen! Ich werde dafür sorgen, dass dir ein Zimmer zurechtgemacht wird und wir was zu essen bekommen.«

»Ich weiß nicht, ich habe ein Zimmer in einem Hotel gemietet ...«, setzte ich an. Aber Dietrich lächelte so beredt, dass ich mich nicht länger sträubte. »Vielen Dank für die Einladung. Aber vergiss nicht, dass ich ein gefährlicher Gast bin. Die guten Menschen-über-den-Menschen könnten meinetwegen plötzlich auf der Bildfläche erscheinen.«

»Das sollen sie mal wagen«, brachte Dietrich heraus, wenn auch nicht sehr überzeugt. »Wirklich, das sollen sie mal wagen. Das gäbe einen Skandal ...«

»Aber sie haben keine Angst vor Skandalen.«

»Gehen wir.« Dietrich klopfte mir auf die Schulter. »Lassen wir die Dinge auf uns zukommen ...« Als wir kurz vor der Tür angelangt waren, fügte er noch leise hinzu: »Sag mal ... hast du wirklich lebende Menschen umgebracht?«

»Ja«, antwortete ich. »Aber das hat sie sehr schnell in tote Menschen verwandelt.«

Man hatte mir nicht nur ein Zimmer zurechtgemacht. Ein behäbiger, schon angejahrter Mann, fraglos einer der ältesten Diener im Haus, begleitete mich in den ersten Stock hinauf, in das Gästezimmer, sah sich höchst aufmerksam um, nickte zufrieden und zog sich zurück. Entzückt darüber, dass zu dem Gästezimmer auch ein Bad gehörte, wusch ich mich voller Genuss, zum ersten Mal, seit ich Feste verlassen hatte. Hier gab es kein elektrisches Licht, nur Kerzen, dafür aber warmes Wasser und eine recht ordentliche Dusche in einer riesigen Marmorwanne, Seife und Shampoo. Als ich mich gerade mit einem weichen Badehandtuch frottierte, klopfte es sanft an die Tür, bevor diese einen Spalt geöffnet wurde und jemand ein paar Kleidungsstücke auf dem Steinfußboden ablegte.

Diese stammten anscheinend aus Dietrichs Garderobe, aber wir hatten wirklich beinahe die gleiche Figur.

Auch Dietrichs Geschmack entsprach meinem. Jeans oder etwas, das diesen Hosen so nahekam, dass es sinnlos wäre, nach einem anderen Wort zu suchen, da sie ebenfalls aus dunkelblauem festem Stoff waren und Nieten an den Taschen hatten. Ein einfaches, rot-blau kariertes Hemd, das wie üblich geknöpft wurde, nicht in der seltsamen hiesigen Mode an der Schulter. Schuhe, die zwar bereits eingetragen waren, dafür aber höchst geeignet für eine Bergtour schienen. Alles war sauber, Unterwäsche und Strümpfe wohl sogar neu.

Ich stutzte. Die Kleidung war eher für einen Ausflug in die Berge als für ein friedliches Abendessen gedacht.

Doch kaum hatte der Diener mich ins Esszimmer gebracht, klärte Dietrich mich auf: »Ich habe darum gebeten, dir diese Kleidung zu geben, damit du im Notfall … das Haus schnell verlassen kannst und doch angemessen gekleidet bist. Deswegen sind die Schuhe auch schon getragen.«

»Du bist wirklich vorausschauend«, meinte ich.

»Ich bin sehr vorausschauend«, antwortete Dietrich traurig. »Manchmal viel zu sehr. Aber das ist besser, als am Ende das Nachsehen zu haben.«

Der Tisch war bereits gedeckt, aber zu meiner großen Erleichterung bediente uns niemand. Dietrich hatte offensichtlich auch daran gedacht: dass uns niemand bei unserem Gespräch störte.

»Ich würde dich so gern ausfragen«, gestand er verlegen ein. »Aber du hast Hunger. Also iss, ich erzähl dir derweil alles, was ich weiß.«

Ich aß. Mit großem Appetit. Zunächst gab es Ente in Orangensoße. Irgendwie chinesisch zubereitet, wenn auch in dieser Welt mit gewissen Veränderungen. Dann folgte eine sämige Suppe aus Miesmuscheln, Fischen und Tintenfischen oder Kraken, die so klein zerhackt waren, dass du das nicht mehr erkennen konntest. Ich hatte mich bereits damit abgefunden, dass man hier – genau wie auf Arkan – den Hauptgang zuerst aß. Ob die Funktionale diese Angewohnheit damals von hier mit nach Arkan gebracht hatten? War das womöglich doch nicht die Zukunft meiner Welt?

Aber ich hütete mich besser davor, aufgrund der Speiseabfolge solche Schlussfolgerungen zu ziehen.

Dietrich erzählte mir inzwischen alles ausführlich und im Detail. Er fing mit seiner Kindheit an, wie er den Turm gesehen hatte, ihm aber bis auf seinen Vater niemand geglaubt hatte. Sein Vater hatte jedoch verlangt, er solle nie wieder ein Wort darüber verlieren. Er hatte das damit begründet, dass diejenigen, die den Turm sehen, von den Menschen-über-den-Menschen fortgeschleppt würden. Bis heute wusste Dietrich nicht, ob an diesen Worten etwas dran war. Er war sich nicht einmal sicher, ob sein Vater den Turm ebenfalls gesehen hatte; seine Mutter und seine Schwester hatten ihn jedenfalls nie gesehen. Da er jedoch ein braver Junge gewesen war, kam er nie wieder auf das Thema zurück. Von wenigen Ausnahmen abgesehen.

Er berichtete von seiner Familie, vom Geschlecht der Dietrichs, dessen Wurzeln weit, weit zurückreichten, bis hinein in die Zeit vor jener mysteriösen Katastrophe, welche die Welt verändert hatte. Ich hatte den Eindruck, dass er wirklich eine gute Familie haben musste, die nie nach der Macht gegriffen hatte und auf der ganzen Insel verehrt wurde.

Alles, was Dietrich von den Menschen-über-den-Menschen wusste, teilte er mir mit. Sie kamen meist zur Frühjahrsmesse und zu Festen in die Stadt. Sie erwarben alle Artefakte vom Kontinent. Manchmal mischten sie sich unters einfache Volk. Ihre Soldaten suchten regelmäßig leichte Mädchen auf. Seinen Worten entnahm ich, dass es als Glücksfall galt, ein Kind von einem solchen Kunden zu bekommen und eine Prostituierte in diesem Fall, nunmehr eine gute Partie, gern geheiratet wurde – natürlich nur, sofern sie das wünschte. Die Menschen-über-den-Menschen selbst interessierten sich in keiner Weise für etwaige Sprösslinge, die ihrerseits wie normale Kinder aufwuchsen, allerdings ebenfalls als gute Partie galten. Damit variieren die Funktionale fröhlich und ganz inoffiziell den Genfond der hiesigen kleinen Menschheit, dachte ich bei mir.

»Kommen sie immer mit den Soldaten?«, wollte ich wissen.

»Ja. Die Soldaten kriegen aber kaum den Mund auf. Sie verstehen unsere Sprache nicht gut. Aber die anderen, die ohne Waffen, die können sie frei sprechen. Genau wie du.«

»Die Soldaten sind vermutlich keine Funktionale«, erklärte ich. »Es sind normale Menschen aus einer anderen

Welt, aus Arkan ... Und sie verlassen die Insel jedes Mal wieder?«

»Es gibt Gerüchte, dass sich die Soldaten manchmal in unsere Frauen verlieben und für immer hierbleiben. Aber du kennst die Frauen ja, sie können sich so was auch ausdenken, weil es so romantisch klingt. Das alte Lied ...«

»Und es hat nie Konflikte gegeben?«

»Nein. Sie sind immer sehr höflich. Natürlich, manchmal handeln sie heimlich mit uns ...« Dietrich legte eine Pause ein. »Mein Vater hat kurz vor seinem Tod mit einem von ihnen ein hübsches Geschäft abgeschlossen. Er hatte eine Perle. So eine hast du noch nie gesehen ... von der Größe!« Dietrich beschrieb mit den Händen eine Perle von der Größe eines kleines Apfels. »Sie war absolut weiß und milchig. Eine perfekte runde Kugel. Wenn ich mir vorstelle, was mein Vater für sie ausgegeben hat ... Er hat sie einem Soldaten eingetauscht ...«

»Zeig mir mal, wofür«, verlangte ich. »Ich glaube, ich weiß, wovon du sprichst!«

Lächelnd erhob sich Dietrich vom Esstisch. In der hinteren Ecke des Zimmers lag auf dem Rauchtisch ein Gegenstand, der in festen roten Stoff gehüllt war. Dietrich lüpfte das Tuch und präsentierte mir den Inhalt feierlich: »Hier. Die Waffe der Menschen-über-den-Menschen.«

»Da ... da muss der Soldat von seiner Gier überwältigt worden sein ...«, meinte ich, obwohl ich ein wenig enttäuscht war. Dietrich hielt eine MPi in der Hand, genauso eine wie die, die mir im Meer abhandengekommen war.

»Nur die Patronen fehlen«, bemerkte Dietrich in bedauerndem Ton. »Hier, in diese Öffnung wird ein Spezialbehälter geschoben, in dem die Patronen stecken. Mein Vater hat versucht, welche herzustellen, aber das ist ihm nicht gelungen.«

»Ich habe noch ein Magazin in meiner Tasche«, erklärte ich. »Da sind zwar nur noch vierzehn Patronen drin. Aber das ist natürlich besser als nichts ...«

»Nimm es.« Dietrich hielt mir das Gewehr hin. »In dem Falle ist es deins.«

»Eine Perle«, sagte ich. »Von unsagbarer Schönheit und unschätzbarem Wert. Ja?«

»Die Perle hätte ich gern wieder«, gab Dietrich zu. »Aber eine Waffe ... ich kann damit nicht umgehen. Ein wichtiges Teil und die Patronen fehlen mir. Außerdem brauchst du sie.«

»Vielen Dank«, erwiderte ich. »Ich habe meine MPi verloren. Im Meer. Nachdem ich mich an einer Schnur am Felsen abgeseilt hatte. Ich hatte eine extrem stabile, aber dünne Schnur. Sie sah aus wie Nähgarn. Ich habe sie durch die MPi geführt ...«

»Ja, das kenne ich«, unterbrach Dietrich mich. »Der Soldat hat es meinem Vater gezeigt und der mir. Du musst einfach den Kolben aufklappen ... da ist eine spezielle Führung drin, siehst du hier, da ziehst du den Faden durch, und außerdem noch diese Klemme, die den Fall kontrolliert. Du hältst dich am Lauf und am Kolben fest und kannst mit dem Finger ganz einfach das Tempo regulieren ... Du bist klug, Kirill, wenn du da von allein drauf gekommen bist!«

»Du hast ja keine Ahnung, wie dämlich ich bin!«, entgegnete ich, den Blick fest auf die MPi gerichtet. »Ich ... also ich hab das alles ganz anders angestellt. Völlig anders. Und hätte mir beinah das Genick gebrochen.«

»Dann hattest du einfach Glück«, sagte Dietrich. »Und vielleicht ist das sogar besser als klug, aber ein Pechvogel zu sein.«

Achtzehn

Aus unerfindlichen Gründen glauben wir gern, Menschen, die uns gefallen und auf die wir womöglich sogar eifersüchtig sind – all diese erfolgreichen Sportler, populären Schauspieler, berühmten Sänger und reichen Geschäftsleute –, seien permanent glücklich. Die Boulevardpresse wiederum lebt dann einzig und allein davon, uns eines Besseren zu belehren: Sie hat sich scheiden lassen, er trinkt, die beiden haben sich geprügelt, er hat sie betrogen. Wir lesen das, der eine angewidert, der andere mit entzückter Neugier. Und wir lesen dergleichen nicht etwa deshalb, weil das Leid und die Sünden all dieser VIPs so groß wären. Sondern weil allein dieser in der Zeitung en détail verbreitete Schwachsinn imstande ist, uns zu trösten. Sie sind genau wie wir. Sie trinken Champagner für tausend Dollar, wir chilenischen Wein. Sie fahren nach Österreich in einen Wintersportort, wir zu unserer Schwiegermutter auf die Datscha. Ihnen spendet ein ganzes Stadion Beifall, uns lobt unsere Frau dafür, dass wir den Müll runtergebracht haben. All das hat jedoch nicht die geringste Bedeutung, wenn sie an der gleichen Sehnsucht leiden, an der gleichen Schwermut, an der gleichen Eifersucht und an den gleichen Herabsetzungen.

Wir bemerken nicht einmal, wie wir selbst die Feder spannen, die sie zwingt, Sammlerweine zu trinken, obwohl sie von denen keine Ahnung haben und eigentlich viel lieber ein Bier hätten, die sie zwingt, in Courchevel rumzupöbeln und sich mit Journalisten zu prügeln. Denn je hartnäckiger du einen Menschen mit der Nase in seine Probleme stößt und ihn anbrüllst: »Du bist doch genauso ein Schwein wie wir!«, desto entschlossener will er kontern: »Nein, nicht genauso eins – ein viel größeres!«

Ich betrachtete den jungen, attraktiven und klugen Mann, den nahezu die gesamte Bevölkerung dieser kleinen Welt verehrte, und begriff, dass er nicht besonders glücklich war. Die unsichtbare Zange der Verantwortung, des Neids und der Ungleichheit hielt die Menschen hier ebenfalls gepackt, wenn auch nicht so fest wie bei uns. Insofern hatte er entweder Glück gehabt oder er durfte es sich als Verdienst anrechnen, trotz allem ein netter Kerl geblieben zu sein.

»Du willst mir doch nicht weismachen, du seist unglücklich?«

Dietrich grinste. »Noch nie in meinem Leben habe ich das getan, was ich gern tun wollte. Wegen der Familientradition. Wenn dein Urgroßvater in den Hungertagen all seine Lebensmittelvorräte verteilt und damit die Stadt gerettet hat, wenn dein Großvater den ersten Stausee angelegt hat, wenn dein Vater vierzig Jahre lang Friedensrichter war, dann erwarten alle von dir, dass du ...« Er verstummte.

»… große Taten vollbringst?«

»Nein! Wenn es doch wenigstens große Taten wären! Kannst du dir eigentlich vorstellen, wie gern ich mit dir zu diesem Turm gehen würde? Aber das werde ich nicht tun. Auf mich wartet nämlich … Arbeit. Die darin besteht, ein genauso aktiver, großzügiger, geduldiger und innovativer Mann zu sein wie meine Vorfahren. Es muss diesen höchst achtbaren Al Dietrich geben, an den sich im Notfall sowohl die Stadt als auch jeder einzelne Mensch wenden kann. Das geht so weit, dass ich verpflichtet bin, eine kluge, arme und hässliche Frau zu heiraten.«

Ich lachte.

»Du findest das komisch. Aber das ist nun mal Tradition. Genau wie all die Legenden der Prostituierten über Soldaten, die sich in eine von ihnen verliebt haben. Nur ist das hier bitterer Ernst, die Dietrichs haben sich immer kluge Frauen aus einfachen Familien gewählt. Die hässlich waren.«

»Aber die Bibliothekarin sieht gut aus«, sagte ich unbedacht.

Dietrich wurde rot.

»Magst du einen Wein?«

»Was für eine Frage!«

Er entkorkte eine Flasche und schenkte uns beiden ein Glas Rotwein ein. »Sie sieht gut aus«, murmelte er. »Und sie ist aus einer reichen Familie. Mit der Herrscherdynastie verwandt.«

»Immerhin ist sie klug. Damit wäre wenigstens eine Bedingung erfüllt.«

»Du bist ein Blödmann, wenn auch aus einer anderen Welt«, knurrte Dietrich.

Mit einem Mal hatte ich den Eindruck, als würden wir uns schon seit Jahren kennen. »Selber Idiot«, konterte ich deshalb bedenkenlos. »Was du tust, ist notwendig. Deine Heldentaten bestehen halt nun mal nicht darin, mit der Waffe in der Hand in die Berge hochzukraxeln. Vor allem da dir die Menschen-über-den-Menschen nichts getan haben ... Du hast deine Stellung und wirst verehrt. Und zwar völlig zu Recht. Also mach weiter. Züchte deine Orangen, bau eine Fabrik auf, erfinde was. Es gibt genug Dinge, um die du dich kümmern kannst. Statte eine Expedition aus. Die nicht bloß an der Küste des Festlands die Ruinen plündert, sondern weiter auf den Kontinent vordringt. Erstell Karten, die etwas taugen. Vielleicht seid ihr in eurer Welt ja nicht die Einzigen. Selbst wenn alle Kontinente untergegangen sind, existieren noch genug Inseln. Finde endlich heraus, wo ihr lebt ... in Grönland oder in Japan.«

Dietrichs Augen schienen zu leuchten. Sollte ihm das, was ich da eben vorgeschlagen hatte, tatsächlich noch nie in den Sinn gekommen sein?

»Auf dem offenen Meer ist es gefährlich«, sagte er dann. »Nur mutige Menschen bleiben nicht an der Küste, sondern stoßen ins Nichts vor.«

»Bei uns hat es auch solche mutige Menschen gegeben, und ich kann mir nicht vorstellen, dass sie bei euch ausgestorben sind. Finde Kapitän Van Tao. Er ist äußerst mutig. Und er braucht meiner Ansicht nach Geld. Zu allem Überfluss habe ich ihm auch noch fünfzehn Mark geklaut«, gab ich in einem Anflug von Offenheit zu. »Mit dem Kleingeld sogar mehr.«

»Ich werde es ihm zurückgeben«, versprach Dietrich mit einem Lächeln. »Und ich werde ihn fragen, wie mutig er ist.«

»Und heirate«, fügte ich noch hinzu. »Damit die Leute wieder wissen, woran sie sind. Die Besucher der Bibliothek zerreißen sich sonst ...«

»Da kommen doch nur sabbernde Kinder und alte Furzorgeln hin«, blaffte Dietrich.

»Kinder könntest du auch in die Welt setzen ...«

»Hör auf damit, ja?«, platzte Dietrich der Kragen. »Du führst dich auf wie mein Vater!«

»Ja und? Wenn ich aus der Vergangenheit komme, dann bin ich in gewisser Weise dein Vorfahr. Dann kann ich dir auch sagen, was du tun sollst.«

Seltsamerweise ließ sich Dietrich das Argument ernsthaft durch den Kopf gehen. Offensichtlich hielt er wirklich viel von seinen Vorfahren.

»Das gilt aber nur, wenn deine Theorie zutrifft«, erwiderte er nach einigem Nachdenken. »Insofern solltest du besser aufhören ... meinen großen Bruder zu spielen. Also, erzähl mir ein bisschen von dir. Von deiner Welt.«

»Was willst du denn hören?«, fragte ich. »Ich habe als Verkäufer gearbeitet – um es mal ganz unverblümt zu sagen. Ich habe Computer verkauft.«

»Was ist das?«

Ich erklärte ihm, was es mit einem Computer auf sich hatte. Dabei ließ ich mich so von dem Thema hinreißen, dass ich ihm im Schnelldurchgang auch noch die Vor- und Nachteile von Vista im Vergleich zu XP erläuterte und ihm meine Position im ewigen Kampf zwischen Intel und AMD darlegte.

»Und das bezeichnest du als uninteressant?«, fragte Dietrich fassungslos. »Computerverkäufer – war es das, was du werden wolltest?«

»Natürlich nicht! Wer träumt denn schon davon, Verkäufer zu werden?«

»Bei uns ziemlich viele.«

»Die Mentalität ist eben eine andere ... Ich habe am Institut für Luftfahrt studiert. Fachrichtung Raumfahrt. Eine dumme Entscheidung, ein Kindheitstraum. Bei uns träumen alle Kinder davon, Unmengen Eis zu essen, Pilot zu werden oder Kosmonaut ...«

»Was ist ein Kosmonaut? Über Piloten habe ich schon mal etwas gelesen.«

Also musste ich auch das erklären.

Zu meiner Überraschung riss mich dieses Thema noch mehr mit. Ich hatte immer gedacht, ich hätte nach den drei Jahren Studium alles vergessen. Jetzt zeigte sich jedoch, dass irgendwo in meinem Gedächtnis noch alles vorhanden war. Die Erinnerungen waren angenehm, aber auch ein wenig schmerzlich, wie an eine Frau, die du mal geliebt und von der du dich in beiderseitigem Einvernehmen getrennt hast – da bleibt auch immer etwas Unausgesprochenes zurück.

»Und du willst mir weismachen, eure Welt sei uninteressant?«, brachte Dietrich hervor. »Ihr fliegt zum Mond und wollt auf den Mars fliegen. Eure Welt kann man an einem einzigen Tag durchqueren! Und du behauptest, sie sei uninteressant!«

»Vermutlich weil wir uns daran gewöhnt haben. Uns kommt das alles ganz normal vor.«

»Ihr seid echt bescheuert«, urteilte Dietrich. »Computer, Flugzeuge und Raketen. Der Mond!«

Er schüttelte den Kopf und schenkte uns Wein nach. Es war ein guter Wein, vermutlich aus eigenem Anbau, der im Keller gelagert wurde, in großen Fässern ...

»Es ist schon spät«, bemerkte Dietrich bedauernd. »Ich könnte die ganze Nacht mit dir verplaudern. Aber du willst morgen früh zum Turm hoch, oder?«

»Ja.«

»Da solltest du besser ausgeschlafen sein.«

Er hatte eben doch ein ausgeprägtes Verantwortungsgefühl.

»Gut.« Ich trank den Wein aus. »Vielen Dank ... für das Gewehr, und überhaupt für alles.«

»Ich werde dich morgen noch ein Stückchen begleiten«, sagte Dietrich leise. Um dann voller Inbrunst hinzuzufügen: »Wenn du wüsstest, wie gern ich zusammen mit dir hoch zu diesem Turm gehen würde!«

Der Morgen war entsetzlich.

Beim Aufwachen hörte ich, wie der Regen ans Fenster trommelte. Eigentlich ist es ja fabelhaft, auf diese Weise wach zu werden – wenn es Samstagmorgen ist oder Sonntag, du nirgends hin musst, noch ein bisschen liegen bleiben und schlummern kannst, bis du irgendwann den Fernseher anstellst und dir irgendeine dämliche Talkshow anguckst, während du das Frühstück machst, immer mal wieder auf die nasse Fensterscheibe schaust, über die dicke Tropfen rinnen, und all die Leute bemitleidest, die unter den Kuppeln ihrer Regenschirme durch die Straßen eilen ...

Mir jedoch stand etwas anderes bevor.

Ich wälzte mich aus dem Bett, zog die Gardine zur Seite und schaute zum Fenster hinaus. Graue Wolken lagen wie eine nasse Decke über den Berghängen, keine Menschenseele war unterwegs. Auf dem Fensterbrett weichten zwei Tauben in ihrem gesträubten Federkleid auf. Der Turm war nicht zu sehen, fast als existierte er tatsächlich nicht.

Ein guter Feldherr würde einen Soldaten bei diesem Wetter nicht in die Kugeln hinausjagen.

Zu bedauerlich, dass ich Feldherr und Soldat in einem war.

Ich ging hinunter und traf Dietrich im Esszimmer an. Als hätte er es gar nicht verlassen. Vielleicht entsprach das ja sogar den Tatsachen, denn auf dem Tisch stand eine weitere leere Weinflasche, der Aschenbecher auf dem Rauchtisch quoll über von Zigarettenkippen.

»Guten Morgen«, begrüßte mich Dietrich. Er sah wirklich unausgeschlafen aus. »Scheußliches Wetter heute.«

»Hmm«, gab ich zurück. Der Diener kam herein und deckte den Tisch. Frisch gepresster Saft, Tee, Brot, Käse und Wurst. Etwas Warmes gab es nicht zum Frühstück, aber meine Stimmung hatte mir sowieso den Appetit verdorben.

»Wollen wir unsere Expedition vielleicht auf morgen verschieben?«, fragte Dietrich. »Dann könnten wir uns auch besser vorbereiten. Ich könnte meine Leute fragen, vielleicht würde dich einer von ihnen begleiten.«

»Sie haben Angst vor dem Roboter. Vor dem Eisenmann.«

»Das sind doch Märchen«, meinte Dietrich verächtlich. »So etwas gibt es doch nicht.«

»In unserer Welt schon. Die Dinger sind natürlich noch nicht perfekt, aber es gibt sie. Maschinen aus Eisen, die sich bewegen können und von einem Computer gesteuert werden.«

»Und diese Maschine läuft auf zwei Beinen?«

»Ja ... so in etwa.«

»Diese Gerüchte halten sich schon rund fünfzig Jahre! In dieser Zeit wäre jede Maschine kaputt gegangen ... falls es sie denn überhaupt gegeben hat.«

Ich zuckte mit den Achseln und machte mir ein Brot mit einer Scheibe Käse und einer Scheibe Wurst.

»Soll ich dir eine Suppe kommen lassen?«, erkundigte sich Dietrich. »Oder Fleisch?«

»Nein, nicht nötig.«

»Ich habe mir überlegt, was du noch mitnehmen solltest. Eine Schnur.« Dietrich deutete mit einem Nicken auf eine Leine, die auf dem Tisch lag. »Sie ist natürlich nicht so dünn und bequem wie die der Menschen-über-den-Menschen. Aber sie ist stabil. Dann noch ein Jagdmesser.«

Ich lachte los. »Mit Klingen habe ich kein Glück. Eine Frau, ein Funktional, schenkt mir ständig Dolche, die sie geschmiedet hat.«

»Ein Schmiedfunktional?«

»Nein, sie ist auch Zöllnerin. Aber sie schmiedet, das ist ihr Hobby. Vielleicht will sie auf diese Weise zeigen, dass sie auch ohne ihre Funktionalsfähigkeiten etwas zustande bringt. Sie hat mir zwei Dolche geschenkt, und ich habe sie beide verloren. Ich habe sie nicht einmal gebraucht.«

»Es ist nicht schlimm, wenn du das Messer verlierst«, meinte Dietrich unbekümmert. »Aber ohne Messer solltest du auf gar keinen Fall in die Berge gehen. Dann Streichhölzer ...«

»Die habe ich selbst.«

»Vielleicht kannst du sie trotzdem brauchen. Eine Karte. Ich habe sie heute Nacht gezeichnet. Sie ist zwar nicht hundertprozentig genau, aber orientieren kannst du dich ohne weiteres an ihr. Kerzen. Eine sehr gute Heilsalbe. Wenn du fällst und dir eine Prellung zuziehst ... nur auf offene Wunden darfst du sie nicht schmieren, das brennt. Ein Satz Nachschlüssel. Wir haben mal einen Dieb geschnappt, ihm ordentlich eins verpasst und ihm sein Werkzeug abgenommen ...«

Ich brach in schallendes Gelächter aus. »Dietrich ... Al, ich kann mit Nachschlüsseln nicht umgehen. Ich bin kein Dieb. Außerdem gibt es dort bestimmt keine normalen Schlösser. Eher elektronische.«

»Und wenn schon ... sie sind ja nicht schwer. Und dann noch das.«

Ich wollte schon wieder loslachen. Aber als ich Dietrich ansah, verkniff ich es mir.

»Ein toller Regenschirm«, sagte ich.

»Natürlich ist es affig, mit einem Schirm in die Berge zu klettern«, meinte Dietrich. »Das ist mir auch klar. Aber anfangs ist der Weg noch ziemlich gerade. Was willst du da nass werden? Nachher schmeißt du ihn einfach weg, damit er dich nicht stört.«

Niemand begleitete uns, als wir das Anwesen verließen. Vermutlich hatte Dietrich auch das so angeordnet. Der Regen hatte ein wenig nachgelassen, es tröpfelte nur noch fein, eher ein Sprühregen.
»Das ist ein alter Weg«, erklärte mir Dietrich, während wir an den Orangenhainen entlangwanderten. »Bis hierher werden die Felder noch bestellt. Aber hinter diese Kurve wagt sich dann niemand mehr. Da stehen nur noch verwilderte Bäume, die wenig Früchte tragen ... und die erntet auch niemand.«
»Warum eigentlich nicht? Wenn den Turm doch eh niemand sieht?«
»Wegen der Geschichten vom Eisenmann. Und die Erde ist hier sowieso ... nicht gut. Steinig.«
Wir kamen an einen mit Gras und Büschen bewachsenen Felsblock, der sich irgendwann vom Berg gelöst haben musste. Ein kaum erkennbarer Pfad führte um ihn herum. Danach verlor sich der Weg mehr oder weniger, ihn benutzte offenbar wirklich kaum jemand.
»Hier verlass ich dich«, teilte Dietrich mir mit.
Wir blieben stehen.
»Vielen Dank für alles«, sagte ich aufrichtig. »Danke. Mir hätte nichts Besseres passieren können, als dich zu treffen.«
»Viel Glück, Kirill. Schade, dass du aus einer anderen Welt bist.«

So kann's kommen. Du lernst einen Menschen kennen und merkst, dass er dein Freund werden könnte. Vielleicht sogar dein bester Freund. Aber das Leben treibt euch in andere Richtungen, und nur in Kinderbüchern bleiben Freunde allen Schwierigkeiten zum Trotz Freunde.

»Ich würde gern glauben, dass ich wirklich dein Vorfahr bin«, erwiderte ich. »Es muss doch einen Grund haben, dass wir uns so ähnlich sehen.«

»Ich hätte nichts dagegen. In unserer Familie gab es keine Helden, wir sind alle bloß unermüdliche Arbeitstiere.« Dietrich setzte ein schiefes Lächeln auf.

»Und auf die kommt es an.«

»Pass auf dich auf.« Dietrich drückte mir fest die Hand, drehte sich um und ging zurück.

Letzten Endes war er doch der geborene Befehlshaber. Denn ein Befehlshaber ist nicht derjenige, der auf einem wilden Pferd vorneweg galoppiert. Es ist derjenige, der einen jeden in die richtige Richtung schickt. Und selbst rechtzeitig haltmacht.

Ich blieb noch kurz stehen, hielt den großen bunten Regenschirm unbeholfen über mich. Aber Dietrich drehte sich nicht noch einmal um, sondern entfernte sich mit jedem Schritt schneller.

Da setzte auch ich mich in Bewegung.

Jeder muss tun, was er tun muss. Jeder muss seinen eigenen Garten bestellen. Und es ist nicht meine Schuld, dass in meinem Garten blaue Bohnen wachsen.

Der Regenschirm leistete mir wirklich eine ganze Weile gute Dienste. Als der Regen einmal stärker wurde, stellte ich mich unter einen Baum, vom Schirm zusätzlich geschützt. Sobald der Schauer nachließ und wieder Sprühregen wich, marschierte ich weiter. Irgendwann wurde der Hang steiler, dichtes Gestrüpp behinderte mich – und damit wurde der Schirm endgültig zu einer Last.

Ich blieb stehen. Genau in dem Moment frischte der Wind auf und riss mir den Schirm aus der Hand. Wie ein riesiger Schmetterling stieg er kreiselnd in die regenfeuchte Luft auf und flog davon.

Flieg nur. Flieg über das Anwesen von Al Dietrich, lande in dieser ruhigen Stadt am Fuß der Berge, finde die Frau aus der Bibliothek, die ohne Schirm aus dem Gebäude eilt, und gleite in ihre Hand. Vielleicht wird sie erkennen, wessen Schirm das ist – und eines Tages zu dem Anwesen fahren, um ihn seinem Besitzer zurückzugeben.

Ich lächelte. Mannomann! Was ich doch für ein Romantiker war!

Dabei sollte ich heute meine fünf Sinne lieber beisammen haben ...

Während des restlichen Wegs drehte ich mich nicht noch einmal um und dachte an nichts Besonderes. Ich kraxelte den Berg hoch, folgte verschiedenen Pfaden, die von Tieren stammten oder vom Wasser, das über den Berg heruntergeströmt war. Zu meiner Freude hörte der Regen endgültig auf. Vielleicht lag das aber auch nur daran, dass ich bereits die Wolken erreicht hatte, die über dem Hang hingen, und mich in grauem dichtem Nebel fortbewegte. Es war leise, alle Geräusche wurden erstickt, selbst der Stein unter meinen Füßen fiel nahezu lautlos in die Tiefe. Jetzt nur keine Panik, das war ein ganz normaler Anstieg.

Der Hang wies etliche Terrassen auf. Das würde ich schaffen.

In dem Moment hörte ich ein Geräusch, das auf mich zukam.

Ein schwerer metallischer Gang. Über Steine scheppernde Schritte.

Wie angewurzelt blieb ich stehen. André hatte mir keine Lügenmärchen aufgetischt!

Es war wie in einem Albtraum, als ob ich eine solche Situation schon einmal durchlebt hätte, als ob ich mich an etwas erinnerte, das ich vergessen hatte, das mir nicht mehr im Gedächtnis präsent war. Durch den Nebel bewegte sich eine metallische Horrorgestalt auf mich zu.

Ich drehte mich um und wollte wegrennen. Natürlich rutschte ich sofort auf den Steinen aus. Es riss mir die Beine weg, ich fiel und stieß mir das rechte Knie auf, was mir Schmerzen durch das ganze Bein jagte. Ich schlitterte den Hang runter, schürfte mir das Kinn an einem Stein auf, grub die Finger in die Erde, fand jedoch nirgends Halt. Zitternd spürte ich, wie meine Füße ins Bodenlose glitten, wie sich unter mir ein Abgrund auftat.

Im letzten Moment gelang es mir, den Fall abzufangen. Meine blutigen, aufgerissenen Finger bohrten sich in die steinige Erde. Ich hätte mich auch mit den Zähnen festgebissen – wenn es da etwas gegeben hätte, wo ich hätte reinbeißen können!

Wie tief war dieser Abgrund?

Einen halben Meter?

Oder einen halben Kilometer?

Ab fünf Meter bestand der Unterschied ja ohnehin nur noch darin, wie lange mein letzter Schrei durch die Luft hallen würde.

Und die Schritte kamen immer näher! Während meine Beine bereits im Nichts hingen, versuchte ich vorsichtig, den Hang wieder hochzurobben. Nur dass ich mich nirgends hätte festhalten können ...

Die Schritte verstummten. Ich riskierte es, langsam den Kopf zu heben.

Über mir stand ein Roboter.

Ein richtiger Roboter, so einer, wie er in Zeichentrickfilmen für Kinder auftritt.

Mindestens anderthalb Mal so groß wie ein Mensch. Ein metallischer, tonnenförmiger Körper, glatt, grau und nichtssagend. Dicke Beine, ebenfalls aus Metall, jedoch ziehharmonikaartig gearbeitet, die sich tadellos beugten, obwohl sie keinen Hinweis auf ein Gelenk erkennen ließen. Breite Füße, eher die Karikatur eines menschlichen Fußes, bei denen sogar die Zehen ausgeführt waren. Die Hände ... Genau wie die Füße, nur dünner, mit deutlich herausgearbeiteten, kegelförmigen Fingern. Und ein Kopf, der ebenfalls an einen Menschen erinnerte. An der Stelle des Munds saß eine dunkle matte Scheibe, ein kleiner Vorsprung mit zwei Löchern bildete die Nase, darüber saßen große Facettenaugen, die schwach schimmerten.

Ich spürte, wie die Kraft aus meinen Händen wich. Sollte ich meine Faust einfach öffnen? Vielleicht lagen ja nur ein, zwei Meter unter mir? Oder ein flach geneigter Hang, den ich problemlos runterrutschen konnte?

Der Roboter stand reglos da und starrte mich an.

»He, hallo!«, sprach ich ihn an. »Hallo-hallo! Es leben die drei Robotergesetze! Die hat Asimov sich ausgedacht. Einer von uns, ein Mann aus Smolensk, dieser Asimov! Ein Roboter soll den Menschen keinen Schaden zufügen und darauf achten, dass einem Menschen auch von niemandem sonst ein Schaden zugefügt wird ... sich unterordnen ... und auf sich aufpassen ...«

»Eine höchst eigenwillige Logik«, brachte der Roboter leise heraus. Seine Stimme klang lebendig wie die eines Menschen. Aber natürlich hatte sich sein Mund nicht bewegt.

Jetzt wollte ich meinen Griff erst recht lockern.

»Magst du Witze?«, fragte ich, ohne zu wissen, was ich da eigentlich von mir gab. »Wachen ein paar Bergsteiger in ihrem Zelt auf, weil ihr Freund schlecht träumt und schreit: ›Mach wenigstens den Finger krumm! Mach ihn krumm!‹ Sie wecken ihn ... und fragen ihn, was passiert ist. Da sagt er: ›Ich habe geträumt, dass der Schneemensch mir seinen Finger in den Arsch steckt und mich damit über einem Abgrund hält, und da habe ich ihn angeschrien: *Mach wenigstens den Finger krumm!*‹«

»Willst du mir damit vorschlagen, mich so zu verhalten wie der Schneemensch aus dieser Geschichte?«, fragte der Roboter. Kam mir das nur so vor oder schwang in der Stimme dieses Eisenriesen tatsächlich Ironie mit?

»Zieh mich jetzt endlich hoch!«, schrie ich. »Zieh mich hoch oder stoß mich in den Abgrund, aber steh hier nicht wie angewurzelt rum! Ich falle gleich!«

Ich begriff nicht mal, wie das alles vor sich ging, mein Bewusstsein schnitt das nicht mit. Mit unvorstellbarer

Schnelligkeit streckte der Roboter seine Arme vor, packte mich am Unterschenkel und hielt mich vor sich. Eine Sekunde baumelte ich kopfüber in den Metallhänden, die mich fest und sanft zugleich hielten. Dann drehte der Roboter mich um und stellte mich auf festem Boden ab.

Danach stand der Roboter wieder reglos da. »Du wärst nicht gefallen«, meinte er mit ruhiger Stimme. »Ich hatte die Situation unter Kontrolle.«

»Dann bist du ... du gehorchst?«, stammelte ich endlich eine Frage heraus.

»Wie kommst du denn darauf?«, wollte der Roboter wissen. »Ich habe gesagt, ich hätte deinen Fall verhindert. Ich brauche dich noch.«

»A-ach ja-a?« Zum ersten Mal in meinem Leben fing ich an zu stottern.

»Und du wirst mich eventuell auch brauchen. Meiner Ansicht nach sind unsere Interessen weitgehend kongruent.«

Der Metallfinger kam auf mich zu und berührte die MPi.

»Das ist eine Waffe«, sagte ich.

»Ich weiß. Ich würde dir empfehlen, die Patronen nicht leichtsinnig zu vergeuden, indem du versuchst, mich zu beschädigen. Waffen dieser Art können mir nichts anhaben.«

»Ich hatte nicht vor ...« Ich verstummte. Wozu sollte ich ihm das erklären? Als ich gesehen hatte, mit welcher Geschwindigkeit sich dieser Koloss bewegte, war mir klar geworden: Ob ich auf ihn mit einer MPi oder mit einem Korkenzieher losging, war völlig einerlei.

»Gut.«

Abermals wechselte der Roboter mit unvorstellbarer Schnelligkeit die Position und setzte sich hin. Die kleinen Steine knirschten unter dem Metallkörper.

»Frag!«, befahl der Roboter. »Ich weiß, dass Menschen nicht handeln können, ohne vorher eine Reihe überflüssiger Fragen zu stellen.«

»Und du wirst mir antworten?«, hakte ich nach.

»Das hängt von den Fragen ab.«

Seine Logik konnte ich jedenfalls nicht bemängeln. Schade, dass seine Erbauer den guten alten Asimov so außer Acht gelassen hatten.

»Du bist ein Roboter?«

»Ich bin ein Roboter. Oder sehe ich etwa nicht so aus?«

Mit Sicherheit hatte er einen Sinn für Humor! Das beruhigte mich. Ich linste in den Abgrund und erschauderte. Der Boden war nicht auszumachen. Rasch zog ich mich vom Abgrund zurück und setzte mich dem Roboter gegenüber. Die MPi nahm ich ab und legte sie abseits hin, eher der Bequemlichkeit halber, als um meine Friedfertigkeit zu demonstrieren.

»Bist du von hier? Bist du von den Bewohnern dieser Welt geschaffen worden?«

»Nein. Nein.«

»Bist du von Menschen geschaffen worden?«

»Ja.«

»Hast du einen Sinn für Humor?«, fragte ich zu meiner eigenen Überraschung.

»Woher sollen wir armen Metaller den denn haben?«, antwortete der Roboter melancholisch.

»In welcher Welt bist du geschaffen worden?«
»Welche Klassifikation kennst du?«
»Die der Funktionale ... die Welten des Multiversums.«
»Dann wird dir die Bezeichnung nichts sagen. Die Funktionale haben unsere Welt nicht in ihre Klassifikation aufgenommen.«
»Warum nicht? Ist sie ihnen unbekannt?«
»Sie trafen auf allzu schmerzlichen Widerstand, als sie versuchten, sie zu erobern.«
»Ist das hier die Heimatwelt der Funktionale?«
»Ja.«
»Der Turm in deinem Rücken, haben den die Funktionale gemacht?«
»Er ist nicht in meinem Rücken. Ja, das haben sie.«
»Beschützt du ihn?«
»Sehe ich so aus?«
»Willst du ihn zerstören?«
»Erforschen. Eventuell zerstören. Das hängt von seiner Bestimmung ab.«
»Anscheinend habe ich einen Verbündeten gefunden«, sagte ich. »Bist du schon lange hier?«
»62 Jahre, vier Monate und drei Tage.«
»Nicht zu glauben!«, bemerkte ich. »Du siehst wie neu aus.«
»Leider ist dem nicht so. Ich bin beschädigt. Ich bin allein übriggeblieben, am Anfang waren wir zu dritt. In zwei Monaten und sechs Tagen versiegen meine Energiequellen endgültig, dann höre ich auf zu funktionieren.« Er verstummte. »Obwohl ich das Wort *funktionieren* nicht mag.«

»Verstehe. Erzählst du mir von deiner Welt?«

»Nein. Diese Informationen hätten für dich keine Bedeutung. Wir stellen für deine Welt oder überhaupt für Menschen keine Gefahr dar. Unsere Lebensweise würde dir merkwürdig vorkommen, eventuell sogar abstoßend. Das könnte unserer Zusammenarbeit im Wege stehen.«

»Aber bei euch gibt es Menschen? Normale Menschen? Werden sie von den Maschinen unterdrückt?«

»Ja. Ja. Nein. Jetzt müsste ein Lachen folgen, aber meine Möglichkeiten der Lautnachahmung sind begrenzt. Ich habe mal versucht zu lachen, aber das hat die Menschen erschreckt.«

»Kein Wunder ...« Ich erschauderte bei der Vorstellung. »Die Menschen hätten vermutlich sogar dann Angst, wenn du ein Lied über eine Heuschrecke singen würdest ... Du bist halt sehr groß und ... ziemlich eisern. Auch wenn du verdammt wie ein Mensch aussiehst!«

»Ich bestehe aus Titan und Flüssigkeramik«, erklärte der Roboter. »Aber mein Bewusstsein ist von einem Menschen kopiert worden.«

»Das gibt's doch nicht«, brachte ich heraus. »Jetzt fällt mir übrigens nichts mehr ein, was ich dich noch fragen soll!«

»Wie schön, dass du weißt, wann ein Verhör zu Ende ist. Damit ist die Reihe an mir, Fragen zu stellen. Einverstanden?«

»Sicher.«

Von dem Roboter ging etwas Warmes aus, etwas Weiches, das fast lebendig wirkte. Der Nebel um uns löste sich auf, ich merkte, wie meine Kleidung langsam trocknete.

»Wie heißt du?«

»Kirill. Ich habe nicht nach deinem Namen gefragt, entschuldige ...«

»Das macht nichts. Nenn mich *Roboter*. Aus welcher Welt kommst du?«

»Von der Erde. Die Funktionale nennen sie Demos.«

»Das habe ich vermutet«, stellte der Roboter zufrieden fest. »Ich habe dich kaum schockiert, und du kennst das Wort Roboter. Du konntest nur aus einer technisch entwickelten Welt kommen. Wie bist du hierhergekommen?«

»Ich bin ein ehemaliges Funktional. Ein Zöllner.«

»Ehemalige Funktionale gibt es nicht. Selbst wenn du die Verbindung zu deiner Funktion zerrissen hast, hält sich in dir eine veränderte Wahrscheinlichkeit.«

»Eine veränderte Wahrscheinlichkeit?«

»Ich bin an der Reihe, Fragen zu stellen«, rief mir der Roboter in Erinnerung. »Ja, eine veränderte Wahrscheinlichkeit. Invertierte Zeit. Ein lokales Chronoklasma. Nicht realisierte Realität. Intertemporäre Fluktuation. Das kommt aus der Quantenphysik.«

»Davon habe ich noch nie etwas gehört«, brummte ich im Ton eines Fachmanns für Quantenphysik.

»Aus unserer Quantenphysik. Es ist das, was die Funktionale mit den Menschen machen, wenn sie sie in Wesen verwandeln, die ihnen ähneln. Sie durchtrennen ihre Verbindung mit der Realität und geben ihrer Existenz eine Wahrscheinlichkeitskomponente ... Das interessiert hier nicht. Du weißt nicht genug, um die Theorie zu verstehen, von der ich im Übrigen auch keine profunden Kenntnisse habe. Gut, du bist also ein ehemaliges Funktional. Warum hast du die Verbindung zu deiner Funktion zerrissen? Normalerweise ist die Existenz eines Funktionals doch nicht zu verachten. Aus Liebe?«

Ich blickte in die zart schimmernden Facettenaugen und erinnerte mich daran, dass in dieser wandelnden Metallsammlung etwas von einem Menschen steckte. »Ja.«

»Die übliche Geschichte, soweit ich weiß.« Der Roboter berührte sanft meine Schulter. »Funktionale verlieren im Laufe der Zeit die Fähigkeit zu lieben ... und unterschätzen die Kraft dieses Gefühls stets. Hast du deine Fähigkeiten vollständig eingebüßt?«

»Nein. Manchmal brechen sie durch. Ich glaube, das passiert in den Fällen, wenn ich vor einer wichtigen Wahl stehe.«

»Richtig. Du bist nicht ganz in deine Welt zurückgekehrt, Kirill. Du bist nach wie vor ein Hindernis für das freie Fließen der Zeiten. Ein Sandkorn im Ozean, das die Wellen tragen.«

»Du bist ja ein Dichter ...«

»Ich war es. Aber das ist nicht von Belang. Willst du dich rächen?«

»Ich will die Erde für die Funktionale dichtmachen. Genau, wie ihr eure Welt gegen sie abgeschottet habt, oder Feste.«

»Wir haben das anders gemacht als Feste. Feste führt Krieg. Wir haben uns auf dem Niveau feiner Raumstrukturen isoliert. Niemand wird jemals wieder in unsere Welt eindringen, und wir werden sie nie wieder verlassen können.«

In der Stimme des Roboters lag Trauer.

»Das tut mir leid.«

»Danke. Das ist nicht von Belang. Ich bin kein richtiger Mensch und empfinde kein echtes Heimweh. Aber das, was während des Eroberungsversuchs geschehen ist, billige ich nicht. Ein Mensch, dessen Bewusstsein dem meinen zugrunde liegt, ist durch die Funktionale gestorben. Ich möchte den Funktionalen einen solchen Schaden zufügen, dass sie dergleichen nie wieder tun können.«

»Unsere Wünsch stimmen überein«, murmelte ich. »Nur will ich auch noch nach Hause ...«

»Ich muss dich warnen, dass die Chancen dafür verschwindend gering sind.«

»Ich weiß.«

»Dann sind wir Verbündete.«

Neunzehn

Verbündete – in diesem Wort schwingt immer etwas Vorübergehendes mit. Die Verbündeten des Zweiten Weltkriegs haben sich erfolgreich überworfen, kaum dass der Krieg vorbei war, und selbst während des Kriegs haben sie bereits Vorbereitungen für die spätere Konfrontation getroffen. Die Sowjetunion ist zusammengebrochen – und jetzt sind die Beziehungen zwischen den vormaligen Unionsrepubliken weit schlechter als zwischen ehemaligen Feinden. Genauso verhält es sich im Leben normaler, einfacher Menschen. Wie oft verwenden wir denn das Wort »Verbündete«? Freund, Kumpel, Partner – das geht uns leicht über die Lippen. Aber im Wort »Verbündeter« scheint das zukünftige Zerwürfnis bereits angelegt. Er ist kein Freund. Wir haben nur gemeinsame Interessen. In einem bestimmten Bereich und in einer bestimmten Phase.

Warum musste die Sowjetunion sich auch unbedingt Union nennen?! Union, Bund, Verbündeter ... Damit hatten sie eine linguistische Tretmine für die Zukunft gelegt. Dabei hätte man nur mal nachschlagen müssen, was es mit dem Wort »Verbündeter« auf sich hat! Vor gut zweitausend Jahren wurden die von Rom unterworfenen Provinzen Italiens so genannt, die Rom unablässig Hilfe leisten mussten, selbst aber völlig rechtlos dastanden ...

Ich fuhr zusammen, als ich mir klarmachte, dass ich über ein Thema nachdachte, von dem ich bisher nicht den blassesten Schimmer gehabt hatte. Meine Funktionalsfähigkeiten meldeten sich zurück.

Also war ich gerade dabei, eine Wahl zu treffen.

Der Teil meines Ichs, der, wenn ich dem Roboter glauben durfte, in keiner Beziehung zum Fleisch und Blut eines Menschen stand, meine »veränderte Wahrscheinlichkeit«, erwachte und ermöglichte mir liebenswürdigerweise den Zugriff auf enzyklopädisches Wissen.

Ich zögerte nicht lange.

»Gut. Wir sind Verbündete.«

»Ich brauche die Hilfe eines Menschen.« Der Roboter erhob sich. »Der Eingang zu dem Gebäude öffnet sich nur für Menschen. Und ich falle nicht unbedingt unter den Begriff Mensch. Ich musste warten, bis Menschen kamen, damit ich eventuell zusammen mit ihnen ins Gebäude gelangte.«

»He!« Ich sprang ebenfalls auf. »Dann hast du es also schon mal versucht?«

»Ja. Manchmal kommen Menschen hierher. Abenteurer, Glücksritter und Schatzsucher. Wenn es mir gelang, sie aufzuhalten, habe ich auf ihre Fragen geantwortet und ihnen vorgeschlagen, gemeinsam zum Turm zu gehen.«

»Waren es viele?«

»62 Menschen. Die Übereinstimmung mit der Zahl der Jahre, die ich schon hier bin, ist purer Zufall. Manchmal kam drei oder vier Jahre lang niemand. Die längste Pause ging deinem Erscheinen voraus, neun Jahre.«

»Und? Was haben diese Leute gefragt? Was hast du ihnen geantwortet?«

»Sie haben unterschiedliche Fragen gestellt: Ob es im Turm einen Schatz gibt, ob die Chance besteht, in den Turm hineinzugelangen und lebend aus ihm herauszukommen. Ich habe geantwortet, dass es einen Schatz gibt und die Chance besteht.«

»Und sie haben sich alle einverstanden erklärt?«

»Sie hatten keine Wahl. Ich habe ihnen klipp und klar gesagt, ich würde es nicht zulassen, dass Informationen über mich bekannt würden. Entweder wir gehen gemeinsam – oder sie würden auf der Stelle sterben. Sie haben es vorgezogen, zum Turm zu gehen.«

»Und dann sind sie gestorben?«

»Ja.«

»Na großartig!« Ich starrte in die ausdruckslosen Glasaugen. »Du bist kein guter Roboter, nicht wahr?«

»Ich habe ein Ziel. Bist du immer gut?«

»Aber ich ...« Ich verstummte. Wer war denn dieses Ich überhaupt? Ein Mensch? Dann hatte ich auch einen Menschen vor mir, nur in einem Metallkörper. Und diesen Menschen banden keine Gesetze, er war frei.

»Sie sind hierhergekommen und wussten genau, welches Risiko sie eingehen und dass sie sterben können. Sie waren auf der Suche nach Abenteuern und Schätzen. Sie haben ihr Abenteuer bekommen, und sie hatten die Chance, einen Schatz zu finden. Ich habe ein ehrliches Spiel gespielt.«

»Hättest du mich auch vor diese Wahl gestellt?«

»Wenn du abgelehnt hättest, natürlich. Aber du hast nicht abgelehnt. Du willst selbst dahin. Stimmt doch, oder?«

Logik ist eine feine Sache. Wenn auch eine zweischneidige.

»Warum sind sie gestorben?«

»Ich weiß es nicht genau. Im Gebäude gibt es ein Kontrollzentrum am Eingang. Es lässt Menschen ein und unterzieht sie einer Prüfung. Diese Situation habe ich nur teilweise unter Kontrolle. Der eine hält sich länger, der andere wird auf der Stelle getötet. Da du ein Funktional bist ...«

»Ein ehemaliges!«, widersprach ich sofort.

Der Roboter sagte zunächst gar nichts. Nach einer Weile wiederholte er nur hartnäckig: »Ehemalige gibt es nicht. Du bist ein Funktional, und du hast wesentlich bessere Chancen durchzukommen. Ich schätze deine Chancen auf eins zu drei.«

»Vielen Dank, das tröstet mich ... Und auf welcher Grundlage fußt diese Prognose?«

»Die ist mir einfach so eingefallen.«

Ich konnte nicht anders, ich brach in Gelächter aus. Ein sterbender, aber rachedurstiger Metallklotz mit Sinn für Humor und der festen Absicht zu scherzen! Ein großartiger Verbündeter! Der hatte mir gerade noch gefehlt!

»Fühlst du dich jetzt besser?«, fragte der Roboter, der geduldig abgewartet hatte, bis mein Lachanfall verebbt war.

»Ja, ein bisschen ...« Ich hob die MPi vom Boden auf. »Ist es weit?«

»Fünf Minuten. Du bist fast bis zum Gebäude gelangt.«

»Kannst du mir noch einen guten Tipp geben? Wie ich dieses ... Kontrollzentrum überstehe?«

»Nein. Ich weiß nicht einmal, ob du besser lügen oder die Wahrheit sagen solltest.«

»Also werden mir Fragen gestellt?«

»Anscheinend ja. Anscheinend verfügt das Gebäude über einen eigenen Verstand.«

»Einfach toll! Wir diskutieren das in aller Seelenruhe in der Nähe von diesem Ding ... Was, wenn es uns belauscht?«

»Ich glaube, das wäre bedeutungslos.«

»Dann lass uns gehen«, verlangte ich scharf. »Ich hab genug davon ... hier Phrasen zu dreschen.«

»Wenn du das Kontrollzentrum passiert hast, musst du einen Befehl erteilen, dass man mich durchlässt«, sagte der Roboter.

»Nur mal angenommen, ich erteile den Befehl nicht? Was machst du dann?«

»Dann bleibe ich draußen«, erwiderte der Roboter niedergeschlagen. »Wenn die Frist meiner Existenz abläuft, werde ich zu diesem Abgrund zurückkommen, denn er entspricht meinen Zielen am ehesten, und mich in die Tiefe stürzen. Es wäre unvernünftig, etwas zurückzulassen, das die Einwohner entdecken könnten. Außerdem würde ich nicht wollen, dass die hiesigen Genies meinen Körper sezieren. Es bleibt mir nichts anderes übrig, als dir zu vertrauen.«

»Gehen wir«, sagte ich.

»Folge mir.«

Dem Roboter nachzustiefeln war einfach. Egal, was für eine Kraft und Geschicklichkeit sich in dem Metallkörper verbarg – er war nun mal groß und schwer. Daher wählte er automatisch breite und sichere Wege.

»Gibt es hier Tiere?«, fragte ich.

Aus irgendeinem Grund antwortete der Roboter nicht gleich.

»Ja. Früher lebten hier Wölfe, aber jetzt sind sie verschwunden. Am gegenüberliegenden Hang lebt eine Fuchsfamilie. Die beobachte ich gern.«

»Haben sie keine Angst vor dir?«

»Sie haben sich an mich gewöhnt. Ich bewege mich zwar wie ein Mensch, aber ich rieche nicht so.«

Ich stellte mir vor, wie dieser komische Metallklotz irgendwo völlig erstarrt neben einem Fuchsbau hockt. Stundenlang, tagelang. Absolut unbeweglich. Seine Augen schimmern matt. Irgendwann verlieren die Füchse ihre Angst vor ihm und springen furchtlos an ihm vorbei. Ein alter weiser Fuchs, das Oberhaupt der Familie, nähert sich ihm als Erster und markiert den Metallfuß mit seinem Urin, womit er den Roboter zu einem harmlosen Detail in der Umgebung macht. Der Roboter bewegt sich nicht. Im Frühjahr spielen die jungen Füchse um die in die Erde abgesackten Beine herum. Der Roboter bewegt sich nicht. Nur die Augen, aus denen Regentropfen sickern, funkeln schwach in der Nacht ...

»Es muss hier traurig für dich gewesen sein.«

»Der Krieg ist nirgends ein heiterer Zeitvertreib.«

»Und wer waren die beiden anderen? Deine Freunde?«

»Roboter.«

»Auch ... auf der Grundlage eines menschlichen Bewusstseins?«

»Ja. Auf der Grundlage meiner Kinder, die von den Funktionalen umgebracht worden sind.«

Danach traute ich mich nicht, noch eine Frage zu stellen.

Nach ein paar Minuten zeichnete sich im Nebel allmählich der Wolkenkratzer ab. Zunächst spürte ich Kälte, als ob ein großes schweres Etwas, das teilnahmslos und schweigend in der Luft hing, die im Nebel nicht auszumachende Sonne von mir abgeschirmt hätte. Der Roboter verlangsamte den Schritt.

Die Türme des Wolkenkratzers fasste unten eine Art Stylobat zusammen, ein bogenförmig geschwungenes Fundament, dessen Größe und Form an das Gebäude des Generalstabs auf dem Palastplatz in Petersburg erinnerte. In der Mitte dieses Bogens, dort, wo beim Generalstab die Tordurchfahrt liegt, befand sich hier eine durchsichtige Tür, die so groß war, dass ein Lkw durchgepasst hätte, die sich im Gebäude aber dennoch klein ausnahm. Natürlich war dieses Fundament nicht aus Stein erbaut. Das fugenlose graue Material konnte Beton sein, aber vielleicht gab es in meiner Welt auch gar keine Bezeichnung dafür. Zehn Meter über dem Boden waren Fenster eingelassen.

Ich schaute hoch – und sah im Nebel die einzelnen, gegeneinander verdrehten Türme. Wir standen jetzt mitten in einer gigantischen Röhre, die sich in die Wolken hineinbohrte. Ich hatte den Eindruck, über uns würde, genau wie über dem Auge eines Taifuns, wolkenloser Himmel liegen.

»Der Eingang ist vor dir«, sagte der Roboter. »Wenn ich mich ihm nähere, riskiere ich, zerstört zu werden.«

»Verstehe ...«

»Du gehst zur Glastür. Sie öffnet sich, und du trittst ein. Dir werden ein paar Fragen gestellt. Leider kann ich die Informationen auf keinem mir zur Verfügung stehenden Wege einlesen, denn du musst dich mit dem Rücken zu mir stellen, und die Tür reagiert nicht auf Schallschwingungen.«

»Schade.« Ich hole die Schachtel Zigaretten heraus. Die von der Erde hatte ich bereits aufgeraucht, aber ich hatte das Päckchen mit den hiesigen aufgefüllt.

»Sei ganz ruhig«, meinte der Roboter sanft. »Entspann dich. Du bist im Vorteil, denn du hast das Wesen eines Funktionals, und das Gebäude muss das spüren. Du hast es sofort gesehen. Die anderen, die ich hierhergebracht habe, mussten sich, selbst als sie schon davorstanden, erst eine Weile einsehen, damit sie die Wirklichkeit um sich herum wahrnahmen. Ich glaube, du hast eine Chance.«

»Danke.« Ich zog ein paar Mal tief an der Zigarette. »Das beruhigt mich ungeheuer.«

»Zu schießen würde dir nichts nützen. Ich denke, du kannst die MPi ruhig behalten, aber dem Gebäude wird sie keinen Schaden zufügen. Und vergiss nicht, mich reinzulassen.«

»Keine Angst, Eiserner«, murmelte ich. »Wird schon alles schiefgehen.«

Darauf erwiderte er kein Wort. Ich nahm einen letzten Zug, warf die Zigarette weg und ging zur Tür.

Das Gebäude wirkte natürlich bedrückend. Die Wolkenkratzer auf der Erde, selbst die höchsten von ihnen, sind von anderen Bauten umgeben. Und die riesigen ägyptischen Pyramiden sind, obwohl in der Wüste erbaut, Fleisch vom Fleisch der Erde. Aber dieses Bauwerk auf der Spitze des Berges wirkte absolut deplatziert. Als ob ein Kind gespielt, an einer absolut unpassenden Stelle einen Turm aus Bauklötzen gebaut und dann gesagt hätte: »Der bleibt hier stehen!«

Die Glastür war völlig durchsichtig und sauber. Dahinter bemerkte ich ein ziemlich großes Foyer mit sanft leuchtenden Deckenlampen. Mitten im Foyer stand ein Tresen, der mir etwa bis zur Brust reichte. Das Ganze erweckte den Eindruck, als käme gleich ein freundlicher Portier, würde sich dahinter aufbauen und mich fragen: »Haben Sie reserviert?«

Ja, ich hatte reserviert. Seit dem Zeitpunkt, als ich nicht mehr in meine eigene Wohnung kam. Seit mein Hund mich verbellt hatte. Seit mein Ausweis sich in meinen Händen aufgelöst und mein Vater meine Stimme nicht mehr erkannt hatte. Ich hatte ein Recht, durch diese Tür zu gehen. Hindurchzugehen – und zu tun, was ich für nötig hielt!

Als mich nur noch wenige Schritte von der Tür trennten, schien sich auf dem Glas ein Riss abzuzeichnen. Die Flügel glitten gleichmäßig seitwärts auseinander. Ach, wie primitiv! Hätte sich die Tür nicht wenigstens in Luft auflösen, im Boden verschwinden oder sich neu einstellen können wie die Blende bei einem Fotoapparat? Aber nein: Schiebetüren. Wie in einem Eisenbahnwaggon ...

Ich schluckte meine Spucke runter und betrat das Foyer.

Hier war es ruhig und warm. Die Luft zitterte leicht, eine unsichtbare Klimaanlage lief. Unwillkürlich hielt ich nach den früheren Besuchern Ausschau. Was hatte ich denn geglaubt vorzufinden? Vermoderte Körper? Skelette? Natürlich entdeckte ich nichts dergleichen.

Ich machte einen weiteren Schritt.

Hinter mir schloss sich die Tür surrend wieder.

»Gehen Sie zum Tresen.«

Die Stimme war leise, höflich, aber im Unterschied zur Stimme des Roboters absolut künstlich. Geschlechtslos und geschliffen. Waschmaschinen und Staubsauger sprechen so.

»Ja«, antwortete ich aus irgendeinem Grund, bevor ich weiterging.

Der Tresen bestand aus hellem Stein oder Plastik, das Stein imitierte. Er war glatt, eine durchgängige Fläche, ohne irgendwelche Knöpfe oder andere Details.

»Legen Sie Ihre Hände auf den Tresen.«

Ich befolgte den Befehl.

»Nennen Sie Ihre Welt.«

»Erde. Genauer Erde-2. Demos.«

»Das stimmt. Nennen Sie Ihre Funktion.«

»Zöllner.«

Eine Pause. »Das stimmt nicht«, erklang es in unveränderter Gleichgültigkeit. »Die Verbindung zu Ihrer Funktion ist durchtrennt. Sie sind kein Funktional mehr.«

»Man hört nicht auf, ein Funktional zu sein«, wandte ich schnell ein. »Ich bleibe eine veränderte Wahrscheinlichkeit.«

Ein sekundenkurzes Zögern. »Das stimmt. Nennen Sie Ihre Funktion.«

Was sollte das? Machte der sich über mich lustig? Ich sah an die Decke, wo die Stimme herkam. Nein, auf Humor oder Ironie durfte ich hier nicht rechnen. Das war wirklich eine Maschine, ohne jeden Schatten eines menschlichen Gefühls.

»Ich bin ein Funktional, das seine Funktion nicht kennt.«

Eine lange Pause. »Das stimmt. Zweck des Besuchs?«

»Die Erkundung des Gebäudes.«

»Das stimmt. Dauer des Aufenthalts?«

»Unbestimmt«, versuchte ich mich auf seinen Ton einzulassen.

»Das stimmt.«

Sollte das wirklich so einfach sein? Brauchtest du bloß ein Funktional zu sein – und schon wurdest du eingelassen?

»Begründung?«

Ich schwieg kurz, dann antwortete ich: »Einschätzung der Zweckmäßigkeit, das Gebäude zu zerstören.«

»Das stimmt.«

Stille.

Von einem Fuß auf den anderen tretend, wartete ich. Irgendwo in den Tiefen des Gebäudes formulierte der Teil, der imstande war, eine Entscheidung zu treffen, seine nächste Frage.

»Haben Sie die Möglichkeit, das Gebäude zu zerstören?«

»Nein.«

»Das stimmt.«

Ich wartete auf weitere Fragen, doch die erfolgten nicht. Stattdessen ging der Tresen zwischen meinen Händen auseinander. Ein elastischer Schlauch schlängelte sich heraus, an dessen Ende ein Mundstück saß. Ich zuckte zurück, aber meine Hände waren förmlich an den Tresen festgeklebt.

»Öffnen Sie den Mund und beißen Sie auf den Aufsatz.«
»Wozu?«, schrie ich panisch.
»Zur Desinfektion«, erklärte die Stimme kalt. »Eine Standardprozedur, für Funktionale ohne Gefahr.«
»Und für einen Menschen?«
»Führt sie in einem Zeitraum zwischen dreißig Sekunden und sechs Stunden, zwölf Minuten zum Tod.«

Ich bog den Kopf zur Seite, um dem schlingernden Schlauch zu entkommen.

»Sie verweigern die Desinfektion?«

Das graue, runde Mundstück erstarrte vor meinem Gesicht. Mir fielen kaum erkennbare Einbuchtungen an ihm auf.

Hatte da jemand, gemartert von unerträglichen Zahnschmerzen, reingebissen?

Ich entkam nicht. Meine Hände waren noch immer wie festgeklebt. Und selbst wenn ich von dem Tresen losgekommen wäre – wohin willst du von einem U-Boot schon fliehen?

»Ich wiederhole die Frage: Sie verweigern die Desinfektion?«

Ob das die Standardprozedur war, um Teilfunktionale auszusieben? Oder eine Form, Lügner zu bestrafen? Oder fragte die Maschine ohne jeden Hintergedanken?

Wenn ich kein Funktional mehr war, würde ich sterben. Meine Funktionalsfähigkeiten wurden nur aktiviert, wenn ...

»Habe ich denn eine Wahl?«, schrie ich.

»Ja. Sie haben das Recht zu verweigern.«

»Ich wiederhole die Frage!«, brüllte ich. »Habe ich eine Wahl und sind die Folgen meiner Entscheidung wichtig für mein Schicksal? Verstehst du mich, du elektronischer Idiot?«

Und sofort begriff ich, dass das nicht zutraf. Ich spürte, wie die in den Wänden des Gebäudes liegenden Nervenzentren sich in einem Energiestrom entzündeten, als sie meine Frage analysierten und versuchten, ihren geheimen Sinn zu erfassen. Von wegen Elektronik! Von wegen flüssige Optoneuronenschaltkreise des Universalroboters Kark-E von Erde 46, der die Persönlichkeit des Dichters der Deprivationsschule Anatol Lars in sich aufgenommen hatte! Das war kein Computer, kein Automat, kein Roboter, keine Persönlichkeit, das, was in den Gebäuden der Funktionale lebte, das, was die Kräfte der an sie gekoppelten Menschen speiste, was aus dem Nichts Energie gewann und Informationen in Energie umwandelte. Eine Veränderung der ultrafeinen Strukturen der Materie, das Umkippen eines Elektronenspins von einhalb nach eins oder null, was in unserer Realität zur Überführung des Elektrons aus dem Wahrscheinlichen ins Unmögliche oder Unzulässige führte. Die Elementarteilchen der Materie verwandelten sich in Elemente eines ungeheuer komplizierten Schaltkreises, indem sie irgendwo jenseits der realen Welt in Wechselwirkung traten, dort, wo die Heisenberg'sche Unschärferelation regiert, erweitert und korrigiert durch das Imanishi-Kontinuum ...

Ich stöhnte auf, als diese Informationen, gezogen aus Energie, entstanden aus dem Nichts, mein Hirn überfluteten. Ich hatte zu viel auf einmal gewollt. Ich ertrug das nicht, bewältigte und verstand die Informationen nicht, die die Datenbank der Funktionale mir so bereitwillig zur Verfügung stellte. Wenn ich etwas stärker gewesen wäre, etwas erfahrener – hätte ich bewusst auf diese Datenbank zugreifen können. Und zum Beispiel die Anfrage eingeben können, was ich anstellen musste, um die Funktionale zu besiegen.

Aber diese Kraft hatte ich nicht.

»Ja, du hast eine Wahl, deren Folgen wichtig sind.«

»Desinfizier mich!«, verlangte ich und rammte die Zähne ins Mundstücke.

Das war immer noch erträglicher. Besser diesen giftigen Müll, der mir den Mund ausspülte, als jenes flimmernde Nervennetz des Gebäudes, das sich zwischen der Realität und dem Nichts spannte. Besser dieser Mist als der Versuch zu verstehen, was ich nicht verstehen konnte. Wenn sie mich schon vollpumpten, dann lieber mit Gift als mit Informationen ...

Aah!

Ich hätte aufgeschrien – wenn ich gekonnt hätte! Aber das Mundstück bohrte sich mir tief in den Mund hinein, nicht mal meinen Kopf konnte ich noch bewegen. Eine ekelhaft bittere Flüssigkeit fraß sich in meine Lippen, ein dickes klebriges Etwas rann mir die Kehle hinunter. Sobald ich merkte, dass ich diese Lauge oder Säure schluckte und all meine Geschmacksnerven explodierten und wütend »Gift!« schrien, versuchte ich, mich vom Tresen loszureißen.

Mit krampfartigen Bewegungen pumpte mir der Schlauch mindestens einen halben Liter Flüssigkeit in den Mund, bevor er versiegte und in den Tresen zurückglitt. Gleichzeitig wurden meine Hände freigegeben. Ich fiel auf die Knie, drehte den Kopf und wollte das Gift ausspucken. Mein Magen krampfte sich zusammen, aber der klebrige Scheiß hatte nicht die geringste Absicht, meinen Organismus wieder zu verlassen. Ich spürte, wie mir das Gift die Speiseröhre und den Magen verbrannte, ins Blut eindrang, mein Herz und meine Leber wegätzte ...

Ein Mensch würde diese Prozedur nie überstehen.

Entweder würde er in Sekunden an den entsetzlichen Schmerzen sterben, an einem Infarkt, oder er würde in wenigen Stunden sterben, bei lebendigem Leibe verfault.

Ich war zum Teil ein Mensch, zum Teil eine lebende Maschine, genau wie der geduldig draußen ausharrende Roboter Anatol Lars. Mein Körper war in ein instabiles System verwandelt worden, das zwischen den Realitäten balancierte, genau wie meine Zollstelle, genau wie dieses fächerförmige Gebäude. Mein Körper brachte einiges zustande. Er ließ eingebüßte Extremitäten nachwachsen, spuckte Gift aus, ertrug Feuer. Er war zu allem fähig, weil es im unendlichen Ozean der Zeit, im aufgeklappten Fächer der Realitäten alles Mögliche gab – neue Körper, ungiftige Gifte, sich regenerierende Organe, Menschen, die zum Frühstück Säure tranken, und Menschen, die zum Dessert Glas aßen –, weil man in diesem Meer der Wahrscheinlichkeiten Kugeln mit bloßen Händen abfing und eine Berührung von Daumen und Zeigefinger Blitze aus den Nägeln schießen ließ, weil in diesen unzähligen Welten, von denen die Funktionale gerade mal den Rand erfasst hatten, Undenkbares möglich und Mögliches unmöglich war. Was war verwunderlich daran, dass die lebend verbrannten Zellen meines Körpers sich erneuerten? Was war seltsam daran, dass das ätzende Gift sich in Wasser verwandelte, das sich mit meiner Spucke vermengte?

Aber vielleicht war auch alles ganz anders. Komplizierter und einfacher zugleich. All die Abermilliarden von Welten – die zugleich eine einzige Welt bildeten. All die Abermilliarden von Kirill Maximows – die ein und derselbe Kirill Maximow waren. Einem Einzigen kannst du nichts anhaben, solange er Teil einer Gemeinschaft ist, denn dann erneuern sich die ermordeten Zellen, wenn auch nur, weil in der Waagschale auf der anderen Seite Abermilliarden von gesunden, lebenden, völlig unvergifteten Kirills liegen. Gibst du einen Tropfen Gift in den Ozean, löst er sich einfach im Wasser auf, verdampft ein Tropfen Meerwasser, ersetzt ihn ein neuer. Man konnte mich nicht umbringen, wenn man nicht alle Kirills auf einmal umbrachte, wenn man nicht alle Welten auslöschte, wenn man das Universum nicht bis in die Grundfesten erschütterte …

Einen kurzen Moment lang erfasste ich, dass es etwas Unmögliches tatsächlich nicht gab. Dass alle Spielregeln, die in unseren Welten aufgestellt worden waren, alle Axiome – Feuer brennt, der Himmel ist blau, Wasser nass – bloß einen Zufall darstellten.

Der Himmel dröhnt.
Feuer wiegt schwer.
Wasser ist kratzig.
Alles ist möglich.

Ich spuckte dicken, blau-rosafarbenen Speichel aus und wischte mir die Lippen ab. Dieser beschissene Sabber!

»Wasser?«, vernahm ich eine desinteressierte Stimme.

Auf dem Tresen erschien ein Glas. Ein ganz normales Trinkglas mit Wasser. Ich stand auf und trank es in einem Zug aus.

»Noch mehr Wasser?«

»Danke, nicht nötig«, krächzte ich. »Ein zweites Glas würde mir auch nicht helfen, diesen widerlichen Geschmack loszuwerden ...«

Obwohl meine Kehle noch brannte, ließ der Schmerz bereits nach. Ich hörte wieder auf, ein Funktional zu sein, hatte aber immerhin überlebt. Ich hatte gewonnen.

»Kann ich reinkommen?«

»Sie sind ein Funktional. Sie haben das Recht, das Museum zu betreten. Der Kustode ist informiert.«

»Ein Museum? Welcher Kustode?«, fragte ich.

Eine Antwort erhielt ich nicht.

»He ...« Ich blickte zur Tür. »Mich hat ein Roboter begleitet. Er soll reinkommen!«

»Der Roboter kann eintreten!«

Ich trat zur Tür, die lautlos aufging, genau wie die Tür in einem Supermarkt. Ich winkte ihn heran.

Der Roboter setzte sich in Bewegung und wechselte so abrupt, wie es kein Lebewesen vollbrächte, von der Reglosigkeit in den Sprint. Die schweren Schritte ließen die Erde beben. Ich trat zur Seite – und der massive Metallberg flog an mir vorbei, stoppte, drehte sich langsam um und betrachtete das Foyer.

»Sie haben uns reingelassen, Anatol.«

»Woher weißt du meinen Namen?«

»Ich musste zum Funktional werden, um durchzukommen. Zöllner sind an eine Datenbank angeschlossen. Eine verdammt gute Datenbank.«

»Mich hat schon lange niemand mehr beim Namen genannt.« Der Roboter wandte sich ab, als hielte er unser Gespräch für beendet, umrundete den Tresen und lief die Wände ab. »Nenn mich lieber *Roboter*.«

»Gut. Ich weiß, wo wir sind. Das ist ein Museum.«

Der Roboter sagte nichts. Er beendete seine Inspektionstour und baute sich an der Wand gegenüber der Tür auf.

»Komm her«, verlangte er. »Hier gibt es eine Geheimtür, die muss sich vor dir öffnen.«

Ich stellte mich neben ihn, und die Wand teilte sich und glitt genauso seitlich auseinander wie eine Tür.

Der Roboter stürmte sofort durch den Spalt, als fürchte er, er könnte daran gehindert werden. Ich folgte ihm.

Ich hatte den Eindruck, der gesamte Stylobat sei im Innern hohl. Eine Schachtel ohne Deckel, ganz ohne Stockwerke, aus der die Türme herauswuchsen. Ich blieb stehen, um nach rechts und nach links zu sehen. Der Roboter stapfte nach rechts, ich aus Protest nach links.

Ein sehr breiter Gang. Fünfzehn Meter über mir die Decke. Gleichmäßige graue Wände, Lampen warfen ein kompliziertes Muster an die Decke. In gleichmäßigen

Abständen voneinander waren oben offene, rechteckige Plattformen über den Boden verteilt, die etwa drei mal fünf Meter maßen und in Hüfthöhe eine Haltestange aufwiesen.

Ob das Fahrstühle waren?

Sah so aus. Die Decke über ihnen schien aus einem Guss zu sein, aber das besagte nichts. Und wenn ich mich nicht irrte, gehörte zu jedem Turm ein eigener Aufzug.

Ich ging zu der Plattform, die mir am nächsten lag. Die Wand dahinter war nicht glatt, sondern zeigte Flachreliefs. Kirchen, Gotteshäuser, Menschen, die sich auf ein Knie niedergelassen hatten, brennende Scheiterhaufen, Herden von irgendwelchen Monstern, die auf die Menschen zustürmten.

»Feste«, verkündete ich sicher.

Ich hörte schwere Schritte. Der Roboter kam zurück. Er stellte sich neben mich.

»Jeder Turm hat ein eigenes Transportnetz«, erklärte er. »Die Mechanismen gehorchen mir nicht.«

»Wohin willst du? In diesem komischen Museum steht jeder Turm für eine Welt. Willst du eventuell das Leben der Stadtstaaten auf Veros kennenlernen? Oder lieber die Tierwelt auf Reservat?«

»Folge mir.«

Ich stiefelte ihm nach. Das war genauso gut, wie die Exkursion in die andere Richtung fortzusetzen oder mich nicht von der Stelle zu rühren.

Wir gingen den Korridor bis zum entgegengesetzten Ende hinunter, bis zur Plattform links außen. Dort blieb der Roboter stehen.

»Hier gibt es keine Piktogramme oder Zeichnungen. Das könnte der Turm fürs Personal sein.«

Ich zuckte mit den Achseln. In meinem Innern hatte sich irgendwie Enttäuschung breitgemacht. Ein Museum ...

»Schauen wir mal nach.«

Wir betraten die Plattform. Nichts geschah.

»Gib den Befehl«, sagte der Roboter.

»Nach oben, schnell!«, befahl ich gehorsam. Zunächst rührte sich gar nichts.

Dann teilte sich über uns die Decke, es öffnete sich ein schmaler Schacht, der genau die Maße des Fahrstuhls hatte. Er krümmte sich, dem Verlauf des Turms folgend.

»Vielleicht ist hier ...«, setzte der Roboter an.

In dem Moment hob sich die Plattform in die Luft. Es gab keine Seile, wir schwebten einfach immer höher und höher hinauf, zudem so schnell, dass meine Beine einknickten. Die Luft drückte mit voller Wucht auf die Schultern, immer stärker und stärker, bis ich mich nicht mehr aufrecht halten konnte ... Ich hockte mich hin und klammerte mich am Geländer fest.

Der ehemalige Dichter stand reglos da, und hätte sein Metallgesicht Gefühle ausdrücken können, dann würde ich es Triumph nennen.

Zwanzig

Das Kino hat uns beigebracht, dass ein richtiger Showdown eine angemessene Dekoration braucht. Frodo wirft den Ring in den Schlund des Vulkans und schmilzt ihn nicht im Feuer eines Bunsenbrenners bei technisch fortschrittlichen Zwergen. Luke Skywalker jagt den Torpedo in den Wärmeaustauscherschacht des Todessterns und schneidet nicht das Hauptkabel im Reaktorblock durch. Der Terminator ficht seinen letzten Kampf in einer Fabrik aus, deren Maschinerie sich unablässig bewegt, und erledigt seinen Gegner nicht im Hühnerstall. Übrigens, stellen Sie sich nur vor, wie interessant das aussähe! Die aufgeschreckt gackernden Hühner, ein verängstigter Hahn, der seine Freundinnen um jeden Preis verteidigen will, die unter den Füßen der Roboter zerquetschten, frisch gelegten Eier, ein in panischer Angst fliehendes flauschiges gelbes Küken ...

Natürlich haben Schriftsteller das Ihrige zu dieser Erwartungshaltung beigetragen. Lew Tolstoi hat Anna Karenina vor einen donnernden Zug gelegt, statt dass die Frau sich in aller Ruhe und dem Geist ihrer Zeit gemäß mit

Essig vergiften durfte. Conan Doyle hat Sherlock Holmes zu einem Wasserfall gejagt und für das letzte Duell nicht die stillen Pfade des Hyde Parks gewählt. Und Victor Hugo lässt seine politisch korrekte Liebesgeschichte zwischen einer hör- und bewegungsmäßig herausgeforderten Person mit alternativer Körperhaltung und einer Französin roma-sintischer Herkunft in Notre-Dame in Paris spielen.

Ach, wie die Menschen des kreativen Schaffens sie lieben, diese schönen Dekorationen! Nur kommt dergleichen im richtigen Leben in der Regel nicht vor. Hitler und Stalin tragen keinen Schwertkampf im zerstörten Reichstag aus, Raumschiffe starten nicht vom Roten Platz aus, und überhaupt werden die Ereignisse, die unsere Welt verändern, von langweiligen Menschen in tadellosen Anzügen in unspektakulären Büros bewirkt. Wir leben in tristen Zeiten.

Gerade deshalb lieben wir die schönen Bilder so sehr.

Die Plattform schoss die Etagen hinauf, dabei der Krümmung des Wolkenkratzers folgend. Ein Stockwerk nach dem nächsten flog an uns vorbei. Glasvitrinen, Schränke, schräg aufgestellte Schütten ... Dinosaurierskelette tauchten auf und verschwanden wieder, ein ausgestopftes Mammut, eine klobige Dampflok ...

Ein Museum. Das hier war wirklich ein Museum.

Eine gelungene Dekoration für eine Komödie. Aber nicht für den Letzten Großen Kampf.

Der Roboter mit dem Bewusstsein eines Menschen hätte hier nicht herumlungern, ich nicht hier hereilen müssen. Ich brauchte das Herz der Funktionale. Und ein

Museum eignet sich nun eben so gar nicht für die Rolle des Generalstabs oder des Regierungspalasts.

Natürlich bedeutete ihnen dieses Gebäude etwas. Es befand sich ja schließlich nicht ohne Grund in ihrer Heimatwelt. Eine Sammlung von Raritäten und Kuriositäten, der Speicher der manipulierten und verstümmelten Geschichte fremder Welten. Aber selbst wenn wir das Gebäude irgendwie vernichten würden, wäre das lediglich ein kleiner, unangenehmer Stich.

Ich hatte das Herz der Finsternis nicht gefunden. Verzeihen Sie mir, Kardinal Rudolf, es hat nicht geklappt. Ich habe mir alle Mühe gegeben, aber ...

Die Luft presste immer heftiger auf mich ein. Komisch, dabei schienen wir überhaupt nicht beschleunigt zu haben ... Ich hob den Kopf – und sah, wie die Decke rasant auf uns zukam. Der Fahrstuhl war bereits das ganze Gebäude hinaufgeschossen, gleich würden wir zu einer Flunder zerquetscht. Ob ich nicht den richtigen Befehl erteilt hatte? Ob die Mechanismen des Gebäudes den Befehl »nach oben« als Möglichkeit interpretiert haben, uns zu zermalmen? Um Himmels willen, was hatte ich da bloß angerichtet?

Im letzten Moment spaltete sich die Decke über uns, die Plattform verlangsamte ihr Tempo. Ich wurde in die Luft gerissen, meine Füße berührten die Plattform kaum noch, es katapultierte mich beinahe in die Luft ... bis mich eine geschickte Metallhand fest am Arm packte und mich gegen einen Metallkörper presste.

Der Fahrstuhl hielt an.

»Danke ... Anatol ...«, murmelte ich, sobald ich wieder Boden unter den Füßen hatte. »Abermals danke ...«

Der Roboter schwieg und sah sich um. Ich löste mich von der warmen glatten Seite und schaute mich ebenfalls um.

Ein normales Dach.

Das zum Rand hin leicht abfiel. Obwohl es einen Zaun gab, wollte ich lieber nicht näher an den Rand herantreten. Übrigens verdeckten die Wolken die Höhe, denn das Dach des Gebäudes lag über ihnen.

Was für ein seltsames, irreales Gefühl ...

Als befände ich mich an Deck eines durch den Himmel segelnden Schiffes. Umgeben von grau geklumpten Wellen, die Erde tief unter mir. Ich machte das kleine Städtchen aus, fand im Gewirr der Gassen sogar die Bibliothek. Etwas abseits lagen die Berge, die zu einem Plateau verschmolzen, das glatt wie ein Tisch war. Da war ich langgegangen, besessen von dem Wunsch, herauszufinden, in welcher Welt ich gelandet war und was ich jetzt tun sollte. Neben uns lugten die Spitzen der anderen Türme des Fächers aus den Wolken – gut zwei Dutzend Dächer, gut zwei Dutzend Welten. Wie wenig das im Vergleich zur Unendlichkeit ist, dachte ich bei mir. Wie wenig und wie seltsam, dann Kräfte und Wissen daran zu verschwenden, eine weitere Welt zu unterwerfen, das renitente Feste auszuspionieren oder den Kampf mit Anatols Heimatwelt aufzunehmen. Weshalb tun sie das? Weshalb lernen sie, von einer Welt zur nächsten zu gelangen, weshalb machen sie sich Raum und Zeit untertan – wenn es am Ende nur um eine alberne, eine primitive Expansion geht? Was sind ihre Motive?

»Ich habe den Befehl nicht richtig formuliert«, sagte ich. »Entschuldige. Soll ich anordnen, dass wir wieder runtergebracht werden?«

»Der Befehl war richtig«, meinte der Roboter sorglos. »Wir wurden aufs Dach gebracht, weil das nötig ist.«

»Für wen?«

Der Roboter erwiderte kein Wort.

»Im Foyer haben sie mir etwas von einem Kustoden erzählt«, teilte ich ihm mit. Vorsichtig trat ich ein paar Schritte vom Roboter weg. Die Oberfläche des Dachs war fest, rau und leicht abschüssig. Trotzdem flößte mir das Ganze Angst ein. »Wer könnte das sein? Wer passt auf das Museum auf?«

»Ein Engel«, antwortete der Roboter nachdenklich.

»Ein Schutz-Engel?« Ich lachte los. »Würde mir gefallen, selbst einen zu haben. Das heißt, ich habe vielleicht sogar einen, und dem wird es bestimmt nicht langweilig ...«

»Halt den Mund«, verlangte der Roboter barsch. »Der Engel kommt.«

Ich drehte mich um und folgte seinem Blick.

Mir wurden die Knie weich.

Über die lockere Wolkenwatte kam uns, als schreite er auf festem Boden, ein Engel entgegen. Doppelt so groß wie ein Mensch, in einem blendend weißen Gewand, mit einem lodernden Feuerschwert in Händen. Hinter ihm schlugen träge zwei schneeweiße, funktionslose Flügel in der Luft. Die Haare des Engels fielen ihm in blonden Locken auf die Schultern, unter dem bodenlangen Gewand schauten seine nackten Füße heraus. Bisweilen durchfurchte er die Wolken, bisweilen ging er direkt auf Luft. Dunkle, weise, wiewohl menschliche Augen blickten uns an.

»Lauf weg, Mensch«, sagte der Roboter.

Er musste mich nicht lange bitten – ich stürzte davon, wobei ich auf der Stelle meine Höhenangst vergaß. »Herr ...«, flüsterten meine Lippen wie von selbst. »Herrgott, Vater unser ... Ich glaube, weil ich nicht glaube ... das heißt, ich glaube, ich glaube ... Du mein Gott, ich ... glaube.«

Der Roboter breitete die Arme aus – und ich vernahm ein widerliches Quietschen, als würden Metallscheiben auseinander gerissen. Dann rezitierte er etwas in einem Singsang, das ich nicht auf Anhieb als Gedicht erkannte:

> Im Wahn der Kräfte, die verwehen,
> Zur Zeit der letzten Überfahrt
> Ließ Gott mich einen Engel sehen,
> Sein Anblick majestätisch hart.

Daraufhin erklang ein leises Rattern, als würden mehrere Nähmaschinen Stoff mit ihren Nadeln durchlöchern. Auf der Brust des näherkommenden Engels schimmerten blutige Tupfen auf. Aus den gleichmäßig schlagenden Flügeln lösten sich lange weiße Federn. Das leuchtende Gewand des Engels zerfiel in dünne Streifen und wurde, bereits blutgetränkt, vom Wind davongetragen. Unterdessen deklamierte der Roboter weiter.

> Er folgt dem göttlichen Gebot,
> Sein Blick ist fremd und unverwandt,
> Er kennt nicht Hunger, Schmerz noch Not,
> Auch Zweifel hat er nie gekannt ...

Zweimal knisterte etwas – worauf den Engel eine durchscheinende blaue Flamme einhüllte. Mit geschmeidigen Tentakeln umfing das Feuer seinen Körper. Die Haare loderten kurz auf. Gleichwohl setzte der Engel seinen Weg fort, den Blick unverwandt auf den wahnsinnigen Dichter gerichtet.

> Ich bin ein Mensch, von Gram beschwert,
> Im Kerker meines Fleischs gefangen.
> Doch wär' Vollkommenheit nichts wert,
> Könnt' ich sie mühelos erlangen.

Der Flammenengel kletterte über die Brüstung und kam aufs Dach. Der Roboter stieß ein tiefes, dumpfes Dröhnen aus, das alles um uns herum vibrieren ließ. Ich spürte, wie mir das Herz in der Brust hämmerte, wie mein Magen seinen Inhalt herauszubringen trachtete. In meiner rechten Seite stach mich etwas, unterhalb der Rippe. Der Engel hielt einen Moment inne und legte den Kopf auf die Seite, als müsse er gegen heftigen Wind ankämpfen.

> Mit Irrtum, Demut und mit Qual,
> Wenn Herz und Hirn sich bitter mühen –
> Das eingebrannte Sklavenmal
> Lässt so allein die Seele glühen.

Dann ging der Engel weiter. Der Roboter schien ins Unermessliche verlängerte Arme nach vorn zu werfen – und den Engel bei den Handgelenken zu packen. Schwankend standen sie einander gegenüber und versuchten, sich zu bezwingen.

> Zu teuer sind mir Tod und Leid
> Und seltne, bittre Glücksmomente,
> Als dass ich für Vollkommenheit
> Auf ewig Sklave werden könnte!

Die zerfetzten Flügel des Engels breiteten sich aus, schwangen auf den Roboter zu und hüllten ihn ein. Die beiden verschmolzen in einer Umarmung. Der Engel stand reglos, der Roboter verschwand unter einem Berg blutiger, zitternder Federn.

Ich riss die MPi hoch: Den Lauf richtete ich auf den Engel. »Lass ihn los!«, brüllte ich, so laut ich konnte. »Hau ab? Kapiert?«

Der Engel klappte seine Flügel langsam auf dem Rücken zusammen. Der Roboter trat aus ihnen heraus und sackte als schwerer, toter Haufen Metall aufs Dach.

»Die Frist seines Daseins ist abgelaufen«, erklärte der Engel leise. Seine Wunden hatten sich bereits geschlossen, nur sein Gewand hing noch in blutigen Fetzen an ihm herab, und die Flügel waren jetzt schwarz.

»Er hatte noch zwei Monate und sechs Tage!«

»Das galt, bevor er angefangen hat zu schießen. Linearbeschleuniger verbrennen Monate in wenigen Sekunden.«

»Du bist kein Engel«, sagte ich und senkte die Waffe.

Der Engel nickte. »Nein, ich bin kein Engel. Ich bin der Kustode des Museums. Die Versuche des Cyborgs, ins

Museum einzudringen, haben mich nicht interessiert. Ich hätte das natürliche Ende seines seltsamen Lebens abgewartet. Aber du hast das Museum dazu gebracht, sowohl dich einzulassen als auch ihn.«

»Was ist das für ein Museum?«

Der Nicht-Engel bewegte sich langsam auf mich zu. Abermals hob ich die MPi. Der Nicht-Engel lächelte und blieb stehen.

»Glaubst du, das sei wirksamer als Überschallnadeln, kolloides Napalm oder Infraschall?«

»Nein«, antwortete ich ehrlich. »Aber irgendwas muss ich ja machen.«

»Stimmt auch wieder«, meinte der Nicht-Engel. »Ich kann dich gut verstehen ... Das hier ist einfach ein Museum, mein Junge. In ihm findest du die kuriosesten Exponate der Welt. Es gibt hier Tiere, die seit langem ausgestorben sind, und Tiere, die niemals gelebt haben. Du kannst hier Gedichte eines uralten Puschkin lesen und Abenteuerromane Shakespeares. Du findest die Flugmaschinen, die Leonardo gebaut hat, Energieüberträger von Tesla und Einstein'sche Kraftfeldgeneratoren. Hier werden sogar Cyborgs aufbewahrt, die jenem ähneln, der auf mich geschossen hat.«

»Man kann viel zusammentragen, wenn man ganze Welten ausraubt ...«

»Niemand hat sie ausgeraubt. All das ist hier zusammengekommen, weil die Welten sich verändert haben. D'Anthès ist zu einem Arztfunktional geworden und hat Puschkin nicht erschossen. Der Dichter hat Satisfaktion bekommen, ein friedliches, geruhsames Leben geführt und seine Werke geschaffen. Napoleon hat das Reisen für sich entdeckt, Hitler die vegetarische Küche, Lenin die Philosophie. Wenn du die Geschichte deiner Welt ändern könntest, würdest du ihre historischen Fehler dann nicht vermeiden wollen?«

»Aber diese Welt wäre dann eine andere.«

»Nicht auf Anhieb. Ganz gewiss nicht auf Anhieb. Du machst dir keinen Begriff, was für eine schwerfällige Maschinerie die Zeit ist. Selbst wenn ein schrecklicher, blutiger Krieg aus der Geschichte herausgenommen wird, sterben die Menschen, die sterben sollten, und werden die Menschen, die geboren werden sollten, geboren. Es sind gewaltige Anstrengungen erforderlich, damit die Geschichte einen anderen Lauf nimmt. Früher oder später passiert das freilich, und dann entsteht eine neue Welt. Und obwohl das eine ganze andere Welt ist, entdeckst du in ihr immer noch Splitter der alten Welt, nämlich die leidenden Menschen mit ihren seltsamen Wünschen, die Menschen, die wissen, dass sie ein fremdes Leben leben, die sich daran erinnern, was vor ihrer Zeit geschehen ist ...«

Die Stimme des Nicht-Engels klang betörend wie Musik. In seinen Augen leuchteten fremde Sonnen.

»Aber wozu das alles?«, fragte ich. »Wenn das so ist, warum geschieht das dann alles? Um eine fremde Welt besser zu machen? Um die eigene zu korrigieren?«

»Aus keinem besonderen Grund, mein Junge«, meinte der Nicht-Engel lächelnd. »Hast du das denn immer noch nicht begriffen? Die Veränderungen haben kein anderes Ziel als die Veränderung selbst. Wenn du von klein auf davon geträumt hast, das dritte Epos von Homer zu lesen ...«

»Welches dritte Epos?«, brachte ich heraus.

»Die *Telemachiade*. Aber das spielt hier keine Rolle. Lass uns einfach einmal annehmen, du wolltest wissen, was Edgar Allan Poe mit der Eissphinx im *Bericht des Arthur Gordon Pym aus Nantucket* vorgehabt hat. Warum solltest du ihn das Werk dann nicht vollenden lassen? Oder dich stört der Ausgang der Schlacht bei Tannenberg. Dann spiel sie noch einmal durch. Hilf Wallenrod, rette den Deutschen Orden. Und sieh dir an, was dann mit dieser Welt passiert.«

»Wozu?«, schrie ich. »Wozu denn? Wozu sollen wir die Toten zwingen, erneut in die Schlacht zu ziehen? Warum sollen wir an unserer Vergangenheit herumbasteln, wenn wir doch eine neue Zukunft schaffen können?«

»Zu gar-nichts«, skandierte der Nicht-Engel. »Moskau liegt nicht am Meer, was schade ist. Also musst du in die Zeit gelangen, wo die Erdkruste noch lebendig und formbar ist. Du machst dir keinen Begriff, was für Folgen für ein zukünftiges Landschaftsrelief eine einzige kleine Bombe an der richtigen Stelle hat ... und vor allem zum richtigen Zeitpunkt. Dann kannst du aus deiner kleinen Wohnung zu Fuß an den Strand spazieren und mit dem Badehandtuch wedeln ...«

»Ich verstehe das alles nicht«, fiel ich ihm ins Wort. »Doch, mir ist schon klar, dass das toll wäre, diese Telemachiade, Puschkin, der nicht gestorben ist, und das Meer vor der Tür. Aber wozu gibt es uns, die Funktionale? Es hätte doch auch einfach jemand d'Anthès ein Abführmittel in den Morgenkaffee geben können ...«

Der Nicht-Engel lachte. »Was heißt ›wozu‹? Wozu sind wir denn wohl Funktionale? Um unsere Funktion zu erfüllen. Du hast den Verkehr durch die Portale reguliert, klammheimlich Energie aus der Leere gezogen und deine Türen offen gehalten. Die Menschen sind von einer Welt in die andere gereist. Ich passe aufs Museum auf, kümmere mich um die Exponate, leite Exkursionen ... Möchtest du dir vielleicht mal alles angucken? Es ist wirklich interessant.«

»In den ersten Jahren ist das bestimmt noch interessant«, erwiderte ich.

»Also hast du wenigstens etwas verstanden«, meinte der Nicht-Engel. »Möglicherweise hast du einfach nicht erkannt, was deine Funktion dir bietet? Du bist noch jung, mit jungen Leuten gibt es häufig solche Probleme. Eventuell wärest du besser beraten, wenn du Kurator in deiner Welt würdest? Dein Freund Kotja hat den Posten lange genug innegehabt, Jahrhunderte immer dieselbe Stelle ...«

»Was ... was heißt hier Jahrhunderte? Er hat gesagt ...«

Der Nicht-Engel schüttelte sich vor Lachen. Er stützte sich auf sein blitzendes Schwert, über das Funken einer weißen Flamme liefen.

»Er hat dir allerlei erzählt ... Urteile nicht zu streng über ihn, denn er ist verängstigt. Schließlich weiß er, dass es nur einen Weg gibt, Situationen wie diese zu entscheiden. Und er kann dich nicht umbringen. In deiner Welt würde ohnehin kein einziges Funktional wagen, dir etwas anzutun. Dann würde deine Welt nämlich untergehen.«

»Warum denn das? Du wirst es mir wohl nicht sagen ...«

»Doch. Warum auch nicht? Du hast einen Entwicklungsvektor gehabt, der gefährlich für den Weg gewesen ist, auf dem deine Welt sich voranbewegt hat. Damit blieb logischerweise nur eine Alternative: Entweder du wirst ein Funktional ... oder du stirbst. Manchmal ist das leider unumgänglich ... Aber dein Freund, ein hervorragender Kurator und geschickter Intrigant, war nicht ganz frei von sentimentalen Gefühlen. Er hat dich unter seine persönliche Obhut genommen und eine Funktion für dich ausgesucht, die mit am interessantesten ist. Aber er hat sich verrechnet, du bist aus dem Ruder gelaufen. Und als er dich in seiner Panik beinahe umgebracht hätte« – der Engel breitete die Arme aus –, »war es schon zu spät. Da warst du bereits an deine Funktion angeschlossen. Du warst zu einem Teil aller Kirills dieser Welt geworden. Und in allen Welten hast du eine wichtige Rolle gespielt. Nach jedem Versuch, dich auszulöschen, hast du deine Fähigkeiten zurückgewonnen, ja, sie sogar noch gesteigert ... Sollte dich nun jemand umbringen, könnte es passieren, dass du die ganze Welt mitreißt. Ins Nichts. Oder ...« Der Engel machte eine kurze Pause. »... oder es könnte so kommen wie bei uns. Dass du sie teilweise mit ins Verderben reißt. Auch nicht sehr schön.«

»Und was geschieht jetzt?«

»Jetzt ...« Der Engel seufzte. »Du kannst Konstantin ermorden. Wenn du dich anstrengst, kannst du ihn auch einfach absetzen, indem du die Verbindung des Kurators zu seiner Funktion zerreißt. Lass ihn doch ein ruhiges, einfaches Leben leben, das wird ihm guttun. Du kannst auch immer noch selbst sterben. Aber ich fürchte, das bekäme deiner Welt nicht sonderlich gut ...«

»Es gibt immer einen dritten Weg.«

»Natürlich. Du könntest deine Welt verlassen.«

»Das habe ich bereits getan. Als die Spezialeinheitler aus Arkan mich gejagt haben und ...«

»Aber damals hast du deine Welt nur verlassen, um zurückzukehren. Obendrein hast du dich mit diesem von Angst gepackten Kurator zusammengetan. Wenn du deine Welt für immer verlassen würdest und nach Feste, hierher oder nach Veros gingest, dann würden sie dich in Ruhe lassen. Arkan ist eine spezialisierte Welt, es ist die Staatssicherheit der Funktionale. Einfache, grobe Kerle. Aber ich werde mit ihnen sprechen und deine Entscheidung in aller Klarheit schriftlich darlegen. Ich garantiere dir, dass sie dir dann nichts antun. Das käme nämlich alle Beteiligten teurer zu stehen.«

Er verstummte.

Ich stand da, ließ die Waffe sinken und dachte an Veros. An die ruhige, beschauliche Stadt mit dem unangenehm klingenden Namen Kimgim. An das bizarre Oryssultan. An die Abertausenden von Stadtstaaten, die mit ihren Leben zufrieden waren und durchaus in der Lage, für sich selbst zu sorgen.

Oder Feste. Religiöse Diktaturen sind nicht nach meinem Geschmack, aber ihr störrischer Wunsch, einen eigenen Weg zu gehen, hatte mich für diese Welt eingenommen. Außerdem boten sie den Funktionalen Paroli.

Auch diese verwaiste Welt war bei Licht betrachtet bestimmt interessant. Hier gab es ein Museum, in dem ich mich jahrzehntelang aufhalten könnte. Hier gab es Länder, in denen niemand lebte, in denen sich aber Überreste von jener Zivilisation gehalten hatten, die die Funktionale hervorgebracht hatte – und genau deswegen untergegangen war.

»Wofür entscheidest du dich?«, fragte der Nicht-Engel. »Vergiss nicht, dass dich niemand an eine bestimmte Welt fesselt. Nur deine Erde lass in Ruhe. Im Übrigen kannst du die Dienste der anderen Funktionale in Anspruch nehmen, was eine große Wohltat ist.«

»Du bist hier der Chef, oder?«

»Wir haben keinen Chef!«, antwortete der Nicht-Engel erbost. »Ich bin der Kustode des Museums. Ich unterscheide mich von den Menschen, weil ein Mensch, selbst als Funktional, nicht auf dem Kontinent überleben kann. Aber wir haben keinen Chef. Punktum!«

»Das ist ein verlockendes Angebot«, meinte ich nachdenklich. »Aber eine verdammt schwere Entscheidung ...«

»Und welche Entscheidung triffst du nun?«

»Ich wähle einen vierten Weg. Ich weiß noch nicht, welchen. Aber wenn man dir ein liniiertes Blatt gibt, musst du quer schreiben.«

»Ich fürchte, viele werden meinen Schritt missbilligen«, brachte der Nicht-Engel hervor. »Vor allem, wenn deine Welt vollständig verschwindet. Aber in der gegenwärtigen Situation ... wird der vierte Weg dein Tod sein.«

Er rührte sich langsam von der Stelle. Ich riss meine dämliche MPi wieder hoch – und der Nicht-Engel blieb stehen.

Hatte er etwa tatsächlich Angst vor dieser läppischen Waffe? Nach allem, was ich mitangesehen hatte?

»Weißt du was? Ich könnte mir vorstellen, dass ... wenn Arkan euer Sicherheitsdienst ist ... die sich auf alle Fälle auch vor dir in Acht nehmen müssen«, zischte ich leise. »Vielleicht könnten ihre Waffen auch dir etwas anhaben, oder, Flügelfigur?«

In den Augen des Nichts-Engels loderte Zorn auf.

»Du unwürdige Kreatur! Du bist nichts weiter als der Fehler eines sentimentalen Idioten! Ich werde dich in Stücke reißen, du Knirps! Feuer von mir aus das ganze Magazin leer und hoffe auf ein Wunder – aber Wunder gibt es nicht!«

Er kam auf mich zu, die riesigen Augen mit den senkrecht geschlitzten Pupillen fest auf mich gerichtet. Die Augen wirkten auch jetzt noch weise, wenngleich nicht mehr menschlich. In seinem Rücken klappten die schwarzen Flügel auf. Mein Finger war am Abzug festgefroren.

Mit einem Fall fiel mir Marta ein. Was hatte diese Polin wohl vollbringen sollen – das sie nun nie mehr vollbringen würde?

»Sag mal«, flüsterte ich, »das bist also du, der über der verbrannten Erde fliegt und sich schreiend vom Himmel fallen lässt? Ist es so schrecklich und einsam hier, Nicht-Engel?«

Einen kurzen Moment nur gab sein Blick mich frei, irrten seine Augen durch den Raum, zitterten seine Beine, strauchelte er. Das war, als ob ein einflussreicher Mann, ein Abgeordneter oder Minister, von einem gierigen Kameraauge eingefangen worden wäre, wie er sich während einer Dumasitzung in der Nase bohrte und die Popel inspizierte.

In meine Hände kehrte die Wärme zurück.

Ich zog den Abzug.

Vierzehn Patronen.

Eine lange Salve.

Die Maschinenpistole hämmerte in meinen Händen, der Lauf driftete zur Seite ab. Schon erstaunlich: Aus einer Entfernung von drei Metern schaffte ich es tatsächlich, mit fast allen Kugeln vorbeizuschießen!

Nur eine einzige Kugel landete in der Brust des Nicht-Engels, an der Stelle, wo bei Menschen das Herz sitzt.

Anscheinend tat ihm das weh.

Der Nicht-Engel senkte den Kopf und presste die Hand gegen die Brust. Nach einer Weile zog er die Hand weg und starrte auf das Blut. So langsam, als unterliege er nicht den Gesetzen der Gravitation, ließ er sich auf die Knie sinken.

Ich trat an ihn heran und warf die MPi mit dem abgefeuerten Magazin weg.

»Möchtest du vielleicht ... Kustode des Museums werden?«, fragte der Nicht-Engel leise.

Das Dach unter uns vibrierte. Durch das Gebäude lief ein Beben.

»Stirbst du?«, fragte ich. Meine Stimme zitterte unwillkürlich.

»Ich weiß es nicht. Kann sein ...« Der Nicht-Engel atmete geräuschvoll ein. Jetzt, da er vor mir kniete, war er nur noch wenig größer als ich. »Möchtest du meine Stelle einnehmen? Dann gib mir den Rest.«

Ich schüttelte den Kopf. In seiner Stimme lag die Gewissheit, dass ich ihm tatsächlich den Rest geben könnte.

Aber das wollte ich gar nicht.

Jetzt, da diese dämliche Engelsparodie vor mir kniete ... das Flammenschwert immer noch umklammernd ...

Mit einem Mal begriff ich, dass er seine Waffe einfach nicht loslassen konnte.

Das Schwert war eine Verlängerung seiner Hand!

Ich schüttelte den Kopf noch energischer.

Das Gebäude unter uns wackelte. Was steckte in diesen Kugeln, wenn sowohl das Funktional als auch seine Funktion sich in Krämpfen wanden und ungeheure Energien freisetzten, um dem Nicht-Engel das Leben zu retten?

»Du hast keine Wahl«, erklärte der Nicht-Engel. »Entweder bringst du mich um und wirst ... zu mir. Oder ich bringe dich um.«

»Genau damit habe ich eine Wahl«, entgegnete ich.

Ich hob die Hand und fuhr durch die Luft, als schriebe ich im leeren Raum Worte einer mir unbekannten Sprache. Eine blaue Flamme löste sich knisternd von meinen Fingerspitzen.

»Ich werde euern Chef finden«, sagte ich. »Ganz bestimmt ...«

»Wir haben keinen Chef ...« Der Nicht-Engel zitterte und kippte auf die Seite.

Ich schaute mich ein letztes Mal um. Eine kleine Insel, das Totenbett der Menschheit ... In mir gab es weder Wut noch Angst. Nur Müdigkeit.

Die Feuerschrift des Portals loderte vor mir, und ich trat in sie hinein.

Der Nicht-Engel, der Kustode des Museums, konnte sterben oder überleben. Es gab nichts, wofür ich mich an ihm rächen wollte, aber es gab auch keinen Grund, ihm zu helfen.

So schied ich aus dieser Welt, ohne zu wissen, wohin es mich verschlagen würde.

Einundzwanzig

Alles muss ein Finale haben. Nichts ist grauenvoller als zu entdecken, dass das Ende längst nicht das Ende ist. Ein Läufer, der mit der Brust das Zielband durchreißt und sieht, wie sich vor ihm ein neues spannt; ein Soldat, der einen Panzer abschießt und hinter ihm weitere erspäht; ein langes, schwieriges Gespräch, das mit den Worten endet: »Und jetzt lass uns zur Sache kommen.«

Nein, ein Finale muss es geben, und sei es nur, damit ihm ein neuer Anfang folgt.

Als ich den zyklopischen Turm der Funktionale auf diesem Berg erblickt hatte, war ich mir sicher gewesen, ihr Herz gefunden zu haben. Was ich nicht wusste, war, ob es mir gelingen würde, sie zu besiegen. Aber dass das Ende meines Wegs vor mir lag, daran bestand für mich kein Zweifel.

Anscheinend hatte mein Weg jedoch gerade erst angefangen.

Ich stocherte mit der Fußspitze auf Straßenpflaster herum und sah mich um.

Hallo, Elbląg, du kleine polnische Stadt ...

Ich hätte nicht geglaubt, dass mich das Schicksal noch einmal hierherbringen würde ...

»Kirill?«

Ich trat aus dem Portal heraus, auf den Platz mit den Cafés. In der Nähe standen Tische. Es war natürlich schon kalt, aber immerhin liefen neben den bunten Sonnenschirmen Heizpilze, diese hohen Metallstäbe mit den kleinen Häubchen. Europa wie es leibt und lebt. Grinsend blickte ich die Frau an, die sich hinter einem der Tische erhob. Es war Abend, dunkel, es gab hier draußen keine Lampen, nur Kerzen auf den Tischen und den roten Widerschein der glühenden Gitter des katalytischen Brenners.

»Hallo, Marta.«

Der Mann ihr gegenüber starrte mich fassungslos an. Ich schnappte mir einen freien Stuhl vom Nachbartisch und setzte mich zwischen die beiden.

»Dir auch einen schönen guten Tag, Krzysztof Przebyżyński.«

»Du bist verrückt geworden«, sagte der Polizist voller Überzeugung. »Marta, der muss völlig verrückt geworden sein!«

»Ich weiß nicht«, wiegelte Marta ab, während sie mich musterte. »Das Leben hat dich ganz schön mitgenommen, in diesen paar Tagen ..«

»Tagen?«, wunderte ich mich. »Ach ja, stimmt. Und ja, es hat mich mitgenommen.«

Ein Kellner kam.

»Proszę pana. Chciałbym dostać porcję waszych firmowych flaków, salatę jakąś, czyżby mięsną, Cesarz może być.« Das sagte ich. »I Żubrówkę, dwieście gram.«

Nachdem der Kellner die Bestellung wiederholt hatte, entfernte er sich. Amüsiert betrachtete ich Krzysztof.

»Deinen Komplizen schnappen wir uns auch noch«, drohte der Polizist mir. Er fühlte sich offenbar nicht gerade wohl in seiner Haut.

»Klar doch. Sagen Sie, Pan Krzysztof, wenn ich nicht aus Russland wäre, würden Sie mich dann auch so leidenschaftlich jagen?«

»Selbstverständlich«, empörte sich Krzysztof. »Das ist schließlich meine Funktion! Obwohl ich die Russen natürlich nicht besonders leiden kann.«

»Warum nicht?«

»Wegen allem, was ihr uns angetan habt!«

»Schon komisch«, sagte ich. »Ganz Europa hat sich immer irgendwas angetan, dass die Fetzen geflogen sind. Aber nur uns mag man nicht ... Aber lassen wir das, es spielt eh keine Rolle.«

Der Kellner brachte den Wodka und den Salat. Ich leerte das Glas in einem Zug und fing an zu essen.

»Und was spielt dann bitte schön eine Rolle?«, fragte Krzysztof alarmiert.

»Was ich jetzt als Nächstes tun soll. Was ich mit Ihnen mache und was ich ...«

Krzysztof hielt es nicht mehr aus. Er sprang auf, war mit einem Satz hinter mir, knallte mir die Hand auf die Schulter und versuchte, mich runter auf den Tisch zu drücken.

Ungerührt aß ich meinen Salat. Hinter mir ächzte Krzysztof. Irgendwann schlang er mir den angewinkelten Arm um den Hals und wollte mich ersticken.

»Der Salat ist sehr gut«, sagte ich. »Obwohl mir schleierhaft ist, warum sie den *Cäsar* nicht mit frischem, sondern mit vorgefertigtem Dressing angemacht haben ...«

»Mach dich nicht lächerlich, Krzysztof«, sagte Marta leise. »Siehst du denn nicht, dass er mit seiner Funktion verbunden ist?«

Der Polizist gab mich frei und trat einen Schritt von mir weg. »Mit was denn für einer Funktion?«, fragte er unsicher. »Er ist ein Mörder, er hat seine Funktion selber zerstört ...«

»Ich weiß nicht, mit was für einer«, gab Marta zu. »Ich würde dir nur raten, ihn nicht anzurühren. Ansonsten verknotet er dich zu einem Fußball und rollt dich untern Tisch.«

»Gute Idee«, meinte ich. Das Adrenalin, das sich während des Kampfes zwischen dem Roboter und dem Nicht-Engel in mir angestaut hatte, brodelte in meinem Blut. Selbst ein Funktional lässt die Physiologie nicht hinter sich.

Krzysztof kehrte zu seinem Stuhl zurück.

»Ich weiß überhaupt nicht, warum ich bei euch gelandet bin«, sagte ich. »Das heißt, ich weiß es schon ... Vielen Dank, Marta.«

»Wofür?«

»Für die Geschichte von dem Engel, der mit einem Schrei vom Himmel fällt und auf dem Stein aufschlägt. Das hat mich gerettet. Danke.«

»Gern geschehen«, schnaubte Marta. Das, was hier vor sich ging, belustigte sie eher, als dass es sie beunruhigte. »Was ist, Kirill, bist du vielleicht jetzt der neue Kurator?«

»Nicht doch«, antwortete ich und schenkte mir ein Gläschen aus der Karaffe auf dem Tisch ein. »Es ist noch viel komischer. Ich muss eine Wahl treffen. Und ich befinde mich mitten im Prozess der Wahl ... das ist der Stand der Dinge. Was wäre denn ... wenn ich der neue Kurator würde? Wäre das deiner Ansicht nach gut?«

»Ich glaube, dass das nicht das Geringste ändern würde«, entgegnete Marta.

»Sehr klug von dir«, brachte ich erfreut hervor. »Und genau darum geht es. Es würde nicht das Geringste ändern. Wenn es einen Chef gibt, dann kann man den auch absägen. Man kann den brutalen Tyrannen zu Fall bringen und seine Stelle einnehmen ... um selbst zum Tyrannen zu werden, der ebenso brutal ist, wenn auch auf andere Weise. Aber was soll man machen, wenn es überhaupt keinen Chef gibt? Wenn von niemandem etwas abhängt? Wenn das System sich selbst trägt? Dann kann man nichts machen ... Gehen wir mal davon aus, ich sei der neue Kurator ...«

»Das bist du nicht!«, brüllte der Polizist wütend. »Marta! Was sollte der denn für ein Kurator sein? Gut, stimmt schon, irgendwas ist komisch an ihm, und wir sollten ... nichts überstürzen. Deshalb werde ich noch heute einen Bericht abschicken.«

»An wen?«, wollte ich wissen.

»An den Kurator! Den richtigen!«

»Mit einer Brieftaube nach Shambala?«

Krzysztofs Gesicht lief knallrot an, sein Schnurrbart sträubte sich.

»Mit der Post! Wie immer! Nur wird es diesmal nicht um einen Menschen gehen, aus dem ein Funktional gemacht werden könnte, nicht um Streitereien und Auseinandersetzungen, sondern ... sondern um dich.«

»Und du schreibst dem Kurator?«

Etwas in meinem Ton zwang ihn zu antworten, obwohl sein Anfall von Offenheit bereits abgeklungen war.

»Woher soll ich das wissen? Den Hebammen, dem Kurator ... sonst wem. Sollen die das doch unter sich ausmachen. Ich bin nur ein kleines Rad im Getriebe und soll bloß in meinem Territorium für Ordnung sorgen.«

»Ach ja, richtig, die geteilte Macht«, bemerkte ich leichthin. »Ja, genau so ist es leider. Es ist wie bei simplen Lebensformen: Die Nervenganglien ziehen sich durch den ganzen Körper, aber ein Gehirn gibt es nicht. Das ist sehr effektiv ...«

Mit einem Mal war ich wie vor den Kopf geschlagen. Ich sprang auf. »Krzysztof!«, rief ich. »Mein guter polnischer Freund! Lass dich küssen!«

Daraufhin verlor der Polizist endgültig die Nerven. Mit lautem Krachen schnellte er von seinem Stuhl hoch und stieß dabei seinen Teller mit den Resten des Steaks wie auch das Glas Mineralwasser um, das er getrunken hatte.

»Der ist total verrückt, Marta! Gehen wir!«

Ein panisches Polizistenfunktional! Was für ein seltener Anblick!

Marta musterte mich misstrauisch. »Woher rührt plötzlich diese Liebe zu Krzysztof?«

»Er hat mich Idioten auf einen Gedanken gebracht«, antwortete ich mit strahlendem Lächeln. »Es hatte also doch einen Grund, warum ich euch getroffen habe! O ja, den hatte es!«

»Wahrscheinlich hast du recht, Krzysztof«, bemerkte Marta und erhob sich. Nach einem sekundenkurzen Zögern fragte sie: »Hast du Geld, um deine Bestellung zu bezahlen?«

»Woher sollte ich das haben?«, erwiderte ich fröhlich. »Schließlich bin ein stadtbekannter Gigolo, mich halten die Damen in jedem Restaurant frei.«

Schweigend legte Marta ein paar große Scheine auf den Tisch, bevor sie mit Krzysztof davonging.

Aber selbst das verdarb mir nicht die Laune. Ich entschuldige mich bei dem aufgebrachten Kellner für das ungebührliche Benehmen meiner Freunde und half ihm, den Stuhl wieder aufzustellen, den der Polizist umgeworfen hatte. Als der Kellner das Geld auf dem Tisch erblickte, besserte sich seine Stimmung sofort. Ich bekam noch mein Flaki und machte mich sofort darüber her. Anschließend bestellte ich einen Kaffee und ein Eis.

Irgendwann muss man sich doch wohl seine Kindheitsträume erfüllen?

Berge von Eis essen, in einem Feuerwehrauto fahren, die Welt retten?

Ob es wohl Feuerwehrfunktionale gab? Feuerfeste und kühne Wesen, die besonders wertvolle Menschen aus den Flammen retteten?

Irgendwann hörte ich das leise Geräusch eines Motors. Ein Auto kam auf das Café zugefahren und hielt an, ein kleines Stadtauto, auf dessen Rücksitz man bestenfalls zwei Kinder oder einen großen Hund unterbringen könnte. Hinterm Steuer saß ein Mann in mittleren Jahren, der jetzt gemächlich ausstieg. Er trug die schöne Uniform der polnischen Post. Eine Alarmanlage fiepte los, er schloss das Auto ab und trat an meinen Tisch heran.

Ich trank den Kaffee und beobachtete ihn – jenen ersten Briefträger, den ich vor zwei Wochen, nachdem ich zum Funktional geworden war, gesehen hatte, damals in einer Kutsche, wie es in Kimgim üblich war.

»Ein Brief für Sie«, teilte er mir mit, während er den Umschlag vor mich hinlegte und sich auf Krzysztofs Stuhl setzte.

»Briefträger lauf, das Funktional, das wartet drauf!«, alberte ich.

»Bei Ihnen ist mit solchen Kalauern zu rechnen.« Der Mann lächelte verlegen. Er rieb sich die Nasenwurzel. »Wie haben Sie das genannt? Ganglien? Im ganzen Körper? Ein guter Vergleich.«

»Auf ein Hirn kann man verzichten«, sagte ich. »Aber Nerven, die sind obligatorisch. Eine Entscheidung kann jeder treffen, der für einen Bereich verantwortlich ist. Aber jemand muss das Signal vom Rezeptor zum Effektor leiten. Selbst wenn sich das Gehirn nicht in die Signalübertragung einmischt ... Von wem ist der Brief? Von Pan Przebyżyński?«

»Wo denken Sie denn hin! Er wird erst noch schreiben. Und Sie betrifft sein Brief ja auch gar nicht, das ist so ein Aufschrei der gequälten Seele ... an den Kurator oder die Institutionen auf Arkan. Ehrlich gesagt, ich weiß nicht, ob er das hinkriegt.«

»Von wem ist der Brief dann?«, fragte ich, wehmütig auf den Umschlag blickend. Ein uraltes Ding, noch mit einer Marke für fünf Kopeken, die den Aufdruck »UdSSR«

trug, und mit dem lächerlich stolzen Stempel »Avia«. Auf dem Umschlag selbst stand nichts.

»Das wissen Sie doch sehr gut, Kirill. Das ist ein Brief von Ihrem leichtsinnigen und sentimentalen Freund Kotja. Eine ziemlich pompöse Form, Sie zu einem Duell herauszufordern. Leider sind wir damit wieder beim Stand der Dinge von letzter Woche. Wie Ihnen der Kustode des Museums schon gesagt hat: Für Sie beide ist hier nicht genug Platz.«

»Er lebt?«

»Vor einer halben Stunde hat er noch gelebt. Ich habe seinen Brief nach Arkan gebracht. Sie haben übrigens einen guten Eindruck auf ihn gemacht. Er setzt sich dafür ein, dass die Fahndung nach Ihnen eingestellt wird und Sie der Kurator auf Demos werden.«

»Was für eine überraschende Zuneigung ...«, murmelte ich. Ich öffnete den Umschlag. »Und Sie haben keine Angst vor den Arkanern? Wenn eine gewöhnliche Kugel aus ihren Gewehren den Kustoden niederstreckt ...«

»Oh, keine Sorge, Kirill. Erstens liegt das nicht allein an der Kugel, sondern auch am Schützen. Und zweitens ... Arkan ist völlig harmlos. Es erfüllt seine Funktionen, mehr nicht. Es lenkt die Welten, hält die Ordnung in ihnen aufrecht ...«

»Wozu lenkt es die Welten?«

»Damit diejenigen, die es wünschen, diese Welten besuchen können, Kirill.«

»Sie besuchen? Wir sind doch alle gefesselt.«

»Wie kommen Sie denn darauf, dass hier von Funktionalen die Rede ist?« Der Briefträger rückte sich die Brille zurecht. »Sie machen immer wieder denselben Fehler. Sie nehmen an, wir seien etwas Besseres als Angestellte. Sehen Sie endlich der Wahrheit ins Auge, Kirill! Die Zeiten, in denen der Stärkste auch das Sagen hatte, sind längst vorbei. Die klügsten Leuten sitzen sich heute ihre Hosen in Laboratorien durch. Die stärksten Männer lassen ihre Muskeln vor einem johlenden Publikum spielen. Die wendigsten und kühnsten arbeiten als Bodyguards, die präzisesten und kältesten als Killer. Gewiss, wenn du eine wunderbare Stimme hast, avancierst du zum internationalen Star und füllst mit deinen Konzerten Stadien. Dennoch wirst du auf den Partys der Multimillionäre singen und bei den Gipfeltreffen von Politikern, du wirst dir die Kehle aus dem Hals schmettern, um einer Handvoll übersatter Greise samt ihren selbstzufriedenen Gören eine Freude zu machen. Du wirst eine sehr lange Leine aus Seide oder eine Kette aus Gold haben. Aber du gehst an der Leine! Was willst du? Zur Macht vorstoßen? Wach auf, Kirill! Die Macht ist überall um dich herum! Die Macht – das ist das Geld, der Status und die Beziehungen. Willst du etwa behaupten, du hättest nicht begriffen, dass du nur ein Türsteher bist – wenn ein Vertreter dieser Macht durch deinen Turm in eine andere Welt zu einem Konzert spaziert ist? Du willst uns vernichten? Dann musst du alle Macht der Welt vernichten! Allerdings tritt an ihre Stelle dann eine neue Macht, die uns zufälligerweise wieder ganz gut gebrauchen kann ... Und komm mir nicht mit Feste! Das ist auch nicht anders, auch da hockt haargenau die gleiche Macht, nur dass sie sich aus weltanschaulichen Gründen abgeschottet hat! Genau wie die sowjetische Polit-Elite Urlaub in Sotschi gemacht hat, auch wenn sie eigentlich nach Nizza wollte! Genauso haben die sturköpfigen Kardinäle statt der Angestelltenfunktionale eben ... ihre biologischen Funktionale geschaffen. Nein, wir werden ihnen nichts tun. Aber die Jahre werden vergehen, es wird ihnen zu eng werden – und dann werden sie von selbst zu uns kommen. Zunächst mit einem Friedensangebot, später mit einem Kooperationsvertrag. Nach einer Weile wird es heißen, die Bibel äußere sich höchst billigend über diese Form der Weltengestaltung, worauf sie prompt mit allen anderen Welten des *Fächers* verschmelzen ...«

Er nahm seine Brille ab und putzte sie. »Du denkst vermutlich: ›Jetzt zieh ich mein Messer oder schnapp mir diese Eisenstange, Kraft genug habe ich ja, und mach das Schwein von Briefträger fertig, der Briefträger ist an allem schuld.‹ Aber ich bin nicht schuld, Kirill. Ich erfülle nur meine Funktion. Und wenn ich sterbe – und früher oder später sterben wir alle –, wird eines Morgens jemand aufwachen, und seine Frau und seine Kinder werden ihn nicht mehr erkennen. Er wird das Haus verlassen und ein kleines Auto mit Schlüssel im Zündschloss sehen. Da wird er sich reinsetzen. Und er wird verstehen, dass das seine Funktion ist. Briefe und Telegramme aus einer Welt in eine andere zu bringen, Zeitungen und Aufzeichnungen ... Und wenn er diese Funktion nicht erfüllen kann, kommt ein neuer Briefträger. Ja, in deiner Auffassung von Herrschaft bin ich ein weit wichtigeres Glied in der Kette als jeder Kurator oder der Kustode des Museums, der sich so überlebt hat, dass er seine menschliche Gestalt eingebüßt hat. Trotzdem bleibe auch ich nur ein Glied. Absolut ersetzbar. Wie wir alle. Die eigene Persönlichkeit verliert vor dem Hintergrund der Geschichte jede Bedeutung, wichtig ist allein die Funktion. Wenn du wüsstest, wie viele Menschen kaltgemacht werden müssen, um auch nur einen einzigen Krieg zu verhindern! Ein freier Posten bleibt nie lange frei.«

»Ich würde das anders ausdrücken. Wo Dreck ist, ist das Schwein nicht weit.«

Der Briefträger schnaubte. Er sah auf die Uhr. »Was ist, hast du nun die Absicht, mich umzubringen oder nicht? Sonst lies den Brief, ich muss die Antwort abliefern.«

Ich holte das Blatt Papier aus dem Umschlag, das aus einem gewöhnlichen Schreibheft herausgerissen worden war. Ich grinste.

»Ja, du und Konstantin, ihr seid einander ähnlich«, sagte der Briefträger. »Wenn sie dir ein liniiertes Blatt gegeben haben, musst du quer schreiben.«

Ich hörte gar nicht hin, sondern las bereits.

Kirill!

Zu meinem großen Bedauern haben die Ereignisse ausgerechnet die Wendung genommen, die ich und – wie ich zu hoffen wage – auch du befürchtet haben. Auf dieser Daseinsebene gibt es keinen Platz für uns beide. Ich kann verstehen, dass du deine Welt nicht verlassen willst. Ja, an deiner Stelle hätte ich mich wahrscheinlich genauso verhalten.
Mit diesem Brief fordere ich dich offiziell zum Duell heraus. Ort, Zeit und die Wahl der Waffen überlasse

ich dir. In der gegenwärtigen Situation kann ich dir kein Glück wünschen; lass dir jedoch versichern, dass ich dir tief im Herzen freundschaftlich verbunden bin usw.

Dein Freund Konstantin

PS: Illan lässt dich grüßen. Ich glaube, wir sollten sie von dem Duell nicht in Kenntnis setzen.
PPS: Ehrlich gesagt, lebe ich schon so lange auf dieser Welt, dass sie mir zum Halse raushängt. Verzeih einem alten byzantinischen Plappermaul seine ewigen Lügen. Aber ich bin so daran gewöhnt, verschiedene Leben zu leben, dass ich manchmal selbst daran glaube.

Behutsam faltete ich das Blatt zusammen und steckte es in meine Tasche.

»Wie lautet die Antwort?«, fragte der Briefträger nervös. »Ich würde Sie bitten, umgehend zu antworten. Es warten schon drei Leute in zwei Welten auf mich. Haben Sie bemerkt, dass Ihr Freund Ihnen die Wahl der Waffe überlässt? Das ist ungeheuer großherzig von ihm! Ich würde Ihnen raten, von Schwertern, Säbeln und anderen Hieb- und Stichwaffen abzusehen, damit kennt er sich weitaus besser aus als Sie.«

»War er einmal eine bekannte Persönlichkeit?«, fragte ich nachdenklich.

»Eine ziemlich bekannte. Und er konnte die Dienste des damals existierenden Netzes von Funktionalen nutzen. Irgendwann fand er sich jedoch in einer Situation wieder, in der er lieber selbst zum Funktional werden wollte, statt in eine andere Welt überzusiedeln. Dergleichen kommt nur selten vor. In der Regel verändern solche erfolgreichen Menschen ihre Welt sehr schnell nach ihren Wünschen und taugen danach nicht mehr zum Funktional ... Was soll ich ihm also antworten?«

»Ich werde ihn anrufen«, sagte ich.

»Gut.« Der Briefträger seufzte. »Das habe ich mir gleich gedacht. Dann werde ich mich jetzt mit Ihrer Erlaubnis zurückziehen. Natürlich nur, falls Sie immer noch nicht die Absicht haben, mich umzubringen.«

»Habe ich nicht«, beteuerte ich. Ich erhob mich und pfefferte dem Briefträger eine, mit aller Kraft, die mir zur Verfügung stand. Polternd ging er zu Boden. Der unglückselige Stuhl, der bereits den zweiten Sturz an diesem Tag zu verkraften hatte, zerbrach. Der Briefträger schrie vor Schmerz auf, wischte sich das Blut vom Gesicht, betastete sein Kinn und erhob sich. »Wofür war das?«

»Für Kardinal Rudolf und für Elisa. Für die Hunde von Feste. Glaubst du, ich hätte die Stimme aus dieser Tarnblase nicht wiedererkannt?«

»Das war eine Operation der Arkaner, ich bin nur als Begleitung hinzugezogen worden. Ich war nicht mal bewaffnet!«

»Davon bin ich ausgegangen. Deshalb habe ich dich auch nicht umgebracht.«

Drei Kellner eilten zu uns, im Café rief eine andere Angestellte über Handy an. Wo, war nicht schwer zu erraten.

»Und trotzdem«, meinte der Briefträger, der sich immer noch das Kinn hielt und leicht lispelte, »ich persönlich wünsche Ihnen Erfolg.«

Er drehte sich um und stapfte mit festen Schritten zu seinem Auto. Ich wandte mich den Kellnern zu. Nur zu gern hätte ich noch jemandem eine gesemmelt. Aber obwohl die Jungs kräftig waren, kam keiner auf mich zu. Etwas an mir hielt sie davon ab.

»Das ist empörend, Pan!«, schrie einer der drei.

»Da bin ich ganz Ihrer Meinung.« Ich schnappte mir die Karaffe und trank den Rest der Żubrówka direkt aus ihr aus. Der idiotische Grashalm verhakte sich natürlich an meinen Zähnen.

Mit einer Hand hielt ich mir die Karaffe an die Lippen, mit der anderen schrieb ich etwas in die Luft. Leicht und bereitwillig lösten sich die flammenden Buchstaben von meinen Fingern. Einer der Kellner bekreuzigte sich, die beiden anderen erstarrten zur Salzsäule. Von einem Tisch etwas weiter abseits, wo ein verliebtes Pärchen turtelte, drang ein hysterischer Aufschrei herüber.

»Macht's gut, Jungs«, sagte ich und trat in das Portal.

Die Karaffe ließ ich mitgehen.

So entstehen die ungesunden Sensationen, die das Volk nicht braucht.

Mir war leicht schwindlig. Vielleicht waren daran die Sprünge durch den Raum schuld, vielleicht aber auch der Wodka ... Ich stand im Hausflur. Es war der stinknormale, leicht verdreckte Eingang eines Hochhauses, das zwar nicht als erste Adresse gelten konnte, aber auch nicht völlig heruntergekommen war.

Die Karaffe deponierte ich auf der Heizung, den Grashalm spuckte ich aus. Dann stand ich da, den Blick auf die

Türen der Fahrstühle gerichtet. An einer war mit Tesafilm ein Zettel geklebt: »Außer Betrieb! Wird morgen repariert!« So wie der Zettel aussah, hing er schon mehrere Tage.

Wie spät es wohl war?

Es war schon dunkel. Aber es waren noch Stimmen zu hören, das Gebell von Hunden. Vielleicht elf. Die Zeit, in der man in Moskau mit den Hunden in den Höfen Gassi geht ...

Ich wusste genau, wo ich mich befand. Schließlich hatte ich in diesem Haus meine Kindheit verlebt. Auf dem Treppenabsatz vom zweiten Stock hatten mein Klassenkamerad Wowka und ich die erste Zigarette geraucht und uns anschließend darauf geeinigt, dass Zigaretten ekelhaft schmecken – aber wir mussten ja nun mal erwachsen werden. Nach der achten Klasse hatten wir beide zusammen mit zwei Mädchen dort eine Flasche billigen, süßen Sekts geleert, danach hatte ich zum ersten Mal ein Mädchen geküsst ... erst Mascha, dann Lenka. Es war komisch gewesen und kein bisschen sexy.

Ich ging zum Briefkasten, zog leicht an der Klappe und öffnete ihn auf diese Weise ohne jeden Schlüssel. Ich entnahm ihm die aktuelle Nummer der *Komsomolskaja Prawda* – mein Vater beharrte stur auf seinem Abo und weigerte sich, die Zeitung am Kiosk zu kaufen wie alle normalen Menschen –, einen Werbeprospekt des Supermarkts Groschik und einen Flyer mit Sonderangeboten für einen Internetanschluss von Korbin-Telekom. Ich hielt nach dem Pappkarton Ausschau, der hier normalerweise für diese Art von Müll bereit stand, fand ihn jedoch nicht.

Also stopfte ich mir die Werbung in die Tasche. Ich drückte den Knopf für den Fahrstuhl, der noch funktionierte, und fuhr in den siebten Stock. Vor der Wohnungstür blieb ich kurz stehen, um zu lauschen. Schließlich klingelte ich.

Cashew kläffte laut los, seiner Funktion alle Ehre machend.

Im Schloss klackte es. Ein Schloss hat eine einfache Arbeit. Jemand steckt einen Schlüssel herein, das Schloss vergewissert sich, dass es der richtige ist, und dreht sich ... So sollte es auch bei den Menschen sein – ganz einfach.

»Kirill?« Mein Vater stand in der Tür, nur in Unterhose und Hemd. »Warum hast du nicht vorher angerufen? Komm rein, Sohnemann ...«

Cashew schoss zu mir auf den Treppenflur hinaus und sprang an meinem Bein hoch. Ich streichelte ihn und betrat die Wohnung.

»Du hast dich rausgeputzt.« Mein Vater musterte mich aufmerksam. »Hast du dir in der Ukraine neue Jeans gekauft?«

»Hmm, die waren da billiger«, meinte ich, während ich mir die Schuhe auszog. Cashews Zunge wanderte über mein Gesicht, wobei der Hund ab und an unzufrieden schnaufte.

»Hast du was getrunken?«, fragte mein Vater, während er theatralisch schnupperte.

»Ein bisschen. Im Zug.«

Meine Mutter erschien, im Bademantel. »Du bist ja ganz blass«, rief sie entsetzt aus. »Und so dünn. Willst du was essen?«

»Ich hab schon gegessen.« Ich stand unschlüssig da und sah meine Eltern an. »Ich geh auch gleich wieder. Ich bin nur wegen Cashew gekommen. Wenn ihr mir Geld fürs Taxi pumpen könntet ... Ich habe es nicht mehr geschafft, was zu tauschen. Und jetzt sind die Wechselstuben zu.«

»Was soll das heißen, Kir? Willst du nicht mal einen Tee trinken?«, empörte sich meine Mutter. »Du kannst doch auch bei uns schlafen ... Du riechst ja nach Wodka.«

»Es ist alles in Ordnung, Mama«, protestierte ich. »Einen Tee trinke ich natürlich. Aber ich bleibe wirklich nur kurz.«

Meine Mutter ging in die Küche, halblaut etwas vor sich hingrummelnd. Mein Vater betrachtete mich forschend. »Irgendwie hast du dich verändert, Kirill.«

»Stimmt denn was nicht?«

»Irgendwie habe ich den Eindruck, du bist erwachsen geworden.«

»Papa, ich bin schließlich keine zehn mehr! Vielleicht bin ich alt geworden?«

»Deine Augen sind so ernst.« Mein Vater seufzte und nahm mir die Zeitung ab. »Lass uns einen Tee trinken. Da kommst du alle drei Tage mal vorbei ...«

»Alle drei Tage?«, hakte ich nach.

»Na, wann bist du denn nach Charkow gefahren? Vor drei ... nein, vor vier Tagen. Umso schlimmer. Weißt du, wie deine Mutter sich nach dir gesehnt hat ...«

»Vier Tage«, wiederholte ich gedankenversunken. »Im Zug hat die Zeit ihr eigenes Tempo. Es kommt mir so vor, als hätte ich euch seit Ewigkeiten nicht gesehen ...«

Der Tee, frisch aufgebrüht, schmeckte gut. Meine Mutter hat nie Teebeutel im Haus, immer nur losen. Sie behauptet, Beuteltee schmecke nach Papier. Brav trank ich einen Tee und aß von einer viel zu süßen Torte. Cashew legte sich zu meinen Füßen hin, vergrub die Nase in meine Socken, nieste unzufrieden, verzog sich aber nicht.

»Hast du dir in Charkow eine Freundin angelacht?«, fragte mein Vater beiläufig. Dieses Thema hatten die beiden mit Sicherheit diskutiert, nachdem ich – ihrer Ansicht nach – überstürzt aus Moskau abgehauen war und ihnen den Hund aufgehalst hatte.

»Nein, ich habe da keine Freundin, eher einen Kampfgefährten«, meinte ich grinsend.

Meine Mutter, die mich bisher voller Sorge beobachtet hatte – ob ich auch nicht zu betrunken war, ob sie mir nicht besser das Sofa im Wohnzimmer herrichtete –, mischte sich daraufhin sofort ins Gespräch ein: »Was soll das heißen, ein Kampfgefährte? Hast du dich etwa mit irgendwelchen inoffiziellen Organisationen eingelassen?«

Ich verschluckte mich am Tee.

In gewisser Weise hatte meine Mutter ins Schwarze getroffen.

»Bestimmt nicht, Mama. Das ist nur so dahingesagt ...«

»Lass ihn doch in Ruhe«, verlangte mein Vater. »Unser Sohn ist schließlich kein Dummkopf, der leidet nicht am Herdeninstinkt. Wenn er will, wird er uns schon alles erzählen. Du weißt doch, wie die Jugend ist.«

Ich trank den Tee aus und erhob mich. »Was ist?«, fragte ich mit kläglicher Stimme. »Leiht ihr mir was fürs Taxi?«

»Ja«, sagte mein Vater. »Du bist sicher, dass du nicht doch hierbleiben willst? Ich habe einen guten Kognak, wir könnten ein Gläschen trinken ...«

»Danila!« In der Stimme meiner Mutter schwang ein stahlharter Unterton mit. »Was soll das heißen? Willst du dich mitten in der Nacht betrinken?«

»Ich als Arzt versichere dir, dass ein Gläschen vor dem Zubettgehen ...«

»Er hat sein Gläschen bereits gehabt! Kirill, ich hole jetzt das Geld. Sollen wir dich begleiten? Oder ein Taxi rufen?«

»Mama, Cashew ist doch bei mir, wer wird denn schon einen Menschen mit einem solch blutrünstigen Beschützer überfallen!«, entgegnete ich. »Und ein Taxi rufen ...? Ich krieg schon eins, das kostet dann nur die Hälfte ...«

Seltsamerweise beruhigte sie der Hinweis auf Cashew. Obwohl Cashews Hauptwaffe zur Verteidigung seines Herrchens natürlich darin bestand, den Gegner zu Tode zu schlecken.

Ich verließ das Haus in meinem alten Anorak, den meine Mutter herausgekramt hatte, sobald ihr klar geworden war, dass ich »nur eine Windjacke« anhatte. Auch einen Vortrag, wie leicht man sich die Gesundheit ruiniere und wie wichtig es sei, sie gut zu pflegen, hatte ich mir noch anhören müssen. Meiner Ansicht nach hätte Dietrichs Regenjacke völlig ausgereicht, um zur nächsten Ecke zu gelangen und ein Taxi anzuhalten. Aber ich hatte auf jede Diskussion verzichtet.

Als Cashew begriff, dass wir nach Hause gingen, hatte er freudig an der Leine gezogen. Ich stand im Licht einer Laterne und hielt den Daumen raus. Doch ich hatte kein

Glück, die Autos fuhren vorbei, niemand wollte sich ein paar Scheine zusätzlich verdienen.

Schließlich hielt mit quietschenden Bremsen ein ziemlich mitgenommener Shiguli. Ich öffnete die Tür – und brach in schallendes Gelächter aus.

»Ach, mein Stammkunde!«, meinte der kaukasische Fahrer aufgeräumt. »Immer rein!«

»Ich habe meinen Hund dabei, geht das in Ordnung?«

»Klar, ein Hund ist schließlich auch ein Mensch. Setz dich.«

Nachdem ich Cashew auf den Rücksitz verfrachtet und ihm den strikten Befehl gegeben hatte, sich hinzulegen, nahm ich in der gemütlichen, verrauchten Wärme des Autos auf dem Beifahrersitz Platz.

»Da liegt ein Lappen rum. Wisch ihm die Pfoten ab«, sagte der Fahrer. »Ein hübscher Hund. Reinrassig?«

»Hmm ...«

Ich beugte mich nach hinten und säuberte Cashews Pfoten. Der Fahrer hatte schon wieder Gas gegeben.

»Du musst nach Medwedkowo, oder? Wie sieht's aus, hast du deine Probleme klären können? Wenn ich mich recht erinnere, musste ich dich durch die ganze Stadt kutschieren, weil dir irgendwas passiert war.«

»Stimmt«, bestätigte ich. »Und ehrlich gesagt, konnte ich bisher überhaupt nichts klären. Jetzt hoffe ich allerdings ...«

»Alle Probleme löst du nie«, meinte der Fahrer philosophisch.

Ich holte die Zigarettenschachtel raus. Zwei waren noch drin.

»Wollen Sie?«, fragte ich. »Ein einfacher Tabak, aber von weit her. Bei uns kriegen Sie so was nicht.«

»Wenn es dir nicht drum leidtut, sag ich selbstverständlich nicht nein.«

Auf dem Rücksitz nieste Cashew und tat so seine Meinung über das Rauchen im Allgemeinen und Zigarettenrauchen im Auto im Besonderen kund.

»Ein guter Tabak«, sagte der Fahrer höflich. »Stark.«

»Ungelogen«, pflichtete ich ihm bei. »Wie läuft das Geschäft?«

»Ich hab die Reifen gewechselt«, brüstete sich der Fahrer. »Erst wollte ich Winterreifen aufziehen, dann habe ich mich aber für Allwetterreifen entschieden. Bei den Wintern, die wir jetzt haben, so warm ... Ansonsten kurve ich halt so rum, mehr nicht ...«

»Jeder hat seine Funktion«, meinte ich nachdenklich.

»Was heißt hier *Funktion*? Glaubst du, nur weil ein Mensch aus dem Kaukasus ist, muss er seine Sachen auf dem Markt verkaufen oder den Taxifahrer mimen? Ich habe Hydromelioration studiert. Und das Studium abgeschlossen! Dass dann alles so gekommen ist ...« Er verstummte. »Das ist nicht meine Schuld, das kannst du mir glauben. Da haben ein paar dicke Onkel für mich eine Entscheidung getroffen. Aber was jammer ich? Taxifahren, das ist ja schließlich auch eine Arbeit.«

»Richtig«, meinte ich. »Genau wie Befehle erteilen, das ist auch eine Arbeit ...«

»Als ob es auf all den Kram ankommt! Hauptsache ist doch, du lebst. Du bist jung, du glaubst, du hättest die Ewigkeit noch vor dir. Trotzdem musst du jetzt schon zusehen, dass du lebst. Ein lebendiger Esel ist wichtiger als ein verreckter Löwe.«

Ich erwiderte kein Wort. Cashew wuselte auf dem Rücksitz herum.

Wenn ich sterbe, wird es nicht leicht für ihn.

Von meinen Eltern ganz zu schweigen.

Kotja hat nur Illan und ... und er hat seine Freundinnen immer wie Handschuhe gewechselt.

Zweiundzwanzig

Man sagt, seinem Schicksal entkommt man nicht. Freilich, manch einer glaubt, der Mensch sei seines eigenen Schicksals Schmied.

Ich selbst bin der Ansicht, beide Seiten haben recht.

Denn der Mensch ist auch sein Schicksal. Es gibt immer etwas, das du ändern kannst. Etwas, das du bewältigen kannst. Genau wie es manches gibt, das du nie erreichst. Wozu du nicht imstande bist. Selbst wenn du mit dem Kopf gegen die Wand rennst.

Ich hatte ein paar Bücher gelesen, in denen Autoren nachweisen, dass der Mensch zu allem fähig ist. Pflanz ihn nur in die entsprechende Umgebung – und er wird Scheiße fressen und Kehlen durchbeißen. Einige haben das sogar ausgesprochen überzeugend nachgewiesen. Meiner Ansicht nach beweisen solche Bücher jedoch nur eins: dass dieser eine Mensch Scheiße fressen und Kehlen durchbeißen würde. Ansonsten wäre alles falsch. Ansonsten wäre alles vergeblich.

Deshalb haben mir schlechte Bücher immer so gut gefallen. Die, in denen es heißt, der Mensch sei im Grunde sogar besser, als er selbst glaubt.

Ich saß in der Küche, rauchte und schüttete eine Tasse Kaffee nach der nächsten in mich rein. Schlecht fürs Herz, sicherlich. Aber wovor sollte ich mich schon fürchten, wenn ich mich im Prozess der Wahl befand? Vor allem, wenn ich Kurator werden sollte?

Und wenn ich das nicht würde – dann bräuchte ich mir ohnehin nie wieder Gedanken über meine Gesundheit zu machen.

Das Handy lag vor mir auf dem Tisch. Cashew, der sich eine Weile in der Küche herumgedrückt hatte, hatte irgendwann eingesehen, dass er kein Mitternachtshäppchen kriegen würde, und sich zum Schlafen in mein Bett verzogen, weit weg von dem Licht und dem Tabakqualm.

Wenn eine Fabrik vor deinem Fenster die Luft verpestet, kannst du in eine Gegend ziehen, in der es keine Fabriken gibt. Oder dafür sorgen, dass die Fabrik geschlossen wird.

Aber was, wenn das Gift in der Luft liegt, wenn du ihr weder in den Bergen noch auf einer Insel mitten im Meer entkommst? Wenn alle um dich herum dieses Gift ausstoßen? Wenn es ihnen im Grunde sogar gefällt – wie ja auch die halluzinogene Luft auf Nirwana den unglückseligen Verbannten gefällt?

Was bleibt dir dann übrig?

Die Luft anzuhalten.

Oder dich damit abzufinden.

Wahrscheinlich war ich im Moment wirklich ziemlich stark. Wenn ich mit einer einzigen Kugel den Nicht-Engel hatte ausschalten können, dieses alte und starke Funktional. Wenn ich dem Briefträger eins hatte verpassen können, wenn ich die Anstrengungen des Polizisten ignoriert hatte. Und wenn obendrein unsere ganze Welt von meinem Wohlergehen abhing, dann war es in der Tat riskant, mich zu töten.

Sicherlich würde ich mit Kotja fertigwerden.

Und danach seinen vorgewärmten Platz einnehmen. Ich würde in Tibet ein- und ausgehen wie in meiner eigenen Küche. Ich würde von einer Welt in die andere springen, reisen und mich erholen. Die Arbeit schaffte ich mit links. Einfach ein paar Befehle der einen Funktionale an die anderen weiterleiten – was war das schon? Danach könnte ich es mir sofort wieder gutgehen lassen. Ich würde anfangen, etwas zu sammeln. Und ich würde Krimis oder philosophische Abhandlungen schreiben.

Falls mich Langeweile überkommen sollte, würde ich zur Heimat der Funktionale aufbrechen, zu Erde-16. Warum sie ihr am Ende doch eine Nummer zugeteilt haben? Noch dazu eine so komische? Zur Irreführung allzu neugieriger Zöllner? Oder gab es in diesem Fächer von Welten, in diesem Multiversum, eine Harmonie, die sich mir bislang nicht erschlossen hatte? Vielleicht ...

Die vulkanischen Wüsten reizten mich kaum, aber das Museum mit dem geflügelten Kustoden, das war schon was anderes.

Und wenn mir alle Welten zum Hals raushingen, dann würde ich nach Arkan gehen. Um weitere Welten zu verändern. Vielleicht würde es ja klappen, und ich bekam eine bessere hin? Eine Welt, in der niemand Funktionale brauchte. Wo alles gut war.

Schließlich hatte ich keine andere Wahl.

Ich starrte das Handy an und wusste mit hundertprozentiger Sicherheit, dass Kotja ebenfalls nicht schlafen konnte. Er würde auf meinen Anruf warten. Ich sollte also die sorgfältig gehütete Visitenkarte heraussuchen und die lange Nummer des Satellitentelefons wählen ...

Da klingelte es.

Ich nahm das Handy an mich und drückte auf »Empfang«. Langsam führte ich es ans Ohr.

»Hallo? Hab ich dich geweckt?«

»Nö«, antwortete ich. »Ich häng hier nur rum und gönn mir ein Käffchen.«

»Ich kann auch nicht schlafen«, tröstete Kotja mich. »Das Rumgesitze bringt mich noch um. Ich schreibe sogar schon Gedichte.«

»Lyrische oder feierliche?«

»Satirische. Wie der alte Veteran Wassili Tjorkin einen Einberufungsbefehl kriegt. Hör mal:

    Na, da staunt Wassili Tjorkin,
    Unverwüstlicher Soldat,
    Dass er, wie es scheint, vom Wehrkreis
    Einen Brief erhalten hat.

    Und so liest er laut das Schreiben,
    Das er in den Händen hält:
    ›Hiermit sind Sie, Bürger Tjorkin,
    Zur Erfassung einbestellt.‹

    Tjorkin legt den Brief beiseite,
    Blinzelt übern Brillenrand:

Dass sie jetzt schon Alte ziehen –
Steht's so schlimm ums Vaterland?

Tags darauf der junge Leutnant,
Glattrasiert und rot vor Scham,
Weiß sich gar nicht zu erklären,
Wie es zu dem Irrtum kam.

›Hier nach unsern Unterlagen
Sind Sie grad mal achtzehn Jahr.‹
Und mein lieber alter Opa
Lacht laut auf und sagt: ›Na klar!

Jungs, da hat sich der Computer
Wohl verzählt, er hat mir gleich
Hundert Jahre abgezogen.‹
Und der Leutnant wurde bleich.«

»Das ist witzig. Ich gratuliere dir zur Entdeckung eines neuen Hobbys«, sagte ich. »Weshalb rufst du an?«

»Weshalb hätte ich nicht anrufen sollen? Und wen kann ich sonst anrufen? Wenn ich Illan wecke, würde sie den Humor sowieso nicht zu schätzen wissen. Was weiß sie schon von Wassili Tjorkin? Schließlich hat sie das Gedicht von Twardowski noch nie gehört!« Er verstummte. Nach einer Weile fragte er sachlich: »Hast du noch keine Wahl getroffen? Oder weshalb zögerst du es sonst hinaus?«

»Du kannst das alles auf die leichte Schulter nehmen, das ist mir klar. Aber ich bin schließlich noch jung, mir bereitet noch jeder Tag Vergnügen.«

»Stimmt, daran hatte ich nicht gedacht«, gab Kotja zu. »Trotzdem sitz ich hier wie auf Kohlen ...«

»Wo *hier*? In Shambala? Die Verbindung ist gut, es gibt nur eine kurze Verzögerung ...«

»Hmm. Wenn du Lust hast, komm doch vorbei. Wir rufen einen temporären Waffenstillstand aus.«

Ich schaute zum Fenster raus. Es tagte bereits. »Nein, du hast recht. Es nützt nichts, es weiter auf die lange Bank zu schieben. Also ... heute, zwölf Uhr mittags. Aber an einem Ort, der nicht so pathetisch ist ...«

»Einverstanden. Passt dir die städtische Müllhalde?«

»Dass du nie etwas ernst nehmen kannst! Wir wollen uns außerhalb der Stadt treffen, auf dem Weg zu den Medweshji-Seen, wo wir im letzten Jahr Witalkas Geburtstag gefeiert haben.«

»Das ist doch total langweilig, mitten im freien Feld, wie zwei Recken ... Außerdem ist da jetzt alles aufgeweicht und voller Löcher. Treffen wir uns bei dir in der Nähe, in dem Kindergarten, den sie dichtgemacht haben. Da gibt es einen Innenhof, den von außen niemand sieht.«

»Da hängen immer Alkis rum.«

»Was heißt hier Alkis? Wir haben da doch auch schon rumgehangen. Wenn jemand auftaucht, kriegt er einen Tritt in den Hintern. Ist für uns doch ein Kinderspiel.«

Ich schaute zum Fenster raus. Der Kindergarten, ein zweistöckiges, quadratisches Gebäude, war vor fünf Jahren geschlossen worden. Damals hatten die Kinder etwas, wo sie spielen konnten, wenn der Wind durch die Straßen fegte.

»Trotzdem ... lieber nicht«, erwiderte ich. »Angeblich steigt ja die Geburtenrate, sie wollen den Kindergarten renovieren und wiedereröffnen.«

»Ja, und? Wer übrigbleibt, räumt auf. Und, wie gesagt, es ist in deiner Nähe.«

»Also gut«, lenkte ich ein. »Das ist wirklich kein Ort voller Pathos.«

»Dann wähl die Waffen.«

Während ich nachdachte, ließ ich meinen Blick ziellos umherschweifen. »Messer.«

»Sitzt du gerade in der Küche, oder was?«

»Hmm.«

»Kirill«, sagte Kotja sanft, »das ist wirklich keine gute Wahl. Hast du in letzter Zeit irgendwann einmal ein Messer in Händen gehalten?«

»Das ist noch gar nicht lange her. Vor zwei Wochen habe ich in dieser Küche die Hebamme Natalja mit einem Messer aufgespießt.«

»Ja, entschuldige. Aber ich will dich nur warnen, ich habe ...«

»Das weiß ich.«

»Soll ich dir eins mitbringen?«

»Ein Messer? Danke, nicht nötig.«

»Also dann ... um zwölf?«

»Abgemacht.«

Damit beendete ich das Gespräch. Ich schnappte mir eine weitere Zigarette, die ich zwischen den Fingern hin und her drehte. Meine Kehle kratzte bereits. Ich steckte die Zigarette zurück in die Schachtel.

Wie einfach das alles war! Wie unglaublich einfach.

Der Ort war in meiner Nähe, ich würde es nicht weit haben.

Waffen fand ich in meinem Haus mehr als genug.

Übrigens, ich sollte das Jagdmesser nehmen, das Dietrich mir geschenkt hatte. Das würde ihm gefallen, außerdem war es ein gutes Messer ...

Ich stellte den Wecker im Handy auf elf, schaltete das Licht aus und ging mit dem Mobiltelefon in mein Zimmer. Cashew bellte müde, als ich eintrat. Ich schob ihn vom Kopfkissen runter zum Fußende, legte mich hin und schlief auf der Stelle ein.

Natürlich wachte ich erst Viertel nach elf auf, und zwar nicht durch den unablässig piepsenden Handywecker, sondern durch Cashew, der mich ableckte. In der Wohnung war es kalt, die Heizung lief kaum, obendrein hatte ich in der Küche das Fenster aufgelassen, damit der Zigarettengestank abzog. Ich machte das Fenster zu, wechselte Cashews Wasser und stellte ihm das diätische Hill's hin, was er überhaupt nicht begeistert aufnahm. Bei meinen Eltern hatte er garantiert seiner Gesundheit abträgliche, dafür jedoch schmackhafte Happen vom Esstisch gekriegt.

Während Cashew schlecht gelaunt frühstückte, duschte ich und spülte genussvoll die Reste des Schlafs von mir ab. Das japanische Minzshampoo brachte mich endgültig auf Touren. Anschließend ging ich in die Küche, wo es schon wärmer geworden war, holte mir aus dem Kühlschrank ein inzwischen steinhart gewordenes Stück Salami, säbelte mir ein paar Scheiben ab, aß sie und trank Tee dazu. Kaffee hätte ich jetzt nicht runterbekommen.

Zwanzig vor zwölf schrieb ich meinen Eltern eine kurze Nachricht. Für alle Fälle. Dass mit mir alles in Ordnung sei, ich aber gezwungen gewesen sei wegzufahren und nicht so bald wieder da sein würde. Dann ging ich kurz mit Cashew direkt vor dem Haus Gassi, was mir einen höchst missbilligenden Blick von meiner Nachbarin Galina Romanowa eintrug, die gerade vom Einkaufen zurückkam. Was soll's? Ich war nun mal ein Schwein ... Der verstimmte Auftritt Cashews, der auf einen langen Spaziergang gehofft hatte, betrübte mich viel stärker.

Nachdem ich ihn in der Wohnung abgeliefert hatte, wurde er plötzlich ganz still und sah mich so traurig an, dass ich noch einmal kehrtmachte, mich neben ihn hockte, ihm die weichen Ohren kraulte und ihm versicherte, er sei der beste Hund der Welt. Und dass ich ganz bestimmt wiederkommen würde. Jedenfalls würde ich mir alle Mühe geben.

Währenddessen nahm ich mir das Messer und steckte es unter die Jacke. Irgendwie hatte ich gar nicht mehr an die Waffe gedacht.

Drei Minuten vor zwölf zwängte ich mich durch das altvertraute Loch im Zaun des Kindergartens und machte mich auf den Weg zum Innenhof. Dafür brauchte ich nur durch einen einzigen Torbogen, der früher mal mit einem Gitter versperrt gewesen war, doch die Saufbrüder der Umgebung hatten es längst aus den Angeln gehoben.

Kotja war noch nicht da.

Gut. Es wäre peinlich gewesen, zu spät zu kommen. Schließlich brauchte ich nur zu Fuß über einen Hof, während er mit Teleportation aus Tibet anrücken musste ...

Ich drehte eine Runde in dem betonierten Hof und setzte mich auf eine winzige Bank. Ich betrachtete die kleine kaputte Schaukel und die niedrige Basketballstange. Der Ring war abgebrochen, auf die Tafel dahinter war eine grässliche Fratze gemalt und geschrieben: *Boris ist dohf.* Ich fuhr über das *h*, betrachtete anschließend meinen Finger und grinste. Ein hässlicher Ort für Kinder zum Spielen. Aber gerade recht, um einen zu trinken. In den Ecken lagen kaputte Flaschen herum, zerquetschte Plastikbecher und ganze Lagerstätten bis zum Filter heruntergerauchter Kippen. Ich steckte mir jetzt auch eine an. Die erste Zigarette an diesem Morgen – und sie schmeckte sogar.

Etwas klatschte leise.

Ich drehte mich um und erblickte den mitten im Hof stehenden Kotja.

Er sah ausgesprochen elegant aus.

Eine alte Uniform. Weiße, gebügelte Hosen mit einer Goldlitze an der Naht, eine Art Militärrock, ebenfalls mit Goldlitze, unter dem eine Scheide herauslugte. Auf die Brille hatte er diesmal selbstverständlich verzichtet.

»Rauch ruhig«, sagte Kotja, sobald unsere Blicke sich trafen. »Ich kann warten.«

Ich nickte ihm zu und rauchte rasch zu Ende. Ich drückte die Kippe aus, stand auf, klopfte meine Jeans ab und ging auf Kotja zu. Drei Meter vor ihm blieb ich stehen. »Du siehst höchst eindrucksvoll aus«, bemerkte ich.

»Zunächst möchte ich dir ein paar Ratschläge geben«, begann Kotja. »Erstens: Versuche dich so schnell wie möglich damit abzufinden, dass deine Freunde und deine

Familie sterben werden. Wir leben viel länger als sie, selbst wenn du deine Lieben von Ärztefunktionalen behandeln lässt. Zweitens: Alle zehn, zwanzig Jahre nimm dir eine Auszeit. Für ein halbes oder ein ganzes Jahr. Irgendwo auf einem romantischen und altmodischen Planeten. Veros ist dafür ideal ... Übrigens, diese Uniform stammt vom Insel-Stadtstaat Fald, den ich dir sehr empfehle. Drittens: Du kannst nicht die ganze Zeit über du selbst bleiben. Denk dir hin und wieder eine neue Biographie aus, ein neues Schicksal. Versuche sie selbst zu glauben. Sie muss dir in Fleisch und Blut übergehen. So, dass du selbst an sie glaubst. Bei mir hat das geklappt. Ansonsten kriegst du nämlich Flügel, dein Schwert verwächst mit deiner Hand, und du verlierst dein menschliches Aussehen völlig. Viertens: Übe dich in den unterschiedlichsten Waffenarten. Vom Marinedolch bis hin zu ... keine Ahnung, was man sich so alles ausgedacht hat ... bis hin zum Kampflaser.«

»Wozu denn das?«, fragte ich.

»Dazu.«

Kotja selbst bewegte sich überhaupt nicht, nur seine Hand glitt nach unten. Förmlich aus dem Nichts sprang ein spitzer Dolch in sie hinein. Kotja holte aus – und ein silbriger Blitz zuckte pfeifend über meinen Kopf hinweg.

Ich drehte mich um.

Der Griff des Dolchs (eines Offiziersdolchs?) ragte aus dem Auge des fratzenhaften Boris auf dem Basketballschild heraus.

»Ich werde mich nicht mit dir schlagen«, verkündete Kotja. »Ich bin gewiss kein Heiliger. Wenn man hier alle hinlegen würde, die ich irgendwann mal umgebracht habe, wäre für uns beide kein Platz mehr. Aber mit dir werde ich mich nicht schlagen. Schon gar nicht mit Messerchen. Das ist lächerlich. Ich bin mit der festen Absicht hergekommen, dich umzubringen, aber jetzt ... habe ich es mir anders überlegt.«

»Du bist ein Wichtigtuer, Kotja«, bemerkte ich. »Die Farbe auf dem Schild ist noch feucht. Du hast das erst heute da hingeschmiert, in aller Herrgottsfrühe, nach unserem Gespräch. Dann noch das *h* in ›doof‹, das ist nun wirklich zu viel des Guten.«

Kotja machte eine aufgebrachte Handbewegung. »Und wenn schon! Was geht dich das an? Ich habe doch gesagt: Ich werde mich nicht schlagen. Selbst wenn ich dann meine Funktion verliere, ein normaler Mensch werde und bald verrecke. Mir doch egal!«

Ich holte mein Messer heraus und wog es in der Hand. Dann drehte ich mich um und warf es. Die Klinge durchbohrte das zweite Auge von Boris.

»Aber woher wollen wir eigentlich wissen«, sagte ich, »wie unser Duell ausgegangen wäre? Ich befinde mich in einem ungefestigten Zustand. Ich bin ein wandelndes lokales Chronoklasma, ein Mensch, der aus seiner Welt herausgerissen wurde – nur dass diese Welt sich plötzlich mit aller Kraft an ihn geklammert hat. Sparen wir uns also diese hehren Worte. Übrigens hätte ich dir einen ernsthaften Vorschlag zu machen.«

»Welchen? Willst du mir etwa weismachen, du seist bereit, die Erde zu verlassen? Das würde ich dir nie im Leben abkaufen, Kirill! Und zwar nicht, weil dir unsere Erde so gefällt. Sondern weil du ein Sturkopf bist, der es nicht erträgt, wenn jemand ihn zu etwas zwingt.«

»Lass uns doch mal annehmen, ich würde die Erde nicht verlassen. Aber ich würde auch keinen Anspruch auf deinen Posten erheben. Ich bin im Prozess der Wahl ... und jetzt habe ich meine Entscheidung getroffen.«

Ich zog den Ring von meinem Finger, das letzte Relikt aus meiner Zollstelle. Ich ließ ihn zu Boden fallen.

»Kirill, das ist nur ein Stück Metall, das überhaupt nichts zu bedeuten hat!«

»Das weiß ich. Aber es ist ein Symbol. Ich trenne mich von euch. Ihr geht mir auf die Nerven. Ihr alle: Zöllner, Köche, Polizisten und Kuratoren. Schert euch zum Teufel! Ich bin ein Mensch! Ich habe keine Funktion!«

»Willst du etwa behaupten, du gehst in dein Bit und Bite zurück und versuchst, den Leuten deine Graphikkarten für möglichst teures Geld anzudrehen?«, fragte Kotja ungläubig.

»Nein, vermutlich nicht. Wahrscheinlich haben sie mir sowieso längst gekündigt, weil ich unentschuldigt weggeblieben bin. Ich werde mein Studium wieder aufnehmen.«

»Wozu das?«, wunderte sich Kirill.

»Ich werde Ingenieur, baue mir eine Rakete, verpiss mich damit und sehe zu, dass ich möglichst viel Abstand zwischen mich und euch bringe!«

»Alles klar. Und nachts lädst du Güterzüge aus, damit du deinen Eltern nicht auf der Tasche liegst.«

»So schlimm wird's schon nicht kommen. Immerhin verstehe ich was von Computern. Ich kann bei einem Provider arbeiten, abends im Serviceteam. Korbin-Telekom findest du in ganz Moskau, da könnte ich bestimmt ...«

»Stopp!« Kotja breitete beschwichtigend die Arme aus. »Halt mal die Luft an, Kirill! Du bist auf hundertachtzig, wir haben beide die Nerven verloren und Panik gekriegt. Natürlich kannst du das alles machen. Du kannst wieder an die Uni gehen, und du kannst per Telefon kluge Ratschläge erteilen: Jetzt öffnen Sie den Ordner mit der Aufschrift ›Verbindungen‹ ... Aber das ist doch alles nichts Halbes und nichts Ganzes! Das wird dich nie im Leben zufrieden stellen! Siehst du das denn nicht ein? Du wirst das Funktional in dir nicht mehr los, früher oder später wirst du dich an den Kopf fassen – und mich suchen. Und du wirst mich finden, weil all deine Fähigkeiten zurückkehren werden! Lass uns der Wahrheit lieber ins Auge sehen! Du bist ein Funktional, daran besteht kein Zweifel! Du hast den Ring abgenommen, ein paar vollmundige Worte von dir gegeben, aber du bist kein normaler Mensch geworden!«

»Anscheinend bleibt mir nur eins übrig«, erwiderte ich. Ich ging zu der Stange für den Basketballkorb rüber und taxierte sie. Sie war nicht sehr tief eingegraben, vielleicht fünfzig Zentimeter, unten saß ein Betonfuß ...

Ich griff fest zu und riss die Stange aus dem Beton.

»Na siehst du«, stellte Kotja triumphierend fest. »Ich habe dir doch gesagt, dass du ...«

Mit der zwei Meter langen Metallröhre über der Schulter (an einem Ende klebte der Zementbrocken, an der anderen das Holzschild mit den Messern) hielt ich auf Kotja zu.

Der wartete geduldig. Offenbar wollte er wirklich keinen Widerstand leisten – und das beunruhigte mich.

Ich riss die Stange hoch und schleuderte sie gegen Kotja.

Im letzten Moment hielt er es nicht mehr aus. Mit einem Sprung brachte er sich vor dem Ding in Sicherheit, machte auf dem Beton eine Rolle und hechtete über die Bank. »Bravo!«, rief er. »So ist es richtig!«

Ich hob die Stange wieder auf. Der Aufprall hatte den Zementbrocken weggesprengt und ein spitzes, verrostetes Ende freigelegt.

Kotja griff nach der Bank. Die war nicht in der Erde verankert. Er riss sie mit ausgestreckten Armen hoch und warf sie nach mir.

Ich parierte mit der Stange. Pah! Ein Bänkchen von einem Kinderspielplatz!

»Jungs! Jungs, was macht ihr denn da!«

Aus den Augenwinkeln sah ich zwei versoffene Penner, die im Torbogen standen. Einer hielt bereits eine angebrochene Flasche in der Hand, der andere eine Zweiliterflasche Fanta. Die Limo brachte mich zum Lachen.

»Jungs, hört auf! Das ist ja schrecklich!«, empörte sich der Typ mit dem Wodka. Der andere schien eine klarere Vorstellung davon zu haben, was Menschen Schreckliches anrichten können und was nicht. Seine Augen weiteten sich, er schaffte es aber, die Fanta nicht fallen zu lassen. Er packte seinen Kumpan am Ellbogen und zog ihn weg.

Kotja stand da und sah mich triumphierend an.

»Entschuldige«, sagte ich. »Uns bleibt nur ein Ausweg ... und ich hoffe, ich täusche mich nicht ...«

Er nickte, den Blick unverwandt auf mich gerichtet.

Ich legte mir die Stange bequem in die Hand – und rammte sie meinem Freund mit einem harten Stoß in den Bauch.

Kotja fasste mit beiden Händen nach der Stange. Das Metall gab ein jämmerliches Stöhnen von sich. Mit bloßen Händen brach er die Stange vorm Bauch ab, als kappe er sie mit einer hydraulischen Schere. Er ließ sich auf den Beton plumpsen und lehnte sich gegen die umgekippte Bank. Ein halber Meter Stange ragte noch aus seinem Bauch heraus.

Ich trat an ihn heran und kniete mich neben ihn.

»Siehst du?«, sagte Kotja. Sein Gesicht war kreidebleich. »Siehst du, wie einfach das ist? Nun ... mach schon ...«

»Das alles ist viel komplizierter«, entgegnete ich. »Aber ich hoffe, ich habe keinen Fehler gemacht. Ich will kein Kurator werden. Ich will kein Funktional sein. Geht doch alle zum Teufel.«

Ich griff nach der Stange, zog sie aus Kotja heraus und warf sie weg.

»Ich sterbe gleich«, sagte Kotja bekümmert. »Der Blutverlust, der Schmerzschock ...«

Ich betrachtete das Blut, das auf seiner Uniform eintrocknete.

»Quatsch!«, entgegnete ich. »Du stirbst nicht. Du bist schließlich Kurator. Du bist ein mächtiges Funktional, du verwaltest das Personal in der zivilisierten Welt von Demos ganz hervorragend.«

»Und du?«

»Ich bin einfach nur ein Mensch. Ich habe meine Wahl getroffen, verstehst du? Indem ich dich verletzt, aber nicht umgebracht habe, habe ich meine Wahl getroffen. Und aufgehört, ein Funktional zu sein.«

»Das verstehe ich nicht ...« Kotjas Stimme klang schon etwas kräftiger. Er tastete nach seiner Wunde und verzog das Gesicht. »Scheiße, das tut höllisch weh ... Wenn du wüsstest, wie weh das tut!«

»Ich kann's mir vorstellen. Keine Sorge, das überstehst du schon. Bis zum Mittagessen ist alles wieder heil.«

»Trotzdem wird dir niemand glauben. Alle werden vermuten, dass du noch ein Funktional bist. Dass sich ... deine Fähigkeiten einfach verborgen haben ...«

»Soll mir recht sein. Dann wird man auf alle Fälle davor zurückschrecken, mich kaltzumachen. Weil in dem Fall nämlich die Gefahr besteht, dass unsere Welt untergeht. Insofern habe ich absolut nichts dagegen, wenn man mir nicht vollends glaubt.«

Kotja suchte eine bequemere Position. »Das heilt schon ...«, teilte er mir sachlich mit. »Und du spürst nichts in dir?«

»Nichts. Absolut nichts.«

Ich streckte die Hand aus und versuchte, die Stange mit den Fingerspitzen anzuheben. Sie rührte sich kein bisschen.

»Wie hast du das fertiggebracht?«

»Jeder Mensch hat sein Schicksal«, antwortete ich. »Ihr verwandelt diejenigen in Funktionale, die das Schicksal der Menschheit ändern können. Es gibt jedoch zahllose Welten. Und irgendwo in einer dieser Welten folgen die Menschen ihrem Schicksal, verändern ihr Leben ... Ich hoffe, nicht nur durch Kriege. Ich hoffe, zum Besseren. Eure Manipulation, die künstliche Existenz der Funktionale, ist zugleich die Quelle eurer Kraft. Wir ... nein, ihr ... ihr seid stark, weil ihr nicht euer Leben lebt. Weil ihr nicht das tut, was ihr tun könntet und müsstet.«

»Und was musst du noch tun?«

»Ich weiß es nicht, ehrlich nicht. Als Erstes werde ich mein Studium wieder aufnehmen. Vielleicht ist es tatsächlich mein Schicksal, Raketen zu bauen?«

»Wir haben dich nicht von der Uni gejagt«, gab Kotja zu bedenken. »Du hast das Studium aus freien Stücken abgebrochen. Ich habe damals nie im Traum daran gedacht, dass du ein Funktional werden könntest, das hast du selbst so gewollt. Erinnerst du dich noch, wie du dich bei mir darüber beklagt hast, dass du es satt hast, zu lernen und zu lernen, nur um dein ganzes Leben lang wie ein Trottel Muttern festzuziehen und Zeichnungen anzufertigen?«

»Kotja!« Ich musste lachen. »Wie kommst du bloß darauf, dass nur ihr Funktionale seid? Dass nur ihr die Schicksale anderer umschreibt? Diejenigen, die durch eure Portale gehen, in euern Restaurants die unglaublichsten Delikatessen verzehren und ihre Partys an den Küsten sauberer Meere feiern – für sie sind wir, du und ich, ein und dasselbe! Sie brauchen keinen Weltraum, sie brauchen keine wissenschaftlichen Entdeckungen, sie brauchen keinen Gottesglauben und nicht das dritte Epos von Homer. Für sie ist es viel wichtiger, dass jemand in einem Geschäft hinterm Ladentisch steht und ihnen Computerzubehör verkauft.«

»In meiner Tasche sind Zigaretten, gib mir die mal«, bat Kotja.

Ich holte eine goldschimmernde Schachtel heraus, entnahm ihr eine Zigarette, zündete sie an und steckte sie Kotja zwischen die Zähne. Seine Hände waren über und über mit Blut beschmiert.

»Nimm dir auch eine«, forderte Kotja mich auf. Dann konnte er jedoch nicht an sich halten und fügte noch hinzu: »Behalt die Schachtel. Mit deinem Stipendium wirst du dir so was nicht leisten können.«

»Danke, lieber nicht. Ich muss jetzt auf meine Gesundheit achten, schließlich bin ich kein Funktional mehr.«

Ich erhob mich und klopfte mir die Oberschenkel ab. »Soll ich dir eine Decke bringen?«, fragte ich. »Sonst erkältest du dich womöglich noch, und dann wäre Illan sauer.«

»Ich werde mich nicht erkälten.«

»Wie du meinst. Ich hau jetzt ab. Ich muss mit meinem Hund Gassi gehen.«

Ich marschierte über den Hof. Im Torbogen drehte ich mich noch einmal um. Kotja rauchte, den Blick hoch in den grauen Moskauer Himmel gerichtet. Wonach er ihn wohl absuchte? Nach der heißen Sonne von Byzanz? Was musste er zum Abschluss bringen? Worauf hatte er verzichtet, weil er lieber Funktional werden wollte?

Ich machte mich auf den Weg zu meinem Haus.

Die beiden Alkis standen vor dem Zaun und diskutierten aufgeregt miteinander. In die Flasche hatten sie inzwischen ziemlich tief reingeleuchtet. Als ich ihnen zuwinkte, verdrückten sie sich hastig.

Was sie wohl zu Ende bringen mussten? Was hatten sie angestellt, dass man sie so sicher und endgültig aus dem

Leben geworfen hatte, sogar ohne die süße Pille des Funktionaldaseins?

Ich wusste es nicht und würde es nie in Erfahrung bringen.

Denn ich würde keine Wunder mehr vollbringen.

Ich würde die Welt nicht mehr ändern können.

Aber ich konnte auf meinem letzten Recht bestehen, dem einzigen, das ein Mensch hatte: Dem Recht, er selbst zu sein. Dem Recht, seinen eigenen Garten zu bestellen.

»Zu teuer sind mir Tod und Leid«, zitierte ich in Erinnerung an Erde-16, wo ich nie wieder hinkommen würde, denn jetzt hatte ich nur noch eine Erde. »... und seltne, bittre Glücksmomente, als dass ich für Vollkommenheit auf ewig Sklave werden könnte!«

Als ich meine Wohnung betrat, empfingen mich direkt hinter der Tür eine riesige Pfütze und ein kleinlauter, aber dennoch von der Richtigkeit seines Tuns überzeugter Cashew. Nun ja, jeder protestiert auf seine eigene Weise.

Ihn auszuschimpfen – das kam nicht in Frage.

Der neue russische Bestseller-Autor

DMITRY GLUKHOVSKY
METRO 2033

»Ein phantastisches Epos!«
Sergej Lukianenko

Im Herbst 2008 bei
HEYNE

Christoph Hardebusch

Der Shootingstar der deutschen Fantasy

Mit seinen grandiosen epischen Fantasy-Bestsellern prägt der junge Erfolgsautor die neue Generation der Fantasy.

»*Ein Fantasy-Spektakel!*« **Bild am Sonntag**

Die Trolle
978-3-453-53237-3

Sturmwelten
978-3-453-52385-2

Die Schlacht der Trolle
978-3-453-53279-0

978-3-453-53237-3

978-3-453-52385-2

Lukianenko: fesselnd, fantastisch!

Der Herr der Finsternis
Düster ist die Welt geworden, seit den Menschen das Sonnenlicht genommen wurde. Nur wer die fliegenden Diener der Dunkelheit besiegt, kann die Welt noch vor der totalen Finsternis retten. Im Kampf gegen den Herrn der Finsternis entdeckt der junge Danka eine schreckliche Wahrheit ...

ISBN 978-3-407-81043-4

ISBN 978-3-407-74085-4

Das Schlangenschwert
Es ist mächtig.
Es ist halb Ding, halb Tier.
Es ist für immer eins mit dir.
Das Schlangenschwert ist die einzige Waffe des jungen Tikki, als er von den Sternenrittern im Kampf der Planeten als Spion eingesetzt wird.

»Düster und kraftvoll – Sergej Lukianenko ist der neue Star der phantastischen Literatur!«
Frankfurter Rundschau

www.beltz.de